DU MÊME AUTEUR

Aux Éditions Gallimard

LE PROCÈS-VERBAL
LA FIÈVRE
LE DÉLUGE
L'EXTASE MATÉRIELLE
TERRA AMATA
LE LIVRE DES FUITES
LA GUERRE
LES GÉANTS
VOYAGES DE L'AUTRE CÔTÉ
LES PROPHÉTIES DU CHILAM BALAM
MONDO ET AUTRES HISTOIRES
DÉSERT
TROIS VILLES SAINTES
LA RONDE ET AUTRES FAITS DIVERS

Dans la collection Folio Junior

LULLABY, *n° 140*
CELUI QUI N'AVAIT JAMAIS VU LA MER suivi de LA MONTAGNE DU DIEU VIVANT, *n° 232*

Dans la collection Enfantimages

VOYAGE AU PAYS DES ARBRES

Le Chemin
Collection dirigée
par Georges Lambrichs

J.M.G. LE CLÉZIO

L'INCONNU
SUR LA TERRE

essai

nrf

GALLIMARD

Il a été tiré de l'édition originale de cet ouvrage vingt-six exemplaires sur vergé blanc de Hollande van Gelder numérotés de 1 à 26 et trente-six exemplaires sur vélin d'Arches Arjomari-Prioux numérotés de 27 à 62.

© *Éditions Gallimard,* 1978.

Je voudrais vous parler loin, longtemps, avec des mots qui ne seraient pas seulement des mots, mais qui conduiraient jusqu'au ciel, jusqu'à l'espace, jusqu'à la mer.

J'entends ce langage, cette musique, ils ne sont pas étrangers, ils vibrent autour, ils brillent autour, sur les rochers blancs et sur la mer, ils brillent au centre des villes, même dans les yeux des passants.

Comment parler? Les mots de cette musique viennent d'un pays où le langage n'existe pas, où le langage est scellé, enfermé en lui-même, est devenu comme la lumière, visible seulement de l'extérieur. J'attends le moment, j'attends le moyen. Cela va venir, cela arrive déjà, peut-être. Au bord des nuages, comme sur une dune de sable, un petit garçon inconnu est assis, et regarde à travers l'espace.

Je vois son corps immobile, les jambes repliées, ses deux mains serrées entre ses cuisses, et sa grosse tête lourde qui balance un peu sur le cou fragile, entre les épaules étroites.

Il est assis dans le ciel, comme sur une dune de sable, devant la mer, devant l'espace, et il regarde. Qui est-il? Je ne sais pas encore. Il n'a pas de nom. Il n'est pas encore tout à fait né.

Son visage est beau, calme, doux, avec deux yeux noirs profonds entourés de cils sombres, deux yeux qui brillent, pas durement, ni férocement, mais avec une drôle de lueur qui trouble et remue l'air, et qui se réverbère sur la terre.

Il n'a pas encore de nom. Peut-être qu'il n'en aura jamais. Peut-être qu'il est né avec la musique, un jour, la musique libre des mots. C'est un enfant mystérieux, un enfant qui n'appartient à personne.

Il n'est pas perdu. Il n'est pas orphelin. Il ne s'est pas caché, ou si peu, il ne s'est pas enfui. Simplement il est ici, maintenant, quand on a besoin de lui, et il va à la dérive sur son île en forme de nuage, devant les yeux des gens étonnés.

Tout le monde ne le voit pas. Mais cela n'a pas d'importance. Ceux qui veulent le voir le voient. Ils ne sont pas inquiets. Ils ne courent pas à travers les rues, ils ne vont pas chercher des appareils de photo, des caméras, des magnétophones, des lunettes d'approche. Peut-être qu'ils se retournent une fois, et qu'ils disent :

« Vous avez vu ? »

« Qui est-ce ? »

« C'est un enfant inconnu. »

Voilà ce qu'ils disent. Puis ils regardent à nouveau le petit garçon qui regarde l'espace de leur côté, du haut de son nuage en forme de dune, avec ses yeux noirs qui brillent très fort, qui sont comme deux étoiles noires et chaudes.

On ne sait pas ce qu'il regarde. Il nous regarde, sans doute, et aussi ce qu'il y a autour de nous sur la terre, nos villes, nos routes et nos maisons. Il ne bouge pas. Il respire doucement, avec ses tibias repliés sous lui et ses mains serrées entre ses cuisses, et son visage ovale se penche un peu à gauche, un peu à droite, parce que sa tête est bien lourde pour son cou fragile.

Je voudrais dire tout de suite comment est son sourire, parce que ce petit garçon inconnu ne reste jamais très longtemps. Il va disparaître dans quelques secondes, et qui sait quand il reviendra ?

C'est le dessin de son sourire qui est beau, mince, léger, avec deux plis aux coins des lèvres, un sourire qui ne veut rien dire de précis, mais qui s'amuse tout seul et qui fait briller plus fort ses yeux noirs. On peut le regarder des heures, je veux dire, même après qu'il a disparu. Il reste dans le ciel, du côté des nuages, il brille comme un arc-en-ciel dans la lumière. C'est un sourire qui fait naître beaucoup de mots, beaucoup de musique.

Les gens qui l'ont vu disent :

« Je donnerais toute ma vie pour revoir ce sourire. »

Ou quelque chose d'excessif de ce genre-là.

Mais le sourire est en eux, au fond d'eux, sans qu'ils s'en doutent.

C'est pour cela qu'on voit quelquefois les gens le nez en l'air, dans la rue, au bord de la mer, ou le long des routes. On leur demande :

« Qu'est-ce que vous regardez? »

Ils sont un peu troublés, et ils haussent les épaules :

« Oh rien, rien... Je regardais si je voyais... un avion. »

Mais ce n'est pas cela. Simplement, comme tout le monde, ils cherchent le petit garçon inconnu qui est assis sur son nuage en forme de dune.

Écrire seulement sur les choses qu'on aime. Écrire pour lier ensemble, pour rassembler les morceaux de la beauté, et ensuite recomposer, reconstruire cette beauté. Alors les arbres qui sont dans les mots, les rochers, l'eau, les étincelles de lumière qui sont dans les mots, ils s'allument, ils brillent à nouveau, ils sont purs, ils s'élancent, ils dansent! On part du feu, et on arrive dans le feu. Partout autour, partout à l'intérieur, brûlent des flammes, de drôles de flammes, légères, odorantes, qui remplissent l'espace de chaleur et de blancheur. Comment être loin de la vie? Comment accepter d'être étranger, exilé? Tout ce que l'on sait, tout ce que l'on reconnaît, et les chimères de la conscience, tout cela cède devant un seul instant de vie. Un moucheron qui traverse l'air, un brin d'herbe que fait vibrer le vent, une goutte d'eau, une lumière, et d'un seul coup il n'y a plus de mots : il y a l'étendue muette de la réalité, où le langage est déposé, où la conscience est minéralisée. Ceux qui veulent vivre au-dehors (ils disent : au-dessus du monde), où sont-ils? En effaçant le monde, c'est eux qu'ils effacent. On ne les voit plus. Ils ont disparu dans les souterrains de leur savoir, dans les cellules de leurs tombes, ils ne sont même plus des ombres. Ils sont dans leurs prisons de poussière, réduits aux deux dimensions entre les pages des livres. Aplatis sur les écrans, disparus. Le langage ne guide pas vers l'espace illimité; il vous conduit pas à pas sur les sentiers réels de la terre.

La beauté n'est pas secrète. Elle est libre, exposée de toutes parts. Le ciel est si grand, la mer, et la lumière resplendit. Tout est si calme, si vaste, le silence est si profond, à travers lui passent les vols d'oiseaux blancs, lentement, voyageant le long du ciel. C'est là qu'il faut aller, oui, c'est par ici qu'il faut entrer. Il faut laisser tout ce que l'on a (ce que l'on croit avoir) et entrer dans l'espace ouvert. Il faut quitter les refuges et les chambres closes, et glisser en avant, en s'écartant, pour recouvrir tout ce que l'on voit. C'est quand on est le plus loin qu'on est le plus proche, comment comprendre cela ? Où sommes-nous maintenant ? Nous allons vers les régions claires, vers la lumière jaune qui enivre et brûle le corps, vers la lumière qui fait luire la peau.

C'est cela qu'on attend, qu'on cherche depuis si longtemps : la lumière.

Il suffit alors d'être debout en haut d'une colline, devant la mer, avec le ciel, et regarder, respirer, regarder, respirer.

Le regard et le souffle alors sont une seule action, il n'y a plus de différence, plus de frontière. Je ne sais rien, je ne veux rien apprendre, rien de ce que donnent les mots et les lois des hommes. Mais je veux être là, quand cela se passe, debout sur cette colline pauvre, devant le ciel et la mer, tout à fait comme une femme sur son balcon, et regarder ce qui est immense, ce qui est pur. Il n'y aura rien après, il n'y a rien eu, ou presque, avant. Personne n'attend personne. Mais le vent souffle de la mer, le vent froid, et les animaux rapides lissent la surface de la mer, tracent des frissons gris. Il y a beaucoup de vagues régulières, l'écume blanche qui entoure les caps et pousse dans le creux des baies. Il y a les nuages qui filent dans le ciel, qui traversent les pays, qui vont en se dénouant. Il y a le disque du soleil qui monte au zénith, et qui redescend, si lentement qu'on oublie de temps en temps son heure. Il y a la terre de la colline, enfin, les bouts d'herbe, les ronces, les cactus, les lianes, les arbustes séchés.

Alors je regarde, je respire, et toutes les odeurs, celles qui viennent de loin après avoir franchi la mer et les archipels, celles qui viennent de naître sous les pas, minuscules tourbillons lents qui montent et traînent avec paresse, toutes les odeurs entrent dans mon corps et se mêlent aux images, aux bruits, à la chaleur et au froid : je vois, enfin, je peux *voir* la beauté. Je la vois comme si j'étais en elle, je la vois comme si j'avais ses yeux.

Quelquefois on rencontre les petits signes abandonnés sur la terre. Ils ne sont pas importants, ils ne veulent pas dire grand-chose, et il faut se pencher tout près du sol pour les apercevoir. Rien du tout, juste quelques petits messages à moitié cachés dans la terre : cailloux lisses qui brillent à la lumière, graines rouges, graines noires, brindilles en forme de croix ou d'Y.

Quelquefois il y a un enfant, assis par terre, qui regarde dans le creux de sa main une coquille d'escargot. Il la regarde longtemps, longtemps. Elle est légère et cassante, blanche, avec sa spirale fermée par une petite pointe, si précise, si juste. L'enfant ne dit rien. Il regarde la coquille vide sur la paume de sa main, de si près et avec tellement d'attention que ses yeux louchent. Il la regarde comme s'il savait ce que cela voulait dire, comme s'il entendait quelque chose, comme si la coquille était encore habitée. Mais la coquille ne dit rien non plus. Il ne faut pas la déranger. Il ne faut pas déranger les petits signes qui traînent sur la terre, les cailloux brillants, les graines rouges et noires, les brindilles en forme d'Y ou les traces de pattes des moineaux. Il faut devenir soi-même petit, si petit qu'on est à l'ombre d'une herbe et d'une fleur, et vivre au soleil, dans la poussière, sous le vent, dans une seule journée longue comme une saison.

Attention! Quelque chose va apparaître. Je veux dire, attention! C'est en moi, cela remue comme de l'eau qui commence à bouillir. Ce ne sont pas des mots, ni des idées, non, non, surtout pas des mots ni des idées. C'est bizarre, ça trouble à l'intérieur du corps et ça vibre dans les membres, ça fait tourner la tête et battre les paupières. Qu'est-ce que c'est? Je ne sais pas, je ne sais pas encore. Quelque chose qui file sur le sol comme une souris, vite, vite, ou quelque chose qui tire les jambes comme une ombre. Sans arrêt, ça s'élance, ça bondit, et en même temps ça reste à l'intérieur de mon corps. Je veux voir ce que c'est. Il faut guetter, surveiller, regarder vers soi, pour surprendre tout ce mouvement qui se prépare, qui frémit comme les pattes arrière d'un chat qui va sauter. Attention, attention!

Là, un autobus qui arrive. C'est peut-être ça. Peut-être que l'autobus est pour moi, peut-être qu'il apporte quelque chose, quelqu'un, ou la mort? Vite, regarder le quatrième étage de la grande maison jaune! Peut-être que la fenêtre va s'ouvrir, peut-être qu'une lampe va s'allumer, ou un pot de fleurs va tomber. Vite! Un reflet sur le capot d'une voiture noire. Un coup de klaxon. Une porte qui grince. Le bruit de deux pieds qui avancent. Vite, une boulette de papier par terre. Qui a écrit quoi? Un mot à la craie sur le trottoir, ou un quadrillage dans le ciment. Une tache de sang bizarre. Dans une vitrine, une robe bleu de Chine. Vite, vite! Mais c'est en moi que c'est vite, ça se bouscule, et ça s'éteint et se rallume. Comme si je voulais, et ne voulais pas au même moment.

Comme ils sont lents, les mots! Comme elles se traînent, les pensées! Ce sont des vagues longues et molles dans la mer alourdie de varech, quand, dans moi, tout clapote, éclabousse et gronde. Courir, courir à travers l'air froid, le long des rues, la nuit, jusqu'à ce que le vent traverse mes vêtements, ma peau, traverse mon corps, et, soufflant dans ce corridor douloureux qui va de la tête aux pieds, me laisse tout plein de musique et de paix.

Le petit garçon court à travers les rues, comme s'il ne pouvait plus s'arrêter. Ses pieds cognent le trottoir, en faisant le bruit des sabots d'un cheval, ils se lèvent et retombent sans pouvoir s'arrêter. Vite ! Les rues sont longues, et à chaque carrefour, il faut choisir une nouvelle rue. Il tourne à gauche, à gauche, à droite. Les jardins carrés passent sous les pieds comme des champs vus d'avion. Les arbres se rejettent en arrière, et il entend le bruit de chaque feuillage. Il court, il court le plus vite qu'il peut. Il ne sait pas où il va. Il aime ça, aller vite à travers l'air, le long des rues, sous les fenêtres vides des maisons. Il évite les passants, il zigzague, il contourne les poteaux de fer, les bornes, les arbres. Les rectangles dessinés sur les trottoirs lui montrent la route à suivre. Il ralentit dans les tournants, il traverse les rues en biais, en suivant le mouvement des autos. Jusqu'où ira-t-il ? Peut-être jusqu'à une montagne, peut-être jusqu'à une grande esplanade vide que survolent les mouettes. L'air entre dans sa gorge et ses poumons, froid comme de l'eau, puis ressort en brûlant. Le vent fait pleurer ses yeux, serre ses narines. La lumière brille sur ses cheveux et sur son visage, l'ombre fait des ravins et des murs, de grands fleuves qu'il faut traverser.

Il monte les escaliers en zigzaguant, jusqu'en haut, puis il redescend, en faisant glisser les semelles de caoutchouc sur le bord des marches. Il ne veut pas s'arrêter. Peut-être qu'il poursuit quelqu'un, un rat, un lézard, une grenouille ? Peut-être qu'il court seulement pour sentir le vent contre son visage, et sa peau rouge, et ses cheveux électriques. Son cœur bat vite, il court aussi dans sa poitrine, en cognant contre les os, et le sang résonne dans les artères de son cou, de ses tempes, de ses poignets. Peut-être qu'il court en tirant derrière lui un long fil invisible qui fait voler un grand cerf-volant de papier blanc.

Il n'attend pas ! L'enfant qui court en riant, sans regarder les gens qui le regardent, sans entendre les voix qui l'appellent :

« Attends ! »
« Arrête-toi ! »
La vie est bouillante, le sol sous ses pieds tressaille et les murs des immeubles ondulent. Le ciel, partout, frissonne, comme la mer sous le vent. La lumière jaillit de partout à la fois, elle bondit hors de ses cachettes, elle montre ses yeux ! Tout bouge, partout, toute la journée. Tout va, vient, se croise, tourbillonne. On est tout le temps avec lui, dans les rues et les avenues, dans les escaliers. On n'a pas le temps de penser à autre chose. On n'a pas le temps de s'arrêter. Même quand on pense à quelque chose, à n'importe quoi, à une plage immobile, à un lac, ou bien à un bateau ancré dans un port la nuit, c'est comme si on faisait un autre bond en avant. Il faut courir sans cesse.

L'enfant ne sait pas où il va. Il sait ce qu'il fuit, et ses pieds frappent le sol sans repos. Les rues sont nouvelles, les toits des immeubles sont immenses, et il y a des tours inconnues dont les milliers de fenêtres brillent comme des amas d'étoiles à l'horizon.

C'est bien, la pluie qui tombe sur un grand parapluie noir. Elle tambourine doucement sur la toile bien tendue, chaque goutte à côté de l'autre, et ça fait de drôles de petits coups légers, rapides, discrets, de la musique monotone qui vient du ciel vers la terre et qui ruisselle le long des rigoles, chaque goutte après l'autre, si vite, si douce, c'est comme si on n'entendait pas réellement, c'est comme si ça se passait ailleurs que dans l'air, quand la pluie tombe sur votre grand parapluie noir.

On est à l'abri. On sent la fraîcheur de l'eau brisée en fine poussière qui flotte dans le vent, qui se glisse à l'intérieur des manches, qui entre par le col, qui mouille les pieds et les chevilles, et on avance un peu crispé, sans regarder personne. D'où viennent toutes ces gouttes? Elles rayent le ciel noir, elles brillent sur les feuilles des arbres, sur les glaces des voitures. Les essuie-glaces les effacent, et elles réapparaissent quand même. Les essuie-glaces sont bien aussi, et les pneus qui roulent sur l'asphalte mouillé sont bien, mais les grands parapluies noirs sont mieux encore.

Les gouttes s'accrochent aux cheveux épais des femmes, très claires sur les cheveux noirs. Les gouttes roulent sur le visage des vieux hommes, le long des joues, sur le front, sur les ailes du nez, et s'arrêtent sur leurs sourcils. Les oiseaux sont ébouriffés, les vieux chats de rue ont froid sous leurs autos arrêtées, et les chiens sont à l'abri des portes. On voit ça du coin de l'œil, en marchant sous le parapluie. On voit des choses bizarres dans la pluie : des vitres molles, des lampes sous-marines, des deltas de rivières, des cascades, des lacs sales, des papiers qui fondent, des affiches qui se décollent; on voit des hommes qui ressemblent à des tortues, des femmes qui ressemblent à des phoques, des vélomoteurs pressés, des jardins vides, des murs qui déteignent et des pots de fleurs qui boivent. Et puis de la buée, beaucoup de buée, partout, autour des bouches, sur les vitres des magasins, sur les pare-brise des autos, au-dessus des cheminées, à la sortie des pots d'échappement, de la buée qui fait des halos pâles autour des réverbères, comme s'il y avait des moustiques, ou bien qui sort des trous mystérieux au milieu des rues. On voit aussi des arbustes tout seuls au bord du trottoir, et la pluie tombe sur eux et mouille leurs feuilles, les gardénias, les hortensias, les pétunias.

Oui, il se passe de drôles de choses sous la pluie. Les cheveux frisent, les mains ont des stries au bout des doigts, les bruits sont lointains, étouffés, comme si tout le monde allait bientôt dormir, comme cela, en marchant, comme si tout le monde était devenu silencieux et discret.

Je voudrais parler de la beauté réelle, et des yeux de l'homme, comme d'une montagne et de la lumière.

Très grande, au soleil, avec ses parois de roc, ses creux, ses sillons, ses ravins, ses pentes douces de terre friable, ses avalanches de poussière. Elle est au centre de la lumière, elle brille comme le sel, comme le verre, immobile, seule dans l'air des hautes altitudes. Tout est si dur en elle, si vrai. On ne peut rien imaginer, rien ajouter ni soustraire. Elle est un bloc compact à la surface de la terre, un relief, et aucun être vivant ne pourra être comme elle. On peut lui donner un nom, Ébrus, par exemple, ou Koh-i-baba. On peut parler d'elle, on peut raconter son histoire, chercher son origine, parler des hommes qui l'habitent. On peut calculer sa masse, étudier sa composition, son évolution. Mais qu'est-ce que cela? Elle est elle, elle ne bouge pas, n'écoute pas, ne répond pas. On peut prendre un petit caillou de son flanc et l'emporter loin, à des milliers de kilomètres de là, ou le jeter à la mer. On peut la faire brûler pendant des jours et des nuits, dans le vent qui souffle et la transforme en volcan. On peut enfoncer des pains de dynamite dans ses crevasses, et appuyer sur le détonateur. Mais la main qui appuie sur le détonateur est toujours lointaine, et après la déflagration, rien n'a changé.

Montagne durable, forte, au roc enraciné dans les profondeurs, visible au-dessus de l'horizon, de plus en plus grande et trouble à mesure qu'on s'éloigne d'elle. Disparaissent les herbes sèches, les arbres, les cubes des maisons, les routes, les carrières de ciment, et ne reste plus que le dessin léger comme un nuage qui se gonfle dans le ciel, la protubérance grise et mauve qui emplit l'espace. Elle est là, continuellement, chaque jour au même endroit, chaque matin. Elle lève ses masses rocheuses vers le ciel, ainsi, sans effort, sans raison, parce qu'elle est elle, absolument elle, libre et forte, solide dans la sphère de l'air et de l'eau. Le vent passe sur elle, use ses pics, marche le long de ses vallées, le vent froid qui va du nord au sud.

Rien n'est plus durable, plus vrai que cette montagne seule. Aucun temple, aucun monument, aucune demeure humaine. Ils voudraient bien être comme elle, servir d'escabeau vers le ciel, lever leurs plateaux chargés d'offrandes vers les dieux cachés. Mais la montagne est une déesse, et les regards des hommes sont sans cesse dirigés vers elle.

Les regards sont la lumière, la lumière vivante, qui bondit sur les rochers blancs. La chaleur pénètre la pierre et la fait vibrer doucement. Sur les flancs de la montagne immobile, les petits arbres et les pins sont brûlants, gonflent leur odeur dans l'air, tandis que les vents froids glissent autour d'eux. Chaque jour ils sont là, accrochés par leurs racines à la terre qui s'effrite. Quand les nuages s'accumulent au fond des vallées, puis descendent très vite dans le souffle du vent, puis s'ouvrent et font pleuvoir leur eau, les feuilles des arbustes et des arbres s'écartent et on entend un drôle de soupir dans la montagne.

La lumière va sans cesse du fond de l'espace vide vers la montagne. Ce ne sont pas les bruits qui ont de l'importance, ni les mouvements des autos dans les petites rues des villes, ni les colonies de pucerons sur les branches des vieux figuiers. Ce qui est important, c'est ceci, ce qu'on voit, quand on est en face de la grande montagne seule, et qu'on attend.

On regarde, on regarde, on ne se lasse pas de regarder. On ne sait rien, on ne veut rien, on n'attend pas de révélation, ni de métamorphose. On est, l'un à un bout du regard de lumière, la déesse-montagne à l'autre bout, et l'on n'est plus solitaires, mais devenus deux sphères identiques qui permettent le passage de la beauté.

Beauté lointaine, qu'on ne peut pas toucher, comme les étoiles de la nuit, comme le sillage des Stratofortress dans le ciel, ou comme l'aurore. Mais c'est ainsi qu'elle doit être, hors d'atteinte, plus grande que l'espace qu'on voit, et le regard cesse alors avec elle d'être à la mesure des pieds, des ailes et des roues : là-bas, jusque là-bas, il va à l'extrémité de la route, ayant passé le seuil du monde fini, et entrant dans l'aire infranchissable.

Comme elle est stable ! Autour d'elle, tout trébuche, hésite, se fond, se transforme. Les jambes des hommes sont molles, les bras n'ont plus de force, les nuques fléchissent comme du caoutchouc. Mais elle, elle est en pierre, énorme, lourde, posée sur le socle des continents, tenant sur son gros dos la masse de l'atmosphère.

Quelquefois elle est dure et cassante, avec ses angles aigus, ses pics qui font mal, ses falaises abruptes où les oiseaux vont se tuer. Le soleil brille sur elle, sur tout son corps, éclairant les taches de craie, les gypses, les falaises de ciment. Alors elle est si grande qu'elle occupe tout l'espace, et les terres basses, indécises, et le ciel bleu-noir tournent lentement autour d'elle, tracent des cercles concentriques comme la mer autour des îles. Elle est grande comme un pays, si vaste qu'il faudrait des années pour atteindre son sommet, petites colonnes d'insectes noirs se glissant de rainure en rainure. Elle est grande comme une planète, elle va des profondeurs de la terre jusqu'au plus haut du ciel, d'un seul bloc, pierre jaillissant comme une flamme froide, et qui ne retombera jamais.

Elle est si grande qu'il ne peut y avoir de vide, de peur, de mort. Grande et froide comme un iceberg, éblouissante dans la lumière qui la regarde. Tout se précipite vers elle, telles des poussières de fer attirées par l'aimant. Le long du regard tendu comme une route, on tombe vers elle, elle, l'immensément verticale, l'immensément matérielle.

Il y a beaucoup de force dans une montagne seule. Il y a beaucoup de temps, beaucoup d'espace, beaucoup de lois réelles. Il y a beaucoup de pensées dans sa pierre. Sur ses pentes, les arbustes et les pins sont pareils à de petits signes noirs dans la poussière blanche. Ils ressemblent à des poils, à des cheveux, à des cils. Quelques oiseaux tournoient lentement au-dessus des falaises, en criant. Le vent qui passe entre les déchirures de pierre chantonne bizarrement, et les ruisseaux cachés font des bruits très doux. Tout vient d'elle, l'air, l'eau, la terre, le feu. Même les nuages naissent d'elle, très haut, entre les pics. Ils apparaissent comme la fumée d'un volcan.

Parfois aussi la montagne est lointaine et grise, entourée d'eau, et on ne voit rien d'autre que la ligne douce de ses hanches, de ses reins, de ses seins et de son épaule, la ligne onduleuse de sa chevelure longue qui tombe de biais jusqu'au fond des vallées. C'est quand tout a disparu alentour, au crépuscule, ou bien quand le ciel est descendu et a tout noyé dans la brume, ou bien quand les villes et les routes ont fumé pendant des jours, comme des hommes prisonniers dans leur chambre, et la montagne s'est éloignée. Elle s'est endormie dans son refus, environnée de silence et d'indifférence. Géante, déesse blanche, qui, tout à coup lassée, a fermé ses yeux et ne veut plus qu'on la regarde. La beauté est sourde et muette, isolée sous sa moustiquaire. Qui ose aller jusqu'à elle ? Mais il se perdrait, car ce ne sont plus des pierres dures, ni des pics en forme de dents, ni des falaises verticales. Ce ne sont plus les efforts de la vie orgueilleuse, ni la vertu, ni la puissance de la beauté. C'est un dessin très faible et très doux, qui semble un mirage, flottant à mi-ciel au-dessus de la terre lourde, une phrase peut-être, une musique, qu'on perçoit avec la peau du visage, et qui vous fait frissonner. Aucun homme alors ne peut la trouver.

Les avions passent derrière les nuages sans qu'on les voie. La mer est mélangée au ciel. Le soleil lui-même est devenu lointain. Alors le regard s'estompe, et plus rien ne s'allume. Lentement, lentement, vient la nuit. Elle vient plus tôt ces jours-là, sortant avec les chauves-souris de toutes les cavernes.

Tout cela passe, vient, se défait, recommence. La montagne si belle, sans le regard n'existe pas. Et le regard sans la montagne va droit, traverse le ciel comme une balle, roule sur lui-même dans l'espace, s'amincit, s'éteint sans avoir rien trouvé. Qu'importent les noms, les lieux, les mots, les idées ? Je voudrais seulement parler de la beauté éternelle, et du regard des hommes, comme d'une montagne très haute dans la lumière du soleil.

Loin des bruits, des cris, des gestes, loin des regards qui scrutent, épient, soupèsent, loin des langues qui parlent mal, qui parlent trop, loin des éclats qui blessent, loin des fêlures qui avancent, loin, et on n'entend plus, on ne voit plus, on ne comprend plus, on est libre. Loin, mais c'est près.

Ah, c'est vrai, comprendre. Il faut comprendre, pour savoir, ou l'inverse. Mais quoi? Comprendre l'organisation de la société humaine pour être un homme, comprendre la structure des êtres vivants pour vivre? Ce n'est pas cela. Vous vous trompez, ce ne sont pas les règles du jeu. La vie n'est pas une série d'astuces. On est là, ici, on bouge un peu. On dit quelques mots, on fait quelques signes. Chaque fois qu'une petite porte s'ouvre, une petite fenêtre, on sursaute, et on regarde, avec de la peur et de la curiosité, comme un chat.

Il y a de l'électricité partout, cela est sûr. Des courants qui traversent les quantités de fils, de résistances, et des étincelles, beaucoup d'étincelles. Quand un homme regarde une femme, cela fait une étincelle. Quand une auto croise une autre auto, au hasard sur la grand-route, il y a une étincelle qui éclate. Quand une graine germe, il y a un drôle de craquement électrique, et quand un caillou reçoit le premier rayon de soleil, à 6 heures 05, c'est aussi important qu'une flamme, qu'un mot, qu'une pensée. L'électricité vibre tout le temps dans le sol, et c'est pour cela que tant de gens sautillent et dansent. Cela fait une musique continuelle, comme le chant des criquets ou le vrombissement des abeilles, et ceux qui connaissent cette musique savent qu'ils ne seront jamais seuls.

L'autobus magique avance le long des rues. C'est un grand autobus vert et blanc, tout neuf, avec une carrosserie qui luit dans la lumière du matin, et des chromes brillants. Il est long. Il a, de chaque côté, huit fenêtres, plus deux portières pliantes, du côté droit. Il a un front haut, avec un large pare-brise incurvé sur les côtés, et de grands essuie-glaces rabattus qui ressemblent à des pattes. Au-dessus de son front haut, dans un rectangle de plexiglas, il y a son chiffre, un chiffre magique :

9

qui s'éclaire la nuit. Ses gros phares de verre strié luisent au soleil, et sur le pare-brise incurvé les reflets coulent lentement. L'autobus magique avance le long de sa route, il suit son itinéraire par les rues et les avenues. Il avance en faisant un bruit régulier, un grondement puissant et doux qui fait vibrer les vitres des immeubles et trembler le macadam. Où est-ce qu'il va ? Il suit sa route, simplement, comme s'il allait vers l'inconnu, comme s'il venait de l'autre bout du monde, et qu'il allait encore vers l'autre bout du monde. Il passe, et les voitures s'écartent, les motos s'arrêtent, les piétons lèvent les yeux et regardent ses fenêtres. Derrière les glaces fumées, il y a des silhouettes d'hommes et de femmes, assis sur les sièges de moleskine, ou debout, avec un bras en l'air. Mais on ne voit que leurs ombres, comme s'ils étaient plutôt des fantômes. L'autobus les emmène à travers la ville blanche et dure, à l'abri de sa carlingue verte et blanche, derrière l'écran de ses glaces teintées. Il roule lentement le long des trottoirs, il roule et tangue comme un bateau quand il passe sur des endroits défoncés. Ses roues larges s'appuient sur le sol en faisant un bruit mouillé, un bruit très doux. L'air glisse sur la carrosserie émaillée, les reflets vont vers l'arrière le long des vitres lisses. Les portières, à l'avant et à l'arrière, sont maintenues bien closes par les pistons des cylindres d'air comprimé. Les joints de caoutchouc noir sont étanches. L'autobus est pareil à un sous-marin, à une torpille, il roule à travers la ville sans entendre les bruits, sans laisser entrer l'air froid, ni les fumées, sans voir la lumière blessante du soleil. A l'abri, bien à l'abri, comme au sein des grandes profondeurs, il va jusqu'à l'autre bout de toutes les rues et de toutes les avenues, il va lentement et vite comme un avion, il traverse les villes sans fin où sont les immeubles étrangers. Il roule, et de temps en temps, après les carrefours et les virages, il laisse échapper un souffle d'air, un éternuement.

Il s'arrête quelquefois aux arrêts, pas très longtemps, pour prendre et pour laisser quelques hommes, et on voit les ombres fragiles bouger à l'intérieur de sa carlingue. Quand il est arrêté, il vibre sur place d'une drôle de façon, tout secoué de hoquets et de saccades, comme un insecte en train de pondre. Ses glaces s'entrechoquent, ses tôles frémissent, et on entend son moteur qui cliquette au ralenti. Ça fait une drôle de musique aussi, une musique un peu magique, un peu mécanique, qui semble étrange parce que l'autobus est très grand et que son bruit est assez faible. Ensuite il repart, il change de vitesse automatiquement, avec une petite secousse qui fait osciller la tête des passagers. Chaque fois qu'il repart, il y a un nuage chaud qui sent l'essence, à la traîne le long du trottoir derrière lui.

Jusqu'où va-t-il? Jusqu'où ira-t-il? Personne ne sait très bien. Peut-être qu'il n'atteindra jamais le terminus, peut-être que sa route, la route numéro 9 conduit jusqu'à l'infini, jusqu'à l'endroit où tout recommence de nouveau, comme si on n'était jamais partis. Il va vers d'étranges régions gelées, des lacs d'asphalte, des parcs, des plaines semées de moulins, des ponts de fer arc-boutés au-dessus des fleuves secs, des cimetières, des stades, des centrales électriques. Il passe devant des lieux aux noms inconnus, Skrip, Ciba, Pirelli, Las Planas, Compagnie Française de l'Électro-résistance. Il va peut-être vers des villes nouvelles, aux grands murs trop blancs, où il y a trop de fenêtres, aux parkings très grands où les enfants abandonnés jouent entre les voitures vides, avec les chats et les chiens errants. Il va peut-être vers les terrains vagues habités par des roulottes, vers les champs d'épandage, vers les ravins, vers les réservoirs. Il va vers l'extrémité de la ville, là où commencent les forêts, les plaines, les montagnes, les marécages. Il suit sa route tranquille et lente, comme cela, sûr de lui, tanguant et oscillant sur les dénivellations, ses quatre roues de caoutchouc tournant sur l'asphalte noir. Il s'éloigne et se rapproche du trottoir, il vire difficilement à l'angle des boulevards, il clignote à gauche, puis à droite. Assis à l'avant sur son siège métallique à pivot, le chauffeur coiffé d'une casquette de marin a un visage impassible, le visage mystérieux des gens qui font de grands voyages, des gens qui ne reviendront peut-être jamais.

Le soleil brûle fort au-dessus du paysage de pierre et de mer. Il brûle et éclaire, seul au centre du ciel bleu. La lumière emplit tout l'espace, sans rien laisser au-dehors. Il n'y a rien d'autre qu'elle. Elle est la perfection, la force, la beauté.

La lumière est quelquefois si dense qu'on pourrait la toucher. On la prendrait dans ses mains, elle vibrerait et palpiterait entre les paumes comme un très jeune animal.

Elle glisse, elle fuit entre les doigts, elle s'échappe, puis revient, vole dans l'air, va et vient sans cesse. La lumière n'est pas comme l'eau, ou le vent. Elle n'use pas. Elle ne brise rien. n'engloutit rien. Au contraire, elle libère le pouvoir de la vie dans chaque chose. Dans les cailloux, dans les arbres, dans les corps des mouches et des oiseaux, même dans le corps des montagnes, il y a ce pouvoir qui attend d'être révélé. Tout peut être vivant dans la lumière. Elle resplendit sur le pelage des chevaux, sur les écailles des lézards. Quand elle est là, on ouvre la bouche et on mange. On mange l'air, on avale la chaleur brillante qui se glisse dans le corps et fait briller des soleils à la place de chaque ganglion.

Il y a beaucoup de lumière, partout, chaque jour. A midi, quand le soleil est au centre de l'univers, la lumière règne dans la dureté, la violence. Blanche, éblouissante, elle vient droit du centre de l'espace, lumière solaire, flamme qui propage sa brûlure, lumière qui abrase le sol, frappe sur les toits des maisons, fait ployer les branches des platanes, noircit le tronc des oliviers. C'est l'ordre le plus terrible de l'infini, qui pèse sur la terre. La lumière de la vie extrême, la lumière du regard aveuglé, et les animaux et les hommes fatigués cherchent les abris,

sous les hangars, sous les camions arrêtés, sous les palmiers et dans les taillis.
Lumière cruelle, mais ils l'aiment, tous, ils aiment son règne blanc, sa fièvre, sa douleur.
Elle tue les fourmis en quelques minutes, elle fait mourir de gangrène les rats, elle dessèche les moisissures. C'est la lumière du temps qui ne peut pas finir, du temps où l'eau a été abandonnée, et alors il ne reste plus que la poussière, la roche, la lave. Dans cette belle lumière on monte au sommet des tours, on gravit les escaliers qui conduisent au plus haut des collines, on va chercher les plateaux déserts à 3 000 mètres d'altitude, pour être encore plus près, pour arriver jusqu'à sa source. On lâche les ballons-sondes, on regarde vers le haut, vers le centre du ciel, vers le point le plus brûlant de l'univers.

Lumière bleue parfois, lumière pâle, qui se réverbère sur les feuillages des arbres, sur l'eau des lacs, sur les champs d'herbe. Lumière grise qui se promène avec les gouttes de la pluie. Lumière sombre, presque noire, au fond des ravins. et que traversent des éclats brutaux, des éclairs de lampe au magnésium, des étincelles de chalumeaux à acétylène. Lumière pareille à la brume qui s'évapore, lorsque la nuit arrive et que le ciel se voile. Lumière morte des fonds des gouffres. Oui, il y a beaucoup de lumières, chaque jour.

J'aime la plus belle des lumières, chaude, jaune, celle qui apparaît quelquefois l'après-midi sur le mur d'une chambre face au sud. C'est en elle que je voudrais habiter, pendant des jours, des mois, des années. Souple, tiède, vivante, douce, jaune comme la paille, jaune comme la flamme des allumettes, elle entre par la fenêtre ouverte sans que je sache d'où elle vient, de quels sables, de quels champs de maïs ou de blé mûr. Elle entre, pareille à une chevelure de femme, elle se met à bouger entre les murs de la chambre, d'un mouvement continu qui emplit de bonheur, d'un seul long mouvement qui se déploie et rebondit sans cesse, la belle lumière chaude, la lumière d'été.
Je la sens venir, elle m'enveloppe comme l'air, mais sans rien qui trouble ou attouche, elle regarde chaque parcelle de ma peau, elle me baigne et m'éclaire. Aucune autre lumière ne sait faire cela comme elle. Elle, elle est venue de tous les points

de l'espace, poudre des soleils et des étoiles, parfum des astres. Lumière du tabac et des genêts, lumière du cuir, lumière de la bière, lumière des fleurs, lumière de la peau blonde et claire, elle apporte tout cela avec elle, comme une rivière qui coulerait sur elle-même.

On n'entend pas son bruit. C'est à l'intérieur des oreilles qu'elle murmure son chant, c'est à l'intérieur du ventre qu'elle fait tourner sa ronde. Lumière de la paix, et il n'y aura jamais d'autre paix, jamais de bonheur plus grand dans le monde. Les guerres, les crimes, les mensonges, la faim, la soif, la souffrance, tout cela s'efface quand cette lumière emplit l'espace. C'est elle que les hommes veulent voir.

Sur les murs vit la lumière jaune. Elle resplendit sans faiblir, elle illumine sans violence. D'un mur à l'autre elle est gonflée, serrant les particules de l'air, sans laisser de place pour le vide, pour la peur. On la regarde les yeux grands ouverts, on la boit avec tous les pores de la peau. Peut-être qu'on devient, à ce moment-là, couleur de cuivre soi-même, et lumineux comme une lanterne. Peut-être qu'on est tout gonflé aussi, et qu'on emplit complètement la chambre, qu'on a élargi son corps et qu'il n'y a plus de place pour le vide, pour la peur. Grâce à elle, on possède tout.

Lumière jaune, lumière de la vie paisible et sûre, dans les pays du sud. La beauté irréelle tout à coup est entrée dans mon corps et lui a donné sa vibration. Alors je ne voyage plus. Je ne suis plus lancé à travers l'espace vide dans le genre d'un train express. Je suis en vie, je suis sur moi, nourri de ma propre substance, et je brille si fort que partout dans la ville on doit voir cette fenêtre qui éclaire et qui chauffe.

Parfois, la lumière est folle, et on est fou !
On marche dans la rue, on danse avec elle, on saute avec elle, on court très vite, puis on ralentit, quand passe un nuage, on disparaît un instant dans un trou d'ombre, et on reparaît, hop ! on s'élance à nouveau, vite comme l'éclair.

Sous les feuillages des arbres, sur le trottoir, il y a de petits astres ronds, et on saute de l'un à l'autre, en zigzag.

Le soleil étale des nappes de lave blanche, dangereuse, et pour les traverser, il faut se caparaçonner d'amiante et de mica. Alors on est tout noir et la lumière brille sur le dos des blattes et des carabes. On ne vole pas. On court avec ses quantités de pattes, au ras du sol. Plus loin, la lumière craque dans un champ d'herbes sèches. Brindille, branche morte, racine, voilà ce qu'on est devenu ! On roule, on fait des sauts périlleux, dans les tourbillons de lumière, puis on s'étend au soleil, sur les grandes plages blanches, au milieu des prairies, dans l'eau légère des étangs.

Allongé sur le dos, les yeux fermés, avec la lumière chaude qui presse sur les paupières et sur le visage, renversé sous le poids du soleil, et on s'élargit, on s'accroît comme de l'eau, on s'agrandit, on quitte le sol et on s'élève, pareil à un montgolfier. On monte, ou bien c'est le plateau de la terre qui descend, alourdi et instable à cause de la lumière qui s'accumule.

Lentement, on respire, lentement. La lumière entre par les narines et se répand à l'intérieur des poumons, la lumière parcourt les artères du corps, s'infuse dans le sang, fait briller le cœur, les reins, le foie, se dépose dans la moelle des os comme une poudre d'or. Les nerfs sont des fils électriques, ils vibrent sans arrêt. Les glandes endocrines sont pleines d'énergie, les entrailles luisent comme si elles baignaient dans une solution au barium. Les muscles sont tendus, pleins de force et de chaleur. Sous la lumière, le corps est grand. Il s'élargit dans toutes les directions, il recouvre la terre avec ses ondes. Il y a un réseau de pulsations qui tisse une trame invisible et belle, et l'on repose sur le lit de la lumière.

Sans cesse l'énergie sort du soleil, très loin au centre de l'espace noir; elle vient jusqu'ici, sur la plage, en suivant un chemin fulgurant. Sans cesse, sans cesse. Ce sont les jours que soutient la lumière, les jours tendus, les jours pleins, les jours qu'aucune nuit ne pourra défaire. Sous le soleil, on n'est pas abandonné. On n'est pas muet. La mer aussi se soulève, elle monte d'une seule vague jusqu'au centre de l'éther, et les montagnes poussent comme des volcans, à des hauteurs vertigineuses. Les mâts se dressent, les tours ajoutent des étages, cercle après cercle, les arbres accroissent leur tronc et lancent de nouvelles branches, toutes avec leurs feuilles en fer de lance dressées vers le ciel. Peut-être qu'à ce moment-là les pierres se détachent de la terre et tombent à toute vitesse vers le soleil. Peut-être que les gouttes d'eau jaillissent du haut des feuilles d'herbe, comme une sueur, vers le ciel. Et des massifs de fleurs s'élancent des nuées de papillons fous qui s'envolent en titubant vers le soleil.

La lumière transpire par la peau. Elle fait une mince couche de poussière étincelante sur le front, sur les ailes du nez, sur le cou, aux aisselles, dans le creux des reins. Les cheveux brillent comme de l'or, comme de la soie. La lumière occupe le cerveau, à l'intérieur du crâne, elle fait là-dedans son feu de forge, elle éclate de toute sa blancheur insoutenable, et des étincelles qui s'échappent traversent le rideau rouge des rétines. Alors on entend, on entend, pour la première fois, ce qui est plus beau que le chant de la mer, plus doux que la voix du vent dans les arbres, ce qui emplit de joie et de vigueur, la seule musique, créée à l'intérieur du cerveau blanc, celle qui a traversé tout l'espace entre le soleil et la terre, celle que seules peut-être les fleurs savent entendre tout le temps, le bruit très doux et très pur de la voix de la lumière.

Sur la place cimentée, au milieu des grands buildings, le petit garçon danse tout seul sur son ombre noire.

Il tourne sur lui-même, les bras écartés, et l'ombre tourne aussi. Il court en rond, et l'ombre court avec lui, noire sur le sol de ciment blanc. Il saute à pieds joints, et l'ombre se détache une seconde, tassée sur le sol; puis les pieds retombent, et l'ombre noire se rattache au petit garçon, qui la regarde en riant.

Je voudrais vous dire maintenant, simplement : regardez votre ombre noire attachée à vos pieds.

C'est la réalité qui est belle dans les mots, dans les idées. La réalité qui est dans une photo, un livre, ou un air de musique. C'est vers elle qu'on va toujours, c'est elle qu'on désire. N'importe quel morceau, n'importe quelle vieille pierre, n'importe quel coin de trottoir ou de mur, si près du rien du tout, si neutre, si abandonné, comme il est beau, comme il parle, comme il a de la force, de la douceur, de la pensée !

Quelquefois, comme cela, dans la rue, au hasard, on rencontre un coin de trottoir, un angle de mur, une vieille porte de garage, un terrain vague avec des herbes et des fleurs, quelque chose d'imprévisible et d'indécis, mais qui parle, qui vit !

Alors on s'arrête deux ou trois minutes, surpris, parce qu'on ne l'attendait pas là. Ce n'est pas un paysage grandiose, ce n'est pas un monument, ni une curiosité. Ce ne sont pas la beauté puissante de la mer, ni les couleurs des couchers de soleil, ni l'écume blanche d'une cataracte, ni le désert, ni un glacier, ni le tombeau d'Agamemnon à Mycènes. Non ce n'est rien, rien du tout en vérité. Juste un petit morceau d'une rue sans nom, dans la banlieue d'une ville, un endroit qui ne brille pas, couvert de poussière, couvert de terne sécheresse, éclairé par la lumière quelconque du ciel d'hiver. Pas très loin passent les roues des poids lourds, les roues des vélomoteurs, frappent les talons des piétons.

Il n'y a rien ici. Et pourtant on est arrêté, étonné, et on regarde sans bouger, saisi par une stupéfaction qui vous empêche de comprendre. C'est comme si ce morceau de rue, avec ses vieux murs, son carré de terre semé d'herbes rares, et ses maisons de banlieue blanches à volets verts, c'est comme si tout cela était éternel, inamovible, hors des guerres et des cataclysmes, le plus protégé, le plus précieux des territoires. Éternel, cela semble excessif pour ce morceau de rue. Non, c'est comme si cet endroit était le plus important du monde, le plus durable, puisqu'il est là quand on est là, puisqu'il existe, puisqu'il donne ce miracle : sa vie est faite des milliers de forces et de hasards contraires qui ont conduit jusqu'à lui, qui ont contribué à son apparition sur la terre. Les êtres vivants, les plantes, les nuages sont mobiles. Leur vie a un commencement et une fin. Ils sont des passagers. Mais ce morceau du sol, ces quelques mètres carrés sans destin, sans histoire; cette rue d'asphalte un peu défoncé, ces trottoirs de ciment blanc, ces murs, ces jardins d'herbes et d'arbustes maigres, ces clôtures de fil de fer, ces maisons sans âge, toutes identiques, aux volets dont la peinture s'écaille. Tout cela est donné, un jour, dans sa simplicité. C'est la beauté réelle sans aucun besoin du regard qui regarde ni de la parole qui nomme.

Il y a des jardins que j'aime. Ce ne sont pas de grands jardins, pleins de plantes exotiques et de cèdres séculaires. Non, de simples jardins, un peu jaunis, où croît une herbe un peu folle, deux ou trois oliviers, des pittospores, des lauriers-sauce. Entourés de fil de fer, avec une porte rouillée fermée par un antivol de bicyclette, et, au-dessus de la porte, écrit sur un pilier de ciment à la peinture noire, un nom, suivi d'un numéro tracé à la craie :

La Louisiane   N° 8

Le jardin est désert et silencieux. Sur l'allée de gravillons, les moineaux sautillent. Les arbres et les plantes sont bien tranquilles avec leur feuillage vert sombre qu'aucun vent ne remue.

Un jardin pour personne, un peu abandonné, un peu anémié, et pourtant la beauté de la vie réelle y est, dans toute sa vibration, dans toute sa puissance. La vie n'est pas orageuse. Pas un cataclysme, ni une explosion. C'est une fermentation lente, un effort de tous les jours, l'humble volonté d'être soi, de résister, d'exister. Le jardin jaune entoure la maison aux volets fermés, avec beaucoup d'obstination, de tendresse. Partout ailleurs, c'est l'étranger, le danger. Mais ici il y a quelque chose de sûr et de précis qui est en vie, quelque chose de proche, de délicat, de véridique. Mais ici, dans le feuillage des arbres bien tranquilles, dans l'ombre des buissons, dans l'herbe, il y a beaucoup de visages cachés qui possèdent et protègent. Ici est un point du monde, parmi le monde. Mais il faut qu'on s'y arrête un instant, car le cœur bat plus vite quand on arrive dans son aire : on sent la vibration qui bouge doucement, qui rayonne sur la terre tout entière.

La beauté des routes est grande. La route de goudron noir va droit à travers les terres, elle vous appelle, elle vous lance en avant. Il n'y a personne sur elle, pas un homme, pas une voiture. Elle va jusqu'à l'horizon, loin, au bout des champs secs et des collines. La lumière du soleil l'éclaire fort, et elle brille, très noire et lisse au milieu du paysage de pierres et de terre ocre. Rien qu'en la regardant on est loin déjà, on est parti à l'autre bout de la terre, vers les grandes villes qui tremblent à l'horizon comme des mirages.

Au centre de la route, il y a les traits de peinture blanche qui la divisent. De chaque côté, il y a les fossés où s'écoule l'eau de pluie. La route est la plus calme et la plus sûre, elle est aussi la plus rapide. D'un seul trait elle unit les montagnes à la mer, les plaines aux plaines. Sur la route roulent les camions lourds chargés de ciment et de ferraille, les motocyclettes, les autos aux carrosseries étincelantes. Mais ce ne sont pas eux qui bougent. C'est la route qui glisse sous leurs roues, à toute vitesse.

Il y a quelque chose à dire, cela est urgent. La lumière le veut Quelquefois cela s'approche, arrive tout au bord de la conscience, comme un souvenir ancien qui hésite. La lumière au-dehors brille plus fort, elle devient plus claire, plus pure. Les reflets étincellent sur les vitres, les éclairs s'allument sur le métal, sur la pierre, toutes les étoiles jaillissent.

Cela va parler, maintenant, cela va dire ce qu'il faut, maintenant. Les arbres sont tout gonflés de ce langage, chaque feuille verte vibre et palpite sur sa tige, parce que le sens approche. Les chiens inquiets tout à coup s'arrêtent, une patte en l'air, les oreilles dressées. Les chats relèvent la tête, leurs pupilles s'arrondissent. Oui, c'est là, juste derrière la glotte, juste derrière les yeux.

La lumière attend. On dirait que le vent s'arrête, un instant, que les vagues de la mer se retiennent.

Puis, non, cela s'en va. Cela se replie en arrière, s'éloigne, fuit, glisse au loin. Alors les arbres se dégonflent, les chiens repartent sur leur piste, les chats se lèchent les pattes, le vent souffle et les vagues s'écrasent. Seule la lumière ne se lasse pas. Elle attend, elle ne fait que cela, attendre.

Pourquoi faut-il qu'il y ait l'urgence? Est-ce que tout n'est pas dit déjà, est-ce que tout n'est pas créé? Mais ce n'est pas du langage de l'homme, ni de sa pensée, que doit venir ce que l'on attend. C'est la lumière elle-même qui doit le dire, c'est la lumière qui est prophétique.

Un jour, peut-être... Un jour, la lumière sera tendue comme un drap éblouissant, et sur elle les mots magiques apparaîtront, irréels, fourmillant, les mots impossibles à ne pas lire, les mots qui nous jetteront, d'un seul coup, dans la connaissance.

C'est pour cela que le langage de l'homme n'est jamais satisfaisant. Ce qu'il crée, aussitôt se défait. Il écrit, il parle, il pense (il dit qu'il pense). Mais devant lui, sans cesse la lumière agit. Elle va vite! Elle ne pose pas de questions, elle ne soupèse pas ses mots! Elle ne tergiverse pas! Elle est en avance, de mille ans, de dix mille ans! Elle connaît l'espace, le futur. Ses mots à elle, ses actes, bondissent dans l'espace sans contrainte. Le secret de la lumière est tout le temps exposé sur le monde, mais ce n'est pas un secret qu'il faut tenter de comprendre.

Éclairer, illuminer, révéler : les mots de la lumière. Ce sont donc ceux de la magie, de la religion, de la suprême logique, puisque la vérité et la réalité ne peuvent exister que sous le regard de la lumière.

Le langage de l'homme, lui, titube. Il s'enivre lui-même, et rejetant le réel vers l'intérieur, le confondant avec les émotions et les doutes, s'efforce en vain de créer un monde parallèle qui tiendrait debout.

Mais la lumière muette, en allant sans cesse des choses vers les choses, est immensément, magnifiquement extérieure, car dans le monde tout est égal.

Ce que le langage veut retrouver, avec urgence, lassé des privilèges et des interprétations, c'est cette marche qui irait selon le mouvement du regard : l'aventure simple et tacite, brève, mais intense, comme aux premiers jours après la naissance. Lorsque le monde le plus neuf, dans un champ de vision restreint, n'offrait que des suites de jeux indépendants, des constructions parfaites où chaque élément avait une valeur égale à l'ensemble. Lorsqu'il n'y avait pas encore de force, pas encore de temps, mais seulement l'espace ouvert, libre, immédiat, seulement l'espace, et la lumière.

Peut-être est-ce impossible? Peut-être n'est-ce possible que par instants, par miracles, comme cela, au gré de la lumière? Peut-être cela n'a-t-il lieu qu'une seule seconde dans toute la durée d'une vie? Cela suffit.

Sur la terre, au soleil, il y a beaucoup de mondes. Ce sont des mondes différents, et pourtant voisins, des mondes qui vivent les uns dans les autres. Mais ils ne se connaissent pas. S'ils se rencontrent, c'est pour quelques secondes, une rencontre brutale et fatale, où l'on tue, et on mange.

Chacun a son aire, son langage, sa structure, sa vue. Le monde des araignées n'est pas le monde des mouches, le monde des oiseaux n'est pas celui des chenilles. Le monde des crustacés n'est pas le monde des mollusques. Le monde des éléphants n'est pas le monde des tigres, ni celui de l'herbe des savanes.

Et le monde des hommes : ses villes, ses villages, ses routes, ses ports, ses champs de blé ou de maïs, ses mines de cuivre, ses filets dans la mer, ses circuits dans le ciel : celui-là, nous le connaissons un peu, nous y sommes. Mais je ne peux m'empêcher de rêver aux autres mondes, aussi étrangers que les séjours des dieux, tous les mondes qui se divisent et s'entrecroisent. Comme penché à une portière, j'essaie de regarder à côté, d'être à côté. C'est la plus extraordinaire — la plus dangereuse aventure. Si je parvenais à quitter l'empire des hommes, ne fût-ce que quelques secondes, est-ce que je pourrais revenir? Est-ce que je retrouverais le chemin?

Hors de l'humanité, qu'est-ce qu'il y a? L'animalité. C'est pour cela sans doute, ces lois, ces usages, ces murailles construites de tous côtés, ces barrières, ces frontières. Ne pas marcher au-dehors. Celui qui, par mégarde, franchirait la limite et deviendrait, fût-ce par la pensée, un chat, un cheval, une fourmi, une plante grasse, à supposer qu'il ait le courage d'être cela et que le chat, le cheval, la fourmi ou le cactus veuillent bien de lui; disparu de la communauté humaine, et aussitôt le vide qu'il a laissé se referme, et un autre homme prendrait sa place. Il ne pourrait plus retrouver le chemin de la communication, et le monde ancien où il avait vécu lui deviendrait aussi étranger que les mondes animaux.

Mais je veux rêver à ces autres mondes, immenses, silencieux, pleins de violence et de beauté; espaces du ciel sous les ailes du condor, profondeur de la mer autour du corps lisse des dauphins, galeries ténébreuses et chaudes des termites, nuits sans fin des phalènes, jours sans fin, jours éblouissants de chaleur et de blancheur des yuccas et des agaves, vie lente des mousses sur un seul caillou grand comme une planète, pullulement secret des plasmodium à l'intérieur des tuyaux des artères. Vie sur la vie, vie dans la vie.

On pourrait alors visiter tous ces mondes, les explorer complètement, ayant quitté sa peau d'homme, ses yeux d'homme, ses idées d'homme. Explorer le temps, explorer l'espace, jusqu'aux limites, ce ne seraient que des sauts de puce en comparaison de ces voyages, sur toutes ces routes qui sont autour de nous.

Toutes les sociétés sont secrètes, elles vivent fermées sur elles-mêmes. La diversité des langues de l'homme, protégeant leur autonomie, en réalité est rassurante, car elle scelle l'amitié possible, la rencontre.

Mais eux sont redoutables, ces mondes où l'on ne parle pas. Les animaux se tiennent sur leur garde. Ils ne veulent pas qu'on vienne chez eux. Ils se reculent au fur et à mesure qu'on s'approche puis soudain, au signal mystérieux qu'on n'entend jamais, ils s'envolent, ils détalent.

Par le langage, l'homme s'est fait le plus solitaire des êtres du monde, puisqu'il s'est exclu du silence. Tous ses efforts pour comprendre les autres langages, olfactifs, tactiles, gustatifs, et les vibrations, les ondes, les communications par les racines, les cycles chimiques, les anastomoses, tout cela il faut qu'il le traduise dans son langage, avec ses mots et ses chiffres. Mais il n'en perçoit que les traces : le vrai sens est passé à côté. Alors l'homme est seul, et il ne sait pas être lui-même.

Pourtant, c'est vrai qu'il est né dans le même règne animal. Ses origines ne sont pas dans le monde des hommes, mais plutôt dans celui des mollusques et des infusoires. Alors, dans les mots de son langage, il y a peut-être quelque chose qui garde le souvenir du domaine marin, quelque chose qui fait vibrer son flagelle, qui dérive et nage lentement, qui ne connaît pas l'air ni la lumière. Il y a peut-être encore de la chimie dans les phrases du langage, ou la mémoire étrange du monocellulaire.

Dans le temps il y a peut-être la mémoire du commencement, lorsque le long mouvement apparaissait, entraînant les morceaux de vie au hasard, vers une fin hypothétique. On allait, comme cela, à la dérive, emporté par le courant inconnu, entraîné vers la surface étrangère. C'est à la surface, quand on a pénétré d'un seul coup dans le règne de l'immense lumière, que le temps, donnant la première date et la première heure, s'est arrêté.

Alors commence le monde des hommes, une bulle pas très grande, pas très durable, qui voyage dans la matière. Autour, partout, c'est l'espace opaque, si vaste qu'on le nomme infini, l'espace où l'on est né, où l'on mourra. Mais la bulle des hommes, qui sort peut-être de la bouche ouverte d'un dieu, a des parois tremblantes. Peut-être qu'elle va crever, et qu'on sera jetés au-dehors, mêlés aux fantômes qui nous cherchent et nous frôlent, mêlés aux regards qui nous épient, à tous ceux qui habitent les autres mondes, ceux qui sont nos esprits et nos âmes.

Sur la terre, quelque part, à mes pieds, il y a un animal qui me fait douter de ma propre espèce.
Un insecte.
Petit, petit, quelques millimètres à peine, il court sur la terre de toute la vitesse de ses trois paires de pattes, sans me voir. Pourtant j'ai la taille de l'Empire State Building, que dis-je? Du Kilimandjaro. Quand je bouge un bras, il va à la vitesse d'un Boeing. Si j'allume une cigarette, c'est comme un hangar qui brûle, et comme la fumée d'un incendie de forêt. Si je parle, c'est le grondement des canons de guerre, le souffle d'un ouragan, les postillons d'une giboulée. Si je fais un pas en avant, c'est le bruit d'une avalanche et la vibration d'un tremblement de terre, et si je cours sur les chemins, c'est la fin du monde qui passe.

Mais lui ne voit rien, ne sent rien, n'écoute pas. Ou bien, ça lui est égal. Il continue à courir sur la terre, escaladant les brindilles, contournant les graviers, explorant le fond des fissures. Sa carapace dure luit au soleil d'un éclat de métal. Ses antennes vibrent sur sa tête. Quelquefois il s'arrête, un peu dressé sur ses pattes. Il attend quelques secondes, immobile, palpant l'air devant lui. Il attend sur la terre silencieuse. Puis il repart, toujours courant sur la même route, vers un but qu'il ne peut pas voir.

Il marche à l'intérieur de son monde, posé sur la terre. Son ciel est le même, son soleil est le même. La terre qu'il parcourt est la même. Il respire le même air, boit la même eau de pluie, mange les feuilles des plantes. Son cœur bat aussi, ses yeux voient. Lui aussi dort la nuit, a froid l'hiver, aime la chaleur du soleil et le sucre des fleurs. Alors, pourquoi est-ce lui, l'insecte?

Son visage aux traits presque identiques, yeux, nez, bouche, est semblable à un masque. L'insecte habite dans le grand silence qui recouvre la terre. Chaque jour, il recommence sa marche, inlassablement, qui le conduit d'herbe en herbe, sur le monde fait pour les géants.

Mais il ne dit rien, il ne dit jamais rien. Il passe entre les pieds du petit garçon, à toute vitesse et pourtant longtemps comme une auto sous les arches d'un pont. Il ne connaît pas la peur, ni la faiblesse. Il est tout près, il est si proche qu'on croit entendre battre son cœur et crisser les griffes de ses pattes. Mais il est très loin aussi, loin, pareil à une étoile qui se déplace au milieu des autres étoiles, dans le ciel noir. Il est dans le grand silence.

La lumière brille sur son dos comme sur le toit d'un autobus. Il passe, il passe, il s'en va. La terre silencieuse et belle, vivante avec ses millions d'arbres et ses milliards de feuilles, la terre lui appartient, à lui surtout qui en est digne. Il n'est pas une chose. Il n'est pas un signe. Il est un être animé, libre, hermétique, qui contient dans son corps tout le bonheur possible, toute la souffrance possible. Ce qu'il a n'est pas pour les autres; c'est pour lui, pour sa place dans l'univers, pour sa vie dans le temps.

Monde féroce et doux des insectes, c'est à lui que je veux rêver souvent. C'est lui que je veux regarder, du haut de mon altitude de haute montagne, avec un regard éclairant comme un rayon du soleil. Alors les mots au fond de moi s'animent et se mettent à marcher, chacun de son côté, sur leurs chemins divergents. Les mots sont de petites bêtes sombres et brillantes comme des graines, qui volent, qui marchent, qui creusent leurs terriers. Les mots quittent l'ordre du langage, ils sont devenus vivants, ils commencent leur labeur minuscule sur l'étendue déserte et silencieuse de la terre. Les mots rejoignent les odeurs, les goûts amers et sucrés des feuilles d'herbe, les gouttes d'eau suspendues aux barbes des fleurs, les tapis de poussière jaune. Les mots n'inventent plus de légendes, ils ne proclament plus de lois, ils sont libres, ils vont peupler la terre ! Regardez comme ils courent ! Étrange et triomphante, la vie remue à travers l'espace. Il n'y a plus de vide, plus d'oubli, plus d'énigme. Il n'y a plus le monde des hommes, coque de plastique isolant les passagers des dangers de la traversée. Il y a seulement une série de creux, comme une série de trous d'air, sur lesquels on voyage. Les mots agiles transportent sur leur dos le corps endormi du géant. Puis on devient petit, si petit soi-même, à la taille d'un seul grain. On est debout seul dans le champ immense limité au nord et au sud par des massifs de ronces. On est debout sur la terre où chaque pierre, chaque trou est visible. On trouve un lit doux et tiède au pied d'un galet. C'est là qu'on se cache, sans doute, en rentrant ses pattes sous son ventre, en rabattant ses antennes sur sa nuque, pour dormir pendant toute la durée de quelques minutes, tandis qu'alentour, dans leur autre monde, les statues géantes des hommes font leurs pas immenses, traversent la région des nuages à la vitesse du vent, et lancent les roulements assourdissants de leurs paroles, qui retentissent comme l'écho des orages au-dessus du désert.

La vie étrange, longue, la vie sans fin est ici sur la terre. Elle trouble l'ordre des choses, avec son va-et-vient, elle tourne et emporte, elle tourbillonne et disperse, et c'est par sa faute que rien n'est sûr.

C'est la vie qui regarde la vie, essayant par son regard de prévoir ce qui va venir, quel danger, quel bonheur, quelle nourriture. Être vivant, ainsi, depuis l'origine, c'est avoir faim. Faim, non seulement de substance, mais faim de n'importe quoi. La vie n'attend pas, elle guette, elle espère. La vie ne comprend pas, ne juge pas, elle jette les signes, elle les lit, elle dévore des yeux le jeu des sens, pour nourrir ce corps immense qui est à l'intérieur, et que ronge sans cesse la faim, ce qu'on appelle la mémoire.

Mais la vie étrange, longue, infinie, ne veut pas qu'on se souvienne. Elle ne permet pas qu'on ait des habitudes avec elle. Tout ce qu'elle montre est chaque jour nouveau, brusque, inconnu. Il n'y a rien de plus étrange que la réalité. C'est en elle que je vois les mystères, les secrets. La vie ne s'explique pas. Chacun de ses éléments est un acte bizarre, saugrenu, qui a quelque chose d'un peu fou. C'est pour cela que l'homme a très vite le regard méfiant. Attention ! Qu'est-ce que cela va être maintenant ? Il regarde le ciel, la lune, les vagues de la mer, les fleuves, les bouches des volcans, et il plisse un peu les yeux, parce qu'à chaque instant quelque chose peut jaillir, un éclair, une lame, faire des bonds, tuer. Il est inquiet et intrigué à la fois.

Alors il voudrait poser des questions. Il y a vraiment beaucoup de questions, tout le temps :

Pourquoi le ciel est bleu ?

Pourquoi est-ce qu'il y a des odeurs ?

Pourquoi y a-t-il des raies sur le dos des doryphores et des points sur le dos des coccinelles?
Pourquoi est-ce qu'on vieillit?
Pourquoi le monde va-t-il dans la direction de l'étoile Véga?
Pourquoi les rochers ne sont pas mous, pourquoi l'air n'a-t-il pas d'odeur?
Pourquoi les hommes et les femmes sont-ils différents?
Pourquoi y a-t-il le feu?
Pourquoi les arbres ne peuvent-ils pas marcher?
Pourquoi les femmes sont-elles réglées?
Pourquoi y a-t-il le sommeil?
Pourquoi les hommes et les femmes ne savent-ils pas rester des enfants?
Mais les questions ne trouvent pas de réponses, parce que rien ne peut être expliqué. La vie suit son cours, loin du langage des hommes, elle ne s'occupe pas du savoir, et encore moins de la conscience. La vie dédaigneuse et facile, lisse comme l'eau, belle et habile, qui croît invisiblement dans tous les corps.
Alors le regard des hommes est étonné, il va d'un point à un autre sans comprendre. Les questions n'ont pas d'importance. La beauté est dans le regard qui ne comprend pas. Elle n'est pas dans les mots intelligents qui rassurent les niais.
Les stupides sont ceux qui sont le plus près de la vérité, et les intelligents, les malins, les subtils sont comme les aveugles, les sourds et les muets.

La vie étrange et longue, qui ouvre sans cesse ses cachettes. En elle on voyage, comme cela, sans savoir où l'on va, vers quelle aventure. Des gens passent, des hommes, des femmes, des gens qui marchent en même temps que vous. Il y a des animaux aussi, des chats longilignes aux grandes oreilles, des chiens couleur de laine, des oiseaux gris, des papillons de nuit. Ils bougent autour de vous, ils dansent, ils mettent la tête à la fenêtre de leurs maisons, ils voyagent dans le ciel, ils roulent dans leurs autos, leurs trains, leurs métros et ils s'en vont.
Ils vous parlent et leurs voix résonnent lointainement :
« Bonjour! »
« Comment ça va? »
« Comme ci, comme ça. »
« Qu'est-ce que tu as fait, tout ce temps-là? »

« Oh rien... Je n'ai rien fait. »
Dans la rue le soleil brille, le vent souffle, les arbres aux petites feuilles raides sont dressés contre le ciel pâle. Les palmiers balancent leurs palmes.

La vie étrange et longue crée les nuages dans le ciel. Personne ne sait pourquoi ils naissent, ni comment; mais ils sont là. Des nuages légers qui dérivent dans le ciel, qui s'en vont. Certains sont très haut, longues bandes effilochées qui se déforment lentement. D'autres sont proches, touffus, larges, très blancs, ils s'accrochent au sommet des collines de pierres, ils cachent les avions. La vapeur monte de la mer, sans qu'on la voie, elle se condense sur les plafonds glacés.

Nuages, nuages doux, tranquilles, étranges, nuages gris, aux formes ductiles, corps de femmes, chevelures, visages d'enfants, dragons, îles. Nuages, je vais vers vous, je me mêle à vous, et je file, moi aussi, changeant sans cesse mon corps et mon visage. Nuages comme les rêves, nuages comme les chansons, comme les souvenirs. Ils traversent l'espace du ciel, et ceux qui ont des vies fiévreuses, en bas, ceux qui courent dans les rues de la ville, ceux qui se bousculent aux portes des magasins, ceux qui se hâtent vers les banques, un cartable à la main, pour poser une liasse de papiers sur une autre liasse de papiers, d'un bureau capitonné air conditionné à un autre bureau moquetté climatisé, ils devraient bien s'arrêter et regarder un peu en l'air. Ils devraient bien se coucher sur le dos par terre, la tête calée sur leurs cartables noirs, et regarder, regarder passer les nuages, les *unreliable clouds*.

Le ciel étrange et long est plein de signes bizarres. Des croix qui apparaissent et s'effacent, comme sur un échiquier, des taches sombres sur le disque du soleil, des tourbillons, des cercles concentriques, des ondes. Il y a aussi des vols d'oiseaux très petits, qui s'ouvrent et s'écartent, pluie de traits noirs rapides allant chacun vers son but. Le ciel ne bouge pas. Les choses drôles, ou maléfiques, apparaissent sans cesse, il y a tellement de signes et d'événements qu'on pourrait passer sa vie à regarder le ciel, à compter, et à deviner.

Partout où on voit le ciel, il y a la liberté. Le reste, les sentiments, le désespoir, la peur, cela n'est pas important. Il suffit de lever la tête et de regarder en ouvrant très grands les yeux, comme si c'était de l'eau. Et on boit avec les pupilles, et la fraîcheur entre à l'intérieur du corps et lave, calme, abreuve, et la douceur de la lumière entre à l'intérieur du corps et baigne chaque organe, réchauffe, apaise, et dans le ciel pur où se métamorphosent tranquillement les nuages, on peut voir, comme dans un miroir, son propre regard clair et pur, où le soleil allume, sur chaque prunelle, une étoile qui danse.

La vie étrange et longue est une magie. La magie n'est pas invisible; elle est tout ce qu'on voit, tout ce qu'on touche, tout ce qu'on sent, et qu'on ne pourra pourtant jamais connaître. Sur la terre, dans la vie, tout est magique, tout est neuf : la terre, le ciel, les mers, la naissance de la vie.

Pourquoi y a-t-il le temps? Parce que le temps est magique. Pourquoi y a-t-il le soleil mobile, la lune, les amas d'étoiles, la lumière cosmique? Parce que l'espace est magique, et que tout ce qui l'habite est soumis aux forces de la magie. Pourquoi y a-t-il l'infinitude, le zéro absolu, la vitesse c? Parce que les limites de la matière sont celles-là mêmes : la magie.

Mais c'est une magie sans mage dont je parle, un réseau de forces inconnues, immotivées, qui exercent leur pouvoir les unes sur les autres. La magie n'est pas secrète. Elle n'est pas un pouvoir pour les hommes, elle ne peut pas être possédée. Elle est seulement la beauté réelle, la lumière, pour chacun, par chacun. La magie est la force des images.

Tout être vivant est magique. Il connaît cette force en lui, qui vibre avec les autres et se transmet. Il sait quelle est cette vertu. Il parle, il répond. Son pouvoir n'est pas un pouvoir sur la vie, mais une faculté de perception, un accord. Pourquoi utiliserait-il ce savoir? Pour quelle futile domination? Ce savoir n'a pas d'ordre, il ne subjugue pas. C'est un savoir tendre et plein de douceur, qui vit dans le regard, dans les sens. La vie bouge sans cesse, elle envoie ses ondes, elle trace ses cercles, elle crée son foyer. Mais elle a besoin des cellules pour agir, pour illuminer. La magie est quand le regard unit ce qui voit et ce qui est vu, quand la peau et la surface de la terre se ressemblent, se frôlent, et frissonnent. La magie est la musique qui va sans cesse de l'extérieur vers l'intérieur, puis de l'intérieur vers l'extérieur. Les oiseaux magiques chantent leur chant, écoutent les échos, recommencent. Les papillons déplient leurs ailes qui sont des trésors, vibrent au-dessus de la beauté des fleurs, et ils ne peuvent pas ignorer ce qu'ils font. La magie est consciente; ce n'est pas la conscience de l'intelligence, ni celle du langage, puisque le monde ne se voit pas lui-même. Ce n'est pas le regard dédoublé des miroirs. La magie est la plus haute forme de la conscience, puisqu'elle est à la fois l'acte, et le passage de la lumière extérieure. La magie, c'est de sentir, d'entendre, de voir. La magie, c'est de vivre avec son cœur, ses poumons, ses viscères, ses nerfs. C'est de prendre et de laisser, de tuer et de faire naître.

Tout est jaillissant, surgissant, bondissant, tout est fort, stable, rapide, matériel. La magie est dans le vol du milan, dans le zigzag de la mouche, dans la musique des crapauds, dans le corps des lamproies et des gobies, dans les lianes et les ronces, dans les lichens, dans les arbres aux grandes racines.

Qui peut connaître les limites du secret?

La vie longue et qui ne cesse pas, tandis que la belle lumière brille sur les maisons et sur les arbres, dans l'air, dans l'eau, dans le feu. On peut courir partout, plus rien ne vous retient. On peut voler dans l'air, plonger dans l'eau froide et nager longtemps, puis s'allonger sur un rocher plat au soleil et laisser sécher sa peau en regardant le ciel. Comme on va loin! Comme on va longtemps! On est pris dans le mouvement léger qui danse, et on saute de plus en plus haut. D'abord on saute un mètre, puis deux, trois, quatre. On saute jusqu'aux feuilles des arbres, jusqu'aux grappes de fruits des palmiers. On saute par-dessus le toit des maisons, et on voit les alignements de tuiles rouges et les gouttières de zinc qui étincellent. On saute devant les façades des immeubles, jusqu'à la fenêtre du 20e étage, jusqu'au toit plat où sont les antennes de télévision et les hautes cheminées des chaudières à mazout.

On saute jusqu'en haut des tours de métal, jusqu'en haut des phares et des mâts. On saute par-dessus les montagnes pelées, et on voit les pics aigus qui traversent les nuages.

On ne connaît plus la pesanteur, on ne sent plus le poids de l'air. On peut aller partout, vers la lune, vers les étoiles, jusqu'au centre du soleil. On est libre, libre! On est vivant.

Mais comme on connaît sa puissance, et qu'on est raisonnable, on reste sur la terre, les deux pieds posés à plat sur le sol. On fait comme si on ne savait pas sauter, pas voler. Seulement, de temps en temps, quand passe un oiseau vite dans le ciel, ou bien quand l'étoile Sirius brille très fort dans la nuit, on regarde là-haut, et on sourit un peu, comme quelqu'un qui sait et qui ne le dit pas.

On ne connaît que ce qu'on voit, ce qu'on sent, ce qu'on touche. Quelques arpents de terre, quelques murs, quelques arbres familiers, avec leurs troncs ridés, leurs branches et leurs feuilles, et puis les toits au loin, les rochers aux formes bizarres, les rivages de la mer, les anses, les baies, les caps. Ce sont les itinéraires que l'on parcourt chaque jour. Les choses ont le même visage que les hommes, et plus on les voit, mieux on sait y lire. Monde étroit que regardent les yeux, monde limité par les ouvertures des pupilles, par la quantité des terminaisons nerveuses sur la rétine, et par le battement des paupières. C'est le monde que peut atteindre la connaissance. En dehors, étranger, danger. De l'autre côté de ces murs, de ces rues, de ces champs, derrière ces montagnes et ces immeubles, derrière l'horizon, qu'y a-t-il? Peut-être rien. Peut-être le vide. En tout cas, si la vie s'y trouve, si elle est la même qu'ici, c'est une vie imaginée, rêvée, une vie qui vous entraîne dans le monde des hypothèses. Les philosophes, les mathématiciens et les poètes ont beau jeu de parler d'infini. Comment parler d'infini, d'éternel, comment peut-on penser à ce qu'il y aurait au-delà de la mort, comment concevoir l'invisible, alors que l'esprit humain a déjà du mal à réaliser le lieu où il vit, alors que le corps de l'homme parvient tout juste à régner sur ce petit territoire? Quand la grandeur et la petitesse sont celles que voient les yeux, celles que mesurent les mains, quand le temps n'est rien d'autre que le passage des jours, des mois, ou à la rigueur des saisons? Quand les plus grands espaces sont des esplanades, des plateaux, des estuaires, un morceau de la mer, un morceau du ciel? Comment chercher l'au-delà, quand l'on est ici, sur son terrain, entre des haies et des chemins vicinaux, et que l'horizon est limité par quelques collines ? Comment parler de l'univers, comme cela, sans précautions, sans pudeur, comme si on le connaissait, comme s'il vous appartenait, comme si on pouvait l'embrasser du regard, le parcourir, le reconnaître ? Le domaine de notre connaissance est ici, sous nos pieds, exposé dans la lumière du soleil. Ses frontières sont les nôtres, et c'est en lui que nous devons voyager, jusqu'à nous perdre.

Nous ne pouvons pas être les aventuriers de l'inconnu. Tant pis, il faut laisser cela aux abeilles ou aux dauphins. Nous autres, nous ne pouvons être que les voyageurs des rues, des jardins, des champs, les voyageurs du voisinage.

Alors l'infini, l'éternel tout à coup se racornissent, ils sèchent sur eux-mêmes comme des taches d'eau. Ils ne sont plus hors de l'homme, perdus dans les gouffres noirs de l'espace. Si loin qu'on aille dans la nuit, au plus profond du champ des étoiles, loin, si loin que les soleils ne sont plus que des têtes d'épingles perdus quelque part dans la Galaxie du côté des Gémeaux, on ne pourrait pas rencontrer le vide, on ne pourrait pas voir cet infini. Il y aurait toujours de la matière, il y aurait toujours un corps. Si vite que puisse aller le temps, il y aurait encore des années, des siècles. Il y aurait encore quelque chose, un battement, un rythme, un cycle, et l'éternité resterait hors d'atteinte.

Mais on peut y penser, bien sûr. Mais on peut écrire les mots, les chiffres, mais on peut y rêver. Pourtant, ce sont les dimensions de la main, la distance d'un pas, ou d'une perche, pourtant c'est le temps qui passe depuis le lever du soleil jusqu'à son coucher, ce sont ces mesures qui nous importent réellement. Ce sont elles qu'on veut connaître. Ce sont elles qui portent les mystères et les merveilles. Ce sont elles vers quoi l'on va, comme cela, sans hâte, fasciné par le réel, par la beauté, par la douceur et l'énergie de la vie, comme un insecte cheminant sur le sol, comme un insecte rendu fou par la flamme d'une seule bougie.

Vers l'espace proche on progresse, reconnaissant le relief, chaque creux, chaque recoin de ce lieu où se passe toute l'action. Comptant les jours, comptant les heures, à l'écoute des minuscules changements qui transforment le paysage, guettant le passage de l'ombre, l'appel des crapauds dans les marais, le bruit du vent sur l'herbe, le bruit des ruisseaux en crue, suivant des yeux le déclin de la lumière.

Être loin de ce temps et de cet espace, c'est être loin de la vie. C'est être loin de l'intelligence. Le plus grand n'est pas au-dehors. Le plus grand, le plus vrai, le plus durable, c'est à l'intérieur.

Pourtant je sens cela en moi, au fond de moi : l'espace sans limites, le temps sans limites. L'infini, l'éternel, l'inimaginable ne sont pas au-dehors, pour les yeux ou pour les oreilles. Ils sont à l'intérieur du corps, dans le ventre, dans le cœur, au centre du siège de l'intelligence, tache noire, point insensible au centre du réseau des nerfs et des pulsions motrices. Si je veux les voir, si je veux les ressentir, ce n'est pas en regardant le ciel étoilé, ou la mer, ou l'étendue du désert ; ce n'est pas dans les mots du langage, ni dans les chiffres qui font apparaître la nécessité du néant. Les signes sont les manifestations de surface de cet espace démesuré, de ce temps incalculable. Mais au-dessous d'eux, au-dessous de la peau, à l'intérieur des formes vivantes, à l'intérieur des objets aussi, au centre de tout ce qui est fermé sur soi-même et existe, il y a cette infinitude, cette éternité.

Non pas un désir charnel, mais la racine de la vie, sa coquille, son lieu de naissance. Cet instant qui est le point zéro, ce départ qui est l'absence de toute distance, quand le chemin pas encore parcouru et le chemin qui a été parcouru soudain, ici, se rencontrent.

Avant le premier chiffre, il y a la coquille. Si je veux voir la démesure, c'est elle que je regarde. Regardant vers l'intérieur des corps, j'aperçois alors le paysage si vaste que rien ne peut en donner l'idée, je ressens le passage du temps si long que nul ne peut plus compter, et vient en moi le langage si beau, si accompli, dont les phrases n'ont plus de fin.

Où est cela ? C'est au centre du réel, en son cœur, en son feu.

Quelquefois l'infini affleure, il frôle la surface. Ce sont les instants particuliers où la vie, ralentie à l'extrême, proche de l'état d'immobilité, devient plus dure, compacte, brille d'un éclat presque blessant.

C'est cela peut-être qui était urgent, cela qui rôdait derrière les mots arrêtés dans la gorge, qui guettait dans la lumière de la beauté facile. Une menace, peut-être, un danger, comment savoir? La vie terrestre est une bulle dont les parois protègent mal de l'espace et du temps. A l'intérieur de ce petit monde, les hommes morcellent les distances, divisent le temps, minutes, secondes, microsecondes. Mais la conscience se souvient, elle n'oublie pas qu'à chaque instant l'éclatement est possible; l'élargissement du noyau, quand de la coquille initiale sort le courant, le fleuve, la tempête, balayant les divisions et les frontières des hommes. La beauté de la vie est un équilibre, il ne faut pas qu'il se rompe. Alors on détourne les yeux, on fuit, loin de la lumière, loin du ciel, loin de la mer, pour ne pas voir cela — l'infini, effrayant, qui affleure.

Mais dans la beauté réelle il y a surtout ceci : l'infini interne. Parfois, je regarde des yeux, comme cela, deux yeux dans le visage d'un enfant de cinq ans. Ils ne sont pas comme des yeux d'animal, et ils ne sont pas non plus comme des yeux d'homme. Ce sont deux yeux profonds, clairs, qui fixent directement votre regard, qui traversent tout droit l'air transparent de leur lumière que rien ne peut troubler. Ces yeux n'expriment rien, du moins rien de ce que les paroles des adultes laissent comprendre. Ils ne veulent pas juger, ni séduire, ni subjuguer. Ils veulent seulement voir ce qu'il y a, et par les pupilles ouvertes, recevoir en retour le rayonnement de la lumière. Alors dans ces yeux, sans qu'on puisse comprendre pourquoi, on aperçoit soudain la profondeur qui est sous toutes les apparences. C'est un vertige inconnu qui s'empare de vous, tandis que le regard clair de ces yeux d'enfant s'appuie sur vos propres yeux. Une porte en vous s'entrouvre, et l'espace vaste et le temps très grand commencent à sortir, à glisser, comme un souffle, comme une eau froide qui va et vient.

C'est le regard, seulement le regard qui révèle l'immense creux au fond de votre être, la vie interne. Est-ce possible? Pourtant le regard de cet enfant ne parle pas, ne donne pas. Il ne connaît rien, il n'est qu'un enfant de cinq ans. Il ne sait peut-être même pas ce qu'il voit. Son regard est comme peint sur ses iris, sans relief, sans pensée. Son regard est un regard d'étranger. Qu'a-t-il vu au fond de vos yeux, pour que ses pupilles se dilatent ainsi sur l'eau des iris, et que ce rayon de lumière, écartant toutes les peaux, aille sans cesse ainsi d'une vie à l'autre vie, de son mouvement unique tandis que grandit, gonfle, se dilate de joie l'espace libre qui est en vous, l'espace libre et immortel?

Si c'étaient des mots, ce serait un mensonge, si c'étaient des dessins, ou des signes, ou des musiques de chanson, ce seraient des rêves. Mais c'est au grand jour, à la lumière, n'importe où, dans une très grande ville blanche où vivent des millions d'hommes aux regards durs, et ces deux yeux sont immobiles et brillent comme des soleils, solidaires comme les constellations du ciel, deux yeux sans limites d'un enfant de cinq ans qui vous regarde.

C'est l'infini interne qui grandit, qui éloigne les limites. Au-dehors, de l'autre côté de la peau, tout est achevé, précis, mesure sur mesure. Les poids sont prêts, les mètres, les chronomètres. Le jeu est parfait, dans le périmètre humain; on ne peut pas y échapper, on ne peut pas oublier.

Mais dès qu'on regarde au fond de soi, dès qu'on regarde vers le centre des choses, on voit l'espace, l'espace, plus grand que la mer, plus grand que le ciel.

Toutes les choses ont un centre. C'est vers lui qu'il faut aller, non en marchant, ni par le regard, ni par les sens, mais *directement*, à l'aventure, en plongeant, comme cela, d'un trait jusqu'à l'endroit où tout brûle et rayonne, jusqu'à la plage d'extrême lumière où la vie est encore à l'intérieur de sa coquille.

Alors, quand on est arrivé au centre, à l'intérieur des arbres, des pierres, des gouttes d'eau, on voit autour de soi comme un firmament. C'est un ciel si vaste que le regard s'y perd, que la conscience s'y éteint, et avec elle le langage et la pensée logique. La vie y est si intense qu'elle emplit tout sans couler, dense comme le diamant.

Oui, on est au centre d'un arbre, d'une pierre, au centre d'une goutte d'eau, au centre d'une flamme, on est au centre de soi-même. Assis, arrêté sur le sol, on respire lentement, d'un souffle silencieux qui soulève à peine la poitrine. On est dans son propre cœur, qui se contracte et se dilate au rythme des années, des siècles peut-être. Mais chaque coup du cœur ne marque plus une date, il est le même instant indéfiniment répété, comme une image qui se referait sans cesse. Chaque coup du cœur est la même pierre, le même arbre, la même goutte, la même flamme, le même animal, entiers, recouvrant la totalité de l'existence.

A chaque instant, il faut partir vers le centre, vers l'intérieur, vers le feu. L'infini caché dans chaque grain de sable vous appelle. L'infini caché dans chaque fruit d'arbre renverse l'ordre du monde, et ce qui était à l'intérieur, maintenant est au-dehors. C'est pour cela que les mots du langage nagent et flottent dans l'espace, recouvrent les montagnes, les plaines, les plates-formes des villes. Les mots nés du centre du feu, les mots brûlants qui exigent, qui appellent, qui illuminent. Les mots qui ne sont pas ceux des paroles vaines, des mensonges et des destructions; mais qui sont les étoiles intérieures, aussi nombreuses et belles que les astres de la nuit. Les mots, échappés à la forge en action dans le ventre du corps, puis répandus au-dehors comme une semence, tandis que le regard invente la lumière; tandis que le regard, joint à la lumière, éclaire l'intérieur de la tête. Comment dire cela? Mais cela ne peut se dire ainsi, avec mes paroles, car c'est, d'un seul bond, par-dessus les millions d'années et les millions de naissances, le silence enfin accompli.

C'est venu, un moment, alors que les yeux de cet enfant de cinq ans luisaient de leur éclat limpide. C'est venu quand cet arbre au lourd feuillage était immobile au soleil de midi, au centre du jardin. C'est venu quand le rocher blanc a surgi au milieu des broussailles, en haut de la montagne, tout près du ciel et des nuages. C'est venu quand la goutte d'eau s'est gonflée au bout du robinet chromé, puis s'est détachée. Dans l'instant où elle tombait, avant d'atteindre la cuve blanche du lavabo, tout cela s'est passé, tout cela, et bien d'autres choses encore. L'infini, l'éternité qui étaient en moi ont fait explosion, ont avalé le monde qui les contenait, ont avalé le corps qui les portait. C'est venu quand la flamme jaune a jailli au bout de l'allumette, quand l'animal inconnu, rapide, a bondi d'un trait gris devant les roues de l'automobile. C'est venu, puis cela s'est arrêté. Ce n'était pas vrai, peut-être? Ce n'était qu'une vibration inquiète, une fatigue, une ivresse?

Maintenant, l'autre espace, l'autre temps sont là, de nouveau, le petit territoire connu des hommes, avec ses chemins, ses places, ses escaliers, ses arbres qui poussent au milieu d'une grille, ses cailloux concassés, ses gouttes prisonnières qui fuient du robinet au joint usé, une, une, une, une...

Le mot infini, le mot éternel, on les rentre en soi, on les ravale, et on repart sur sa route zigzagante, blanche pour les pattes noires, à la manière d'un drôle d'insecte obstiné.

Dans la lumière vit la beauté. La lumière du jour, celle qui revient toujours, elle baigne les objets et les êtres, elle les rend présents. Pour elle ils se mettent à briller, ils vibrent, ils s'ornent de toutes leurs couleurs et de tous leurs dessins. Ils aiment la lumière, tous. Même ceux qui se cachent la regardent à travers le voile de l'eau ou de l'humus. Ceux qui sont sous la terre, les graines, les coquilles, les métaux, les cristaux, ils attendent d'apparaître, ils font de grands efforts pour apparaître. Ils sont tournés vers elle, tous, ils croissent et poussent pour arriver jusqu'à elle. C'est dans la lumière que les êtres vivent et respirent. C'est pour elle qu'ils ont des feuilles, pelages, épines, des fruits, des calices, des odeurs.

Toujours les yeux cherchent la lumière où elle se trouve. Les yeux du jour, les yeux de la nuit. Et le bonheur, ce ne peut être que cela, quand on a trouvé la lumière, quand on est avec elle, serré en elle, et qu'on la voit de tout son corps, non seulement avec les yeux, mais avec sa peau, ses cheveux, sa bouche, ses ongles. Elle vous unit au monde, elle vous chauffe, elle vous parle, elle vous nourrit.

Alors on va vers les régions de la plus belle lumière, les pays parfaits où le jour est tellement grand, tellement chaud qu'on ne peut rien faire d'autre qu'être dans la lumière. Les pensées sont arrêtées. Les pensées sont devenues stupides, tandis que le ciel rayonne et que la terre et la mer resplendissent. Les feuilles des arbres tournent sur elles-mêmes comme des parcelles aimantées, en jetant des étincelles vertes. Les herbes brillent comme l'acier, les silex lancent le feu. Les montagnes de basalte sont chaudes, les plateaux calcaires résonnent sourdement. L'eau des flaques, dans les creux de rocher, devient pure et transparente, où vivent les crabes gris et les anémones rouges. La mer elle-même, profonde, dure, est pleine de la lumière, et on la voit qui court sur elle de vague en vague.

On voudrait la retenir, être sans cesse avec elle. Mais la lumière ne se possède pas. Elle est fugitive. Elle s'écarte, elle revient, elle glisse. Par moments, elle est si dense que la peau se craquelle et que les yeux ont mal. Blanche sur les murs des maisons peints à la chaux, pâle, couleur de mercure sur le ciel sans nuages, en fusion sur les carrosseries bouillantes des voitures. Lumière de sel ou de plâtre, lumière minérale des déserts proches de la stratosphère.

Parfois elle faiblit, elle tombe, elle devient rare, elle se refroidit, et alors on chancelle comme si l'air manquait, on titube comme s'il y avait des trous sous les pas. La lumière fait ce qu'elle veut. Le monde lui appartient, par le regard, le monde vibre selon son rythme, danse avec elle.

C'est le jeu de la lumière avec le monde, son jeu, qu'elle invente à chaque seconde, et que nous devons suivre.

Certains voudraient bien rester hors du jeu ; les cailloux, par exemple, qui restent impassibles, avec leurs arêtes aiguës qui tranchent la lumière.

« Fais ce que tu veux, lumière, nous on est là, on ne bouge pas de là. Ça nous est bien égal. On n'a pas peur de l'ombre, on n'a pas peur du vide. Fais ce que tu veux. »

Mais chaque soir les pierres souffrent, et dans la nuit, elles sont encore plus dures et plus froides, et leurs angles sont plus déchirants. Elles ne se plaignent pas, mais elles attendent le premier rayon de la lumière de l'aube pour craquer un peu, pour se desserrer.

Les plantes et les fleurs, au contraire, sont celles qui jouent le mieux avec la lumière. Elles l'aiment tant ! Elles ne vivent que pour la lumière, pour lui offrir chaque jour leurs feuilles vertes, leurs pétales écartés, leurs boutons nouveaux. Aussi ce sont elles que la lumière préfère, et c'est pour cela qu'elle est si belle là où vivent les plantes et les fleurs.

Avec elles, le jeu est très doux, très léger. Il miroite, et frôle, il scintille, il glisse, il s'éparpille en pluie phosphorescente ou passe en caresse, gentiment, habilement. C'est un jeu qui dure depuis des millions d'années, un jeu que même la nuit n'interrompt pas. Car les feuilles s'endorment et les fleurs se ferment, et gardent en elles le contact chaud de la dernière lumière du ciel.

Sur les cheveux des femmes, dans les yeux doux des enfants, la lumière aussi joue son jeu. Elle brille sur les dents, sur les ongles des mains et des pieds, sur les duvets de la peau, près du ventre et des épaules. La lumière imprègne la peau nue des jeunes filles, l'éclaire, la réchauffe comme la pulpe d'un fruit. Elle glisse sur les habits, elle brûle les toits, elle rend opaques les verres des lunettes noires.

La lumière n'est pas ce qui vient du soleil, pas vraiment. C'est autre chose. Elle habite dans tout l'air, sur toute la terre. Elle sait entrer à l'intérieur des chambres aux persiennes fermées, elle sait aller jusqu'au fond des grottes à 60 mètres sous terre. Elle est elle, dans le jour, tout à fait elle, qui ne cache rien, qui ne détruit rien.

On croit la voir, tache jaune qui frémit dans l'espace. Alors on tend les mains pour la prendre, mais les mains n'arrivent pas jusqu'à elle, et elle continue à danser, libre. On croit la voir, entre deux montagnes coniques, debout en forme de faisceau sur le fond de la vallée. On court vers elle, on se précipite, mais quand on arrive, elle est en haut des montagnes, ronde comme une auréole.

La lumière est toujours ailleurs, et l'on vit avec elle sans le savoir, et on la voit sans la voir. Insaisissable, légère, rapide, elle bondit d'un point à l'autre du pays, elle enveloppe comme un ouragan, elle coule lentement comme un fleuve sans rivages. Où est-elle? Qui est-elle? Mais elle n'a pas de lieu, elle n'a pas de corps, elle est la seule présence sur tous les points du monde, celle qui a rendu une fois pour toutes la solitude impossible.

Si on parle de la lumière, il faut parler un peu des lézards aussi. On s'approche de la muraille, le matin, la vieille muraille aux pierres irrégulières. La muraille est usée par le vent et la pluie, brûlée par le soleil. Autour d'elle, les champs de genêts et de ronces, les buissons aux feuilles dentelées. La poussière, la sécheresse, la chaleur. La mer n'est pas loin, tout est couvert de sel.

On s'assoit un instant à côté de la muraille et on regarde.

On regarde chaque pierre, chaque fissure, et les brins d'herbe jaune, là, à ses pieds. Il ne se passe rien. Il n'y a personne. Mais on sait que la muraille est habitée.

Les petits animaux restent cachés dans les creux. Ils observent celui qui les attend.

Personne ne dit rien. Il n'y a pas de bruit, sauf le bruit de la mer, en bas de la falaise, et les moteurs des motos qui gravissent une côte, quelque part. Tout est très chaud, très blanc, au bord du sommeil.

Alors les lézards quittent les fissures. Ils marchent par petits bonds sur les vieilles pierres, le long de la muraille. Ce sont eux qui connaissent le mieux la lumière, par ici. Ils s'arrêtent à leur place, la tête un peu dressée, et ils tournent leur nez dans la direction d'où viennent la chaleur et la blancheur.

Leur gorge palpite doucement au rythme du bonheur.

Dans le ciel vivent les nuages. Ils sont nombreux, et légers, légers. Ils traversent l'espace, sans se presser, ils passent lentement au-dessus de la terre, comme cela, tout gonflés comme des voiles, ou bien allongés comme des lambeaux de linge. Ils sont beaux! Je voudrais rester des jours à les regarder, allongé sur la terre, des jours, des mois, des années peut-être. Les nuages ne sont pas ennuyeux. Ils ne montrent rien, ils ne veulent rien dire, ils ne sont pas effrayants, ni tristes. Ils sont vivants. Leur vie n'est pas celle des animaux de la terre, ni même des arbres, des rochers, des flammes du feu ou des vagues de la mer. C'est une vie légère, qui passe dans la lumière du ciel, qui se transforme, qui s'en va. C'est une drôle de vie qui ne respire pas, qui ne mange pas, qui ne s'accouple pas. C'est la vie passante des nuages.

Eux, ils ne savent rien faire d'autre que se promener. Ils viennent d'un côté de l'horizon, ils vont vers l'autre côté. Ils ne sont pas pressés. Ils avancent avec majesté, mais légers, légers, en glissant dans l'air bleu. Ils roulent un peu, ils s'étirent, ils lancent quelques volutes en avant, puis le reste du corps suit en rampant, et les panaches de l'arrière se replient. Ils n'ont pas de tête, ni de jambes. Ils ont des quantités de corps en un seul, qui bougent et frémissent, comme s'il y avait une troupe d'enfants cachés sous un grand drap.

Oui, ils s'en vont, paresseux et assez maladroits, les uns derrière les autres, suspendus dans l'air. Il y a de gros nuages très blancs, couleur de neige, couleur de mousse de savon, ronds et roulant sur eux-mêmes, pirouettant lentement, entraînés par les courants invisibles du ciel. Ils traversent le zénith en montrant leurs sphères bizarres, gonflés de lumière, et leur ombre passe sur la terre, en bas, sur les champs, sur les vallées, sur les toits des maisons. Quelquefois ils sont lourds, ils vont si bas qu'on croit qu'ils vont accrocher les grands immeubles et les pylônes de fer.

Je les regarde passer comme ça dans le ciel, gros nuages blancs tranquilles, que le vent sûrement bouscule un peu là-haut. Ce sont les bons nuages qui vous rassurent, les troupeaux qui marchent dans les chemins creux de l'air. Ah, ils ne regardent pas en bas, ils ne regardent personne. Ils s'en vont, cahin-caha, doucement, en roulant leurs bosses, en se dandinant.

Les nuages ne volent pas comme les oiseaux, comme les avions. Ils ne font pas beaucoup d'efforts. Ils restent dans l'air à la manière de gros ballons d'air chaud, et je les aime bien parce qu'ils sont lents et pas sérieux. Je les regarde, et je regarde aussi le ciel bleu, et je sens une étrange impression de bonheur, comme si toute la terre était chaude et douce, comme si toute la terre était en train de dormir et rêver, bien tranquille et légère, lovée sur des couches de plumes.

Quand on regarde les nuages, on pense à beaucoup de choses, mais ce sont des choses qui ressemblent à des nuages. Ce sont des choses légères et rondes, qui roulent et tanguent et rampent comme des chenilles, ce sont des choses claires imprégnées de lumière, à la dérive dans le grand lac bleu absolu du ciel. Ce sont des choses bien étonnantes.

Les nuages sont peut-être des rêves qu'on fait les yeux grands ouverts, des rêves qui ne veulent rien montrer, rien dire, des rêves pour rêver, sans plus. Ça se gonfle et ça diminue, ça s'élonge et ça se déforme, ça dérive et puis ça s'en va, doucement, doucement, en arrière vers la fente de l'horizon.

D'où viennent-ils ? Qui est-ce qui fabrique les nuages, dites-moi, qui est-ce qui les fait naître ? Sûrement ils apparaissent au-dessus de la mer quand le soleil brûle fort, là où l'eau rencontre le rivage, là où se dressent les falaises et les murs des montagnes. Alors ils naissent dans le ciel, ils sont d'abord très petits, quelques boules pâles et transparentes comme le givre. Les petits nuages grandissent, ils se multiplient au-dessus de la mer, immobiles les uns à côté des autres. Ils ne savent pas encore voyager. Puis ils grandissent encore, ils grossissent, ils se soudent les uns aux autres, ils deviennent de gros nuages blancs. Comme ils sont très gros, le vent appuie sur eux et les gonfle comme des ailes, et ils commencent à glisser dans le ciel. Ils franchissent la zone des montagnes, ils courent par-dessus les collines et les vallées, séparés, allant, allant, sans s'arrêter, sans savoir où le vent les mène.

Où vont-ils? Vers l'Afrique, vers les Açores, ou bien le long des courants qui conduisent au nord, vers l'Irlande, vers la Suède, la Norvège, la Finlande. Ce ne sont pas des nuages d'orage, pas encore. Ils ne portent pas d'éclairs, ni de glace, ils sont seulement les nuages blancs paresseux qui se promènent dans le ciel bleu, qui traînent leurs grandes ombres fraîches sur la terre.

Je suis étendu sur le dos, les rayons de soleil s'allument et s'éteignent sur la peau de mon visage. Même avec les yeux fermés, je sais quand passent les nuages. Quand le soleil brûle avec force, j'attends qu'ils arrivent. J'essaie de les guetter en ouvrant un peu mes paupières, et mes yeux s'emplissent de larmes. Quand le nuage s'approche du disque brûlant, la lumière faiblit, se trouble. Je vois les larges volutes qui avancent, en s'aidant, se poussant et se tirant, les boules blanches et grises qui tournent dans l'air éblouissant. Puis, d'un seul coup, le soleil n'est plus qu'un rond qui recule à travers les nuages, et je sens comme de l'eau froide qui coule sur mon visage et sur mes paupières. J'ouvre les yeux, je regarde. J'aime que le soleil soit caché par le nuage, et je deviens léger, moi aussi, je glisse sur la terre, je suis peut-être large et rond, je fais des volutes compliquées qui s'enroulent et se recouvrent.

Tout est apaisé, les brûlures sont oubliées, le froid du vent vient. Je vois les feuilles des arbres bouger, j'entends les bruits de la mer, les bruits de l'herbe. Le poids du ciel est soulevé, et je peux respirer lentement, profondément, comme dans le sommeil. Je peux respirer si longuement que c'est comme si je respirais jusqu'au fond du ciel. Nuage, grand nuage, glisse très lentement, étale bien tes sphères blanches, nage et gonfle tes membranes comme un parachute, comme une méduse. Nuage, reste là, je te prie, reste au-dessus de moi, pour moi et pour mes voisins, montre-nous bien tes volumes éclatants et gris, tes creux sombres comme des cavernes, tes grandes vallées silencieuses, tes montagnes douces, tes savanes.

Le nuage est grand comme une île, grand comme une banquise. On voit tous les coins qu'on aimerait habiter, les creux

où on voudrait s'installer pour dormir, les cachettes, les lits, et puis aussi les sortes de chemins où on pourrait marcher à pas lents. Oui, ça serait bien de vivre sur un nuage, à l'abri du soleil, tout près des sources de la pluie, sans savoir où l'on est, sans savoir où l'on va...
...

    Un jour, on arrive dans un pays enveloppé de nuages, silencieux, mystérieux, blanc, en haut d'une montagne, à San Juan Ixcatepec. Alors la vie est lente, lointaine, perdue dans les hauteurs. Ici, rien n'est fixe, rien n'est durable. Les arbres maigres apparaissent, s'effacent, reviennent. Les chemins n'ont pas de fin. Parfois, au loin, on croit voir des maisons, des dômes, la silhouette d'une église, un château. Puis les nuages passent devant eux, les cachent.
    C'est un pays où les hommes sont rares, un pays sans oiseaux, sans insectes. On est dans la région du passage de l'air, si fragile qu'un rien l'efface. On n'entend plus. On respire doucement, avec peine, on marche un peu, puis on s'arrête. On s'assoit sur le pas d'une porte, on attend. Dans les rues du village, il n'y a personne. Les nuages avancent lentement sur le plateau de pierre, la terre se dissout. Le brouillard d'eau flotte, imprègne vos cheveux, vos habits. On est loin au-dessus des vallées humaines, voisin des pics des montagnes, dans ce pays qui ne connaît pas la mer ni les prairies. Ici on est oublieux de soi-même, sans paroles. Les nuages vous traversent, et vous disparaissez de temps en temps, vous vous en allez. Il n'y a pas de soleil. La lumière blanche baigne les hautes régions, la lumière qui ne fait pas d'ombres. C'est un pays de fumées et de vapeur, où le temps a cessé. Il n'y a pas d'hommes. Il n'y a que la lumière, les nuages, et les fantômes intouchables.

Hormis les inventions de l'homme, il n'y a rien à comprendre. Les seuls mystères, ce sont les rites et les secrets de la société humaine. Le reste, tout le reste, c'est l'évidence, la beauté.

C'est pour cela sans doute que l'individu a si peu d'importance, seulement celle de son désir pour la beauté universelle. Ceux qui veulent trouver dans l'individu les origines de la société commettent la même erreur que celui qui chercherait la raison du mouvement d'une locomotive dans le moyeu de sa roue. Dans la société humaine, tout est explicable, tout est compréhensible, mais rien n'est à inventer. Ce n'est pas le lieu des miracles. C'est la même progression logique, la même adaptation aux circonstances, le même déroulement historique.

Tout ce que crée l'homme, en vivant, c'est pour lui, par lui. Il crée des techniques à son service; il invente les sciences qui lui seront utiles; il compose les institutions civiles, guerrières ou religieuses selon l'ordre qui servira le mieux la communauté. C'est cela l'intelligence de l'homme, sa vérité. L'homme seul n'existe pas.

Au contraire, l'univers sans l'homme, cela existe. Mais ce n'est plus à la mesure du savoir de l'homme, ni de son intelligence. C'est pour autre chose, pour la jouissance, pour la douleur. C'est pour la passion. C'est pour un élan qui va et vient sans cesse entre tous les points de la vie. C'est pour *l'empire de la lumière*.

Les sociétés humaines ne sont pas nécessaires. Tout cet amoncellement de pensées, de richesses, de langages, toutes ces coutumes, ces façons de juger, ces liens, toute cette architecture de désirs et de passions, sans doute la plus compliquée des architectures terrestres — tout cela est explicable. Ici, tout est visible, il n'y a pas de secret. Mais c'est justement parce que cette architecture est le résultat d'une suite de hasards, parce qu'elle n'est pas concertée, parce qu'elle n'a fondamentalement pas de sens.

Les origines des institutions humaines, où sont-elles? Et qu'importent les origines? Ce qui est prodigieux dans cette communauté, c'est le tissu qu'elle a créé, comme cela, par l'habitude, par la vieillesse, par la connaissance du réel, par l'expérience. La trame est ininterrompue. On ne peut la voir toute, mais si on regarde, on aperçoit, ici et là, des espaces, des morceaux, chaque fil noué à l'autre, quelques chaînes, quelques entrecroisements.

L'infini imaginaire n'est sans doute jamais aussi apparent que dans cette trame. Aucune réalisation humaine ne peut donner davantage le frisson de la beauté et de la vérité, une beauté et une vérité sans mystère et sans drame. Ce qu'on appelle la civilisation n'est pas ailleurs que dans ce jeu et cette création.

Mais on ne peut aller jusqu'au bout de ce savoir, car l'intelligence et le langage sont nécessairement inclus dans la trame elle-même. Limitées par le temps, limitées par l'espace, limitées par la conscience même, les sociétés humaines sont contraires à l'absolu.

C'est bien d'attendre. Tu t'assois au soleil, mais un peu abrité par un arbre, avec toutes ces petites taches claires et sombres qui ocellent tout, sur ton corps, sur la terre, et tu attends. Tu ne sais pas ce que tu attends. Tu attends peut-être une femme, ou l'autobus, ou l'heure, tu ne sais pas trop. Alors tu ne bouges presque pas. Tu es assis bien droit sur le banc, avec les deux pieds posés sur le sol, et les mains sur les cuisses. Autour de toi, les gens bougent, ils vont, ils reviennent, les autos, les motos, ils vont vite et font du bruit. Eux n'attendent pas. Ils vont quelque part, à leurs affaires, ils sont pressés. Quand ils passent devant toi, ils te regardent du coin de l'œil, quelquefois ils se retournent avant de tourner à l'angle de la rue. Toi tu les regardes passer. Tu regardes les roues qui tournent, les jambes qui marchent. Mais tu es bien là où tu es, sur le banc, sans bouger. Ce n'est pas que tu ne les aimes pas, au contraire. Eux ils sont bien à faire ce qu'ils font, ils vont vite, ils coupent le vent. Mais tu préfères attendre.

Peut-être que tu attends réellement quelqu'un. Peut-être qu'en ce moment même, il y a quelqu'un qui marche à travers la ville, qui croise les gens sur les trottoirs, qui attend au feu rouge, qui tourne à gauche, longe un jardin, dépasse une vieille femme qui marche difficilement. Quelqu'un qui, de l'autre bout de la ville, vient jusqu'ici, à l'endroit où tu attends.

Mais ce n'est pas vraiment une femme que tu attends. Tu ne le sais pas bien encore. Tu es assis là, sur le banc, pour un moment. Alors tu es libéré des heures, des minutes, des secondes. Tu les as libérées. Tu les as laissées s'agrandir, s'étirer, s'en aller où elles veulent. Dans le ciel, le soleil bouge, lentement. Il y a des nuages qui passent, qui se transforment. La lumière

est très claire par instants, puis elle s'estompe. Il y a des gris, des bruns, des mauves ternes.
   Le vent souffle un peu en venant de la droite. Ensuite il souffle par derrière. Ou bien, pendant longtemps, il n'y a plus de vent, l'air est aussi immobile que toi.
   Quand tu attends comme cela, tu ne penses plus au temps. Tu sais bien qu'il faudra repartir, un jour, bientôt; mais le moment n'est pas encore venu. Maintenant, c'est suffisant d'attendre.
   Tu voudrais que cela dure, dure, que cela n'en finisse pas. Que l'autobus vienne du bout du monde, sur une route très longue qui serpente à travers les montagnes de l'Hindu Kush, qui descend les vallées longues de l'Amazone et de l'Ucayalli, qui traverse les immenses ponts suspendus au-dessus des estuaires, qui suit la côte le long de la mer, en faisant tous les caps, toutes les anses, toutes les presqu'îles.
   Tu le suis du regard, sans effort, en rêvant, au-delà de l'horizon, le long de sa longue route. Il vient vers toi, cela est sûr, mais dans combien de temps arrivera-t-il? Il disparaît derrière les collines, il est caché par un grand building. Puis tu le vois à nouveau, très petit, le long d'une corniche. Il roule entre les rangs de platanes, il traverse de grands carrefours vides où clignotent quatre feux orange. De temps en temps tu le vois qui s'arrête devant un groupe de maisons, et il laisse descendre deux femmes et un petit enfant. Plus loin, il s'arrête à nouveau, ses portes s'ouvrent, et c'est un ouvrier qui monte. Il suit lentement son itinéraire, et toi, tu sais qu'il va venir jusque devant ton banc. Mais dans combien de temps?
   C'est bien que tout soit parfois si lent. C'est bien que le soleil avance comme un escargot dans le ciel, que les nuages s'étirent, que les bateaux fument et défassent leurs amarres interminablement avant de quitter les quais.
   Peut-être que tu n'attends rien?
   L'autobus suit une autre route, l'heure est arrêtée au cadran de la pendule Brillié, et la jeune femme aux cheveux noirs, vêtue de son imperméable bleu, qui marche vite le long des avenues et des boulevards, peut-être qu'elle ne vient pas vers toi?
   Les heures, cela n'existe plus. Il y a seulement la lumière du jour qui change un petit peu, comme si on déplaçait quel-

ques miroirs. Il y a les souffles du vent qui animent les feuilles des oliviers, et là-bas, les vagues calmes de la mer, l'une après l'autre.

Tu n'as rien en toi. Quand tu attends, tu ne possèdes rien. Tout ce que tu as fait est dénoué, et glisse comme du sable, coule comme de l'eau. Il y a tellement de choses autour de toi. Cela se répand et s'étale en nappes, cela s'évapore en nuages.

Tout se confond dans la lumière, la belle lumière, et tu sens une sorte de plaisir tranquille, parce que tu n'as plus envie de rien retenir.

Tu es assis sur le banc vert, le dos appuyé, les pieds posés sur le sol, les mains sur les cuisses, et tu chantonnes un peu. Tu es sur une île, ça doit être ça, une île immobile au milieu des ondes. Alors ton regard est calme et clair, et tu respires lentement. Tout autour de toi est libre, s'en va, revient, vole, nage.

La lumière n'appartient à personne. Les nuages ne sont à personne. L'autobus parcourt sa route très longue, pour ceux qui aiment le suivre. La jeune femme aux cheveux noirs a des yeux qui brillent, elle vient, à grandes enjambées en balançant son sac de cuir, elle arrive sans fin, pour tous ceux qui l'attendent.

C'est de la lumière que vient la lumière. Elle est en moi, elle bouge comme une flamme. Elle n'est pas le savoir, ni la conscience, ni rien de ce que le langage ou la raison peuvent donner. C'est une flamme, simplement, une flamme, qui brûle et brille tout le temps, à l'intérieur de mon corps. Je regarde le soleil, les étincelles sur la mer, les étoiles, les reflets. Je regarde les champs éclairés, les hautes montagnes qui brillent comme du verre, le ciel immense où il n'y a rien d'autre que la lumière ; alors la flamme au fond de moi grandit et brûle plus fort.

L'intelligence, cela ne m'intéresse pas. La connaissance, cela ne suffit pas. C'est autre chose que je cherche, que je veux. Tout le temps je guette cette flamme, au fond des yeux des hommes et des femmes, cette force qui flamboie, qui est fervente, qui répand sa clarté autour d'elle.

Quelquefois, sur un visage inconnu, elle apparaît. Qu'importe à qui est le visage? Qu'importe ce que l'on sait, ce que l'on attend? C'est cette force tranquille qui dit simplement, par le regard :

« Je suis moi. Je suis ici, maintenant. »

Ainsi, sans agression, sans orgueil, mais comme un arbre est un arbre et une pierre une pierre.

Alors on ne se demande plus rien, on ne cherche plus rien. On regarde le visage comme un astre, on est ébloui par son regard.

Il n'y a sûrement pas de plus grande beauté possible dans l'homme que cette lumière qu'il porte en lui, qui brille à l'intérieur de sa vie.

C'est cette flamme que je cherche, que je veux. Je ne veux

pas la prendre, ni la comprendre. Je ne veux pas savoir de quoi elle est faite. Je veux seulement la voir, tremblante et pourtant si forte, cette flamme qui est douce et qui m'émeut plus que n'importe quel mot.

Elle est ce qui ne peut jamais être trahi, ce qui ne peut jamais être vendu. Quand je la vois, ainsi, au hasard, un instant au milieu de la foule, une seconde, si claire, tellement éclatante qu'on ne voit qu'elle, quelque chose en moi tremble et s'illumine, et je sens l'irrésistible irradiation de sa chaleur.

Les yeux où brille cette flamme ne sont pas effrayants. Ils sont deux étoiles de lumière que l'on connaît bien, qui vous guident, qui vous orientent.

Flammes, flammes partout, c'est cela que je voudrais, c'est cela que j'aimerais bien !

Les hommes cesseraient d'être les acteurs d'une pièce de théâtre inutile, les hommes seraient dépouillés de leurs oripeaux et de leurs médailles, ils seraient libres, ils n'iraient plus masqués. On les verrait, et on verrait ce qu'il y a en eux de fort et de magique, tous les bonds de leur cœur, toutes les ondes de leur esprit, on sentirait la brûlure de leur souffle. Ils seraient nets et transparents comme des dessins, ils montreraient la lumière. Quand ils regarderaient, ce serait comme les éclaircies sur la mer ; quand ils parleraient, ce serait comme la musique du flux ; quand ils marcheraient, ce serait une danse, de grands jaillissements qui les soulèveraient au-dessus de la terre.

Peut-être qu'un jour il n'y aura pas d'autre savoir que celui-ci : connaître la lumière. On marchera sur une terre libre, où tout sera apparent. On sera entourés par les belles couleurs, les couleurs franches, on verra les mouvements des belles formes. Tous les sons seront de la musique, pour les oreilles, et aussi pour les yeux, pour les mains, pour le corps tout entier. Il n'y aura jamais l'ennui, jamais la tristesse. La lumière régnera sans interruption, et l'on pourra regarder les visages comme on regarde les nuages. Il n'y aura plus les secrets et les mystères parce que le cœur de tout ce qui vit sera visible, battant à la lumière du soleil. Personne ne jugera personne. Personne ne pensera. Mais ils jetteront leurs éclats, ils brilleront, ils seront allumés au même instant, parcelles incandescentes d'une même vie.

Oui, peut-être que ce sera ainsi. Peut-être que c'est déjà ainsi, comme si le monde n'était peuplé que d'enfants. Mais il y a tellement d'écrans, tellement de rideaux qui empêchent de voir la lumière. Ce que je cherche, ce que je veux n'est pas lointain. C'est le lieu facile et proche, que les yeux peuvent voir.

Il faut cesser de prendre, et de laisser. Il faut, une fois pour toutes, entrer dans la vie INOUBLIABLE.

La mer est belle. Comment peut-on vivre longtemps loin d'elle? Je peux ne pas la voir tous les jours, je peux voir seulement l'asphalte, les pierres, le ciment, mais je ne peux pas oublier qu'il y a la mer. C'est à elle que je pense très souvent, comme à une personne que je cherche. La mer n'est pas comme une chose, ni comme une montagne. C'est une personne vivante, que j'aime, qui me parle et à qui je parle. Elle a des sentiments, des passions, elle sait rire et se mettre en colère. Quelquefois elle ne m'aime pas. Elle n'aime personne. Quelquefois ce n'est pas moi qui suis loin d'elle, c'est elle qui est loin de moi, allée ailleurs. C'est la plus grande personne, la plus forte, la plus belle. Tout le temps auprès de moi elle bouge, elle influence ma vie. Je me souviens d'elle. La nuit, elle apparaît dans les rêves, je flotte sur elle comme un radeau. Le jour, je l'entends, un bruit profond qui traverse toutes ces rues et ces remparts, plus puissant que le bruit des machines et des moteurs des autos, il arrive par intermittences, le bruit des vagues se brisant sur la côte, le bruit du ressac, le marmonnement continu de l'eau qui use, qui ronge la terre, et je frissonne.

Sans doute n'y a-t-il rien de plus matériel au monde, rien de plus indispensable. Les plaines, les montagnes, les villes, on les oublie. On n'y pense plus. Le ciel et la lumière sont toujours là. Il suffit d'ouvrir les yeux. Mais la mer : lourde, visible seulement quand on est au-dessus d'elle, et froide, dense, qu'on peut toucher, qu'on peut goûter.

Quand je suis trop loin à l'intérieur des terres, tout à coup je sens une bizarre inquiétude. Quelque chose manque, quelqu'un. Je regarde autour de moi et je ne vois que de la terre, des cailloux, des collines, des vallées, à n'en plus finir. Comme ils m'ennuient!

Elle n'est pas là, et je suis triste. Tout est aride, désertique, il n'y a plus de grâce à ce que je vois ni de musique à ce que j'entends. Il n'y a plus d'espoir, ni d'ivresse possibles. Alors je sens la menace réelle du vide du ciel et de la terre, du vide noir où la chaleur brûle et où le froid glace.

Je sens la dureté effrayante des angles des montagnes, la lassitude des terres plates où crisse la poussière. Je n'entends plus sa voix. Quelle autre voix peut parler à sa place? Les voix qui viennent de la terre et des villes humaines sont criardes et fausses, elles blessent. La lumière qui n'éclaire que les pierres blanches et la terre rebondit et coupe comme une lame. Ce qui manque alors, c'est cette très grande personne, très belle et sage, à la fois dormant et animée, là-bas, au large des rivages.

Les gens qui n'aiment pas la mer, je ne peux les aimer. C'est cela que je ne parviens pas bien à comprendre. Ces gens-là peuvent m'intéresser, m'émouvoir, je les regarde, je les écoute, je ris avec eux, mais au-dedans de moi, quelque chose reste éloigné. Ils restent étrangers. Je ne le dis pas, ils ne le disent pas. Mais nous le savons. Entre eux et moi, il y a une personne qui sépare, une personne que j'ai choisie, qui est ma complice et mon amie, à qui je réserve, à chaque instant, tout ce que je ne dis pas, tout ce que je ne montre pas, mais que je lui donne, à elle, seulement à elle.

Quand je suis près d'elle, je ne la cherche pas. Bien sûr, je sais qu'elle est là, mon corps sent qu'elle est là, et cela suffit. Je sais qu'à l'instant où je le voudrai, je la verrai, très grande et belle, étendue devant les caps rouges, lovée dans les baies, toujours immense jusqu'à l'horizon.

Bien sûr, nous autres hommes nous avons nos occupations. Nous bougeons beaucoup sur nos routes, nous rencontrons d'autres hommes, nous allons à nos affaires. Nous habitons des maisons de pierre, de petites cases régulières percées d'une ou deux fenêtres. Cela, c'est notre vie d'hommes, sur le socle ancien de la terre, sur tous les promontoires, au pied des montagnes. Nous travaillons avec les rocs, avec les arbres, avec les fleuves. Il y a beaucoup de ponts et de voies, de tunnels et de carrières.

Mais cela ne fait rien. Pas très loin, à côté, il y a cette grande personne fraîche et belle, qui ne porte pas de traces du temps, qu'aucun outil ne pourrait asservir, cette personne libre et puissante, vaste, qui ne dort jamais et qui ne connaît pas la fatigue, cette personne qui est simplement là, autour de nos terres et de nos remparts, au bas de nos falaises, objet de tous nos désirs, rêves, pensées.

C'est comme cela que la mer est la plus belle : quand elle est tout à fait calme, sous le ciel, brillante dans la lumière. Alors elle vous envoie beaucoup d'ondes qui vous apaisent, des ondes douces, des mots très longs et tranquilles.

Elle ne bouge pas. Elle est couchée contre le rivage comme un très grand animal, à la peau un peu hérissée par le vent. C'est à ce moment-là qu'on sent, à travers elle, les messages qui viennent de tous les points du monde. Ils arrivent comme cela des Indes, de l'Océanie, de l'Amérique du Sud, invisibles vagues qui se croisent et se mélangent. Il n'y a pas de route plus grande. Il n'y a pas d'étendue plus vaste, ininterrompue sur des milliers de milles, jusqu'à la Chine, jusqu'au pôle Sud.

Entre les pins et les oliviers, on regarde la mer bleue, et on oublie tout ce qui vous retient chez les hommes. On n'a même pas besoin de partir vraiment. On y est déjà, là-bas, de l'autre côté de la mer, le long des rivages de sable blanc, dans le bleu irréel des lagons, ou dans la couleur intense des grands fjords de l'Alaska. On pense aux îles, aux archipels. On pense aux barques élégantes de la mer Rouge, aux boutres, aux sambouks sous le soleil, aux yoles, aux pirogues, aux sampans. On pense aux grands bateaux blancs qui traversent l'Océan, qui se perdent, qui disparaissent dans la brume.

Le vent souffle du large, il apporte l'odeur âcre du sel et des algues, il apporte le froid de l'air libre. C'est la mer qu'on aime, qu'on désire. Même si on ne vit pas avec elle, même si on appartient aux pierres et aux villes, c'est elle qu'on cherche. Comme elle lave, comme elle rend le savoir neuf et pur! Comme elle se moque de tout cela, les hommes, leurs petits biens, leurs paroles, leurs lois! Elle ouvre un espace sans fin, elle montre une route. Alors sur la terre tout est tourné vers elle, descend vers elle. Les ruisseaux, les rivières, les pentes des collines, les champs, les plis de la terre, les socles des rochers. Dans les villes, les rues descendent vers elle, les avenues se courbent et conduisent vers elle. Du haut des immeubles, les gens se penchent pour la voir. Quand ils sont las de regarder tout ce gris, ce blanc, ce brun, ils vont vers le rivage et ils regardent la seule couleur qui reste pure, sans souillure, la seule couleur qui emplit de joie le cœur : le bleu libre de la mer.

Le mouvement de balancier de la mer, heurtant, rebondissant, tandis que résonnent dans les cavernes les grandes détonations qui ébranlent les fondations de la terre. On regarde, on écoute, et on apprend tant de choses nouvelles, mystérieuses, belles, des choses qu'aucun livre ne vous dira jamais. Comme si on écoutait la parole d'un dieu. Comme si on était devant une des apparitions possibles du dieu, devant un morceau de son visage, devant le réservoir de son sang. Où est-il? Est-ce lui? Depuis si longtemps on le cherche, sans oser le dire. Tout ce qu'on fait, tout ce qu'on écrit, tout ce qu'on regarde, pour cela seulement, peut-être :

LE FAIRE
APPARAÎTRE

Alors sur la mer, maintenant, il y a l'évidence de son passage, de sa vie : énorme animal caché qui bouge dans les profondeurs, vent de son souffle, vibration de sa voix, gestes de ses mains larges, et fureur de la surface de l'eau quand, lentement, dans son sommeil des profondeurs il se retourne.

Le mouvement lent de la mer, emplissant et vidant ses cuvettes. De l'autre côté du cap, on voit tout de suite l'eau des tempêtes, luisante, sombre, violente, qui se retire des rochers battus comme une peau de serpent.
On entend les coups sourds qui cognent dans les grottes, il y a ce drôle d'animal qui s'obstine à vouloir entrer.
Alors on est assis sur la pointe des rochers blancs comme sur l'étrave d'un très grand navire, dans le vent et les embruns, au soleil, et on surveille la lutte. On la surveille avec inquiétude, comme si la vie et le sort du monde en dépendaient. Tous les muscles et les nerfs tendus, on est très vigilant. La colère de la mer vous a rejeté sur l'abri des rochers, dans les creux des grottes. Les arbres pliés sifflent dans le vent. Les coups à la

base de la terre sont douloureux, effrayants. La mer est l'ennemie, et l'on est, incroyablement, du côté de la terre, du parti des montagnes.

Pourquoi le ciel n'est jamais l'ennemi?
Parce qu'il est loin, calme, silencieux, immense, un peu vide, la plus grande moitié de ce qu'on voit.

Il n'y a pas de souffrance ni de joie qui ne soient pas aussi dans le paysage. Certains jours, comme cela, sans que je puisse comprendre pourquoi, les rochers blancs souffrent, les arbustes souffrent, la mer est une grande étendue de douleur, le ciel a mal, même le soleil est serré en boule comme un animal qu'on a frappé. Ou bien d'autres jours, aussi mystérieusement, parce qu'il pleut, parce que l'eau tombe à verse et cascade, gonfle les ruisseaux, emplit les trous, je suis moi-même lavé, déchargé. Ensuite, quand après des heures la pluie cesse, tout est plus net, on sent le tranchant, on voit le contour de l'âme.
Le soleil brûle au-dessus de la mer. Il brûle et éclaire la pierre, et le comble du bonheur c'est de voir son ombre très noire sur le sol blanc.

Maintenant on sait pourquoi on est là, on sait pourquoi on marche le long du chemin : pour trouver une bonne cachette d'où l'on peut voir éternellement la mer et le ciel, sans être vu.
Chaque fois qu'on passe un tournant, vite, on scrute les blocs de pierre, les criques, les renfoncements. Ici, il y a une sorte d'éboulis qui va du haut de la falaise jusqu'à la mer. On escalade des tas de cailloux qui roulent sous les pieds, on s'agrippe aux racines des arbustes. On va jusqu'à la cachette.
C'est entre plusieurs blocs de rocher en surplomb, un creux bien chaud, tapissé de gravier, où croissent de petites plantes aux feuilles dentelées et des sortes de fleurs à peau épaisse. Dans le creux, à l'abri du vent, il y a une grande feuille de carton d'emballage qui porte encore la trace du corps d'un inconnu. C'est un lieu sec et dur, mais le corps s'y love, dans la posture du sommeil. On reste là longtemps, et les fourmis viennent vous voir, les guêpes vous survolent. On respire les odeurs des plantes grasses. C'est la bonne cachette, d'où l'on peut voir

éternellement la mer et le ciel, sans être vu. C'est le port pour le marin qui n'a pas de bateau.

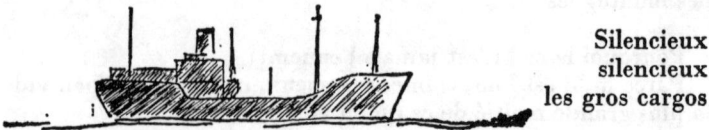

Silencieux
silencieux
les gros cargos

Quand les bateaux des pêcheurs de thon arrivent de Salerne, de Sète, d'Agde, fatigués, avec toutes leurs cordes, leurs mâts, leurs filets rouges mouillés par l'eau de mer, et les marins qui ont un visage couleur de terre cuite, on aimerait bien partir, oui, on aimerait partir.

Quand on voit un avion très haut dans le ciel, son fuselage éclairé par le soleil, et il avance droit sans faire de bruit. Ça ne donne pas envie de voyager. Simplement on le suit des yeux, on est content d'être là où on est, et lui là où il est, si loin l'un de l'autre. C'est beau les avions haut dans le ciel au-dessus de la mer.

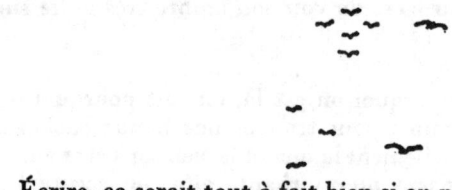

Écrire, ça serait tout à fait bien si on pouvait en même temps voir ce qu'on écrit, si les mots pouvaient bouger et changer de place comme les oiseaux, voyager.

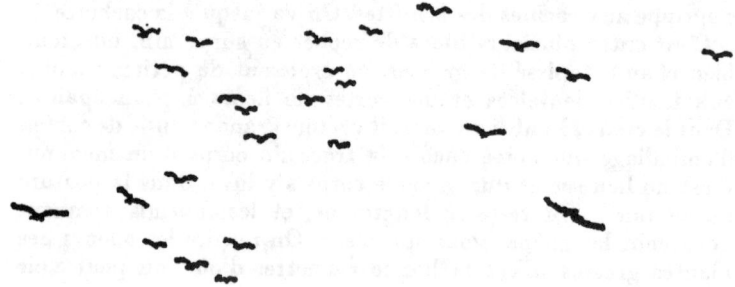

Les vagues s'écrasent l'une après l'autre à la base du rocher. Il n'y a probablement pas de danger. Les rocs ont des millions d'années d'expérience. Pourtant, dans la tête, il y a quelque chose qui clignote, qui émet son signal régulier, un phare, une sorte de balise : attention! Attention!

Le bruit du vent qui arrive sur la mer, il faut apprendre à l'entendre, pour ne pas le confondre avec les autres bruits. Un très grand dragon léger, invisible, il bat des ailes et son souffle siffle.

Si près de la mer, accroché aux rochers, là où il y a tant de vie, tant de violence, et on ne voit presque plus la vie. On cherche. Penché sur les creux entre les pierres, on trouve quelques fourmis d'Argentine, un nid de guêpes, une vieille plume d'oiseau, des coquilles vides. Même les plantes sont bizarres, raidies contre le vent, encroûtées de sel, pâles, sèches, dans le genre d'algues qui auraient poussé hors de leur monde.

Mais en bas? Dans l'eau noire qui tressaille, sous la peau, ils se cachent, les monstres aux écailles lisses, les requins-marteaux, les murènes, les baracudas. Et en haut, très haut dans le ciel, proches des avions géants, les oiseaux rapaces tracent leurs cercles en gémissant.

Sur le chemin, si l'on croise quelqu'un soudain, surgi à l'angle de la muraille rocheuse, on s'arrête une seconde, le cœur battant, et on s'observe, chacun à son bout de la corniche étroite, avec quelque chose de métallique qui brille dans le regard, puis on se frôle et on s'en va très vite, sans se retourner, chacun occupé à faire sa ronde comme des gardiens de l'horizon.

Et ce ne peut être qu'un vieil homme au visage plissé de pêcheur, ou un petit garçon qui porte une longue gaule et qui court pieds nus, en se méfiant des rochers pointus, des guêpes et des hommes.

Fantômes qui passent sans parler, que vous ne connaissez pas, qui ne vous connaissent pas, tant il y a d'espace, d'eau et de pierre.

Mais ce qui est beau quand on écrit les choses, quand on ne les vit pas seulement mais qu'on les dessine et les écrit, c'est qu'elles sont deux ou trois fois.

Dans le voyage que je fais, un jour sombre un jour clair, je traverse souvent des baies, des calanques, de hautes cassures dans le socle de la pierre, au fond desquelles bouillonne et s'acharne assez maladroitement l'eau noire, bleu-noir, la mer profonde, qui sent fort comme un animal, je les traverse sur un fil invisible, précipité d'un bloc à l'autre par la peur, et retenu au même instant par l'appel du vertige, comme si j'hésitais au fond de moi entre les bases minérales immuables et le délire de la mer, comme si j'étais pris aux cheveux par la lumière éblouissante et en même temps tiré par les pieds vers les ténèbres de la mer, comme si en respirant j'avalais les parcelles éternelles du ciel, tandis qu'au même instant le bruit chaotique et l'odeur de viscères de la mer attiraient la substance de ma vie pour la mêler à la profondeur de ce qui est plus puissant, plus vivant que moi; et cette mer obscure et bouillante est la seule qui soit maîtresse de ma mort, parlant un langage dont mes mots ne sont que l'apprentissage, donnant sa parole comme l'écho d'un verbe inhumain qui gronde dans les fonds; alors je fuis, le long du chemin escarpé, je cours accroché à la muraille à pic et je vais de cachette en cachette regarder tout ce qui est pur, tout ce qui est vrai, sans déguisements, les trois états de la matière exposés sans mélange : l'eau, la pierre, la lumière, et tout le temps, comme cela, ici, nous rencontrons les blocs de rocher, les failles où cognent les vagues, et l'espace du ciel où passent les nuages, tout cela qui parle un langage que je ne connais pas, mais qu'il faudra bien apprendre, qu'il faudra entendre avant d'avoir disparu.

Et l'horizon : la ligne simple et coupante qui, effectivement, tranche : c'est cela : toujours avoir l'horizon devant les yeux, comme les pilotes qui volent aux instruments dans le brouillard.

L'horizon, tellement loin, tellement bas, qu'on est comme à la fenêtre d'un bunker. L'horizon, qui semble si calme, la chose la plus lointaine du monde (plus loin encore que la lune et les étoiles), la plus indifférente à l'homme et à ses territoires. Là-bas, grand seigneur plat qui vit dans sa solitude dédaigneuse, qui ne s'intéresse qu'aux choses du ciel.

Et si un jour, lassé de sa solitude, ou bien mis en colère (l'usure de ces millions d'années), si un jour, soudain, il se retournait vers nous, s'il décidait de revenir, à toute vitesse, montant d'abord comme une plate-forme, puis durci, tendu, repoussant l'air devant lui, chassant la mer, resserrant son cercle autour des hommes. Alors il arrive, il se précipite sur la terre, et les gens effrayés courent vers les montagnes en criant :
« Lou horizon ven ! »

> Surgissant soudain entre les brisants,
> loin, grand, glissant,
> avec beaucoup de puissance et de silence,
> un instant, un seul
> instant, le temps géant
> qui fait son apparition,

ΑΤΤΙΚΗ
ΠΕΙΡΑΙΕΥΣ

　　　　　Les flaques d'eau claires légères et stables
　　　　　l'eau est un peu du ciel
　　　　　l'air est un peu de l'eau.
　　　　　La magie de la lumière gonfle partout.

　　Ce qu'on apprend en regardant l'eau de la mer, en écoutant les
bruits de l'eau de la mer; on ne sait pas bien ce que c'est;
il y a des mots, comme ça, qui résonnent derrière vous;
profond, lent, bleu sombre, froid, âcre, cavernes du sel;
mais il y a quelque chose qui n'a pas de mots, qui enfle,
qui pousse dans le ventre et dans les poumons,
qui se déplie dans les circonvolutions de la tête;
qui vous emplit de joie; quelque chose, une seule chose,
une seule force.
　　Ce qui est extraordinaire, la pensée réelle :
la sauvagerie calme de la mer et des rochers, la puissance
de douceur qui est dans cet état sauvage — Alors la mer
est indépendante, indéchiffrable, hautaine,
et celui qui la regarde l'aime.
　　Pas loin, l'homme, pas loin du tout.
　　Posé sur un rocher, comme l'oiseau pique-bœufs.

On suit la côte, lentement, roc par roc, crique par crique, avec beaucoup de petits gestes d'insecte et des bonds de souris, beaucoup de petits virages de mille-pattes, et pendant ce temps-là, la mer, là, est toute plate, immobile et puissante.
Bizarre, non ?

Arrêté tout à coup ici, immobile, devant le seul endroit au monde qui ait de l'importance : juste derrière les rocs couleur noir d'encre, il y a la tache éblouissante qui scintille sur la mer. Les milliers de gouttes incandescentes tremblotent, comme s'il y avait un rapide de lave qui coulait du haut de l'horizon vers le rivage, puis englouti par les grottes noires à la base des falaises. Au-dessus de la tache brillante et belle, c'est le fil un peu invisible de l'horizon et le ciel, tout à fait invisible.

Mais qu'y a-t-il d'éternel ici ?

Je voudrais dire la très grande paix, la très grande clarté. La lumière belle du matin, pure, douce, lisse comme l'eau, la lumière fraîche qu'on respire, la lumière toute neuve et pleine de forces. Cet instant est sans doute immortel, c'est lui seul qui commande au temps. On regarde, on respire, et tout est comme au jour de la naissance, sans danger, sans haine, sans souffrance, mais seulement avec cette lumière, cet air.

Il n'y a pas de beauté étrangère. Il n'y a pas d'énigmes. A cet instant, on trouve ce qu'on cherche, on tient ce qu'on voit. Où est le savoir, où la raison? C'est une émotion calme et sûre qui bat lentement, qui respire doucement, qui glisse, souple et agile, chaque élément lié à l'autre par le fil de la vie.

Alors on n'est pas seul. Alors on n'est pas triste, il n'y a plus rien de lointain. On vit sur la terre, au milieu des plantes et des animaux, tout près des rochers, dans l'air, dans le vent, dans la lumière. Et on brille aussi, comme une pierre, plein de l'inexplicable rayonnement.

Il n'y a pas d'autre expérience : celle qui commence au matin, puis qui suit la route courbe du ciel, quand passent les heures et que se modifie la lumière, quand courent les nuages; puis le déclin du jour, la fatigue, et le sommeil.

Cette expérience que l'on recommence chaque jour, chaque jour, sans se lasser, sans savoir où l'on va, comme cela, tout simplement, du matin au soir.

Les jours reculent, disparaissent. On ne les voit plus. Ils sont oubliés. Même si l'on essaie d'en retenir la substance, avec des mots, des photos, des chiffres, on sait bien que ce n'est pas cela. Les jours, eux, sont derrière. La lumière est la seule vérité durable. Comme on l'aime, comme on est sûr d'elle, sûr de soi en elle, sûr du bonheur : ici, cela, la vie dans la belle lumière jaune, qui n'a pas d'autre vérité que son or et ses signes.

On la regarde. Elle entre par les yeux qui deviennent clairs. Elle brille sur la peau, sur les cheveux, sur les ongles. Elle est là partout, sur la terre, dans le ciel, dans l'écume de la mer. Elle est à l'intérieur des corps. Elle change un peu, quand un nuage passe, ou quand le vent souffle dans la stratosphère. Il y a les ombres aussi, douces, grises, bleues, vertes, les ombres légères sous les frondaisons des hêtres, les ombres sombres sur la façade nord des maisons, les ombres dures sur les visages des femmes au soleil. Les ombres bougent, frémissent, la lumière reparaît. C'est comme si on entendait beaucoup de voix parler, ou de la musique. La lumière danse, se courbe, elle joue dans les creux, elle rebondit. Mais elle est très belle lorsqu'elle est étendue comme cela, entière sur une vallée verte, brillant à peine et pourtant pleine de force. On la regarde. Elle vous regarde? Non, on ne sait plus qui on est, ce qu'on désire, ce qu'on demande. On n'est plus rien du tout. On n'a pas besoin de parler, alors, de comprendre.

On est dans le jeu de la lumière, au milieu de tous ces rires aux dents étincelantes, de tous ces yeux plissés, de toute cette peau transparente et claire, on est dans cette beauté ardente qui souffle comme un vent de feu. Peut-être qu'on n'est pas loin des premières heures de la vie.

Ce qu'il y a au fond de nous, ce ne sont pas les obsessions, ni les désirs contrariés, ni tout ce qu'on a inventé pour expliquer le mécanisme de l'esprit. Fausse science, cette science du langage par le langage, qui invente ses propres monstres. Mensongère, cette science qui interprète, qui divise, qui juge. La faillite de la psychologie est tout entière dans son intelligence. Car enfin, de quoi parlons-nous? Parlons-nous des problèmes de la société, de la pluie et du beau temps, des jeux de société et des histoires drôles? Si oui, la psychologie répond parfaitement. Mais si nous parlons de l'âme, des émotions, de l'intérieur brûlant et remuant au fond de notre corps, comment imaginer que ces règles et ces associations d'idées vont réussir à en rendre compte? Mais plus encore que la naïveté et le mensonge, plus encore que l'orgueil, ce qui condamne les prétendues sciences humaines, c'est leur esprit de domination.

Je ne me sens pas intéressé par un savoir qui cherche à vaincre ou à convaincre. Je n'ai pas de goût pour l'intelligence qui trace ses plans, qui organise le futur. Connaître quelques secrets de l'esprit, pour quoi faire? Pour ordonner, pour déterminer?

Mais la part de l'esprit que j'aime, c'est celle-là justement qu'aucune parole ne livre. C'est la vie en profondeur, le mouvement, insaisissable, insécable. C'est le son de la voix, sa musique hésitante, contradictoire, et non la somme de ses mots. L'esprit de l'homme est semblable au vent, à la pluie, à la lumière. Quand on est au-dehors, on ne le perçoit pas. Quand on est au-dedans, il n'y a pas moyen de le comprendre. Il est trop mobile, imprévisible, bondissant. La beauté coupe le souffle, précipite. La beauté vous rend semblables, et vous n'avez plus le loisir de l'intelligence.

Plus que l'intelligence me semble belle cette faculté de la vie qu'on appelle la ruse. Intelligence immédiate, intelligence des gestes et des actes, subtilité instinctive. Alors l'homme est semblable à un animal qui court dans la forêt, tous les sens en éveil, percevant les dangers, sachant les chemins, n'oubliant jamais les cachettes et les repaires, ni les raccourcis qui sauvent.

Comprendre les autres, c'est les voir, vite, du coin de l'œil, reconnaître leurs armes, ressentir leurs charmes. Inquiet, insatiable, l'homme aux aguets emprunte les sentiers qu'il connaît, écoute les signaux, flaire les empreintes. Il n'y a pas de mystère abstrait. Le regard scrute, épie. Il n'y a pas d'autre force que cet instinct, cet appel. Car c'est le jeu, le vrai jeu, enivrant et réel que l'on joue avec le monde vivant. Quand on est dans ce jeu-là, on ne cherche pas à comprendre, ni à dominer par l'intellect. On cherche seulement les aliments de la vie, tous les aliments.

Il y a des moments terribles, effrayants, des moments de violence inouïe et de cruauté. Puis il y a de grands calmes bienfaisants, des clairières, des abandons, la chaleur de l'amour, les jours de naissance.

L'on n'a rien acquis. L'on n'a rien su, rien retenu. L'on a été dans la vie, tout simplement.

La beauté de l'âme, c'est ce flux qui passe, cette onde, cette vibration, cette voix qui parle avec les paroles internes, cette lumière qui vous change et vous trouble, sans que vous sachiez comment. Un dialogue, sans cesse, une interrogation, une exclamation, un cri — mais par les yeux qui brillent, par les oreilles qui entendent, par les odeurs infinies et précises, par toute la peau tendue, par toute la mémoire — comme si, par instants, la lumière des cœurs était enfin visible.

Ce sont les vraies paroles. Elles ne posent pas de questions. Elles ne demandent pas sans cesse, pourquoi? quand? comment? Elles ne veulent pas de réponse tout de suite. Mais elles vont et viennent entre les corps vivants, comme un souffle, comme une odeur, comme une lumière, qu'on emprunte à tour de rôle.

Entendez-les. Percevez-les. De drôles de vibrations électriques qui font trembler les nerfs, quand quelqu'un s'approche. Une aimantation qui vous attire, une chaleur diffuse qui éclaire votre peau. Puis, à d'autres instants, le froid, qui hérisse vos poils, le danger de la mort qui rôde.

C'est surtout par le regard que je sens cette vibration. Comme si quelque chose venait dans la lumière, comme si un faisceau réel appuyait au fond de moi. Dans l'immensité d'une foule humaine, deux yeux soudain m'interrogent, me parlent, à moi seulement, comme s'ils m'avaient choisi. Je les sens, j'entends ce qu'ils disent, avec les éclats du regard. Je ne pense à rien, je ne désire rien. Mais en moi je sens l'onde qui se déroule et s'élance, et mon cœur bat vite.

Ou bien tout à coup au fond de moi quelqu'un habite. Je ne sais pas qui, je ne le connais pas, ne le connaîtrai jamais. Quelqu'un, un enfant peut-être, qui regarde une image brillante comme le soleil. Je ne veux pas savoir d'où il vient, ni pourquoi. C'est une image seulement que je vois, non pas avec les yeux, mais avec toute ma mémoire, une image qui vit en moi et rayonne. Peut-être l'ai-je reçue par hasard, peut-être que je l'ai portée longtemps, avant même ma naissance? Certains jours, sans cesse, je sens les ondes qui vibrent, je vois les yeux qui brillent, il y a des étincelles sur le corps des femmes, des nappes bleues sous les pieds des enfants. Certains jours, sans repos, cela s'allume et s'éteint, fait ses signaux. Que disent-ils? Mais ce ne sont pas leurs mots que j'écoute. C'est le chant multiple et rapide des vivants.

Les plus grandes émotions, le bonheur, l'extase, ils sont dans ce langage. La lumière est le verbe suprême qui nous enveloppe, nous brûle, nous transcende.

Si le langage n'est fait que de mots, il n'est rien du tout. Quelques bruits avec la bouche, quelques gestes, quelques silences : ce n'est pas une musique. Mais quand dans les mots viennent la danse, le rythme, les mouvements et les pulsations du corps, les regards, les odeurs, les traces tactiles, les appels; quand les mots jaillissent non seulement de la bouche mais du ventre, des jambes, des mains, quand tout l'air vibre et qu'il y a comme une auréole de lumière autour du visage; quand surtout les yeux parlent, et le regard est une route sans fin qui traverse le cosmos; alors on est dans le langage, dans sa beauté, et il n'y a plus rien de muet, ou d'insensé.

L'insuffisance comique des philosophies est de vouloir établir une signification. Mais la beauté, la puissance de la vie, quand on est sur leur passage, elles peuvent vous changer et vous révéler d'un seul geste, à la façon d'un éclair.

La beauté, cela ne s'invente pas. C'est une approche très lente et très douce, qui va plutôt à la vitesse d'une plante qui pousse. Un jour, encore un jour, une année, ainsi, lentement, étendant l'une après l'autre ses branches, occupant le ciel et s'espace, assurant sa prise dans la terre, tandis que passent les saisons, le vent, la nuit, le soleil, les eaux de la pluie.

Cette flamme qui brûle au fond des êtres est belle et pure. Ce n'est pas une déflagration qui calcine. C'est une action obstinée et réfléchie, une combustion continue. C'est la force de l'irréductible.

C'est une flamme qu'on ne remarque pas tout d'abord, parce qu'on est souvent distrait par toutes les étincelles et tous les éclats qui tourbillonnent sans cesse : la brillance, le luxe, miroirs partout tendus, phares aveuglants braqués sur les yeux, grandes plages de couleur, de blancheur. Mais lorsque tout devient gris de fatigue et d'usure, lorsque la plupart des êtres se sont éteints et se sont effacés, alors on remarque cette lueur étrange qui brille par endroits, comme des feux de braise. Quelle est cette lueur? Que veut-elle? Est-ce le désir? Le plus simple désir alors, la force de la vie, la force de la vérité.

Ceux qui refusent les mensonges, ceux qui ne sont pas compromis dans les affaires louches du monde, ceux qui ne se sont pas avilis, qui n'ont pas été vaincus, ceux qui ont continué à vibrer quand tous les autres se sont endormis : la lumière n'a pas quitté leurs yeux. Elle continue à sortir de leur peau, de leur âme, la lumière pure qui ne cherche pas à vaincre ou à détruire.

La lumière pour cette seule action : voir, aimer.

Je cherche ceux et celles qui brûlent. Ce sont les seuls immortels.

Soleil et grand vent. Vous marchez dans la direction de l'ouest, le long des rues. Le vent souffle fort, la lumière vous aveugle. Mais les grands immeubles blancs de chaque côté de la rue s'écartent, et devant vous il y a maintenant une sorte de vallée immense, un champ désert et silencieux dans lequel vous entrez.
 Vous marchez comme s'il n'y avait plus rien qui vous retienne, plus rien qui vous arrête. Le vent passe à travers la rue, à travers vous, il appuie sur votre visage et fait flotter vos vêtements comme des voiles. Vous marchez un peu penché en avant, les yeux plissés, sans savoir où vous allez. Vous marchez le long de la mer, en suivant un paysage jonché d'éclats et parcouru de choses brutales, comme s'il y avait une série de cubes renversés, de triangles, d'arceaux. Vraiment vous ne savez plus rien, vous ne savez plus du tout. Seulement vous faites des efforts, comme cela, penché en avant, le visage crispé, les cheveux agités. Il y a quelque chose de furieux sur la terre et sur la mer, et en même temps de joyeux, de passionné. Vous voyez du coin de l'œil le bleu intense, le blanc de l'écume, le noir de l'asphalte, les réverbérations de la lumière sur les pare-brise des voitures, les flammes qui sautent et qui dansent. Vous ne pouvez pas savoir, vous n'avez pas le temps. Vous faites des efforts pour avancer, pour remonter le vent, et vous entendez les claquements, les sifflements, les coups sourds des trous d'air qui se ferment.
 Vous pouvez marcher longtemps ainsi, très longtemps, tandis que les maisons s'écartent autour de vous et que s'agrandissent la route, les places, les esplanades, le désert, et que vient la mer, plateau immense sous le domaine de l'air.
 Jamais vous n'avez été plus près du ciel, plus près du soleil.

C'est comme si vous gravissiez un très grand escalier de pierre blanche, jusqu'au sommet, jusqu'au toit de la terre. Vous êtes dans un lieu où l'on pourrait voir très loin, mais vous ne cherchez pas à voir. Vous êtes dans la lumière, au milieu de la lumière. Alors vous restez debout, un peu penché en avant, ivre, pareil à une roche, tandis que passe autour de vous le fleuve froid de l'air.

Ce qui est étrange, admirable, ce n'est pas la conscience, ni la connaissance; c'est le pouvoir que nous avons, tous sans exception, sur nous-mêmes.

Se regarder vivre, se chercher, s'apprécier soi-même, cela n'est pas difficile. C'est le jeu rapide et futile du miroir, la tentation première de l'homme. Pourquoi avoir accordé tant d'importance à ce jeu-là? Croyait-on vraiment que la conscience était le fondement de la pensée? Et quand ce miroir vous a montré à vous-même, quand l'écho de votre voix vous est revenu, quand vous avez perçu le schéma de votre conduite, la direction et la force de vos désirs, vous voilà bien avancé. Que savez-vous vraiment? Rien, du vent, des ombres. Bien sûr, il y a une ivresse à se croire le centre du monde, à se faire le centre. Il y a une fascination à voir l'univers tourner autour de soi, comme si tout se rapportait à ses désirs et à ses fantasmes, et l'on s'hynoptise soi-même. Mais comme cela est inutile, comme cela est déprimant!

Non, l'étrange, l'inespéré, ce n'est pas l'analyse de soi-même qui le donne. C'est simplement l'action, le contrôle de soi-même. C'est le premier, le seul pouvoir, celui qui vous retient, vous dirige. Cela est immédiat. N'importe qui peut exercer ce pouvoir. Mais justement parce que c'est une action, parce qu'il s'agit de dureté, d'intransigeance, on hésite. On sait que cela va vous engager tout entier, corps et esprit, on sait que cela *aura lieu.* Cela se passera, oui, cela sera dans la vie réelle, et non pas dans le rêve ou l'imaginaire.

Pourtant, vite, on parvient aux régions étrangères, tout à fait neuves. En se retenant, en se limitant, l'esprit se trouve dans un état de clarté extrême, comparable à la pure lumière, loin de tout ce qu'"il connaissait jusqu'alors. Il cesse d'être au centre de lui-même, il devient une parcelle, un élément parmi tant d'autres.

On ne connaît pas les limites des limites, on ne peut pas les analyser. C'est un bloc compact, uni, dur comme la pierre, transparent comme l'air, qui vibre toujours selon la même fréquence. Il n'y a pas de plus grande aventure, ni plus complète, que ce contrôle de soi-même. C'est le plus grand espoir aussi, car l'on est tout près enfin, l'on touche à la beauté.

C'est d'abord un jeu, sans doute. C'est-à-dire qu'on a accepté soi-même cette limite, qu'on a choisi cette action. A chaque instant, on a la possibilité d'annuler cette décision, de rompre les règles qu'on s'est imposées. La tempérance, la chasteté, le jeûne, ou simplement l'abstention, le silence. Ce sont les vertus, ou les forces, Mais leur négation n'est qu'apparente; en fait, ces privations, lorsqu'elles sont volontaires, demandent au contraire une affirmation totale de soi-même. Il faut être ferme, et conscient, pour que le jeu soit un jeu.

C'est une aventure qui vous entraîne au plus vivant de vous-même. Alors n'importe quel geste, n'importe quelle seconde de votre vie deviennent pleins de profondeur et de puissance, durables, mystérieux. Tout ce que vous voyez bouge avec une vivacité accrue, comme si tous vos sens étaient démultipliés, comme si l'électricité traversait votre corps et vos nerfs.

Le corps cesse d'être ce réseau d'habitudes, cet employé routinier et un peu las avec lequel vous vous étiez confondu; voici qu'il est sorti de son sommeil et qu'il vit. Il résiste, il cède, il se reprend. Il est heureux, il souffre, il se met en colère. Il guette autour de lui tous les signes qui aident, il s'ouvre à la lumière, à la musique des bruits, à la surprise des formes. Les yeux voient. Les oreilles entendent. Enfin, la mer, le ciel, les montagnes, les forêts ont des odeurs, des goûts, des touchers. Le cœur bat plus vite, puis ralentit. La respiration change. Il y a sans cesse des quantités de douleurs, des quantités de caresses!

L'on joue avec soi-même, et il n'y a pas une seconde de gratuité dans l'existence. Il n'y a pas un moment de vide, d'ennui. La pensée, tout le temps en éveil, examine, scrute, s'exalte, se désespère, s'amuse.

Ah, comme il s'était cru le premier, ce corps, avec toutes ses vieilles habitudes acquises depuis la naissance; avec toute sa nature, ses instincts, son hérédité! Le voilà bien étonné. Tout à coup on n'accepte plus ses excuses, les complaisances qu'il déguisait en « nature ». Tout à coup on ne cède plus à ses caprices.

Le voilà tout boiteux, affolé, qui se cogne contre les choses et les meubles, qui tremble, qui s'énerve, qui se met en colère. Puis qui cherche à séduire, doucement, qui fait semblant, qui ruse. Il cherche à se faire prendre pour l'esprit, il essaie de distraire, il envoie des rêves, des paroles, des images hallucinées. Il fait semblant de brûler, puis d'être froid. Il fait même un peu le mort, en dormant, comme si on allait l'oublier, sait-on jamais? Comme si on allait penser à autre chose.

C'est ainsi, le jeu du pouvoir sur soi-même, du pouvoir illimité que nous avons tous, sans exception, et qui est sans doute notre seule liberté.

Alors on découvre une autre aventure, qui commence avec ce pouvoir sur soi-même. C'est une aventure qu'on n'achève pas, parce qu'elle est dans le même temps que la vie. Comment l'appeler? Pour dire ce qu'elle est, je voudrais encore une fois parler de lumière, de la grande et belle lumière du soleil. Elle vous conduit à l'équilibre dangereux et magique de ceux qui savent marcher sur un fil. Elle vous oblige à vivre très haut, dans la pureté et l'éblouissement toujours. Peut-être que c'est une aventure de quelques instants, une explosion, une apparition fugitive qui irradie et transfigure. Peut-être que c'est une aventure pour ceux qui sont étrangers au monde, pour ceux qui ont définitivement cessé d'être seuls.

Ce que l'on retient en soi, ce que l'on contient, cela est pur. Sous la pression très grande des désirs et des jouissances, ce qui reste au fond de soi et ne se montre pas au regard des autres, cela se charge. C'est une force qui s'apprête en vous, non pour modifier le monde ni pour vaincre les autres, mais pour être soi-même, jusqu'à la perfection. C'est une force telle qu'elle se mêle aux rythmes de la vie, au métabolisme, aux impulsions nerveuses, à la circulation du sang.

C'est difficile de garder en soi une force qui ne sert pas.

C'est comme de savoir une chose et de ne la dire pas. C'est une force de silence, une condensation de la volonté, une énergie immobile. Au-dehors, on ne voit rien. Il ne se passe rien. Seuls peut-être les yeux brillent un peu plus, parfois au fond des pupilles passe la lueur intense de l'éclair. C'est qu'au-dedans il y a tant de lumière! Mille soleils éclairent le dedans. Il y a au centre de l'être un point d'incandescence extrême, pareil à l'étincelle entre les deux charbons de la lampe à arc.

Quelle est cette force ainsi retenue? On ne sait pas. La passion, le désir, la parole. Soi-même.

Quelquefois, par hasard, je côtoie ceux qui sont ainsi arc-boutés et l'énergie silencieuse de leur être m'envahit, me parcourt mieux qu'aucune parole. Le silence se répand autour d'eux comme le calme intense de la nuit ou du désert, comme l'absence démesurée de la mer, comme le poids incalculable d'une haute montagne.

Ce qu'ils retiennent en eux, en même temps ils le donnent. C'est cela qui est extraordinaire. Ceux qui parlent, ceux qui s'exposent, qui se livrent, leur substance passe sur nous un instant, comme un vent, et rien ne reste. Mais ceux qui, par la souffrance, la volonté, la pudeur, restent eux-mêmes, restent en eux-mêmes, blocs insécables, intemporels : leur obstination et leur mutisme nous conduisent à un autre règne, qui est de beauté et de pureté, qui est de vérité et d'amour illimité.

On ne s'habitue jamais au silence. On ne se lasse pas de ce pouvoir sur soi-même. Ceux qui ont ce silence et ce pouvoir sont les vrais vivants; ce sont eux qui parlent, eux qui inventent la vie. Ce sont eux qui s'habitent et ne se quittent pas. Leur règne n'est pas le désir de conquête, ils ne cherchent pas à séduire ni à juger. Ils sont eux-mêmes, totalement, simplement, comme les arbres sont des arbres et la lumière est la lumière.

Comme ils sont beaux, et magiques, ceux qui sont mêlés à leur propre secret. Alors en eux il ne devrait plus y avoir d'ombre, ni de doute. En eux il n'y aurait plus que cette incandescence, ce cœur créant toute pensée et toute action. Ils ne sont pas aimés, ni préservés. Leur silence n'est pas un moyen de se défendre. Ils ne s'isolent pas, ils ne construisent pas de remparts contre l'étranger. Mais ils retiennent leur vie, ils retiennent leur eau, car elles seront plus belles.

Ils savent que cette force intérieure est une parcelle de la force commune. Elle ne leur appartient pas, elle n'est pas une monnaie pour être intéressés dans le commerce de la société humaine. Elle n'est pas un moyen d'affirmer son existence ou son identité. Non, mais naturellement cette force leur a été donnée. Cette pensée, cette chaleur, ce silence leur ont été donnés. Alors, ils les gardent.

C'est bien, le passage des heures, le passage des jours. C'est drôle et émouvant, cela trouble, enivre, fait frissonner. Parler du temps, compter le temps, à quoi bon? Mais suivre le passage de la lumière, du gris au blanc, du blanc au jaune, du jaune au gris, comme cela, chaque jour, avec tant d'infinies nuances qu'il faudrait que chaque seconde ait mille secondes, et que chacune de ces mille secondes ne règne que sur une aire de quelques centimètres carrés.

C'est ce qui passe ici, ce qui se passe. C'est ce qui vient, puis s'en va, glissant le long de son ellipse.

Le vent du matin.

L'aurore sur la mer.

Le soleil qui brûle à treize heures.

Le sommeil de l'après-midi.

La brume vers le soir, l'orage à l'horizon.

La nuit noire, le froid.

Les trois étoiles de la ceinture d'Orion.

Les oiseaux passent dans le ciel. Les lézards savent l'heure. Les bruits, les odeurs vont et viennent au-dessus des jardins clos.

La fatigue passe, comme une main qui vous couche.

C'est ce qui se passe ici, ce qui passe.

Les paroles sont de la musique. Les paroles ne disent pas ce qu'elles disent, ce qu'elles ont l'air de dire. Elles volent, elles glissent, elles font leur bruit doux. Moi, je ne les écoute pas. Je ne cherche pas à les comprendre. J'entends les sons, j'entends les mots, les phrases. Il y a des mots qui sont beaux, agiles, sonores, il y en a qui sont très longs et vibrent au fond du corps, d'autres qui sont aigus, suraigus, acérés. Ce n'est pas leur discours qui a de l'importance. C'est leur vie.

Drôles d'animaux rapides qui tourbillonnent, qui s'élancent, qui traversent l'air. Pourquoi les paroles des hommes seraient-elles différentes des cris des oiseaux, des sifflements des criquets? Éclatantes, violentes, tristes, heureuses ou gémissantes, les paroles bougent dans l'air et je vois leurs traces dans le ciel. Elles ne restent pas en place. Elles ne sont jamais les mêmes. D'un jour à l'autre elles changent, et celui qui les entend change aussi. Ce sont des cris, des glapissements, des aboiements, des coassements, des bourdonnements, des craquements, des murmures. Elles sont belles, elles enivrent avec leur vibration continue, elles sont les paroles de la vie, les signaux du monde. Les paroles, les pensées, les images. Au hasard jaillissantes, bondissantes. Certains voudraient bien qu'elles soient ordonnées, qu'elles tissent une trame, qu'elles fassent un travail utile. Mais sans cesse l'œuvre de parole se défait. Elle se brise et se détruit, sa structure explose, et les mots libres s'éparpillent dans l'espace.

J'aime entendre les langues, les voix. La musique de l'anglais, haute-basse, tombante, trébuchante. L'énoncé nasillard, un peu monotone du français, sons clairs et consonnes dures. Le glissement doux, murmurant de la langue suédoise. Les liquides, les sons longs du finnois. La musique serpentante du vietnamien, du laotien. La musique volubile de l'espagnol, les doubles consonnes de l'italien. Les sons étranges du piémontais. Les sons très doux, tout de suite brutalisés de la langue arabe. Les chuintements du russe, bruits d'eau, aigus étouffés, graves assourdis. La solennité de fanfare de l'hindi, la grandiloquence du japonais. Toutes ces langues qui parlent, parlent, chacune avec sa bouche, sa gorge, sa glotte, son diaphragme. Chacune pour elle, sans s'écouter, sans se comprendre. Et puis les deux langues les plus belles sans doute, les plus mystérieuses, où la phrase la plus insignifiante, quand vous l'entendez, vous enveloppe et vous fait frissonner comme si elle apportait toute la profondeur de l'existence, toute la connaissance, la musique : le portugais, le nahuatl.

Je veux l'entendre sans cesse, la langue-musique. Les voix parlent, se répondent, s'éloignent. Je ne cherche pas à comprendre ce qu'elles disent. De quoi parlent les langues? Peut-être de la pluie et du beau temps, du temps qui passe, de la faim, du désir, de la beauté, de la peine. Mais elles savent chanter, et se plaindre, elles savent séduire et faire peur, comme cela, rien qu'avec les bruits glissants de leurs consonnes, les notes claires, les notes graves, et cette mélodie très fine qui se déroule comme un fil, qui s'éparpille comme une fumée.

Comme elles sont belles, les langues vivantes, comme elles enchantent. Les voix savent faire leur musique, les voix des enfants, les voix des jeunes filles, les voix des hommes, des femmes, des vieillards. Chacune a son timbre, son rythme, sa sonorité. Chacune parle, et le bruit se mêle et se remplit d'air. C'est une musique qui vous emporte ailleurs. Comme cela, rien qu'avec les accents et les sons des mots, avec les exclamations, les interrogations, et aussi avec chaque silence qui sépare les phrases, alors plus personne n'écoute vraiment, plus personne ne cherche à comprendre, mais rêve et s'oublie.

Pourquoi les mots des hommes seraient-ils différents des chants des oiseaux?

Quelque chose brûle en moi. J'attends, et je n'attends pas. C'est peut-être dans cette rupture, dans cet instant, entre les deux pulsions, l'une qui va vers l'infini du oui, l'autre vers l'infini du non, qu'est le lieu de la vie.

Cette lumière qui m'éclaire en moi, et qui ne m'appartient pas, sans cesse me montre l'étendue du possible, ce que je pourrais être un jour, ce que je devrais être. Pareil au feu, à l'étoile, au soleil.

J'attends, et en même temps je n'attends pas.

Elles sont belles, les fumées. Du haut d'une montagne, je vois les fumées qui s'élèvent au-dessus des plaines et des vallées. Elles montent dans l'air calme, pendant des heures, s'étalent, puis disparaissent à une certaine hauteur, sans qu'on puisse voir comment.

Elles forment des colonnes bien droites qui montent au-dessus des toits des maisons. Grises, légères, les fumées qui savent parler de choses douces et tranquilles, d'âtre, de repas en train de cuire, de sarments, de branches sèches qui crépitent, les fumées de la paix.

Elles disent des choses émouvantes, des choses humaines. Les montagnes sont dures et magnifiques, la mer est vaste, les fleuves sont pleins de puissance. Mais les petites fumées pâles témoignent simplement que ces lieux sont habités, qu'il y a ici des familles, des enfants, de la douceur.

En elles je vois apparaître d'étranges fantômes, des génies familiers, qui sont légers et vivants comme des cheveux, qui sont apaisants comme la cendre. Sans cesse les fumées s'évaporent vers le haut du ciel, comme si les dieux les respiraient. Quelle est cette terre ? Qui sont les hommes qui habitent ces lieux ? Ils ne cherchent pas à vaincre l'espace, ils ne cherchent pas à découvrir de nouveaux horizons. Attachées aux champs de vigne, aux champs de blettes et de pommes de terre, les maisons fument. Quelque chose de l'âme de l'homme s'échappe par les cheminées, avance verticalement vers la voûte du ciel, rejoint les nuages. Quelque chose est inachevé dans le paysage des hommes, qui s'échappe, qui fuit, qui distille son parfum de cuisine et de braises.

Ce sont les vrais signaux, les seuls signaux. Ils ne parlent pas, ils n'inscrivent rien, ils ne laissent pas de traces immortelles. Simplement, ils fument, ils se diluent dans l'air, en colonnes interrompues. Heure après heure, lentement, sans violence, la force de ces vies enracinées dans la terre se consume en fumée grise.

C'est dans la fumée que se répandent les parfums les plus délicats, fumée des bois odorants, des feuilles de laurier-tin, des aiguilles de pin, des petites branches d'olivier. Les parcelles consumées flottent dans l'air comme une brume fine, encens des dieux, odeur saoulante des cigarettes blondes, et se mêlent à l'immense ciel gris.

Les fumées, le silence, la solitude. Les plaines sont beaucoup plus grandes que la mer, et ces feux qui se consument lentement marquent les lieux habités, pareils aux îles. Les fumées parlent des subtiles métamorphoses qui durcissent les liquides, qui attendrissent le bois des racines. Ce sont des pensées, enfin visibles, des pensées réelles, des prières réelles.

Chaque jour l'on offre à l'espace du ciel. Chaque fumée qui monte est le centre d'une zone de calme et de sûreté. Murailles de pierre sèche, bastides, enclos, barrières, fossés, toutes les frontières des hommes sur la terre.

Le soir, à l'heure du repas, ou bien l'hiver, quand vient le froid de la nuit, de toutes parts s'élèvent les colonnes grises, légères et solides, dans le paysage de la solitude habitée.

Il n'y a rien d'autre, non, rien d'autre. Seulement cela. Seulement ces feux cachés, ces braises, ces cendres chaudes. Seulement la respiration régulière et tranquille qui s'exhale dans l'atmosphère.

Les oliviers, les êtres qui sont une partie vivants, une partie morts. Je vais vers eux toujours, je retourne vers eux. Ce sont des personnes si émouvantes, si pleines de questions, si pleines de langage! Ils sont là. Bien sûr, ils ne bougent pas, ou à peine. Du moins, leur mouvement vertical est si lent qu'il faudrait une autre échelle que celle des êtres animés pour pouvoir le mesurer. Et pourtant... Les jours passent, les années passent, les feuilles légères apparaissent, fraîches sur les corps si vieux. Au milieu des feuilles vertes, les vieux troncs d'arbre gris et noir, calcinés, les anciens maîtres de la terre sans eau. Leur temps est autre. Il n'angoisse pas. Il est long, sans rupture, sans heurt. Leur temps est lisse, uni et serré comme les grains de la pierre.

Les ifs, la forme la plus élégante du monde.

On voit ce qu'il y a à l'intérieur des arbres. On ne le voit pas vraiment avec les yeux, mais on le sent. C'est là, devant moi, comme une armature raidie à l'intérieur du tronc. Les arbres sont immobiles, bien calmes, dans le vent, dans la lumière. Oui, ils sont ainsi. Et pourtant, on sent les flammes dures et brillantes qui sont debout à l'intérieur de leurs troncs. Jamais on n'a senti à ce point la force cruelle et obstinée de l'existence. Les arbres sont droits et solides. Partout, sur la terre sèche, brûlent les flammes solitaires. Elles sont dressées, debout, pareilles à des âmes, pareilles à des statues, et ces flammes brûlent, à la fois chaudes et froides, denses, faisceaux de lumière concentrée. Autour d'elles, l'espace est nu, vide, silencieux. Toute la vie organique est dans ces flammes qui brûlent sans vaciller.

On est devant les arbres, et on ne voit que ces flammes, de tout son corps. Jamais les yeux ne les verront, car elles sont cachées par l'écorce des troncs, par la terre compacte, par les feuillages. Branches enflammées, racines enflammées. Les petites feuilles qui pivotent dans le vent crissent et jettent des étincelles. Le vert du feuillage est une large flamme gazeuse, l'ombre noire est une tache calcinée. Les arbres sont si proches du feu que, parfois, du ciel vient la charge électrique qui d'un seul coup les allume. Arbres de foudre, arbres d'incendies !

Qu'est-ce qu'on est, soi-même, avec sa petite vie d'animal,

devant tant de force? On sent partout ces flammes verticales debout sur la terre, on avance au milieu d'une forêt de flammes.
 Je voudrais ne jamais cesser de sentir cela, la dureté, la volonté, l'exigence des arbres. Pour cela tout le temps je vais vers les arbres, sans m'approcher trop. Je ne veux pas être en eux. Je ne veux pas leur parler. Je veux seulement sentir le rayonnement, entendre le bruit de la force, sentir grandir en moi la lumière de toutes ces flammes verticales.
 Il n'y a pas de plus grande ivresse que cette vie debout sur la terre, cette vie continue. Les arbres ne bougent pas, ne parlent pas. Ils sont solitaires comme les montagnes, et leur paix s'étend sur toute la surface de la terre. Mais ils brûlent, et leurs flammes dures répondent aux flammes du soleil. Leurs flammes sont les flammes de la terre, nourries d'eau, de vent et de lumière.

 Le bleu du ciel, insistant, inamovible — lumière tendue — et l'apaisement, quand viennent les premiers nuages.

 Les branches noires se séparent, s'éparpillent dans toutes les directions, fragmentent le ciel en une multitude d'alvéoles. Les branches fines couvrent le ciel. Elles font un geste, peut-être, un geste arrêté comme pour saisir quelque chose, comme si elles l'avaient saisi.
 Le vent ne parvient pas à relâcher leur étreinte. Ni la pluie qui dégouline, ni le soleil qui brûle, ni le froid qui fait mourir les feuilles.
 Quel est le geste des branches d'arbre? Que saisissent-elles? Le temps, peut-être.

 Elles sont belles, les feuilles d'arbre, à la face supérieure luisante et sombre, à la face inférieure tendre et d'un vert presque jaune. Les feuilles mobiles qui scintillent dans la lumière, les feuilles électriques des trembles, les feuilles dentées des chênes, les feuilles longues des hêtres, des bouleaux, des tilleuls. Les feuilles sensibles des acacias, les lames des eucalyptus. Elles vibrent dans le vent, en faisant leur musique, les feuilles des filaos, et en haut des larges fûts garnis d'écailles, les palmes se balancent, ouvrent et ferment leur grand parapluie. Elles sont belles et libres, les ailes des arbres, les rémiges des arbres. Mêlées à la lumière, brillantes et chaudes, elles virent à demi dans le vent, puis reviennent, elles volent et brassent l'air comme les oiseaux qu'elles aiment. Elles frémissent tout le temps, sur les saules, les peupliers, les poivriers, elles sont les paroles légères, les danses légères, les chansons légères, dans la lumière.

Je les regarde, je passe sous elles. Je sens le mouvement de caresse de leurs petites flammes, qui apparaissent, disparaissent. Elles respirent, elles voient, elles sentent, elles aussi, quand je m'approche d'elles. Chacune de leurs cellules est comme un œil ouvert qui regarde la lumière. Elles appellent l'eau, elles appellent le vent, et leurs voix est une musique que j'entends et que j'aime. Leurs paroles imperceptibles ne cessent pas. Il faut faire comme les oiseaux et monter sur leurs branches, s'asseoir au milieu des feuilles, pour écouter tous les murmures d'eau et de vent, et regarder la lumière qui se transforme en poudre.

La vie sauvage, au milieu des broussailles et des rochers blancs. Il y a beaucoup de petits chemins qui partent, qui s'en vont en glissant comme des serpents, écartant les brindilles, entre les buissons d'épines et les herbes, et on les suit en bondissant à travers la colline, vers le haut, vers le bas, on disparaît dans les taillis odorants, on écarte les aiguilles, puis on reparaît un peu plus loin, tout seul sur le plateau de roches blanches.

Il y a beaucoup d'odeurs, fortes, âcres, puissantes, elles vous enveloppent et vous tiennent. Odeurs aigres, odeurs acides, odeurs fades, odeurs suaves, odeurs uriques, tanines, soufrées, odeurs de miel et de peau, elles font leur chassé-croisé à quelques centimètres du sol.

Et pendant ce temps-là, un corbeau croasse, les chiens qu'on ne voit pas aboient dans les vallées, une auto klaxonne quelque part. Le vent fait son bruit de main qui essuie.

Et pendant ce temps-là, dans le ciel, le soleil est seul et brûle.

Il y a des arbres dont on peut parler comme d'une personne, mieux que d'une personne. Des arbres qui ont autant d'importance pour une nation, pour une époque, que les plus grands monuments, que les plus illustres capitaines de guerre. Ils vivent en un certain lieu, ils y grandissent, ils étalent leurs racines et leurs branches. Mais c'est autour d'eux que tout se fait, les mythes, les religions, les philosophies, et peu à peu, les hommes apprennent à les regarder comme des dieux. Les arbres sont peut-être les seuls véritables dieux.

Parfois, au cours d'un voyage, d'une aventure, on rencontre un arbre, et on sait qu'on ne pourra plus l'oublier.

Debout sur la place de Tepoztlan, devant le monastère, l'un des plus beaux arbres du monde. Énorme, solide, son ombre est dense comme la nuit, froide comme l'eau, et son corps est divisé en huit troncs principaux soudés à la base; du tronc partent vingt-quatre branches maîtresses, des centaines de branches, des milliers de ramures, chacune tenant des dizaines de feuilles larges, formant un toit vaste comme le ciel tout entier. On est sous lui, caché dans son ombre, on le voit, on sent sa vie, on perçoit le bruit de sa vie. Elle bat lentement, très lentement. Les feuilles vibrent à peine, et c'est comme s'il n'y avait pas d'autre bruit dans le monde. L'arbre est étendu sur toute la terre, il la recouvre de son dôme apaisant. La lumière dure du soleil, le vent, la sécheresse n'entrent pas ici. Ni la pluie, ni le froid de la nuit.

Sous lui, la terre pourrit doucement, mêlée de feuilles sombres, et l'air est tout chargé de son odeur, une odeur puissante et calme qui vous donne sommeil.

C'est pour lui, rien que pour lui, qu'ont été bâtis le couvent, l'église, les remparts, les maisons de boue du village. Il n'y avait pas d'autre dieu que lui. Les oiseaux au vol lourd vivent dans ses branches. Les grandes fourmis noires à tête couleur de miel parcourent les plis de son tronc, chaque jour. Ce sont les habitants de ce ciel profond, ses amis qui ne le quittent jamais.

L'espace du dehors, le reste du monde, où sont-ils? Il n'y a rien d'autre au monde en vérité, rien d'autre que cette voûte de feuilles sombres, bruissante d'insectes, que transpercent les cris aigus des merles, cette voûte énorme en équilibre au sommet de la colonne multiple, enfoncée dans la terre.

Alors il règne tranquillement, de tout son âge, de tout son poids. Ses racines s'étendent sous la terre, aussi loin que les branches, car son règne n'est pas seulement dans l'air, il est aussi profond, caché, parmi les stries douces de l'humus, jusque dans les cavernes du socle de la montagne. A trente mètres du tronc, une racine, large comme le corps d'un boa, fait une boucle à l'air libre, puis plonge à nouveau dans l'épaisseur de la terre. Sur le passage des racines les murs de pierre ont cédé. Les dalles se sont descellées, se sont écartées comme de mauvaises dents.

Cette force immobile est immense, continue. Cela ne bouge pas, ne bouge jamais, seulement cela accumule de la force, jour après jour, année après année, siècle après siècle. Combien de temps? Combien de saisons a-t-il fallu pour que règne cette force vivante? Combien d'années y a-t-il dans ces nœuds, ces plis, ces torsades? Dans le corps de l'arbre, le temps n'a pas fui, ne s'est pas défait. Il s'est déposé, accumulant des strates, inscrivant dans ses fibres chaque jour, chaque nuit, les étés torrides, les hivers, les pluies, les tornades, la sécheresse, l'incendie, le passage des insectes et des oiseaux.

Il n'a pas voyagé. L'arbre est resté sur son morceau de terre, au milieu du promontoire circulaire, au pied du volcan, debout devant la plaine verte des champs de canne qui miroite jusqu'aux confins du désert. Il n'a pas connu d'autre ciel, il n'a jamais été ailleurs. La mer est loin, de l'autre côté des sommets de la Sierra Madre occidentale. Les villes sont loin. Pourtant il y a en lui davantage de science que s'il avait parcouru toutes les contrées de la terre.

Avec lenteur, avec puissance, il a fait son voyage vertical à travers l'air, branche après branche, une feuille après l'autre. Il a fait son voyage debout, tandis que sous la terre, ses racines grandissaient, creusaient leurs galeries, s'agrippaient à la roche. Tout ce qu'il sait maintenant, c'est dans les plis de son tronc, dans la division de ses larges branches, dans tous les rameaux qui s'écartent. Il n'a rien perdu, rien oublié depuis sa naissance. Mais il n'a pris, de la terre et de la lumière du soleil, que ce qui lui était nécessaire pour vivre. Son savoir est efficace, c'est la force durable qui le tient debout, étendu dans l'air et sous la terre. Son savoir est total, d'un bloc, comme celui d'une montagne ou d'un glacier. Rien ne coule, rien ne souffle, rien ne s'use. Mais c'est une grande flamme sombre qui jaillit continuellement de la terre, trombe au corps durci qui naît sans cesse du sein de la terre et s'élargit à travers l'air, arrêtant soudain, et pour toujours, son geste plein de puissance.

Il n'y a pas d'autre image du divin. Il n'y a pas d'autre héros pour les hommes. En lui, au plus profond de son corps, est le savoir, celui que l'homme ne peut pas acquérir, mais auquel il ne peut que rêver, parfois. Du centre de son règne silencieux et tranquille, écoute-t-il les bruits rapides des oiseaux, les cris aigus des enfants qui jouent dans ses branches, les voix des hommes et des femmes qui conversent, assis dans son ombre ? Pas très loin de lui, le village indien a tracé ses cercles concentriques, maisons d'adobe qui s'effondrent à chaque pluie et que l'on reconstruit toujours. Le couvent à demi ruiné, l'église, ont remplacé un jour le temple. Mais c'est l'arbre que le dieu habite réellement, c'est lui que les hommes, sans oser le dire, révèrent. Même la foudre, le seul ennemi, ne peut plus rien contre lui, tant son tronc a de force. Seul le temps, qui a déposé en lui toute la vie et tout ce poids, un jour, sans que personne ne puisse savoir comment ou pourquoi, se retirera de lui. Mais alors peut-être ce ne sera plus le temps des hommes, ni le temps de la vie animale ; ce sera le temps qui brise en deux les montagnes, ouvre les volcans, et vide les mers comme de grands lavabos.

Arbre de Tepoztlan, vieux dieu réel, le seul que je puisse rencontrer, sans doute. Celui qui ne fait pas de miracles, qui ne prêche pas de bonne aventure, et qui ne sait rien créer d'autre que lui-même. Il n'y a pas d'autre fin à l'intelligence et au savoir que ceci : être assis sous les branches épaisses de l'arbre de Tepoztlan, couvert par l'immense voûte des feuilles sombres où volètent les oiseaux criards, sentir la fraîcheur douce de l'ombre quand au-dehors crépite la chaleur de midi, respirer l'odeur de la terre moisie, entendre le vent qui glisse à travers les milliers de brindilles en faisant son bruit d'eau invisible.

Arbre de Tepoztlan, île du temps, où chaque forme est la forme d'une année, d'un siècle peut-être. Les pierres ne disent pas des choses aussi belles. Elles s'usent, elles s'effacent. Les monuments ne disent pas des choses aussi vraies. Mais l'arbre est la preuve de tout ce qui doit apparaître.

Qu'importent les mots, les idées? Ici, c'est la vérité, qui a des racines, un tronc, des branches et des feuilles. La vérité recouvre comme le ciel nocturne.

Moi, je ne connais rien, puisque cet espace, ce morceau de terre sont habités depuis si longtemps. Maintenant, je ne l'oublierai plus. Quel que soit l'endroit du monde où je serai, quelle que soit l'occupation qui me possède, quelle que soit la ville de bruit et de fièvre, c'est à l'arbre que je donnerai ma pensée et mon souvenir, ce qui sera le plus beau de ma vie.

Je verrai son corps debout, immense, tout entier des racines jusqu'au bout des plus fines branches, et le ciel couvert de ses feuilles vert sombre, j'entendrai le vent et les brouhahas d'ailes des oiseaux, je sentirai l'odeur puissante de la terre et des feuilles mêlées, tout cela, et tant d'autres secrets qui sont avec lui.

Je le verrai, et ce sera comme s'il n'y avait plus de regards cupides, plus de souffrance, plus de crainte, plus de faim nulle part. Ce sera comme s'il n'y avait plus que ce règne tranquille, cette arche sur le cours du temps.

Je le verrai, et je pourrai être une feuille, rien qu'une feuille parmi les milliers de feuilles sur ses branches. Je le verrai, comme s'il était plus haut que n'importe quel horizon, et je serai une petite parcelle oubliée, une miette de terre, à l'abri sous la voûte éternelle de son ombre.

Les mots veulent dire tout de suite, sans tarder, toute la beauté terrestre. Ils ont beaucoup de hâte, ils sont impatients de dire tout cela, de raconter tout cela. Les vallées entre les montagnes, les arbres immobiles dans l'air du soir, les nuages, la brume au-dessus des rivières, les villages ocre, les villages rouges, les chemins, les restanques, les prés d'herbe verte. Les mots ne veulent pas dire les sentiments, les passions, ou les obsessions. Cela ne les intéresse pas. Ils vibrent et tremblent comme des oiseaux avant de crier. Cela ne les intéresse pas de parler. Ils voudraient dessiner ici, avec application, chaque détail, chaque nuage, chaque feuille d'herbe, et leur donner la vie. Ils voudraient réinventer le paysage, non seulement avec les sons, mais avec les odeurs, les goûts, le chaud, le froid, la lumière.

Tout ce qui est créé appartient à cette terre, à cette vallée, à ces montagnes. Rien d'autre ne résonne. L'horizon vaste est la seule limite du langage, qui n'exprime rien que la réalité.

Ici, c'est un endroit habité, un lieu de la terre. C'est un endroit pour ainsi dire éternel, car on n'aperçoit pas le déroulement de la vie vers la mort. On ne voit que le passage des jours, depuis l'aube jusqu'au crépuscule, depuis la tombée de la nuit jusqu'aux premières lueurs du soleil. Paysage compact, paysage dur et soudain, mais transparent comme l'eau, où vivent hommes et bêtes. Chaque être, chaque plante, chaque chose est assujetti à l'autre. Il n'y a pas de vide. Il y a cette plénitude, quand tout est exactement, et sans retard, *à sa place*.

Mais c'est cela que veulent dire les mots : liberté. Libre, on est libre, sans murs, sans vitres, sans barrières. L'air est immense, invisible, mais réel pour les ailes des oiseaux et des coléoptères, pour les poussières et les graines, pour les fumées grises qui montent dans le ciel, pour les gouttes de pluie qui tombent.

La terre est immense aussi, sans limites. Les montagnes sont franchissables. Les fleuves épais coulent vers la mer. Mais personne ne peut arriver au bout de son regard.

Le langage voudrait expliquer sans tarder cette liberté, cette beauté. Il voudrait les dire, comme elles sont, dans leur extraordinaire simplicité. Le langage est né sur cette terre, il est pareil aux animaux et aux plantes. Il est fait de lumière, d'ombre, de chaleur, de vent, de désir. Sa vibration, son incohérence ne sont pas des artifices. Comme tout ce que l'on voit, comme tout ce que l'on entend, les mots sont réels.

Alors ce qui semblait autrefois si difficile, si douloureux, ce qui demandait un si grand effort, pour coordonner, pour tempérer l'impétuosité de l'imaginaire, ici vous est donné dans une conscience nouvelle. Les sons trouvent leur place, les idées et les images reçoivent leur ordre.

On est dans l'espace, oui, dans l'espace.

Le corps devient lisse comme une pierre usée, il ferme ses anciennes blessures. Les montagnes lointaines, les collines bleues sont pareilles à des caresses qui vous calment et vous enroulent sur vous-même. Les feuilles des arbres, les pentes de la terre, les larges baies ouvertes sur la mer légère comme une fumée, tout vous conduit vers une sorte de sommeil inconnu où vous n'êtes plus tout à fait vous-même. Sur la terre, ici, tout est involontaire et fuyant, venu du hasard, un instant éclairé par la dure lumière du soleil, et faisant apparaître un instant, un seul instant, comme l'eau des mirages, la paix profonde.

L'eau, l'herbe, l'arbre, les nuages, les rocs. La terre travaillée des champs apparaît, devant les vagues des collines basses, sous le mur de la falaise de pierre rouge.

Et le ciel : grand, indécis, où cesse toute perspective. Ciel gris, blanc, bleu. Lentement les nuages se déplacent, changent de forme. Ils vont d'ouest en est facilement, comme s'ils montraient quelques merveilles, dans un miroir. On regarde le ciel et d'autres mots se dispersent. Les pensées passent, sortes d'invisibles oiseaux noirs. Les pensées, ou les avions? Les

mots sont libres, ils naissent de l'air et retournent vers l'air. Ils sont portés par le regard.
Le ciel est grand, et il n'y a rien d'écrit, rien à lire.

Gaz léger qui recouvre l'espace, qui donne la paix. Ciel qu'on ne désire pas, qu'on ne cherche pas, mais qu'on VOIT. Et qui à travers les yeux pénètre jusqu'au fond du corps, insuffle l'air.

Et la lumière, à nouveau : ineffaçable, ineffable, immatérielle. Tout apparaît. Elle vient du fond de l'espace, jusqu'à la terre. La lumière est douce et précise. Elle s'appuie sur les formes terrestres. Elle vibre et danse sa danse continuelle, sans qu'on la voie bouger. Il n'y a pas de différence entre la lumière et la vie.
Lumière blanche du ciel brumeux.
Lumière bleue de la mer, lumière froide du nord.
Lumière jaune et chaude dans les chambres à trois heures de l'après-midi.
Lumière pâle et neuve de l'aurore, lumière glissante du soleil couchant sur les murs de pierre.
La lumière naît du soleil. Pourtant elle est comme la pensée de l'espace, sa preuve, qui brille sur tous les êtres, qui allume toutes les autres pensées, anime la vie.
La lumière est le premier état.
On ne connaît la lumière que dans sa présence, comme la vie dans la vie. Même les animaux qui par nécessité vivent dans l'ombre, dès qu'ils la voient, s'affolent. Ils s'élancent vers elle, ou se figent, aveuglés. Et dans les cavernes souterraines, au fond des avens, dans le silence, commence le règne de la mort.

C'est cela que je voudrais : peindre la lumière, la lumière pure, seule, sans objet. Je voudrais la saisir sur les vieux murs, ou bien dans les étincelles de la mer, ou encore sur la carlingue d'aluminium d'un avion très haut dans le ciel. Je voudrais la prendre, comme une pensée absolue qui vibrerait éternellement dans l'éther.

La seule monnaie que je voudrais avoir : les étincelles blanches, sur la mer.

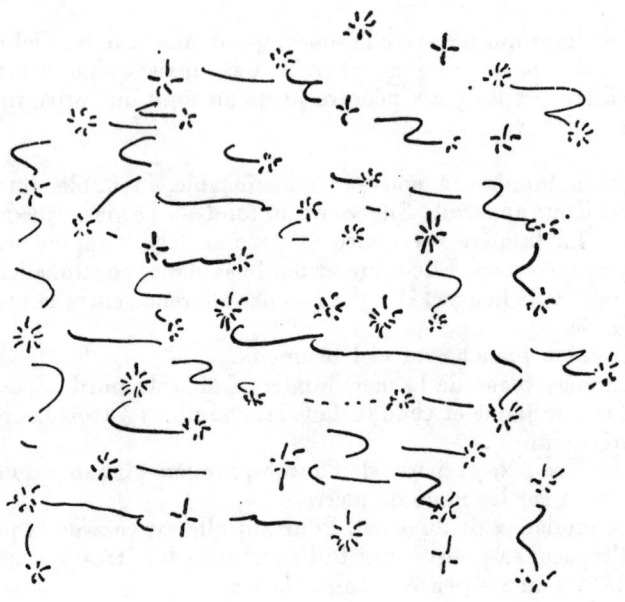

La lumière vient toujours, qui libère les ombres, qui rend léger, dansant, qui vous conduit jusqu'au règne de l'air.

Parler des choses réelles seulement, des choses que l'on aime.
Le langage est dangereux quand il se suffit à lui-même. Aimer
ce qu'on écrit, ou s'aimer soi-même, c'est un peu se détruire.
Mais être ivre des choses et des êtres, les chercher, toujours, les
faire apparaître par tous les mots et tous les signes, pour avoir
enfin les yeux ouverts. Puis, à travers les mots, aimer ce qu'ils
montrent, ce qu'ils savent trouver, tous les trésors de la vie
réelle.

L'imaginaire, cela n'existe pas. Il n'y a que ces éclairs qui
sans cesse jaillissent du réel. La beauté n'est pas secrète.
Elle n'est pas une science, ni un art. Elle est la liberté, exposée
de toutes parts.

Les mots ne veulent pas détruire ce qu'il y a devant nos
yeux. Ils répondent aux autres mots, aux vrais mots originels,
qui sont dits par la voix du monde. Souvent on parle d'histoire,
de mythe, de théâtre. Bien sûr... Mais chaque instant de la vie
réelle est plus grand, plus émouvant, plus plein de langage,
comme si ces mots et ces images n'étaient que les échos des discours véridiques émis par les montagnes, les fleuves, les forêts,
les vents, les orages.

Je regarde l'orage avancer sur la vallée et je sens tout ce que
la musique, le théâtre, le cinéma ne pourront jamais me donner. Aucune création humaine ne pourra exprimer tant de
passion, avec tant de force, et tant de nuance.

D'abord, la chaleur : elle brûle le sol, brûle l'air, accumulée
depuis des heures. L'atmosphère pèse, elle fait battre mon sang
et je comprends la menace, la violence de ce qui doit venir.
Les insectes aussi le comprennent : ils crissent, et les oiseaux

énervés zigzaguent dans le ciel. Quand les nuages apparaissent à l'autre bout de la vallée, couvrant les collines, lourds, noirs, presque immobiles ; puis l'air bouge peu à peu, et le vent commence ; alors je sais, et toute la terre d'ici le sait, avec chaque bête et chaque arbre, je sais que cela va venir. Bientôt le soleil est caché, la chaleur diminue. Sans qu'on sache comment, les nuages ont grandi au-dessus de l'horizon. Ils sont tantôt debout comme des géants, tantôt roulent sur eux-mêmes, font des tourbillons. La foudre trace des traits blancs, éclaire les hautes régions du ciel. Le bruit du tonnerre se rapproche, grondements qui ne cessent pas, qui roulent interminablement.

La pluie avance. C'est un rideau vertical qui remonte la vallée. On n'entend pas encore son bruit, mais déjà on sent son froid porté par le vent. Les feuilles des arbres bruissent, les herbes sont couchées. La poussière monte dans l'air, devant la pluie, comme si une armée arrivait. Quelque chose se passe, on le sait, quelque chose qu'on attendait, que tous les hommes de la vallée attendaient, qui fait crier les crapauds et les enfants.

Puis le silence pèse, le ciel est gagné par la masse noire des nuages. Tout devient sombre, tombe le froid de la nuit. Le rideau gris, aux plis visibles, les rayons fous des éclairs, les volutes noires des nuées emplissent l'espace. Le grondement continu du tonnerre encercle la terre, se répercute sur toutes les collines. Je vois cela, nous voyons tous cela, et nous tremblons un peu, comme s'il y avait la peur, ou le désir. Les hommes cherchent les abris. Le bétail s'assemble au pied des grands arbres ou cherche le creux des haies. Il n'y a plus d'oiseaux dans le ciel, plus de mouches dans l'air.

Le rideau de la pluie arrive à grande vitesse, il ouvre ses pans et enveloppe la vallée. Les éclairs unissent les collines aux nuages. Cela se passe si près qu'on entend distinctement le craquement de l'étincelle.

Alors vient enfin le bruit de l'eau, qu'on attendait. Une cataracte en marche. Les gouttes serrées frappent durement la terre, trouent les feuillages, piétinent l'herbe. La pluie tombe avec force, froide, solide, soulevant dans l'air des nuages de petites gouttes brisées.

Cela ne dure pas longtemps : une demi-heure, trois quarts

d'heure. Sur le sol boueux, les flaques grandissent, les ruisseaux s'unissent et font des fleuves provisoires. La lumière des éclairs aveugle encore de temps en temps, puis s'éloigne.

Et soudain, aussi vite qu'elle était venue, la pluie s'en va. Le ciel est crevé. Les nuages dégonflés disparaissent. Il ne reste plus sur la terre que cette grande fatigue, dans la lumière terne du soleil, comme une mauvaise aube.

Tout est gris, brillant d'une lueur mouillée. L'eau se vide, maintenant, pendant des heures. Elle coule par tous les ruisseaux, rigoles, gouttières. Les herbes se redressent une à une. Sous les grands arbres alourdis, bizarres, il continue à pleuvoir.

Il fait froid. Dans les maisons de boue, les femmes ont allumé du feu. Les animaux se cachent. Il s'est vraiment passé quelque chose, ici, une bataille, une passion, une peur. On sent le ciel, la terre. On sent tout cela, non pas comme un décor habituel, mais avec toute sa peau, toute sa vie, le ciel et la terre qui ont créé une parole vivante, qui ont agi.

On est fatigué et transi par l'émotion et par le froid. Quel est donc ce langage, si grand et si fort, qui m'a recouvert, qui m'a traversé, et maintenant me laisse dans un profond silence, avec l'envie de dormir?

Ce sont les choses qui se passent réellement, ici. Ce ne sont pas de grands événements, ils ne durent pas bien longtemps, ils ne signifient pas beaucoup. Mais ils passent, dans le ciel, sur la terre, météores, vents, nuages, ils passent dans la lumière au-dessus des plaines et des vallées, de ce côté de l'horizon.

Le signe de la foudre, qui danse au-dessus d'une colline.
L'endroit que frappe la foudre.

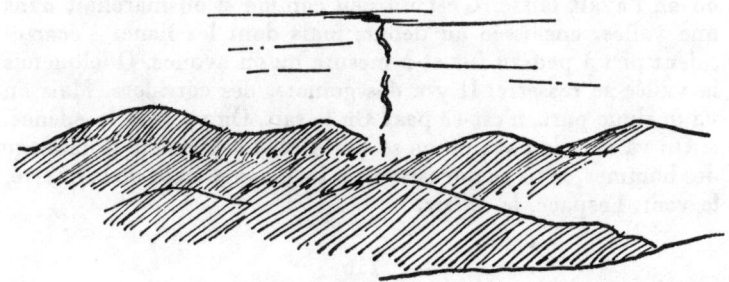

Que disent-ils? Que disent les signes? Je voudrais pouvoir parler d'eux comme de signes et de messages humains. Je voudrais qu'il n'y ait pas de différence entre les éléments et les hommes, entre la terre, le ciel, la mer et les hommes. Je voudrais pouvoir comprendre les signes au même moment, les entendre au même moment; je voudrais qu'il n'y ait qu'un seul sentiment, qui irait sans cesse de la terre vers les hommes, et retournerait vers la terre, comme un courant, comme un mouvement continu de flux et de reflux.

Je voudrais qu'il n'y ait qu'un seul langage, que ce soit le même langage qui s'exprime sur toutes les collines et dans toutes les vallées. Ce n'est pas l'écoulement du temps qui est au cœur du langage; son rythme, sa vie, c'est l'espace.

Parfois je le sens, il me semble que je vais enfin le comprendre : je vois l'espace, je suis dans l'espace. Ce qui sépare les hommes du monde réel va disparaître, toutes les vitres, tous les murs; enfin le monde va venir, va se répandre, s'unir. Tout va parler...

Le chemin du silence, un bien long chemin qui va en s'élargissant, qui traverse les vallées obscures, les ravins, qui suit les rues rectilignes dans les grandes villes. J'essaie de marcher sur lui, de faire de lui ma route. Mais c'est bien difficile. Il faut résister tout le temps à tout ce qui parle, à tout ce qui trouble. Il faut résister à ce qui nomme, juge, ordonne.

Parfois il faut revenir en arrière, reprendre le chemin là où on l'avait laissé. C'est un peu comme si on marchait dans une vallée, encaissée au début, mais dont les flancs s'écarteraient peu à peu au fur et à mesure qu'on avance. Quelquefois la vallée se resserre. Il y a des goulots, des corridors. Mais on va quelque part, n'est-ce pas? On le sait. On va vers le silence.

On va vers le pays où ne se parle plus seulement le langage des hommes, mais ce qui est vaste. Le langage froid de la liberté, le vent, l'espace, le *céleste*.

Ce qui sépare les hommes du monde doit s'effacer. Les plantes, les rochers, la mer sont si proches! Il suffit de tendre la main. Comment, comment faire pour les entendre? Il faut s'approcher, encore, s'appliquer et s'étendre, ouvrir ses sens, écouter. Tout va venir, tout va s'unir. Tout va parler...

Les lumières de la ville sont belles. On les voit de loin, lorsque la nuit descend sur les vallées, sur les bassins. L'ombre recouvre les maisons, se coule le long des rues, dans les jardins, sur les grands parkings. Puis, à un moment, presque toutes ensemble, les lumières apparaissent. Lignes des réverbères blancs, doubles rangs des projecteurs jaunes le long des routes, lumières isolées qui tremblotent, à la limite de la ville. Et quantités d'étoiles.

On attend, au loin, on retient son souffle. Au fur et à mesure que la nuit s'installe, obscurcissant la terre et la joignant au ciel, les lumières deviennent plus fortes, plus précises.

Dans l'air humide, un peu nuageux, les lumières scintillent. Elles palpitent doucement, plus proches que les astres, traçant d'interminables dessins.

On regarde tout cela, l'immense ville illuminée, vivante, et on sent la chaleur qui entre dans le corps. Bientôt, au-dessus du champ constellé, le ciel s'éclaire de sa drôle de lueur rouge, comme s'il y avait une forge.

Il y a tellement de lumières! Sur les façades des immeubles, les carrés minuscules des fenêtres brillent avec force. Les points blancs des lampadaires sont durs, leurs rayons s'écartent en bras d'étoiles. Le long des grand-rues, des boulevards rectilignes, les barres de néon tracent des lignes, les enseignes rouges et vertes s'allument, s'éteignent. Les phares des autos balaient les routes, minuscules comètes qui progressent entre les balises blanches. Aux carrefours, les lumières orange clignotent, se répondent d'un bout à l'autre de la ville. Ou bien, l'un après l'autre, les feux verts deviennent rouges, et les signaux de frein des voitures s'allument.

On regarde tout cela, et on sent la chaleur, la vie, le mouvement qui entrent dans le corps. On sent aussi comme un calme, comme une sûreté.

Chaque lumière est un animal, ou un homme, ou une chose qui vous attire à travers l'espace obscur de la nuit, jusqu'à elle. On arrive! Des milliers, des centaines de milliers de fois, on arrive! On entend les appels, on écoute les voix. C'est comme si le bruit de la civilisation des hommes s'était tu, et que dans le grand silence attentif de la nuit, maintenant, les mots et les pensées de la communauté vivante étaient perceptibles. On ne peut pas, on ne doit pas rester au-dehors. On ne doit pas être ailleurs. Dans la nuit, les hommes sont unis par la lumière électrique.

Milliers de feux qui brillent, dans la plaine, milliers de feux des bivouacs, des âtres, des lampes et des autels, feux qui parlent, sans cesse, feux qui communiquent.

La mer, les montagnes, le désert sont invisibles. Ils sont oubliés dans l'espace vide, l'espace sans forme qui sépare les constellations. Au loin, à l'horizon, les phares clignotent à intervalles réguliers. Les balises rouges brillent sur la mer, près des aéroports. Les feux isolés des bateaux tanguent dans le vide, ou la tache aveuglante des lamparos.

Ce sont les planètes lointaines qui gravitent autour de leur centre, un peu perdues, dérivant sur la route circulaire de l'horizon, à la limite du monde.

Mais ce qu'elles cherchent est ici. Lentement, elles viennent, pour rejoindre l'amas de lumières, pour retrouver la compagnie des lumières.

Je ne sais pas bien quelle est cette ivresse, maintenant. Je ne veux pas essayer de la comprendre. Elle est tout entière dans les yeux éblouis de beauté, immobiles et fascinés devant la danse muette, tandis qu'au loin, dans le creux noir de la vallée, la ville scintille et se multiplie.

On arrive. C'est vers elle qu'on veut aller, en volant à toute vitesse, pour rejoindre les lumières vivantes. Les alignements des lampes sont pareils aux signaux d'atterrissage sur les aéroports. Il y a de longues avenues qui vont du nord au sud, où avancent les phares des autos. Il y a des places, des carrefours, éclairés de lumière pâle, où flotte une brume de solitude. Les arbres des parcs, les palmiers, les marronniers, les araucarias, les cèdres font leurs taches fantastiques. On ne comprend pas bien ce qu'on voit, comme si le squelette de la ville était tout à coup apparent, ou comme en regardant ces phosphogènes des créatures abyssales qui tracent des contours étranges sur les corps invisibles.

La ville est si mince, maintenant. Fine, transparente, aérienne, elle flotte un peu au-dessus de la terre, soulevée par la chaleur de ses lumières. Il n'y a plus rien de dangereux en elle, plus rien de secret. Le silence des murs de ciment a disparu, dans la nuit, et il ne reste plus que la structure magique. Grande tache, nébuleuse rouge et blanche au tourbillon immobile qui éclaire et vibre de ses millions de parcelles lumineuses.

Je voudrais rester là toutes les nuits, à regarder les rues et les avenues qui étincellent, à regarder la ville des rêves. Comme si j'étais dans un avion avant l'atterrissage, ou montant lentement dans une montgolfière et contemplant la nuit, le ciel, la ville.

Je voudrais connaître chaque lampe, chaque phare, chaque ampoule électrique qui brûle, suivre jusqu'au bout les chemins lumineux qui conduisent dans leur labyrinthe. Chaque lumière parle. Je sens sa pulsation contre moi, et le fourmillement de la lumière autour des lampes vibre comme le chant aigu des moustiques. Je voudrais regarder, écouter, sentir cela chaque nuit, sans dormir. Comment dormir? C'est dans la nuit que la ville est belle, et magique.

Dans les grandes artères du centre, les effigies de néon clignotent, écrivent les noms étranges en lettres bleues, vertes, orange. Les hautes tours, les immeubles blancs ressemblent à des nuages. Ils n'existent presque plus. Il y a seulement ces rampes verticales de lumière qui brillent et de loin en loin, le fanal rouge qui éloigne les avions.

Sur terre, de tous côtés, les signaux se répondent. Les phares s'allument, s'éteignent. Les étincelles éclatent, très loin, traversent l'espace noir. Sur les flancs des collines invisibles les réverbères tracent de longues lignes obliques, ou bien serpentent en lacets.

On découvre sans cesse de nouvelles étoiles. Elles scintillent faiblement dans la brume de la nuit, petites flammes qui vont peut-être s'éteindre. Les astres fixes trouent violemment l'ombre de la terre, dardent leurs durs rayons bleus. Il y a tellement de lumières : chaudes, froides, couleur de feu, couleur de foudre, couleur de pierre. On les voit dans toute la nuit. Elles dansent et bougent, joyaux animés, perles, cristaux précis.

La vie est belle, dans la nuit. Elle n'est pas effrayante, pas étouffante. Elle est semblable à une danse, mais immobile, semblable à un vol de chauve-souris, mais immobile, semblable à une flamme fixe. Elle est une immense foule d'hommes portant des bougies, attendant dans le creux de la plaine. Chaque lumière est vivante, elle brille de toutes ses forces, elle envoie toutes ses ondes.

Du haut du promontoire, je glisse vers elles, je plane longtemps au-dessus de la ville, le long des routes en pointillés, autour des immeubles troués de fenêtres. Je vais voir chaque lumière, comme cela, comme un insecte, porté par les rayons fins qui sortent de chaque étoile, et je visite tous ces lieux, tous ces mondes.

Chaque lumière est un astre, au milieu de sa poussière stellaire. Je sens sur moi la chaleur de cette braise qui miroite, je sens la force et la beauté électriques. Les signes rouges, pareils à des flammes courtes, sont allumés dans les rues. Les hauts pylônes créent la lumière jaune et douce qui baigne l'asphalte.

On n'est pas seul quand on est dans la lumière. On n'est pas loin, on ne sent plus le froid, la faim, la peur. La ville brille en bas, entre la mer et les montagnes, dérivant peut-être, silencieuse, douce, et on ne se lasse pas de la regarder. Peut-être que chaque habitant de la ville est devenu une lumière, uni aux autres par les fils électriques, et qui émet son appel ininterrompu. Ce ne sont plus les hommes, ni leurs machines, ni leurs maisons. Ce ne sont plus leurs mots, leurs ordres. Ce sont seulement des étoiles, distantes et familières comme celles du ciel d'été, qui dessinent les lignes des demeures et des jardins éternels.

Elles s'allument soudain, elles s'éteignent, une à une, rangées par rangées. Ampoules de verre, tubes de néon, filaments incandescents, lueurs vertes irréelles, flammes pourpres, disques orange : dans la nuit totale les lumières vivent. Au loin, accrochés aux montagnes, les villages sont perdus comme des navires.

C'est vers eux qu'on va aussi, attiré par leurs lumières blanches.
Du côté de la grande ville, le ciel est dissous par le halo un
peu rouge, ou bien la lune fait apparaître les nuages. De temps
en temps passent très lentement les feux des avions. A l'horizon, du côté de la mer, les phares sans cesse appellent.
Mais on est devant sa ville légère et étincelante, et on regarde,
on attend, on regarde, comme s'il n'y avait plus de ciel, de mer
ni de terre, mais seulement la joie de ces lumières qui rutilent.
On arrive! On va venir! On va marcher dans toutes ces rues,
sous les réverbères blancs, le long de ces fenêtres jaunes. On va
traverser de grandes esplanades brumeuses où les autos noires
sont arrêtées. On va longer les avenues et les boulevards où la
lumière tremble à travers les feuilles des platanes. On va suivre
beaucoup de feux arrière de voitures, des catadioptres de motocyclettes, des reflets rouges. On est ébloui, et plein d'un bonheur
sans mélange, simplement parce qu'on traverse la zone d'un
grand lampadaire orange, ou parce que, au sixième étage d'un
immeuble inconnu vient de s'allumer une fenêtre ouverte. Les
ombres bougent sur le sol, les ampoules rayonnent dans la nuit
froide. La beauté fait battre les cœurs, remplit les corps d'étincelles. On regarde, on marche, on regarde. On est citoyen des
étoiles.

Les métaphores, les paraboles sont assez haïssables. Elles
encombrent, freinent, avec leur air de vouloir signifier quelque
chose. Pourquoi tant de détours? La vérité est immédiate et
réelle, elle vient d'un bond, vite comme le regard, précise
comme un index qui montre. Il y a partout, autour, ce qui brille
et brûle : c'est cela qu'il faut tenter de dire, sans retard; dès
qu'on voit une lumière, la dire.

Les paraboles, les difficultés souvent ne sont là que pour le savoir, l'horrible paralysant savoir. C'est pourtant évident qu'il n'y a rien à savoir. Mais la société des hommes aime à accumuler les richesses, à les enfermer comme des trésors. Vivre, connaître la vie, c'est le plus léger, le plus subtil des apprentissages. Rien à voir avec le savoir.

S'il faut savoir quelque chose, que ce soit réel, que ce soit clair et évident, rapide comme la lumière et précis comme le mouvement.

Savoir les choses du corps, les choses des mains, des pieds, des yeux, de la langue.

Savoir nager. Savoir marcher. Savoir respirer.

Savoir lier, tresser. Savoir sculpter, peindre, modeler.

Le reste, ce qu'est un homme, ce qu'est une pensée, ce qu'est la vie, la mémoire, le langage, comme tout cela a peu d'urgence.

L'extraordinaire, ce ne sont pas les monuments ni les légendes, ni les prouesses des conquérants qui le donnent; mais l'harmonie subtile qui est dans le langage. Qu'il n'y ait pas un homme qui n'ait su apprendre à se servir de cette musique, l'adapter à ses besoins, à ses désirs, voilà un miracle. Qu'il n'y ait pas mille possibilités de parler, mais une seule, réelle, et cependant qu'il n'y ait pas deux paroles, deux gouttes d'eau identiques, voilà l'extraordinaire.

Le petit garçon inconnu regarde la route, devant lui. Il est assis sur une balustrade de fer peinte en vert, où sont attachés quelques vélomoteurs. Il ne bouge pas. Il regarde devant lui les voitures qui passent sur la route, de gauche à droite, de droite à gauche, quelquefois les gros camions-citernes et les autocars blindés.

On ne sait pas ce qu'il attend. Le vent souffle, bouscule ses cheveux bruns, agite les jambes de son pantalon et les manches trop longues de son blouson bleu. On ne sait pas non plus à quoi il pense. Peut-être qu'il voudrait aller vite, lui aussi, jusqu'au bout de la route, dans une automobile noire. Peut-être qu'il préférerait être sur la mer, dans une barque bleue et rouge.

Ses yeux suivent les autos qui passent. De temps en temps, il regarde les immeubles blancs, de l'autre côté de la route. Il n'y a personne sur la route, je veux dire personne d'autre que lui : pas d'hommes, pas de chats, pas d'oiseaux, pas de mouches. Seulement les autos qui passent en faisant du bruit. Mais le petit garçon inconnu n'a pas l'air effrayé, ni triste. Simplement, il regarde.

L'air est transparent. Le ciment des murs, le goudron noir de la chaussée, le métal des carrosseries et les glaces des autos sont lisses. C'est comme si l'air était très pur, comme si l'eau avait tout lavé. Peut-être que le monde vient de commencer?

Est-ce le regard du petit garçon inconnu assis sur la balustrade, devant la route, qui a rendu tout si pur? Ici, c'est un endroit parmi tant d'autres, en un jour parmi tant d'autres. Un endroit à la sortie d'une ville, au bord de la route qui va vers le sud, là où passent les autos et les camions. Ce n'est pas un paysage extraordinaire, il n'y a pas de monument, ni de site historique.

Il n'y a que cette route qui résonne, ces murs trop blancs, les trottoirs défoncés, l'asphalte noir, la balustrade de fer peinte en vert. Et pourtant tout est clair, d'une clarté régulière et tranquille, sans éblouissement, sans éclair, d'une lumière continue qui illumine chaque détail et fait apparaître avec netteté chaque couleur, dans son entière nouveauté.

C'est comme si, maintenant, encore, tout allait pouvoir recommencer, se refaire. Peut-être n'y a-t-il jamais rien eu d'autre dans le monde que cette simple nature, une route, des murs, une balustrade de fer? Comme si personne n'avait rien fait d'autre, rien voulu d'autre que cela : attendre, assis sur la balustrade verte avec les vélomoteurs, et regarder.

Peut-être que tout ce qui était avant cet instant n'était qu'un rêve, peut-être que l'histoire du monde n'était qu'un rêve?

Et pendant ce temps, les voitures aux vitres fermées roulent à grande vitesse sur la route, devant les façades des immeubles blancs, sous le ciel bleu, en sifflant dans le vent. Le petit garçon inconnu regarde tout cela, et tout cela est à lui, en quelque sorte. Assis sur la balustrade de fer peinte en vert, où sont attachés les vélomoteurs, il regarde le monde qui lui appartient.

Si quelqu'un s'approchait de lui maintenant, il l'entendrait chanter à voix basse, pour lui-même et pour les vélomoteurs attachés, une chanson qui dit seulement :

    Golondrinas!
    Golondrinas!
    Golondrinas!

La mer est calme et lisse, belle comme le ciel. Il n'y a pas de couleur plus belle : le bleu, sans lumière, pur et dense, le bleu comme si on l'avait peint. La couleur de toute la mer.

Devant la mer, jamais on n'est seul. On est heureux, ainsi, de la voir devant soi, elle si grande, étendue de l'horizon jusqu'aux accidents des terres, elle si calme et puissante, que rien ne dérange. Elle qui ne se trouble pas, qui ne souffre pas. Elle, inépuisable, sans ombre. On la regarde, on l'aime. Elle n'a pas de fin. Les terres sont toujours des îles; le vrai pays, c'est la mer.

Loin des bruits, des cris, des gestes, loin des regards qui scrutent, épient, loin des langages et des éclats de lumière. Mais la mer n'est pas lointaine, on est tout près d'elle. On habite dans l'immense couleur, sans frontières, sans durée. C'est par le regard qui vient en elle, puis par le corps tout entier. Il entre dans le bleu sans tache, il s'étend dans la mer, il va jusqu'au bout de tout.

Le soleil brûle toujours au-dessus du paysage de pierre et de mer. Il brûle et éclaire. Les vagues avancent sans bruit, l'une après l'autre, en brillant à la lumière. C'est d'abord ce mouvement lent qui vous prend, qui vous soulève, là où vous êtes, couché sur le rocher plat au pied de la falaise. Il y a tant de puissance dans le rythme des vagues! Le vent qui vient du large, chargé de sel et d'odeurs marines, le ciel froid, le bruit de la mer, tout cela entre en vous. Couché sur la pierre qui émerge, on regarde sans se lasser l'horizon : une seule ligne haute, comme si on était enfoncé dans la mer jusqu'au cou

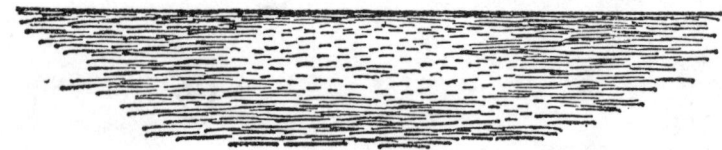

On entend le bruit du ressac. Alors c'est comme si on ne regardait plus vraiment la mer. On ne pense plus à elle, on est avec elle. On l'écoute seulement, on l'entend.

 Combien de temps est passé? Le soleil a changé de place dans le ciel, les nuages ont changé de forme. Mais sur la mer, les mêmes vagues arrivent, toujours, les unes derrière les autres, lentement, comme les ondes d'un choc énorme.
 On ne sait pas très bien qui on est. Quelque chose s'échappe, continuellement, s'en va dans l'infini bleu. Quelque chose glisse avec le regard, s'en va dans la respiration, se mêle au souffle du vent. Quelque chose qui ne doit jamais revenir.
 On est comme si on voyageait, c'est cela. Mais la mer n'est pas une route, elle ne conduit nulle part. Seulement elle vous prend en elle, elle vous allonge sur elle. On va la voir, jour après jour. On ne peut pas se passer d'elle. Même lorsqu'on est loin d'elle, séparé par quelques murailles, quelques montagnes, c'est comme si on continuait à la voir, à l'entendre.
 Comme dans ces pays très plats où, si loin qu'on soit des rivages, on l'entend gronder, vibrer dans la profondeur de la terre, pareille à une grande route circulaire qui ferait le tour de l'horizon. Mais on veut retourner vers elle! On traverse toutes ces rues, ces places, on marche vite sur le sol en pente, vers les baies, les caps, les estuaires. On retrouve l'endroit qu'on aime le plus au monde, le rocher plat qui avance dans la mer. On s'assoit sur lui. On croyait qu'on avait des choses à lui dire, des secrets, ou de la musique, quelque chose qui était retenu au fond de vous quand vous étiez loin d'elle, enfermé dans les murs. Mais ce n'est pas cela. C'était son appel, seulement, c'était elle qui demandait qu'on revienne vers elle.
 Il faut parler d'elle comme d'une personne. Dire ce qu'elle disait, écouter sa parole, répondre à ses interrogations. Il faut parler d'elle comme de la plus grande personne vivante au monde.
 C'est elle qui nous unit, lieu de nos rencontres. C'est la plus grande place, la plus grande plaine. C'est la suite de la terre, sans doute, le lieu d'où l'on vient, où l'on va. Quelques minutes, chaque jour, quelques minutes très longues et pleines de paroles.
 Venus de toutes parts, les hommes la voient. Ils s'asseyent

sur les plages, sur les quais, sur les rochers. De vieux hommes pêchent à la ligne, ils la regardent avec des yeux fixes. Dans une crique, au soleil, une jeune femme en bikini entre dans l'eau très vite, en se glissant, à la manière d'un crocodile.

Puis elle nage, son corps étendu dans l'eau qui se referme derrière elle. Ses bras s'allongent devant sa tête et poussent à l'intérieur de l'eau. Elle nage vite, en tordant un peu son corps brun, ses cheveux noirs mêlés aux vagues. Elle sent le froid de l'eau sur sa peau, elle entend dans ses oreilles le bruit doux des bulles. Elle avance dans la fraîcheur, vers le large, longtemps. Elle respire avec force, en tournant sa figure vers le ciel, l'épaule gauche émergeant un instant. Aucun mouvement n'est aussi beau, aussi adapté à la vie. Peut-être qu'elle pourrait nager pendant des heures, des jours, sans aller nulle part, simplement pour être comme cela, avec la mer. Mais ses bras se fatiguent. La jeune femme se retourne, et portée par les vagues, elle revient vers la rive. Quand elle sort de la mer, elle titube un peu, comme si l'air pesait lourd sur ses épaules. Sa peau brune luit au soleil, la couleur jaune de son bikini est éclatante comme celle des poissons ou des algues. Ses cheveux très noirs pendent en petites nattes. Quand le vent souffle, sa peau frissonne et se couvre de petits monticules où brille la lumière, et c'est le même reflet, le même frisson qui recouvrent la mer.

Au bord de la côte, les rocs usés par la mer : ceux quand on nage qui sont doux comme un ventre.

Les rochers à fleur d'eau, arrondis, polis, tachés de brun, pareils à des phoques endormis.

Sur les blocs de roche, on voit la limite de la mer : c'est la limite de la vie. Une tache brune, rouge, verte et rose, verte et soufre, qui marque le commencement de la noirceur des fonds.

Le mouvement de la mer couvre et découvre sans cesse la frontière de son domaine. On voit des algues vertes, des rochers sombres, des masses visqueuses, indéterminées; on voit, comme par effraction, une beauté que le langage terrestre ne peut pas nommer, une beauté sans forme connue, où sont à l'état libre le mouvement, la couleur, les odeurs, les saveurs : la vie.

Mais l'eau lisse recouvre tout, cache son mystère. Seule la surface bleue semblable au ciel, la surface déserte où brille la lumière, tachée de plaques sombres, soutient le poids de l'air qui laisse ses marques, ses sillons. Surface dure et liquide, au-dessus des vallées et des gouffres; les bateaux ne cessent pas de la parcourir. Leurs voyages n'ont pas de but, leurs voyages ne peuvent pas s'achever.
 Sous l'eau, dans la profondeur, il y a un vertige ininterrompu. On attend, on espère. On reste assis sur un rocher plat, pas très loin, et on regarde la surface. Qu'est-ce qui va sortir de l'eau, comme une trombe, en la faisant jaillir dans la lumière du soleil?
 Ou bien un très gros poisson noir au ventre argenté, debout un instant, en équilibre sur sa queue, puis qui retombe en claquant et disparaît dans la mer.

 Quand on est devant la mer, tout peut apparaître, disparaître, comme sur une pierre qui n'a pas été sculptée. C'est peut-être pour cela, parce que tout est possible, comme sur une planète étrangère, que les hommes viennent vers elle. C'est peut-être parce qu'il n'y a pas de murs, pas de barrières. Parce que c'est le lieu du danger.
 Alors, chaque jour, tandis qu'au-dehors, dans les couloirs et les abris des villes, dans les cachettes des montagnes, à la source des fleuves, la vie amoncelle les années et trace ses dessins toujours semblables, ici apparaît la nouveauté.
 Chaque jour naît ici, puis se détruit, puis se refait, au rythme du ressac.

 Ils viennent la voir. Ils l'aiment. Ils viennent voir ce qui a été inventé, comme cela, chaque jour, rien qu'avec la mer et le ciel.
 Ils viennent voir l'hiver transparent, propre, calme, sur les rochers pareils à de la glace. Ils viennent voir l'été lourd, visqueux, opaque, la mer d'algues où la vie fermente. Ils viennent voir le vent, l'orage, les marées. Quand ils arrivent, et qu'ils regardent, la mer achève pour eux le spectacle, elle comble le vide que les maisons, les autos, les routes et les cinémas avaient laissé.
 Du haut du ciel jusqu'à la terre, tout est en pente. Mais c'est la mer qui termine.
 La vue de la beauté emplit d'un seul coup l'espace vide.

Ah oui, arrêter la roue des désirs, plus elle tourne plus elle en veut, et plus on lui donne plus elle tourne.

Roues, roues, stupides roues! Il n'y avait pas de quoi être si fier de les avoir inventées.

N'importe quel poteau, n'importe quelle borne valaient mieux qu'elles.

Arrêter les roues. Devenir très immobile et calme, devenir pareil à l'espace pour qu'il n'y ait plus de temps. Ce n'est certes pas facile.

Comment apparaissent les mouvements rotatifs du désir? Ce sont d'abord de petits appels qui creusent des vides imperceptibles. Vous n'y prenez pas garde. Vous ne vouliez pas grand-chose, juste de quoi combler ces minuscules lacunes. Alors vous avez commencé à tourner.

Pas très vite d'abord, non, rien que quelques tours. A chaque instant vous pouvez arrêter cela. Puis, peu à peu, les rotations sont devenues plus suivies, plus rapides. Chaque creux comblé laissait un appel plus grand, comme si un animal avide était en vous, qui se gonflait. Le vide n'est pas un manque, le vide est réel, il a un poids, une forme, il oppresse. Plusieurs autres roues maintenant ont commencé à tourner, et leur mouvement entraîne d'autres rouages. C'est comme un vent qui souffle, emballe toutes ces éoliennes. Des hélices, des roues, des ailes; tout bat, tourne, vibre dans l'air. Mais ce n'est plus le mouvement de la vie. C'est une ivresse qui se délecte d'elle-même, une énergie qui se consume seule.

Pourtant, autour de vous, le monde offre le spectacle de l'harmonie, de la mesure. Rien ne bouge sans raison. Rien n'est déplacé à droite sans qu'au même instant, à gauche, vienne ce qui doit le remplacer. Mais vous ne regardez plus cela. Fasciné par le mouvement qui se fait au fond de vous-même, aveuglé, vous ne voyez plus rien. Le monde, le monde immense et calme a disparu. Ne restent plus que votre caverne, et ses habitants. Vous regardez ces roues qui tournent à folle vitesse et vous ne connaissez plus rien d'autre. Vous n'êtes plus leur maître. Chaque effort pour freiner le mouvement des roues est aussitôt absorbé. Même, il se transforme en désir et entraîne de nouvelles rotations. C'est la curiosité, le besoin de savoir qui font tourner ces roues. Comme si le simple fait d'espérer créait un appel encore plus grand, faisait entrer le vent violent de l'avenir.

Mais ce n'est pas la vie qui vous traverse ainsi. C'est une frénésie de l'esprit, nourrie des mots du langage, des promesses du logos. La vie est stable et réelle. Elle est une force qui brûle, qui s'élève, qui fait naître les autres forces. Alors, pour vaincre le mouvement, pour arrêter les roues maudites, il suffit de retrouver le monde, le silence, la lumière. Il n'y a rien d'autre que l'évidence de ce que vous sentez, rien d'autre que ce que vous voyez. Ce n'est pas l'esprit qui est raisonnable, c'est la vie : les animaux, les hommes, les arbres, les pierres, les éléments sans mystère. Il suffit d'être soi, d'être fermé sur soi complètement. Il faut ne plus céder aux jeux-prétextes, ne plus rebondir. Comme quelqu'un qui jeûnerait, et resterait immobile, en se taisant, en se refusant. Et bientôt reviendra le grand spectacle extérieur, auquel nul ne peut se soustraire, le spectacle qui ne contient pas d'étrangeté.

Il n'y a donc pas d'idées dans le monde, pas de mots? Il n'y a pas d'au-delà? Comment tous ces désirs sont-ils apparus? Vous les aviez crus nécessaires. Vous avez cru, réellement, qu'un secret allait vous être révélé? Mais tout est simple, rapide, comme au premier jour, souvenez-vous, le premier jour où vous êtes venu sur terre, un objet au milieu de cette quantité d'objets. La terre, la mer et le ciel sont immenses, les êtres n'ont pas de nombre. Ils bougent, ils s'accouplent ou bien se dévorent, selon l'ordre souverain de l'espace. Qui sont-ils? Que veulent-ils? Chacun pour soi, muet, efficace, ils n'ont d'autre identité que leur place au milieu des autres, ils n'ont d'autre raison que les instincts qui les assemblent.

Alors, comme quelqu'un qui dormirait, ou bien qui se transformerait lentement en pierre, vous vous êtes retiré de vous-même, vous vous êtes effacé. Vous avez cessé de vous voir, de vous entendre. Vous avez diminué sur place, petit, encore plus petit, jusqu'à ce que vous ne soyez plus qu'un point à peine perceptible. La terre est immense, et son centre est partout. La seule vie est à l'extérieur.

    Être soi, pour arrêter les roues de la conscience.
    Être soi, pour arrêter les roues des désirs.
    Être soi, être un aliment.
    Être soi, c'est-à-dire, enfin, ne plus être personne.

    D'une certaine façon, il n'y a que par la solitude extrême qu'on atteint cette vérité, au centre de soi-même. Il faut refuser, tout le temps, avec beaucoup d'obstination, beaucoup de vigilance, tout ce qui détourne de soi-même, ce qui corrompt, ce qui assujettit. Mais ce n'est pas contre les autres qu'il faut lutter. C'est contre cette habitude que l'on a quelquefois de soi-même, qui vous use et vous affaiblit, qui vous illusionne et vous rend repu.

    Les jouissances et le profit ne vous dégradent pas par leur grossièreté, mais parce qu'ils vous limitent à vos seuls désirs, et font de vous l'objet de vos objets.

    Regarder, être soi, ce n'est pas à l'abri du monde. Ceux qui font de la connaissance de soi le but de la vie ne sont pas au fond tellement différents de ceux qui ne vivent que pour l'argent. Prophètes ambitieux, dominateurs, qui ne trouvent leur bonheur que dans la suprématie par rapport aux autres hommes; analystes qui croient être les maîtres des labyrinthes qu'ils ont inventés; politiciens qui feignent d'être au-dessus des partis alors qu'ils ne servent que le leur; on les voit, rassasiés d'eux-mêmes, protégés par leurs relations, à l'abri dans leurs palais, jouant leurs comédies sur leurs scènes vides, devant les décors en trompe-l'œil. Ils jouissent de leur ambition comme d'autres de leur corps, et ne peuvent concevoir le monde autrement que comme un enchevêtrement d'intrigues dont ils sont le centre. Ce qu'ils entendent, ce qu'ils voient, ce qu'ils apprennent, ce n'est pas pour eux, c'est pour augmenter leurs richesses et leur pouvoir.

Mais où sont-ils? Où sont les hommes? Où est la vie? Peuvent-ils vraiment croire que le monde est une leçon à apprendre, ou un jeu dont il suffit de connaître les règles?

Vivre est ailleurs. C'est une aventure qui ne finit pas, qui ne se prévoit pas. C'est une histoire qui ne se raconte pas, et qui suit son cours par bonds, par éclats. C'est comme l'air, comme l'eau, cela entoure, pénètre, illumine. Cela n'appartient à personne. Apprendre, sentir, ce n'est pas chercher à s'approprier le monde; c'est seulement vouloir vibrer, être à chaque seconde le lieu de passage de tout ce qui vient du dehors, traverse et ressurgit; le lieu qu'habitent les éléments, le règne de la lumière.

Être vide, vraiment vide, comme une grotte profonde, comme le ciel, comme les plaines. Être vide, non pas comme on est absent — le gouffre, le vertige avant la chute — mais en étendant son corps et son âme pour couvrir l'espace. S'étendre, se taire, et ne plus voir personne, personne.

Être seul comme savent l'être les animaux, sans désirer rien d'autre que ce que voient les yeux, ce que sentent les narines, ce qu'entendent les oreilles, sans désirer rien d'autre que ce que les organes absorbent et digèrent.

Être comme cela, seul, et proche.

Effacer, oublier, enfoncer au fond de soi, dans un coin muet, au plus brûlant de son corps, tous les plaisirs et toutes les souffrances qui vous parlent trop.

Être comme cela, non pour être bien, mais parce que cela est juste et vrai, parce que cela est l'harmonie et la beauté.

Ce que je cherche, ce que je trouve parfois, malgré moi, au moment où je ne m'y attendais plus; ce qui m'est simplement donné, par la vie, par la lumière, c'est ce moment de vrai silence qui m'emplit comme un rêve et m'étend loin, bien au-delà de moi-même. Alors immobile, je ressens toutes les pulsations qui viennent, je les sens comme la circulation d'un sang essentiel, et le courant de l'air qui souffle en moi et me purifie comme un grand vent. Je sens la très grande chaleur qui naît de toutes parts, je perçois la vibration continue faite de tous les rythmes, de toutes les voix. Cela est venu par miracle, sans que je le veuille, comme si je dormais. Il n'y a pas de langage pour le dire, il n'y a pas de mot pour le comprendre. C'est l'instant que je trouve, ou qui m'a trouvé, l'instant sans mémoire, sans limite, sans arrêt. Les désirs sont unis et vibrent ensemble. Il n'y a plus de regard, plus de conscience.

Puis on revient, puis on est là. Tout reprend sa forme, et l'on sent une grande fatigue. Mais d'être allé si loin, si longtemps, cela vous laisse trouble, comme si vous étiez dans une nouvelle peau. Je regarde, et le monde brille fort, et les formes et les mots sont encore incompréhensibles.

Pourquoi est-ce venu? Pourquoi est-ce parti? Je sais seulement qu'il ne faut pas attendre, il faut retourner vers ce domaine.

Les cris des chiens qui résonnent au loin, déchiquetés, jappements, aboiements brisés. Ils ne parlent pas. Ils sont un bruit, pour résonner contre les montagnes.

La pierre dure, dure. Qui saille de la terre, par endroits, comme des os, comme des dents.

La brume, le *bas* du ciel.

Et ce qu'on voit au loin, dans l'échancrure des premières collines : à peine, gris, bleu, vert, léger, pareil aux nuages, le pays qui est peut-être le paradis. C'est de là que c'est venu. Il faudrait marcher vers lui, pendant des heures, traverser les champs, escalader les talus. La mer vue de loin.

Ce n'est pas la connaissance qui peut nous grandir. C'est la vie, que voient les yeux.

Tout est si plein : il n'y a pas un espace blanc, pas un vide. Chaque seconde qui passe est dense, chargée de réel, et le temps est une continuelle, indivisible accumulation de matière.

La beauté brille dans la vie, pure et sans retard, immédiatement. La beauté est donnée. Il n'y a rien à acquérir. La beauté n'a pas d'histoire, elle n'est pas la solution d'un mystère. Elle est elle, simplement. Devant moi, comme après la pluie, la mer est immense. Je ne peux imaginer de frontières. Le langage des hommes, les émotions, les souffrances, où sont-ils ? Il n'y a rien de tel ici. Il y a l'espace, la mer, le ciel. Il y a le monde qui n'est pas à conquérir. J'ouvre les yeux. Je suis devant ce qui n'est à personne, ne sera à personne. Je ne peux plus imaginer de barrières, ni de murs. Je ne peux plus imaginer de serrures. Je suis en contact avec l'air, je suis dans la beauté immédiate. Je vois le ciel sur la mer, bleu clair, et l'eau violette à l'horizon. La couleur m'emporte, m'abolit. Comme si j'étais né à cet instant même, sans père ni mère, mais réellement apparu devant la mer et le ciel.

Mais ce n'est pas moi qui nomme cela, qui utilise cela, par mes paroles ou par mes rêves. Comment serais-je celui qui imagine ? Devant l'espace, je cesse et je disparais, et c'est la mer qui me donne ma vie, mon être. Les questions se taisent. Ce n'est pas la raison, ni le doute, ni même le désir de ne faire plus qu'un avec l'espace, qui me font comprendre la nécessité de cette disparition de ma personne. C'est la grandeur, l'intensité de la mer sombre, la force de ce ciel clair, l'extrême tension de l'horizon, parfait jusqu'à la violence, c'est tout cela qui me nie, m'expose, m'éparpille. Alors je vais vers eux, vers le ciel, vers la mer, vers la ligne de l'horizon, je vais vers eux, je n'existe plus que par eux. Ce que j'attendais ne pouvait venir de moi, ni d'aucun homme. Ce ne pouvait pas être du langage, ni des sentiments. Ce n'était rien de compréhensible, rien de reconnaissable. Ce que j'attendais, ce que j'attends encore, est là, dans le bleu profond du réel. Cela est exposé de toutes parts, règne dans la plénitude de sa lumière. Ce que je dois savoir ne peut venir de moi vers le monde : mais au contraire, du monde vers moi, pourvu que je puisse rester les yeux ouverts.

La conscience est dans la mer et le ciel, dans la beauté terrestre. L'intelligence est dans l'harmonie de ces couleurs, de ces formes, dans l'immensité des perspectives. L'imaginaire est dans cette matière. Et le langage, celui que je parle, n'est pas ma réponse au monde, mais ce que toute la terre m'envoie, comme porté par un vent qui viendrait du centre du ciel, du cœur de l'espace.

C'est pourquoi il y a un tel infini dans toutes les choses, même les plus petites et les plus vulgaires. Chaque caillou, chaque herbe, chaque tache sur le trottoir. chaque goutte d'eau, chaque poussière me considère de toutes ses forces, pose sur moi son regard.

Je sens le passage de l'énergie de la vie. Cela passe sur ma peau, traverse mon esprit. Je ne peux rien arrêter. C'est comme si tout était devenu transparent, livrant passage au rayon dur qui va d'un bout à l'autre de l'univers. Les métaux, les masses minérales, l'énorme mer, tout est traversé. A qui est ce regard ? Je ne le sais pas, mais je sens seulement son passage. Il éclaire et ondoie dans l'espace entier, car c'est peut-être lui qui invente les images. Comment le refuser ? Ce qu'il veut voir, il le crée, il l'anime, et chaque parcelle de la matière est pareille à un œil.

Mais la beauté n'est pas faite pour qu'on s'y arrête. Elle n'a pas d'origine, elle n'a pas de fin. Elle n'est pas un sujet de méditation. Elle est cette étendue agissante, ce qu'on respire, ce qu'on boit, ce qu'on vit.

Elle est un lieu de séjour pour ceux qui l'aiment. Je suis en elle, debout au milieu de son aire, comme si je voyais au même instant par mes yeux et par l'occiput. La mer est dure et nette, chaque vague est visible. Le ciel lisse est au-dessus de moi, la terre sombre est sous mes pieds. Le soleil avance lentement. Tant d'hommes, tant d'animaux ont vu cela, jour après jour. Mais leur regard n'a pas laissé de traces. Ils étaient seulement dans l'histoire de la vie, pour bouger, pour aimer, pour mourir.

C'était cette beauté, ici même, nette et précise, la beauté que l'on voit et qui vous voit, la seule vérité dans la lumière qui ne peut pas s'éteindre.

Vivre à l'image de cette beauté, c'est cela que je voudrais savoir faire. La netteté de ce pays, la transparence, la profondeur, et le miracle de cette rencontre de l'eau, de la pierre et de la lumière, voilà la seule connaissance, la première morale. Cette harmonie n'est pas illusoire. Elle est réelle, et devant elle je ressens la nécessité de la parole.

Elle me commande d'être moi-même, à l'égal de cette existence suprême, et son ordre vient dans la lumière, le vent, dans le mouvement lent des vagues sur la mer, dans le chant des insectes, dans les perspectives calmes des baies et des montagnes, dans le bleu de l'eau, le bleu du ciel. Je ne peux entendre d'autre parole. Il me semble alors que les mots des hommes ne sont que l'écho murmuré de cette ancienne parole qui vient de l'espace.

Les mots des hommes, les interdits, les maximes, je m'en défais. Ce n'est pas difficile. Mais c'est pour mieux entendre cette autre voix qui parle continuellement dans le monde. Les rochers, les arbres, les vagues de la mer, les cailloux des plages disent quelque chose de bien plus fort. Quelque chose qui relie directement mon âme à la matière, qui bouge en moi, qui ouvre la mémoire. Je ne puis comprendre tout à fait cette parole, mais elle ranime en moi des millions de particules, elle fait jaillir à nouveau la lumière. C'est par elle que je vois, que j'entends, que je sens. Le monde n'est plus lointain, n'est plus étranger. Il est là, tout de suite, lieu que j'habite, histoire que je ne raconte pas, mais que je vis! Ce qu'il dit, comme cela, avec la lumière, l'air, la mer et les collines mauves, avec les villas blanches, les oliviers, les palmiers, avec les routes, les ponts, les docks, ce qu'il dit est aussitôt en moi, comme si j'étais transparent.

Je suis en contact avec la beauté réelle, vivante. Je suis ici, moi, un de ses sujets extrait du hasard, sans nom, sans pensée, sans langage. Qu'importe l'avenir? Y a-t-il un endroit de l'univers où le temps ne soit pas accompli? Qu'importe le passé, qu'importent les récits historiques des hommes? Y a-t-il un endroit sur la terre, sur la mer, où le temps ait été révolu? Sur cette aire où je suis présent, sur cette terre simple que peuvent voir mes yeux, toucher mes mains, tout n'est-il pas inscrit? Alors j'oublie les abîmes invisibles, j'oublie les vertiges. Je n'imagine plus, je ne rêve plus. Je ne suis que celui qui est caché dans un creux de rocher le long de la côte, dans la lumière du soleil et le vent de la mer. Et la parole venue de l'espace, qui va vers l'espace, me traverse. Elle me donne mon vrai nom, ma vraie pensée, mon unique langage.

Ce n'est pas une parole seulement pour parler, pour appeler, ou pour interroger. C'est le bruit ininterrompu du bonheur, de la lumière, de l'eau et de la pierre. Je n'hésite plus. Je suis tout entier vibrant au même rythme, comme si je courais, comme si je nageais, ou je volais.

Chaque mouvement du dehors fait naître en moi un mouvement, qui se coordonne au reste, et mon corps et mon esprit sont une mécanique dont tous les rouages s'entraînent, et j'avance, je respire, je vis.

Je ne parle pas avec le langage des hommes. Ce n'est pas avec leurs mots que je suis avec eux. C'est cette parole extérieure qui m'unit et me rend semblable. Tandis que ce courant me traverse, et que tout devient pur et translucide, j'entends résonner les milliers d'échos autour de moi, comme si nous étions sous une même coupole. C'est l'air, l'eau, la terre qui nous rejoignent, ils vibrent et dansent en même temps que nous, ils nous entraînent dans leur tourbillon.

Ici est la seule beauté, la seule parole. Il n'y en a pas d'autres. Sans cesse la vie est tendue, prête, parfaite, mobile, qui s'élance, produit ses ondes et ses rayons. Je la regarde. Je la reconnais. Je la regarde de tout mon corps. Je sens le passage du froid sur la mer, le passage du vent. J'entends chaque vague qui avance, je vois chaque mouvement de feuille sur les arbres de la terre. Les pierres sont immobiles. Entre les murs blancs des buildings, au loin, les autos noires avancent lentement, rutilent. Il y a des claquements, des borborygmes souterrains, des murmures de voix, des carillons étouffés, des grondements de moteur. J'entends tout cela, j'entends mon cœur battre aussi, j'entends mon souffle. Il n'y a plus de bruits solitaires. Tous, ils sont quelques éléments de cette beauté déployée, quelques instants de cette musique. Je les entends, et je sais qu'il n'y aura plus de solitude.

Je vois cela, je vis dans mon regard. La mer est immense, le ciel, la terre, les vallées sont immenses. La parole libre passe et repasse à travers moi, envoie ses lentes vagues dans le ciel transparent. Tout se rencontre et se touche. Le regard qui vient du monde trouve le regard de mes yeux, éclaire avec le soleil. Le regard n'est pas mon regard, il ne m'appartient pas. C'est un regard unique, où sont joints tous les regards du monde, un regard qui ne regarde plus personne.

C'est cela que je voudrais, alors, cela : être jusqu'à l'extrême, et voyager dans le regard qui s'étend infiniment, qui ne revient pas en arrière.

Le paysage grand ouvert m'entoure. La mer, le ciel, la terre sont unis, ils occupent tout l'espace. La lumière est en eux.

Il y a des rochers, il y a des arbres, des maisons, des champs. Il y a des hommes aussi, des femmes, des enfants qui jouent. C'est une beauté devant laquelle personne ne s'arrête, parce que c'est notre lieu, notre vie. Alors il suffit d'être né, de respirer, pour que vienne au fond de nous le vrai langage. Je ne veux pas comprendre sa parole. Je veux seulement qu'elle soit en moi, et moi en elle, sans qu'il soit besoin de rien apprendre.

La beauté vibre et brille partout, sans effort, elle est complètement visible. Je sais qu'elle est en moi, et qu'il suffit de la laisser apparaître. Je ne veux rien connaître. Je ne veux rien interroger. Je ne veux pas laisser de marques, de traces ni de souvenirs. Je voudrais seulement que ma vie rejoigne cet extrême, et qu'elle se mêle pour toujours à la vérité : à la *transparence*.

J'aime bien la vie de bonne heure. Quand le soleil n'est pas encore tout à fait levé, et que le jour est pur et transparent, tout est facile et léger. On vient du sommeil, comme si on arrivait d'un autre pays, et dehors tout est nouveau.
L'air est froid, le ciel est froid. La lumière n'est pas encore très sûre, il y a encore en elle quelque chose de la nuit, quelque chose de lent, de lointain. Pourtant, jamais la vie ne semble plus nette, plus précise. On voit chaque feuille d'arbre, chaque herbe, chaque dessin du trottoir. On voit les montagnes, les maisons, les chemins, les fumées. Tout est dessiné exactement. On voit chaque vague sur la mer, et à l'horizon, les silhouettes des grands cargos.
Il y a tellement de légèreté partout, tellement de gaieté! Comme après la pluie, comme après le vent, la terre est plus simple. Il n'y a pas encore de pensée qui fait sa brume au-dessus de la ville. Les hommes marchent vite, la tête enfoncée dans le col de leur canadienne, et il y a de petits nuages de vapeur devant leur bouche. Ils ne disent rien. Ils traversent les avenues sur leurs vélomoteurs.
Les maisons ont encore leurs volets fermés, et les rideaux de fer sont encore devant les vitrines des magasins. Tout est comme dans la nuit, malgré la lumière du jour qui arrive.
C'est l'heure où la vie est tout à fait paisible et belle, quand rien n'a encore servi. Les choses reposent, le ciel, la mer, les arbres, les fleuves reposent. Vite le soleil monte dans le ciel, vers le zénith. Je ne peux savoir où je suis dans cette heure. Je n'ai pas de nom, pas d'emploi, je n'attends rien, je ne veux rien. Seulement, je marche le long des rues, je respire. Comme si j'étais nouvellement arrivé dans ce pays, descendu d'un train

qui a traversé un continent, dans la nuit, j'avance à travers les rues que je ne connais pas encore, où personne ne peut me voir. J'aperçois des carrefours, des squares, je lis des noms qui me semblent un peu étranges, je vais au hasard. L'air froid est lisse et transparent, c'est chez lui surtout que j'habite. Personne n'a encore de nom, ici. C'est comme s'il n'y avait pas de pensées, ni de langage, rien que toutes ces choses, pierres nettes, arbres émondés, fontaines, rues vides aux voitures mouillées par la rosée, et surtout, ce grand ciel pâle aux nuages immobiles éclairé par la lumière basse du soleil.

Les visages n'ont pas de fatigue. Ils sont encore luisants de sommeil, les yeux regardent la lumière claire, ils brillent aussi, de la drôle de lueur qui vient encore de la nuit.

Les gens ne disent pas grand-chose. Juste de temps en temps, ils saluent :

« Bonjour ! »

« Bonjour. »

« Il fait beau ! »

« Oui, bonne journée ! »

Ce sont les mots qu'ils disent, sans trop y penser.

Ils ne mangent pas, ils ne fument pas. Ils s'apprêtent, ils regardent le ciel, ou la mer. Ils n'ont pas encore tout à fait retrouvé leurs souvenirs de la veille, comme deux chemins qui ne se sont pas réunis.

Mais ils ne sont pas divisés. Les gens sont tout un, chacun avec soi-même, prêt à entendre, prêt à sentir. Comme ils sortent de leurs maisons, un à un, dans la rue, l'air étonné, je les regarde sans méfiance et ils semblent de gros oiseaux de mer marchant sur une plage.

Je n'ai pas à les connaître, à les reconnaître. Je n'ai pas à leur parler. Tout est si facile alors, chaque chose à sa place, chacun de son côté, à bonne distance. C'est cette heure que je voudrais allonger, cette heure d'air froid et tranquille, de lumière pâle.

Le grand jour semble ouvrir un temps sans fin. Rien ne trouble, rien ne trompe, rien n'aveugle. Je voudrais vivre longtemps comme cela, transparent et léger, sans nom et sans personne, au hasard, comme si j'étais très en avance et que je n'avais rien d'autre à faire qu'attendre, sans impatience, jusqu'à oublier même ce que j'attends. Je voudrais vivre dans cette lumière, tout à fait proche du ciel et de la mer. Comme si je ne devais jamais rien comprendre, ni rien savoir, comme si rien de grave ne pouvait arriver.

Pendant la nuit, les hommes sont devenus de petits animaux, des insectes; ils brillent et font des bonds minuscules. Autour d'eux, il n'y a que cela : les brindilles, les herbes droites, le ciel clair, et un peu partout, les étincelles des gouttes d'eau.

Puis la bonne heure glisse, s'en va, se dénoue. Reviennent les noms, les emplois, les visages, les mots, les idées, tous les pièges. La lumière est dure, l'air s'alourdit. Les fumées s'accumulent au-dessus de la ville, obscurcissent le ciel. Tout est fini. Nous nous sommes perdus. L'air n'est plus transparent, et la mer est devenue vieille.

Y a-t-il un endroit où il est toujours tôt?

Quelquefois on voit l'air, on le sent, on peut le toucher. L'air invisible dans lequel on vivait sans s'en apercevoir, le plus mystérieux des éléments, l'air que le regard traverse sans cesse, qui circule dans nos poumons, voilà qu'il devient réel et sensible.

A Palenqué, par exemple, assis sur les marches d'un temple en ruine; je regarde devant moi et tout à coup je vois cela : l'air sans couleur, pareil à de l'eau, dense, épais, qui emplit l'espace et pèse sur la terre. C'est la lumière du matin, peut-être, ou bien la vapeur qui monte de la forêt, ou bien le silence, la magie du lieu, l'absence des hommes. L'air sépare les collines les unes des autres de sa présence réelle. Je le sens avec toute ma peau, comme si j'étais le front appuyé contre une vitre. Voir, respirer, bouger sont devenus une seule et même action. Il y a maintenant cette matière qui m'éloigne, qui m'entoure, qui appuie sur moi. L'air est partout, il retient les pierres, les arbres, les plantes. Il n'y a pas de vide sur la terre.

Assis en haut de l'escalier de pierre, je sens devant moi la résistance de l'air, sa fermeté, son compact. Je respire, je puise dans le réservoir immense. Il n'y a pas de vent, à peine quelques odeurs de plantes. Mais surtout il y a cette transparence réelle, aussi vraie que la couleur sombre des feuillages des grands arbres, ou que la blancheur de craie de la pierre. Je vois l'air saturé de lumière, où flottent le pollen, les poussières, les moucherons.

Sans cesse les insectes traversent l'air, d'un temple à l'autre. Ce sont de grandes guêpes aux pattes longues qui sortent des interstices entre les pierres du temple et flottent lentement jusqu'à un autre promontoire. Ou bien des scarabées, des papillons, des mouches rapides, qui zèbrent l'air de leurs traits grinçants. Les temples abandonnés des hommes et des dieux sont habités par les insectes. Ils vont et viennent continuellement à travers l'air. Ils sont partout, suspendus au-dessus du sol, myriades de points qui flottent sur la route de la lumière. Ils traversent les rayons du soleil, ils dansent sur place, ils s'éloignent, reviennent, repartent. Ce n'est pas la terre qu'ils habitent, ni le tas de vieilles pierres abandonné par les hommes. Ils vivent dans l'air; là sont leurs vallées, leurs pics, leurs fleuves, leurs cités. Je les regarde, et je ne vois plus qu'eux, et je sens, moi aussi, dans cet espace ouvert, toutes les grandes plaines, les larges baies, le relief infini de l'air.

Entre les temples et les collines, la lumière brille dans l'air, et les ondes vibrent, bougent, résonnent. Comme au fond de la mer, je regarde les animaux très petits qui vivent dans mon élément, qui dérivent, qui passent, qui tombent comme des poussières blanches. Avec eux je respire. Avec eux je suis pris dans cette masse qui me serre aux tempes. Chaque bouffée que je respire entre en moi et répand son ivresse, comme si je respirais de l'encens, ou de l'éther.

Maintenant, partout, je cherche l'air. Je veux le voir. Quand le vent souffle, c'est comme une marée qui coule autour de moi, entraînant ses algues. Le froid est une main qui presse sur le visage et sur la poitrine, la chaleur est un mur.

Je regarde l'air danser à l'horizon, au bout des routes que frappe le soleil. C'est l'air que je veux voir, pas les objets, ni les hommes. Je veux regarder l'air déferler au-dessus des flammes, ou bien la source qui coule sans cesse devant la lumière des étoiles et la fait vaciller. Dans les chambres où je vis, je cherche l'air peuplé de poussières. C'est lui que j'aime, lui et son peuple de particules.

Je veux sentir l'air strié, rayé de bulles, l'air comme de l'eau, comme du sable. Je veux le sentir sur ma peau, doux et calme, ou bien bondissant, électrique. Il passe sur mes cheveux, il frôle mes paupières, mes lèvres. Il n'est pas loin. Il n'est pas inconnu. Il est tout ce que je suis, comme une deuxième peau qui m'enveloppe et me détient. Que m'importent les infranchissables, insondables gouffres qui séparent les astres ? C'est l'air que je peux seulement connaître, l'air bleu dans le ciel, gris dans les souterrains. L'air libre qui bouge tout le temps à la surface de la terre, le gaz qui se mélange à mon sang, qui nourrit toutes les racines. Je le regarde, à chaque instant, je le sens entre mes mains. Je suis ivre, je respire. L'ivresse de l'air est l'ivresse de la vie.

J'aime ce que je vois, ces lumières, ces mouvements, ces paysages, ces visages, ces nuages. Mais peut-être que j'aime encore davantage la vapeur toujours présente, qui voile, puis s'écarte, qui bouge, qui cache, puis montre, ce passage vivant qui emplit les grottes et anime les ailes, ce grand animal sans corps et sans couleur qui n'est tout entier qu'une haleine.

Il faut inventer toutes les choses légères et douces, les feuillages, les fumées de feuilles sèches, les vapeurs d'eau, les ombres qui passent sur les champs, toutes les choses belles et légères qui traversent le ciel comme les nuages, les bruits tranquilles qui font rêver les jeunes enfants, les échos qui dérangent un peu le silence, tout cela qui est à la fois lointain et proche, et toutes les odeurs, de l'herbe, des pins grillés au soleil, des arbustes sauvages, les fleurs minuscules serrées en petites grappes mielleuses, les odeurs qui apaisent et endorment, qui vous font vous lover sur vous-même et vous protègent quand vous dormez. Toutes ces vibrations, si ténues, familières, qu'on ne sait plus très bien si on les sent, si on les voit ou si on les entend.

Alors vous ne pensez plus à fuir, à vous cacher dans un creux, vous ne rebondissez plus de regard en regard, de mot en mot. Vous ne désirez plus rien d'autre, vous n'attendez plus rien d'autre : vous êtes libre.

Il faut voyager à travers l'invisible. Passer dans l'air, juste à côté, sans déplacer son corps, sans quitter sa place. Vous guettez, tous vos sens sont éveillés. Il y a tellement de routes qui se séparent, des terriers sous les pierres, des courants dans le ciel, des ponts qui vont d'arbre en arbre. Vous ne cherchez plus un pays, une ville, un homme. Vous n'attendez plus qu'on vous parle, qu'on vous guide. Tout seul, vous glissez à l'aventure, dans les univers voisins. Vous allez un peu chez les scarabées, un peu chez les mouches, un peu chez les araignées. Vous suivez le vol des mouettes. Vous allez dans les plantes grasses, dans les blés, dans le riz, chez les hauts palmiers. Ce sont de grands voyages que vous faites comme cela, sans bouger, seulement avec votre peau, avec vos yeux, votre langue, vos oreilles. Vous respirez, vous sentez l'odeur du miel, l'odeur du salpêtre, l'odeur des feuilles pourrissantes. Vous sentez la chaleur qui monte de la terre, le froid du ciel, le sel de la mer. Vous n'êtes pas loin, ces régions inconnues sont celles qui vous entourent depuis le premier jour. Simplement, vous cessez d'être juste là. Un petit peu plus haut, un petit peu plus à gauche, c'est l'infini. Pendant quelques secondes, vous êtes celui qui est à côté.

Les êtres légers, dansants, visibles par instants comme de courtes flammes, puis disparaissant, hop hop !

La vie longue, la vie magique.
Tout ce qui vit bondit, sursaute, sort sa tête comme un serpent.
Bizarre !   Drôle !   Triste !
Il y a beaucoup de creux dans le temps. L'espace, comme la terre, est percé de galeries à ouvertures multiples. On entre par un terrier, on court le long des souterrains et on ressort un peu plus loin. On n'arrête pas de courir comme des chiens de prairie.
Parfois, on rencontre quelqu'un, à l'abri, dans une chambre, ou à un carrefour. On le regarde, on pousse quelques petits cris, puis on repart, chacun de son côté.
On sort la tête à la lumière : le ciel est bleu, la lumière est tendue, insistante. Mais passe une ombre devant le soleil, les bras en croix, lentement tournoyant, et vite ! Tout le peuple souterrain rentre sa tête, recommence son galop le long des galeries obscures.

La mer : les deux bateaux voguent lentement à la rencontre l'un de l'autre, à la surface de la mer. Ils se croisent, sans se saluer, puis chacun s'en va vers son morceau d'horizon.

La lumière, les nuages, l'eau.

Le silence habite au ciel.

Ce qui brille au loin, sur les côtes, au bas des montagnes, avec ses reflets de verre pilé, ses éclats tellement aigus qu'on sent la blessure du soleil.

Ensuite les deux bateaux blancs se rejoignent et voguent de conserve, diminuant ensemble vers le même morceau l'horizon.

Les creux de rocher où l'eau du large passe et repasse : c'est là que vivent les crabes gris.

Un voilier traverse lentement la baie, écartant son sillage. Sa voile est un peu couchée de côté, comme l'aile du tarpon.

La mer est calme et lisse, elle est étendue sous le ciel et devant la terre. C'est elle qu'on regarde, c'est elle qu'on aime.
Les branches des vieux oliviers noirs se séparent, font des gestes vers le ciel. Le vent souffle. Le soleil brûle. C'est peut-être d'image de l'éternité.

L'oiseau frappe la mer, de tout son corps, pour lui arracher sa pâture. Cela fait un bruit brutal, puis l'eau se referme sur le corps et l'engloutit. La mer étrangère, ce qu'il connaît le mieux du monde.

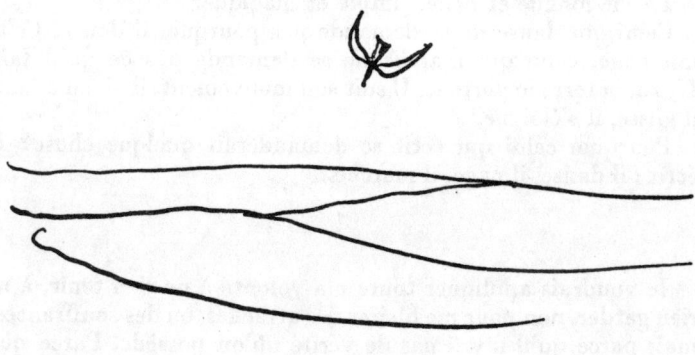

Les vagues travaillent. Elles viennent de loin, de l'autre côté de la mer Méditerranée, jusqu'ici. On ne sait pas quand elles ont commencé. Il y a très longtemps, peut-être, quand l'eau calme et lourde tout à coup s'est mise en colère, quand l'eau se mélangea au feu et à la terre, et que dans le ciel il y eut de larges trous, de profondes trombes. Alors la colère de la mer a commencé, une colère qui dure encore. Alors elle s'est dit peut-être : « Travaillons ! »

Et les vagues venues de toutes parts ont commencé à user, à creuser, à cogner. Chaque fois qu'il y a une faille dans le rivage, une grotte, elles s'y ruent, elles se bousculent à l'entrée, et on entend les détonations sourdes contre le socle de la terre.

Les murailles tremblent, le macadam frissonne dans les rues et sur les places des villes. Les vagues creusent leurs galeries de sape.

Ça sera bien quand les vagues jailliront au centre des villes, quand l'écume éblouissante coulera le long des rues noires. Les vagues voudraient conquérir l'espace. Elles voudraient raboter tous ces récifs, écueils, atolls, tous ces caps et tous ces pics. Et les presqu'îles deviennent des îles, les îles des îlots, les îlots des brisants. Puis un jour, il n'y a plus rien à la surface de la mer. De nouveau l'eau libre, solitaire. C'est à cela que rêve la mer, durant son interminable travail.

La vie longue et belle, simple et magique.
Celui qui danse ne se demande pas pourquoi il danse. Celui qui nage, celui qui marche ne se demande pas ce qu'il fait. L'eau, la terre le portent. Il suit son mouvement, il va en avant, il glisse, il s'éloigne.
Pourquoi celui qui écrit se demanderait quelque chose ? Il écrit : il danse, il nage, il marche...

Je voudrais appliquer toute ma volonté à ne rien tenir, à ne rien garder, non pour me libérer des attaches, ou des souffrances, mais parce qu'il n'y a pas de vérité qu'on possède. Parce que libéré de ces inutiles bagages que sont les possessions, le voyageur — l'être — peut aller enfin, entrer dans tous les règnes de la vie.

Pour être vivant, il suffit de voir, de sentir, d'entendre. Ne rien vouloir des autres, ne rien espérer, pour que les yeux, le nez, les oreilles, la langue, la peau, les entrailles puissent rester attentifs, vibrant avec l'extérieur. Il n'y a qu'une seule passion, c'est celle de la vie en vie sur la terre.

Je ne cherche pas un dieu, mais un homme; je ne cherche pas un paradis, mais une terre.

Je n'essaierai pas de forcer la vie à se montrer. J'attendrai que les hommes, les animaux, les plantes soient là, par hasard. Ils viendront, dans la lumière, facilement, ils seront là au coin de n'importe quelle rue, au hasard, un homme vêtu d'un imperméable mastic, une femme vieille, un chat tigré, un arbre, un caillou, un fruit tombé à terre.

Ce n'est pas moi alors que je retrouverai, comme dans un miroir. C'est tout ce qui en moi n'était pas moi, tout ce qui était autre, tout ce qui n'était personne.

Je voudrais être comme celui que la vie forme, que la lumière frappe. Ainsi, chaque jour, sans oser apprendre, sans espérer comprendre.

Il y a des arbres si beaux qu'on aimerait les appeler des dieux. Les rochers, les herbes, les insectes, les hommes peuvent vous émouvoir, vous intéresser. Mais ils ne sont pas comme les arbres. C'est peut-être qu'en eux seuls la vie est continuellement apparente dans sa force verticale, élevée au-dessus de la surface de la terre. Vie immobile mais cependant orientée, chargée de sens comme un mouvement qui va commencer.

Je les regarde. Je m'approche d'eux lentement, avec précaution, parce que je sens la puissance de leur vie, de leur silence, de leur paix. Je ne veux pas les déranger. Il me semble que lorsque j'avance vers eux, que j'entre dans leur ombre, je suis invité en quelque sorte, comme si je répondais à leur voix, comme si c'étaient eux qui m'attendaient.

Quand je suis tout près d'eux, il me semble que j'entre dans leur monde, dans l'aura de leur pensée, et que, par respect, je doive me taire, devenir comme eux, silencieux et paisible.

Leur pensée n'est pas la mienne, pas celle des hommes. Elle est ce qui émane de leur vie, lentement, par la croissance des feuilles, par l'épaisseur de l'écorce, par l'avancée souterraine des racines. Je perçois un autre temps, un autre espace.

Je m'approche, doucement, sans faire de bruit. L'ombre de la feuillée me recouvre, me protège. Je ne cherche plus à voir, à comprendre. Mais seulement je respire, je suis haut, étendu, le corps dans le ciel de lumière et les pieds enfouis dans la terre profonde.

Ils ne parlent pas. Chacun règne au centre de sa vie, plein de force et de beauté, pareil à un dieu immobile. Leur pensée vient en moi, avec l'ombre fraîche : c'est la longueur du temps vivant, du temps magique.

Mon cœur bat plus lentement, toute ma peau respire, même mes cheveux et mes ongles respirent. Peut-être que je pourrais apprendre à être debout, moi aussi, sans dormir, au centre d'un regard circulaire qui voit la vie comme elle est. Je pourrais apprendre les choses réelles, du climat, de l'air, de la lumière, les choses de la terre fertile, de la circulation de l'eau et du carbone, des passages des nuages. Je les apprendrais sans peine, en entrant dans l'aura des arbres, en quittant les espaces nus où il y a trop de soleil et trop de vent, en arrivant dans l'espèce de crépuscule qui ne cesse jamais, sous leur ciel de feuilles.

La fraîcheur verte des feuilles mouillées, à la face supérieure presque jaune, et l'air autour d'elles tremble comme de l'eau, les collines apparaissent comme le fond de la mer.

Nous n'avions pas vu l'air, mais maintenant il est là, il nous entoure. Les oiseaux décollent lourdement, et montent, à la recherche du vent glacé.

J'aime les palmiers. Les autres arbres sont beaux, quelquefois semblables à des dieux, avec leurs larges troncs lisses pareils à des corps de boa, ou bien leur écorce fendue, meurtrie, ridée, brûlée par la foudre. Oui, ils sont beaux, et je m'approche d'eux avec respect et vénération, comme de la maison d'un saint.

Mais l'arbre qui me remplit de contentement, qui me plaît et me fait sourire parfois comme une personne, celui à qui j'aime parler et qui sait me répondre : le palmier, haut, mince, aux larges feuilles qui se balancent à son sommet.

Si je m'en vais vers le nord, longtemps, dans les pays où les forêts sont vastes et sombres, et si je reviens, c'est lui que je cherche en premier. Dès qu'il apparaît, dans la ville blanche, découpé sur le bleu du ciel : « C'est lui! C'est lui! » C'est ce que je pense tout de suite. Il me manquait donc tant!

Qu'a-t-il, cet arbre, qui me donne tant de plaisir? Est-ce parce qu'il est si haut, qu'il a un tronc si droit, et que ses feuilles larges s'épanouissent comme un bouquet dans la lumière? Est-ce parce qu'il ressemble à la fois à un arbre, à une fleur, et à un légume? Il n'est pas tout à fait sérieux, le palmier, et pourtant je le trouve bien sympathique. Il me semble qu'il me parle des paysages que j'aime, de la mer, du soleil, du vent de la mer, et des nuits de velours où l'on voit les étoiles, Vénus et le croissant de lune.

J'aime comme il jaillit des fourrés et des jardins, écartant ses larges feuilles sombres dans l'air, tout en haut de sa tige élancée.

Il n'est pas secret. Il n'est pas mystérieux. Son ombre est celle qu'on choisit pour s'asseoir, ou pour dormir, quand le jour est chaud et pesant. Ce qu'il aime, c'est ce qu'il me donne aussi, quand je le vois, quand je vais vers lui : la lumière du ciel. Elle brille sur ses palmes vernies, elle descend le long de son tronc, elle danse sur le sol, autour de lui, parmi les jeunes palmiers et les dattes brunes.

Lorsque le vent souffle, ses feuilles sont rejetées toutes du même côté, comme des cheveux. Il est vivant, plein de lumière, et le vent qui passe sur lui fait crisser ses palmes avec des cliquetis de métal.

Mais ce qui est le plus beau en lui, la jeunesse. Le palmier se dresse au-dessus des autres arbres, resplendissant de vigueur. Peut-être à cause de la couleur de ses feuilles, peut-être par la forme de son panache, le palmier est le seul arbre qui a toujours l'air adolescent.

Il n'a pas de rides. Il n'a pas de blessures, ni de nœuds. Il garde jusqu'au bout cette ligne élancée, cette souplesse, tout droit dans le ciel, et ce bizarre parasol pas sérieux.

C'est cela que je trouve en lui, chaque fois que je le vois, près des villes blanches : la mer, le soleil, le ciel, la jeunesse éternelle.

Il y a d'abord les rochers à l'état pur, que la main n'a pas encore touchés, que le regard vient à peine de découvrir. Ils apparaissent, ici et là, ils percent la croûte terrestre. Ils surgissent, avec force et douceur, car ce sont les choses les plus neuves du monde. Eux, ils ne demandent rien, ils ne veulent rien, mais leur puissance est au contraire ce qu'il y a de plus vivant, de plus sensible, attachée au corps des hommes par les liens des nerfs, par leur peau, par leurs entrailles, vérité réelle des êtres vivants.

Les rochers appartiennent tellement à l'existence qu'on ne s'interroge plus sur leur âge.

Les rochers larges, aux couleurs mates, qui sortent à peine de la terre, pareils à des icebergs lourds. Ils sont là, tels que le temps les a figés, plis, brisures, failles, éclats, durcis par le froid et par le soleil, masse compacte que ne pénètre pas la lumière ni les bruits, qui règne de sa puissance arrêtée.

C'est eux qu'on reconnaît tout de suite, comme s'ils étaient le point de départ de toute pensée, comme si tout ce qu'on disait, faisait, voulait, s'ajoutait à eux, s'incrustait sur leurs larges dos dans le genre de serpules.

Le poids de la mer, le poids du ciel, le poids du vent appuient sur la pierre, et elle résiste; elle monte ses murailles et creuse ses cuvettes, elle retient, elle contient tout. La force des rochers est dans leur lenteur. Surface impénétrable, parfois hérissée d'aiguilles dans l'air sec, ou bien glissante et polie, aux longues douces courbes qui se dérobent à l'air et à l'eau.

Falaises abruptes, murailles grises soutenant les villes fantômes, frontières des pays silencieux et inexpugnables. Les rochers sont solitaires, ils attendent. A l'intérieur de leur masse sont cachés les murs, les châteaux, les temples; on ne les voit pas encore, mais on devine leurs formes. Les voûtes ne sont pas encore closes, les fûts des colonnes ne sont pas encore debout. La roche immobile et opaque est pleine d'élans, de jaillissements, matière légère comme le gaz, ductile comme l'eau, vibrante comme la lumière, matière qui vole déjà.

Rochers plongeant dans les profondeurs de la mer, socles des continents et des îles, que la mer et les algues rongent. La beauté minérale est la première que voit l'homme, celle qui lui parle de la force et de la stabilité de l'existence, celle qui est comme son squelette.
Sans les pierres, le monde n'est qu'une masse gélatineuse et diffuse, qui coule, glisse, s'évapore.
Alors les mains trouvent le contour des rochers, caressent les parois lisses et froides. La pierre au grain serré comme une peau, ou bien vieille et usée, craquelée, fêlée. C'est elle qu'ensuite, siècle après siècle, on s'appliquera à imiter.

Dans les roches sauvages il y a à la fois les constructions géantes, pyramides, ziggourats, châteaux, murailles; et les outils premiers, ceux qui ont choisi la main de l'homme — ceux qui, arrachés aux gangues frustes, ont révélé le pouvoir des mains.

Les sites excavés des montagnes, à Peillon, par exemple. Les maisons des hommes semblent plutôt une continuation de la pierre, cherchent à se confondre avec la montagne. Si proches de la pierre qu'on ne peut les distinguer de loin, village aride, fait de blocs, pareil à un résidu d'avalanche, à une lèvre de volcan.
Par la forme, la couleur, le matériau, le village appartient encore un peu au règne minéral et les hommes, ses habitants : invisibles, cachés dans les failles et les creux, observant du haut de leurs promontoires, ou bien enfoui dans les bories, au milieu des grands plateaux de pierres. Villes des coquilles originelles, villes des derniers ossements.

Étrange fascination des hommes par les roches, plus encore que par la mer. Comme si dans la brutalité invincible des pics et des baous, des gorges et des avens, tout à coup, par la seule force de leur regard, ou de leur amour, les hommes si faibles avaient réussi à ouvrir les vallées, à creuser dans le roc les lits doux à la forme de leur corps.

Quelle est cette force qui vient des rochers? Est-ce la force du temps? Mais les pierres ne sont pas très anciennes, elles portent encore la trace du feu qui existait avant elles. Non, c'est plutôt la densité, l'extrême fermeture de la matière, car rien ne semble pouvoir exister au-delà. L'eau est vague, l'air invisible, la terre molle et variable, les métaux sont rares, mutilés par la fusion qui les a séparés de leur base. Mais la pierre, toujours surgissante, immobile, triomphale, pleine de paix et de sûreté. Le roc s'élance vers le ciel, ou plonge dans la mer, le roc seul, mais uni aux autres par quelque invisible soudure, le roc serré, compact, le vrai noyau que rien ne peut ronger.

La main aveugle avance vers lui, et quand elle n'a rien pu rencontrer, rien pu trouver, sur lui elle s'arrête enfin. Pierre froide de la nuit, comme tombée de l'espace, pierre lourde qui marque la limite du temps, pierre exposée à la brûlure du soleil, au vent, à la pluie, à la poussière, pierre qu'on ne peint pas, qu'on ne vêt pas, pierre qui ne brûle pas, ne gèle pas, ne sera jamais liquide; alors la main la prend, la polit, la gratte, la sculpte, ou la brise, mais c'est pour être plus près d'elle, pour lui ressembler davantage, comme ces statues et ces falaises qui ont des visages d'homme.

Mais les rochers restent inchangés, inaccessibles, et autour d'eux, ce sont les chairs, les os et les mains qui se réduisent en poudre.

L'homme porte en lui la trace de la pierre. Il veut se confondre avec les falaises et les montagnes, il cherche les cachettes des cavernes, des vallées, les abris au pied des volcans. Il suit les fissures des rochers éclatés par la chaleur et le gel, il creuse de grandes plaies blanches, des carrières, il broie le calcaire, il mélange le ciment et le sable pour refaire de nouvelles pierres.

Le marbre, le porphyre, l'onyx, le granit, qui les a inventés?

Le regard et les mains retrouvent cette matière, comme s'il s'agissait d'ossements, comme s'il fallait reconstruire le corps de l'ancêtre géant qui a été le père de tous les nains. Mais déjà sur les veines découvertes, dans les galeries des mines, il y a ce signe qui rompt l'indifférence, cet appel de la roche qui a besoin qu'on la révèle, qu'on lui fasse connaître le jour.

Et ce ne sont pas des rêves : revenues du voyage à travers le temps, les pierres éclatées sous l'humus témoignent de cette étrange alliance.

Pour les former, pour les faire entrer dans la paume de la main, il a fallu qu'elles se heurtent entre elles, qu'elles se brisent, qu'elles s'entre-façonnent. La pierre sculpte la pierre, fait jaillir de la matrice les couteaux, les racloirs, les haches, les coups de poing. Cette industrie première est la plus belle, la plus pure; jamais le fer, ni le verre ne permettront tel miracle, telle complicité. Les instruments de la domination de l'homme, la roche les avait déjà conçus. Ils gisaient épars, dans les lits des fleuves, au pied des falaises, dans les fissures des volcans. Armes, outils, mesures, projectiles, marques, socles, moellons, statues, grelots, briquets, stylets, glyphes, grains de prière. Invention du feu, invention du mortier, technique de l'architecture ou de l'art, techniques agricoles : tout cela appartient aux rochers, au silex, au calcaire, à l'obsidienne dure qui éclate en pointes de flèches, à la lave tendre, poreuse, qui se transforme en poudre, se mêle, s'agrège.

Les trois actes fondamentaux des mains, l'acte de couper, l'acte de briser, l'acte de broyer, c'est ici, dans la montagne pure et nue qu'ils trouvent leur origine. Le couteau, le marteau et la meule étaient prêts; il suffisait que la main de l'homme les saisisse.

Ensuite le corps se modèle aux accidents de la terre. Ce qu'il cherche, ce sont les cachettes qui l'abritent du vent, du froid, ou du soleil. Sur les flancs des montagnes sont les grottes, les crevasses, les surplombs. Les vallées sont larges, ouvertes, elles montrent des traces de coups. Tout est tellement sauvage, violent, durci, tout repousse et cogne. Mais parfois, par miracle, apparaissent les clairières humaines, les douces pentes, les pâtures. Ou bien, le long de la mer, les criques, les baies claires, les havres.

Les cailloux ne sont plus des éclats terribles rencontrés dans les déserts, les dents et les crocs des bêtes sauvages, brisés dans la terre, les traces du tonnerre. L'eau glisse sur les roches et les rend douces comme la peau. Les pierres se heurtent les unes aux autres, se réduisent, s'assemblent, selon la science naturelle des murs et des voûtes. L'eau et le vent créent les sphères, les fleuves tracent les premières routes. Les volcans inventent le verre et les alliages, les ruisseaux souterrains creusent les premiers palais, les premières demeures.

Bien avant que l'homme ait paru sur le monde, il était déjà habité. Travail des mille mains habiles qui construisent, transforment, et organisent les villes.

Je ressens le désir du réel. Trouver ce qui existe, ce qui entoure, sans cesse dévorer des yeux, reconnaître le monde. Savoir ce qui n'est pas secret, ce qui n'est pas lointain, le savoir non avec son intelligence, mais avec ses sens, avec sa vie.

Je ressens ce désir de réel avec tant de force qu'il me semble parfois que tous les autres désirs s'évanouissent. Je voudrais ouvrir les portes, les fenêtres, abattre les murs, arracher les toits, ôter tout ce qui me sépare du monde.

Je voudrais vivre dans un endroit tel que je pourrais voir sans cesse la mer, le ciel, les montagnes. J'ai faim et soif de chaleur, de vent, de pluie, de lumière. Reconnaître les lignes sinueuses des rivières, entendre gronder l'eau, sentir le passage de l'air. Les villes des hommes me gênent, les mots des hommes me gênent. Ils font obstacle à mon désir comme s'ils dressaient un écran devant le monde. Je voudrais retrouver les pays où personne ne parle, les pays de bergers et de pêcheurs où tout est silencieux, dans le vent et la lumière.

Quand je sens ce désir, quand il grandit en moi, qu'il s'accroît comme le jour, qu'il devient immense en vérité, jusqu'à l'horizon, jusqu'aux confins de l'espace, c'est comme s'il n'y avait plus de noms, plus d'origine. Je ne veux plus sentir d'autre temps que celui qui recouvre l'univers, plus d'autre raison que celle qui règne et fait naître.

C'est désir de naissance, désir de voir l'ère de genèse, le pouvoir sans fin du monde.

Je veux toucher la terre, la prendre, la sentir, je veux être tout entier avec elle. Comment les hommes osent-ils donner des noms? Comment s'arrêtent-ils? Mon désir est pareil à un voyage sans commencement, sans but, suspendu dans l'espace comme en vol plané.

Ce ne sont pas les hommes, ni les femmes qui peuvent satisfaire ce désir. Parfois leur langage, se croisant, crissant comme des ondes hertziennes, emplissant les chambres, les rues, les villes, m'empêche de voir, d'entendre, de sentir. J'ai soif et faim de réel, je veux la solitude animale. Je voudrais bien être un milan, un condor, ou bien un dauphin dans la mer. Je voudrais être n'importe quelle forme qui bouge à la surface des eaux, n'importe quelle roche immobile, ou bien un arbre enraciné dans la terre rouge. Je voudrais être une plante, une liane, un peu de lichen sur un rocher plat. Mais le langage des hommes sans cesse passe, fait ses bruits.

Alors je laisse grandir le désir et je pars, avec ceux qui volent. Ils m'emportent sur leur vent, ils vont vite sur les routes de lumière. Où vont-ils? Ce sont des voyageurs sans repos, qui ne connaissent pas les noms des pays. Ils zigzaguent au soleil, ils traversent comme cela la mer Méditerranée, les plaines d'Égypte, ils remontent le Nil jusqu'au Darfour.

Ce sont les compagnons de mon désir errant. Avec eux je parcours la terre, la mer, le ciel, sans dessein et en silence, heureux tout de suite.

J'aime la mer, c'est d'elle que vient la beauté réelle. Elle satisfait mon désir, car elle m'enseigne la force de la vie. D'où vient sa plénitude? Elle est au fond de l'imaginaire : mer des rêves, mer immense comme le ciel, cercle de l'horizon qui vous étreint comme l'angoisse.

C'est sur la mer que la lumière est la plus belle. Rien ne la distrait, rien ne l'arrête. Sous elle, la mer tremble et bouge comme un ventre, elle porte le ciel sur ses ondes.

Son étendue déserte, mate, profonde : c'est votre socle, auquel vous êtes attaché complètement. L'homme n'a de racines que dans ces océans qu'il ne peut pas conquérir. Il ne peut que traverser, sans laisser de traces, la mer qu'il désire. Toutes les passions, toutes les images sont en elle. La mer est une mémoire.

Mer fermée, sombre, dense, qui relie toutes les terres. Mer impénétrable, indépendante. Elle est la surface sur quoi l'on glisse, et c'est d'elle sans cesse qu'on se nourrit.

Mer belle, âme de la terre, d'où naît toute puissance. Pareille à la nuit, pareille à l'espace, pareille à la création. Quand je la vois, je sais bien qu'il y a d'autres rêves, d'autres regards, je sens bien que je suis emporté, loin des murs, loin des barrières, loin de mes propres limites. J'entends ma voix se perdre sur cette étendue, ma voix dispersée dans le vent, confondue avec les vallées de l'eau. Jusqu'où vais-je voyager ? Peut-être jusque de l'autre côté de l'horizon, à travers le cercle maudit. J'appartiens à son monde. Sa réalité est en moi et me gonfle énormément, comme un gaz.

Je glisse, je m'en vais. Au-dessus de l'horizon qui ondule, tout près du ciel, il y a quelquefois des blocs noirs, des laves, des pics surgis des profondeurs. Archipel perdu des Salvagem, les seuls points visibles de la terre...

Mais ce n'est pas d'eux que vient la force. C'est de la mer, seulement, et j'ai commencé à me confondre avec elle. La mer est si grande et belle, le ciel est si clair. Il n'y a pas de place pour autre chose, pour autre pensée.

Sur la mer couleur de nuit, l'écume laisse des traces légères. Ce sont les signes de la beauté. Blanche, éblouissante, l'écume s'effiloche tels les nuages, elle s'efface. Pareille à la fumée, pareille aux poussières stellaires. L'écume est le signe de la vie sur la mer.

Le vent souffle à la force 7, venant d'un point de l'espace, allant vers un autre, emplissant tout sur son passage. Le vent souffle à travers le ciel, à travers la mer, et me traverse aussi. Sans doute je suis réel. Sans doute j'existe. Mais le vent fort qui passe est plus réel et plus vivant que moi. Il me relie comme un pont aux points éloignés de l'espace, il me fait toucher à tous les coins de cet univers : le ciel, la mer, l'horizon.

Mer violente, belle de sa couleur profonde, l'extraordinaire et pur *navy blue*.

Elle agit, seule, pour elle-même. Elle est le véritable acteur de ma vie, qui me dirige, me comprend, me nomme. Je suis son sujet, elle ne cesse de m'envelopper, d'agrandir mes limites. Tout lui appartient, ma vie, mon sort, mon avenir. Je peux quelquefois l'oublier, et me juger libre. Avec les autres hommes, les femmes, les oiseaux, je converse. J'entends le bruit de leurs voix, je comprends le sens de leurs paroles. Il y a tant de mots, tant de gestes, et la terre est couverte de signes! Mais tout à coup, de l'intérieur, j'entends la voix de la mer, qui ne cesse pas, qui recouvre tout.

Je la vois devant moi : l'étendue bleue, inhabitée, où avancent lentement les navires. La lumière est pure, le vent est libre. Je vois le travail des vagues, inlassablement creusant, comblant, les courants sombres, les taches des nuages, l'écume.

Je vois la très grande profondeur, les abîmes de 8 000 mètres où règnent les terribles pressions, tout ce qu'il y a de géant dans le bleu de la mer. Je vois ce désert liquide où naissent les tempêtes, les vents circulaires; je vois aussi l'air le plus pur, le ciel nu, le soleil brûlant. La mer, profonde comme la nuit, et qui lui ressemble.

C'est elle qui joue avec ma vie, qui joue avec mes actes. C'est elle qui parle mieux, plus longtemps que le langage des hommes. C'est elle qui est au fond de nous, qui fait son bruit dans notre cœur, dans notre tête. Nous sommes en elle, nous sommes sur elle. Mer, bleu intense, bleu vivant, et par elle il n'y a plus de hasard.

Entre la mer lisse et calme où tout commence, et la mer lisse et calme où tout se termine, le jour violent, le ciel bleu-noir, la mer du vent, la houle qui écarte ses sillons mobiles, les taches de l'écume, l'horizon inaccessible. Il y a tant de mouvement, tant de changement à la surface de la mer, tant de sentiments! Je reçois cette force, je vois, j'entends. Ce visage est celui qui couvre le mien, ce corps est celui dans lequel je me fonds. La mer m'enseigne à chaque seconde, elle m'emplit, et je peux voir sur elle ce que le temps terrestre me dérobe. Elle est ce que je cherche, la matière à l'état pur, le lieu de la naissance sans fin. Elle est aussi l'âme première, la vitesse, l'intensité de l'âme, poids inconnaissable qui me tient à la vie, qui me modèle à son image. Sur elle, sans cesse, je peux voir le passage de l'inconnu, de l'inexprimable, comme les ondes du vent. Je veux m'en souvenir. Il y a des abîmes, des profondeurs, des murailles. Il y a des courants qui ne finissent pas. Il y a un silence très grand. Mais je n'ai pas peur. Sur la mer, nul n'est perdu.

Puisque tout est visible, enfin réel, le temps et l'espace sont contenus dans l'océan. L'infini, le bonheur éternel, c'est le bleu profond de la mer, et les étincelles du soleil.

Les insectes dansent dans la nuit, zébrant l'air noir, vols lourds des scarabées et des punaises, vols bruyants des papillons grands comme des oiseaux, vols aveugles des fourmis volantes, zigzags des lucioles. Ils traversent l'air, éparpillés comme des poussières, au hasard des coups de vent, tous rendus fous par la lumière d'une grande fenêtre. Ils sont jetés sur les vitres, précipités sur les lampes qui les brûlent. Ils perdent leurs ailes, ils se brisent, s'écrasent à terre. Sans cesse d'autres surgissent des fourrés, éblouis, titubant et se ruant vers la lumière. Que veulent-ils? Leur désir de lumière est si grand qu'ils en meurent.
Insectes de la nuit, peuple qui semble sorti du fond de la terre, du fond des grottes, pâture des chauves-souris qui, en les dévorant, dévorent la lumière. Particules, poussières ivres! Chaque nuit, leurs nuages fous se forment et tournent autour des maisons des hommes. Ils sont plus nombreux que les hommes. Peut-être veulent-ils seulement éteindre ces feux qui trouent la nuit, comme cela, en les étouffant avec leur corps.
La nuit appartient aux insectes. Tous les autres, hommes, oiseaux, arbres, dorment ou se taisent. Mais eux : pris de fièvre, frénétiques, ils volent au-dessus de la terre obscure, ils frappent les obstacles. Ils prennent possession de cette terre, ils la recouvrent. Alors c'est comme s'ils grandissaient dans le noir, comme si tout ce qui nous entoure redevenait à leur mesure : routes entre les herbes, couloirs sur le plancher des maisons, fissures, crevasses, mottes et rainures à la taille des cloportes et des blattes. Ils ont des couleurs de nuit, de ternes poussiéreuses couleurs qu'allument les poudres phosphorescentes. Peuple venu des astéroïdes, nés dans l'espace, en même temps que la nuit. Rouges, brun doré, noirs, particules

vivantes qui pleuvent des arbres et des toits. Chaque soir, on les entend venir. Avec crainte un peu, parce qu'il y a quelque chose de cruel et de sauvage, quelque chose d'impérieux dans leur vol. Les nuits ne sont pas calmes! Les nuits ne sont pas faites pour dormir. Elles sont le moment où tout ce qui est petit devient grand, où tout ce qui est caché, secret, va apparaître.

Les lampes qu'on allume, on sait que c'est pour eux aussi, pour eux qui attendent dans les fourrés. On sait que la danse des insectes va bientôt commencer, la danse violente et nécessaire, où beaucoup vont mourir. De leurs cachettes, entre les herbes et les feuilles des buissons, ils voient les grands rectangles jaunes des fenêtres qui brillent dans la nuit. Ils s'élancent.

On entend leur bruit croître, mêlé aux bruits des arbres et aux chants des batraciens. Leur bruit à eux n'est pas un bruit d'eau. C'est un bruit de sécheresse et de flammes, comme s'il y avait un grand incendie qui courait le long de la vallée. Des crépitements, des claquements d'étincelles, des froissements, des stridences.

Toute la nuit grince. C'est un bruit continu, qui vient de tous les côtés à la fois, le bruit de l'ombre, couches d'air frottant les unes contre les autres. Immobile, à l'abri des murs, de l'autre côté des vitres, on écoute. Mais c'est comme si on ne l'entendait pas, je veux dire qu'il ne vient pas aux oreilles, mais qu'il est là. Il est là, à l'intérieur de la tête aussi bien que dans la campagne, cri rythmique qui résonne dans toute la nuit.

Il n'y a pas de langage au monde plus réel. Ce bruit, on ne sait d'où il vient, il ne s'adresse à personne en particulier. C'est le bruit de la vie même, la vie de la nuit. On perçoit la souffrance et la crainte, l'amour, l'ivresse de l'ombre, la passion qui vibre partout alentour. Les arbres, les herbes, les pierres, tout crie. La stridence sort des vieux murs, du sol de terre battue, des toits de feuilles, elle vient de tous les coins de la vallée, elle vient du ciel, des étoiles, de la voie lactée, et aussi des ruisseaux, des marais, elle sort de la bouche des puits.

Alors on est au centre, bien au cœur de la nuit. Et on vibre, comme si on avait des râpes et des élytres, et qu'on lançait le son qui remplace la vue, travaillant, sans souffle et sans pensée, travaillant le monde obscur.

Les nuits ne sont pas désertes. On n'est pas abandonné, on

n'est pas seul. Comme les maisons où brûlent les lampes à pétrole éblouissantes, on est le lieu de passage des nuages d'insectes, toutes les fourmis volantes, les papillons, les scarabées, les moustiques, qui essaiment du ciel.

Ils vivent. Ils dansent, dans la musique aiguë de leur corps, dans le chant extrême qui les conduit à la mort. C'est ici que se rejoignent toutes les musiques, toutes les paroles du monde. C'est ici peut-être que se fondent toutes les passions terrestres, désir d'espace, désir de feu, désir de mort, faim, soif, instinct sexuel. Alors il n'y a plus qu'une seule force, violente et belle musique qui rend réels les deux pôles de toute existence : joie, douleur.

Sur la grande vitre éclairée par la lumière, immobile, face à la source blanche qui l'enivre, le papillon de nuit géant regarde. Ses longues antennes pareilles à des plumes vibrent doucement au rythme de la lumière. Ses yeux pourpres tapissés de petits miroirs captent avec avidité l'inaccessible clarté.

Le papillon géant venu du fond de la nuit, ailes grises écartées, pattes arc-boutées sur la vitre, tremble d'impatience et de désir. Il est celui que porte le bruit de la nuit, l'émissaire fasciné des peuples de la lumière absente. Il regarde, il renvoie les éclairs qui entrent dans son corps, il tremble de souffrance et de plaisir mêlés. Ailes grises éployées, immobile il plane sur la lumière interminable de la lampe. Son visage aux yeux démesurés est semblable au masque des dieux. Sphinx venu du fond de la nuit, il montre seulement le signe de l'énigme, la vie secrète, il ouvre ses ailes et tend son visage, il dessine la forme extraordinaire de cet homme qu'on sera peut-être, dans un million d'années.

Les nuages, je voudrais bien vivre avec eux, en planant, étendu sur la voûte du ciel. Je voudrais être avec eux, rester parmi eux, pour mieux les connaître. Souvent je les cherche, entre les immeubles des villes. Quand il y a beaucoup de bruit et de mouvement dans toutes ces rues, boulevards, avenues, sur toutes ces places, le long de ces tranchées. Je lève la tête, je les vois, et ils me libèrent. Ils sont si beaux, ils vont si loin, si vite, si facilement. Ce ne sont pas les oiseaux, ni les avions qui habitent dans le ciel. Ce sont eux, les nuages, larges, silencieux, légers, pareils à des navires, pareils à des îles. Ce sont eux qui vivent de la vraie vie, qui sans cesse se forme et se défait.

Ils voyagent beaucoup, et moi un peu avec eux. Ils m'emportent, puis me laissent plus loin sur la terre. Quand je suis immobile, eux traversent l'espace et me font voir de nouveaux paysages.

Ils me montrent, comme cela, simplement, toutes les formes nouvelles, les formes inespérées, incroyables; ils les montrent, sans paroles, sans histoires, et puis ils s'en vont ailleurs.

Tous les ciels où l'on peut être, disparaître, s'envoler le long des cours de l'air. Le brouillard bas, d'où émergent les cimes des montagnes, les sommets des tours. Stratus laiteux au soleil pâle, chape qui pèse, qui serre la tête. Cumulus, strato-cumulus blanc, étendu comme la mer, son ombre progresse sur la plaine. Nuage en forme de chou-fleur, debout sur sa base horizontale, vague, cotonneux. Je le regarde et je monte bien droit à travers le ciel. Le soleil brille, s'efface. Cumulo-nimbus, nuage du tonnerre et de la pluie, qui sort lentement de sa matrice, à

1 400 mètres d'altitude, et pousse vers le haut, roule ses blocs neigeux en avalanche ascendante jusqu'à la zone des 8 000 mètres. Strato-cumulus, grands rouleaux gris qui recouvrent le ciel et menacent la terre. Son ombre froide fait geler les ruisseaux et glace les chemins. Parfois, sur le ciel noir, la forme surprenante, l'explosion très lente d'un seul nuage en forme d'enclume. Alors on entend les bruits de la forge, les coups lointains du tonnerre, et l'horizon s'allume. Au-dessus de la terre plate, le ciel ressemble à la mer : il y a de grands rouleaux de vagues immobiles, séparés par des sillons noirs. Ce sont les rouleaux du strato-cumulus éclairés par la lumière du soleil caché.

On regarde les nuages, on les reconnaît, on les aime. Ils passent, ou ils menacent, avec leur ombre et leur blanc. Leurs couleurs sont belles, aériennes, leurs couleurs sont pâles et légères, ou bien violentes, et c'est comme si la terre frissonnait.

Il y a tellement d'espace ! Sur le ciel pur, avancent les nuages arrondis. Cumulo-nimbus, cumulus, ils s'écartent, se rejoignent, se fondent. Leurs bords sont fins comme l'écume de la mer, et laissent des signes. On aimerait écrire le livre des signes, rester tous les jours la tête à l'envers pour apprendre les météores. C'est un voyage sans but, un voyage vers les régions toujours mobiles de la vie. Personne ne vit dans ces archipels, sur ces caps, dans ces vallées, sur ces montagnes. Il y a seulement le silence, le vent, la vapeur froide, les trous d'air, les trombes. Il y a seulement le soleil plus proche qui brûle leur dos, la lune, et parfois l'étincelle de l'éclair.

Nuage de l'été, bas sur la mer, courant vers les lagunes chaudes. Nuage de l'hiver, ciel de neige, ciel strié, cirro-cumulus à la peau de maquereau, ocellé comme un daim, alto-stratus aux mamelles pendantes.

Ciel du crépuscule, ocre, fibrillé, où nage comme une grande amibe le cercle auréolé de l'alto-stratus lenticulaire.

Et certains jours, quand souffle le vent qui dessèche, pardessus les villes et les montagnes s'étend le ciel le plus beau. Comme si tout à coup on voyait réellement la nature de l'espace, comme si la terre, au plus haut, était à peine séparée du vide par le voile de l'atmosphère ; le cirrus, seul dans le ciel le plus pur. Sur l'immense baie vide, bleu sombre, les traînées légères des nuages à 10 000 mètres d'altitude. Signes de plumes, étoiles, nébuleuse de gaz figée dans l'espace. Vers eux on monte en cercle, comme un oiseau irréel. On s'élève au-dessus de la terre, en planant dans les vents violents. On s'étale, on s'éparpille, on devient semblable à une chevelure. On s'appelle Cirrus soi-même, on est si haut que plus rien ne bouge, plus rien ne pèse. On est un seul dessin, très pâle et très doux, qui règne au centre du ciel. Longtemps on pourra rester, pareil à une route de poussière. Là est la plus claire, la plus haute beauté. Puis le vent de la stratosphère souffle sur le signe et le dissout.

Comme ils sont loin et beaux, les nuages, les calmes nuages, les nuages étrangers! Ils sont la pensée de la terre et de la mer, l'art magique de l'espace, la parole du vent, de l'eau, du soleil. Je les vois, chaque jour, plus haut que les tours de verre, plus haut que les montagnes, et je sais que c'est d'eux que je vis, que c'est vers eux que je veux partir.

Peuple des nuages, inaccessible et qui passe, qui s'en va. Ils naissent à l'horizon, au-dessus de la mer. Ils apparaissent par magie, comme s'ils n'avaient jamais cessé d'exister. Je les regarde et je sens au fond de moi quelque chose de doux et de léger qui gonfle, qui traverse mon corps. Je sens sur la peau de mon visage les taches claires et sombres qui bougent. C'est en regardant les nuages qu'on devine le bonheur. On ne possède plus rien, mais l'on est abandonné, et on vole. Mouvement de balancier de la mer, mouvement frémissant des feuilles des arbres, mouvement des pluies et reptation de l'eau des fleuves, il y a tout cela dans le simple passage des nuages.

Le ciel ne lasse pas. Toujours plus grand, toujours nouveau, il montre ses signes et fait ses gestes; il montre ses nuages, sa lumière. Toutes les paroles et toutes les pensées sont pour lui. Elles sortent des lieux où vivent les hommes, elles montent, elles glissent avec les fumées, elles vont jusqu'au pays flottant où sont les nuages. Elles vont là, vers ce pays d'où l'on ne revient pas.

C'est la fin du jour, et le petit garçon inconnu dort par terre, allongé sous un rosier. Il n'entend pas le bruit des voitures qui passent sur la route, qui grondent autour du jardin. Il n'entend pas les voix des gens. Il n'a pas peur, il n'est pas dérangé par la lumière du soleil, tout près de l'horizon. La lumière est couleur de cuivre rouge, elle vient presque à l'horizontale, en rasant la terre. Au loin, par-dessus le jardin, les immeubles sont étincelants contre le ciel clair, et les avions passent lentement, si haut qu'on ne voit que leur sillage blanc.

Le petit garçon inconnu dort depuis longtemps déjà. Peut-être est-il fatigué d'avoir trop marché? Il n'a pas envie de voir la lumière jaune, ni les immeubles, ni les autos. Il n'a pas envie de bouger, ni de parler. Il fait comme s'il n'était pas là.

Personne ne l'appelle. Personne ne sait où il est. Tout contre les racines du rosier, il est blotti. Sur son visage l'ombre des feuilles fait des taches, ses cheveux sont mêlés à l'herbe sèche. L'odeur douce règne sous le rosier, venue des petites fleurs blanches et roses, et se mélange à sa respiration, à l'odeur de sa peau.

L'air est froid déjà, à cause de la nuit qui va venir. Mais les rayons du soleil chauffent encore; ils se glissent sous les branches basses du rosier, ils frôlent la terre, ils éclairent le visage du petit garçon de leur lumière de cuivre rouge.

Sur la route proche, les voitures vont vite. Elles vont vers l'aéroport, vers la mer, vers la ville. Leurs feux rouges brillent déjà, et l'asphalte est un peu gris.

Les gens se hâtent. Ils se hâtent toujours. Mais le petit garçon inconnu ne s'occupe pas d'eux. Il dort sous le rosier, en respirant tranquillement, la tête tournée vers le soleil couchant.

Le vent souffle sur ses cheveux, fait trembler les herbes et les feuilles du rosier. Les fourmis avancent entre les mottes de terre, franchissent des ponts de brindilles. Les bruits passent, sans cesse, moteurs, cris d'enfants, martèlement des pas. Les chiens aboient dans les jardins. Leurs voix résonnent, se répondent. Les merles poussent des cris, parce que c'est le soir.

Le petit garçon inconnu est fermé sur lui-même, complètement. Il ne voit pas les jeux, il n'entend pas les voix. Sur son visage couleur de cuivre, il passe seulement des choses légères, comme dans le ciel, comme sur l'eau. Le temps n'existe pas, sous le rosier. Seulement le passage du jour, le changement de la lumière, les moucherons qui dansent dans l'odeur des roses, le vent, l'assombrissement de la terre, les taches du soleil — et, la nuit.

Quel caillou contient le trésor, serré en son centre, invisible de l'extérieur ? Un caillou comme les autres, qu'on ne remarque pas, un galet arrondi sur la plage, et au centre, il y a un secret, un signe, un dessin petit et caché, le message qui transformera peut-être le monde. Où est-il ?

Où est le bézoard ?

Les bruits presque imperceptibles qu'il y a partout : l'eau qui coule, qui descend dans la terre, le vent qui souffle, les soupirs de l'air, les bruissements des insectes, les frôlements des oiseaux, d'un arbre à l'autre. Il y a des gens autour de nous ! Vous savez, on n'est pas seuls ! Ils parlent, ils bougent, ils s'amusent, là, tout autour, les voisins : oiseaux, grillons, feuilles, gouttes d'eau, papiers fous, pierres aiguës, verres qui se fêlent, sable, poussières : ce sont de bien drôles de gens. Ils ne sont pas sérieux comme les montagnes, comme les forêts, comme la mer. Ils ne pensent pas à des choses graves comme les fleuves et les lacs. Ils ne sont pas orgueilleux comme les ponts et les tours. Ils ne tuent personne comme les falaises ou les déserts. Ils ne sont pas solitaires comme les grands icebergs.
Ce sont de petites gens, ici, autour de nous, qui font leurs bruits ténus, leurs gestes, qui rient un peu, se querellent un peu, puis le soir s'endorment et se taisent comme les familles d'oiseaux dans les grands arbres des squares.

La terre affleure entre les bétons et les rocs, la terre rouge, violette, verte, douce pour la peau.

La fumée monte dans l'air calme pendant des heures, s'étale, forme des fantômes, des nids d'araignée, des lacs gris suspendus au-dessus des plaines.
Le soir, la vieillesse.

On est pour la moitié celui qu'on est dans ses rêves.

Toutes les villes inconnues, les grands espaces, les forêts, les montagnes, les prairies, les cavernes, tous les paysages sans fin où on est entré une fois, où on a vécu, comme cela, facilement, sans bouger, en dormant.

Pays, villes inoubliables et belles, parfois plus réelles que celles où l'on a vécu les yeux ouverts. Pays étrangers vraiment, étrangers à la terre, étrangers à la vie, où régnait un autre soleil, une autre lumière, où l'on respirait un autre air, où l'on buvait une autre eau. Ils nous ont laissé leur marque, ils ont façonné notre corps, ils ont fatigué notre cœur, et nous ne pouvons pas les ignorer. Nous y avons vécu, vraiment, entièrement. Ils n'étaient pas réels, mais ils n'étaient pas imaginaires non plus.

C'est d'eux aussi que viennent nos désirs, notre parole, notre loi. Chaque jour, quand nous nous éveillons, c'est comme si la lumière du soleil voilait nos yeux et nous aveuglait. Nous cessons de voir ces pays, d'entendre ces paroles. Pourtant ils ne sont pas loin, ils agissent encore au fond de nous-mêmes.

Ce ne sont pas des lieux qu'on peut rejoindre les yeux ouverts. La mémoire ne peut les restituer. Il y a trop de détails, trop d'action pour qu'on puisse les retrouver. Non, ce sont des pays où l'on vit, totalement, avec tout son corps et tout son esprit, des pays durs et nets comme ceux de la lumière du jour.

Ce qui vient vers nous, traversant la barrière qui sépare le sommeil de la veille, ce ne sont que bribes, miettes, parcelles méconnaissables. Morceaux arrachés au sommeil, lambeaux incohérents, qui nous semblent alors absurdes, privés de leur ordre et de leur pesanteur. Ce sont ces lambeaux que nous appelons les rêves, et que le langage diurne, par dérision, s'emploie à fausser. Les livres qui parlent des rêves ne sont pas souvent satisfaisants. Ils sont le résultat de l'effort de l'homme éveillé, qui, dans le fond, se moque bien de l'homme qui dort. Récits confus, balbutiants, ils inventent précisément cet univers de « rêve », sans raison ni réalité. Rêves éthyliques, rêves fous, rêves absurdes. Parcelles d'un miroir éclaté qui brisent cet autre monde, interrompent sa durée, anéantissent sa matière.

Ce qu'elles nous livrent, justement, ne sont pas des rêves; ce sont des hallucinations, mélangées à l'univers du jour, et dissonant avec lui. Images troubles, équivoques, qui montrent tantôt l'envers, tantôt l'endroit.

Flux interrompu, saccadé, comme un film qu'on arrêterait, qu'on embrouillerait. L'esprit accommode mal, et les plans sont visibles les uns après les autres, sans relation entre eux. Des rêves? Est-ce que cela est ainsi? La nuit terminée, il ne reste plus rien que ces éclairs, qui brillent encore vaguement dans le lointain, comme les feux d'un orage qui s'en va.

Mais ce qui reste surtout, ce qui étonne, c'est la profonde impression de réalité de ce qu'on a vécu durant la nuit. C'est la force et la logique de ce temps. Il s'est bien passé quelque chose. Nous avons été *là*, vraiment *là*, et notre aventure dans cet autre monde a eu autant d'importance pour nos nerfs, pour notre cerveau et pour notre cœur que l'existence à la lumière du jour.

C'est pour cette raison que l'analyse des rêves n'est pas plus satisfaisante que' la reconstruction hypothétique qu'en font les livres. C'est toujours l'homme éveillé qui examine, qui scrute, qui juge — avec son esprit de dérision. Il cherche des clés, mais c'est pour mieux connaître le monde diurne. Des clés? Cherche-t-on des clés aux actes de la vie éveillée? Cherche-t-on des clés pour les villes, les routes, les montagnes, la mer? Il y a donc toujours la même rupture entre la conscience et l'inconscience, l'une vraie, solaire, réelle, l'autre purement imaginaire, mythique, crépusculaire.

Mais il n'y a pas de conscience jugeant l'inconscient. Il y a seulement deux consciences distinctes, avec leurs lieux de rencontre parfois, leurs interférences, leurs échanges. Avec leur profondeur, leur « bas » et leur « haut », chacune éclairée par son soleil, nourrie de ses expériences.

Le sommeil n'est pas le souvenir de la veille, et la vie diurne n'est pas la fabrique des rêves. Ce que je voudrais retrouver, c'est cet homme tout entier, cet homme plein de force et d'indépendance qui vit lorsque l'homme du jour ferme les yeux et s'endort. Parfois il me semble qu'il est proche. Je le sens en moi, et je sens autour de moi comme le frôlement des formes invisibles qui vivent du côté des rêves.

Grande ville au sommet d'une montagne : j'ai marché dans

ses rues, je suis entré dans ses maisons, j'ai croisé la foule de son peuple. Routes sur lesquelles j'ai cheminé, le soleil brillait, brûlait, je sentais le vent, j'entendais le bruit de mes pas sur le sol. Était-ce un rêve?

Mais c'était la vie, toute la vie, sensible, pure, présente. Quand j'avais peur, ce n'était pas feint. Quand j'avais mal, ou soif, quand je sentais le froid, la pluie sur mon visage, ce n'était pas illusoire. Mon cœur battait fort dans ma poitrine, la sueur mouillait mes mains et ma nuque, ma respiration haletait. Je sentais l'odeur de la peur, ou bien je touchais le désir de mes mains. Était-ce un rêve?

Ce que je voyais était vrai, même si le souvenir, plus tard, à la lumière du jour, ne rapporte qu'une caricature, une image fantastique, irréelle. C'était vrai dans la nuit, car je n'en doutais pas. Et ce qui était absurde alors, c'était ce qui restait du monde diurne dans mon aventure du sommeil.

Était-ce cela, un rêve? Bien sûr, tout se passe dans la tête d'un dormeur. Mais pourquoi serait-ce seulement l'imaginaire? Cet autre monde, il a peut-être des chemins que j'ignore. Il rejoint autre chose, il communique avec un autre espace, un autre temps.

A quoi bon les clés des songes? C'est autre chose que je voudrais trouver. Je voudrais rejoindre cet autre homme, là où il vit, pour voir avec ses yeux, sentir, comprendre avec nos deux êtres mêlés ce qu'il y a de continuellement *nouveau*.

Et les gens qu'on a rencontrés, qu'on a aimés, ou haïs, ou qui vous ont fait si peur, mais qui restent de l'autre côté de la nuit, et qui ne viennent jamais vous voir dans votre demeure du jour. Pourquoi ne seraient-ils pas aussi vrais, aussi nécessaires, pourquoi ne modifieraient-ils pas votre être, eux aussi, comme ceux qui vous entourent à la lumière du soleil? Corps de femmes auxquels ont s'est uni, qu'on a touchés avec sa peau, dont on a respiré le parfum; chevelures vivantes de ces femmes, vraies, lumineuses, qui vous enveloppaient de leur chaleur; femmes qu'on aimait, qu'on cherchait dans les forêts, et dont le corps était aussi plein de secrets et de clarté, aussi mystérieux et envoûtant. Était-ce cela, un rêve?

Femme inconnue, au visage invisible maintenant, et que jamais je ne rencontrerai au détour d'une rue, dans un compartiment de train ou sur une plage. Femme qui n'a pas de nom, mais que j'aimais et désirais de tout mon être, et qui semblait me guider dans cette terre étrangère. Je ne peux m'empêcher de sentir sa présence, comme si elle était près de moi, cachée derrière un arbre, ou dans l'encoignure d'une porte, ou bien me regardant de sa fenêtre, du haut d'un immeuble, quelque part... Elle que je retrouve parfois, simplement, en fermant les yeux, en entrant dans le sommeil. Quelles ont été sa vie, sa pensée, durant ces jours et ces nuits qui nous ont séparés ? Et pourtant, dès que je la vois, et que je la reconnais, c'est comme si les bords de cette blessure de l'éveil se ressoudaient, sans laisser de cicatrice, ni de mémoire.

Et tous ces visages que j'ai vus, toutes ces voix qui ont parlé, tous ceux qui portaient une âme, un esprit. Je sais qu'ils sont là, autour de moi, devant moi. Quand je veille, je cesse de les voir tels qu'ils sont. Mais je ne peux les oublier tout à fait, et ils me retrouvent la nuit, mes amis, mes contemporains, quand les autres hommes et les autres femmes dorment te ressemblent à des morts.

Il y a au fond de moi ce savoir, à la fois lointain et proche, auquel j'accède chaque nuit, comme errant au hasard. Comme si derrière chaque chose présente, derrière chaque visage, pouvait surgir à chaque instant un autre monde. J'arrive, je franchis la porte, je glisse, je nage, je flotte, porté par un courant irrésistible. Je suis entraîné vers ce monde. C'est un appel très fort et mystérieux qui me vient de l'autre versant du réel, et qui m'attire comme un chant. Je sens cela même au plus clair du jour, quand le soleil de midi brûle la terre et que bruissent les hommes et leurs machines, et que tout retentit et resplendit partout. Je sens cet appel au cœur, bien plus fort que l'appel du désir ou de la mort. C'est mon regard interne qui est tourné vers ce monde, ce sont mes yeux internes qui le voient. Au fond de moi, il y a tant de bruit, de mouvement, de lumière ; il y a les montagnes hautes, les plaines, les fleuves, les déserts ; il y a le ciel et les nuages ; il y a l'océan, le grand océan qui se gonfle, et la nuit sans limites ; il y a les vents, les tempêtes, il y a le soleil unique, au centre de son immense lumière.

Alors, moi qui marche dans les rues, qui m'assois, qui mange une orange, qui parle avec quelqu'un, qui lit un journal, tout à coup je suis pris de vertige, comme si j'étais parvenu au bord d'un précipice. Je sens l'ivresse de cet autre monde, réel, tangible, tout proche. J'ai peur de son appel, parce qu'il me semble que je suis encore trop faible pour lui. J'ai peur de n'avoir pas la force de le regarder, de vivre en lui. J'ai peur qu'il m'engloutisse, ou plutôt qu'il monte lentement comme une eau en crue, jusqu'à recouvrir mon visage.

Monde interne, monde inné, dont l'immensité est celle de l'univers; en lui est le savoir, en lui l'origine du langage. Est-ce qu'il n'existait pas avant que les sens ne me le révèlent, comme la nuit existait avant le jour? Je me souviens de lui comme d'une vie plus grande que ma propre vie. Je me souviens de lui, et quand je suis loin de sa lumière, j'essaie de retrouver son rythme, son langage, sa pensée.

Il n'y a rien de trouble, rien de contradictoire en lui. C'est un monde parfait et logique, où rien ne manque. Là-bas il y a d'autres dangers, d'autres nécessités, d'autres lois. Là-bas sont écrites d'autres phrases, belles, inquiétantes, que je ne pourrai pas traduire. J'ai entendu des musiques qui m'ont fait frissonner, j'ai lu des poèmes qui m'ont ébloui comme la lumière de l'aurore. J'ai appris des secrets, des secrets divins qui rendaient clairs tous les dessins du monde. J'ai perçu des vérités telles qu'il ne pouvait plus rien y avoir d'incompréhensible sur la terre. Tout cela est venu facilement, sans que je le cherche; au gré des courants de la nuit, tandis que l'enveloppe de mon corps immobile dormait. Qu'est-ce devenu? Qu'en ai-je fait?

Mais l'autre homme, à l'abri dans son monde, garde ses secrets. Il sait qu'il détient la clé de son propre pouvoir, et il est libre.

Maintenant, je sais que j'ai cette science au fond de moi. Je sais que je ne dois pas essayer d'interpréter ce songe, ni même le raconter. La vie des profondeurs résiste mal au retour à la surface. Non, je dois seulement attendre, attendre que par miracle l'éclair illumine en même temps ces deux mondes étrangers. Cela viendra, ou ne viendra pas. Mais ce savoir est en moi, même s'il est aussi un secret.

Cette connaissance n'est pas venue jusqu'à la conscience, c'est cela qui la rend si belle. Elle est là, à l'intérieur de ma vie. C'est elle qui nourrit mon être, qui lui donne son poids, son assiette. C'est une connaissance qui ne vient pas par les mots;

elle est la profondeur et la vibration au fond de chaque chose, la raison peut-être, le commencement et l'aboutissement. Elle est ce qui ne quitte pas, ce qui ne se détourne pas. Elle est le regard qui ne s'éteint jamais, le regard qui maintient la cohérence. Vie, comme la vie des organes, comme la vie au cœur de la matière.

Comment la reconnaître toute? C'est cela que je voudrais, car c'est de cette connaissance que viendra toute la vérité. Ce n'est pas une vérité pour combattre, ni pour convaincre. Ce n'est pas une vérité pour l'intelligence, ou la survie. C'est la force de la beauté, toujours nouvelle, qui nous rend vraiment vivants. Il ne peut y avoir de pensée ni de science, qui ne plonge ainsi jusqu'aux profondeurs de la nuit. Alors les deux mondes étrangers sont unis l'un à l'autre, leurs images, leurs mythes, leur histoire se confondent — et l'homme est enfin unique, cohérent.

Aussi le moment le plus important de la vie est sans doute celui-ci : lorsque, près du sommeil, ou de l'extase, on approche sans s'en apercevoir de la frontière qui nous sépare de l'état de songe. La conscience (ce que l'on nomme prétentieusement ainsi) est facile. Personne n'y prête garde. Le sommeil, l'inconscience, l'on y entre sans mal. Mais l'instant du passage ! Le grand mur noir qui s'approche, si large, si haut qu'il semble qu'on ne pourra jamais le franchir, que l'on doit s'y briser en morceaux ! Barrière terrible, quand on la regarde.

En des circonstances exceptionnelles, j'ai vu ce mur, je m'y suis arrêté. Ce mur était bien tel que je l'avais imaginé. Haut comme un rempart, abrupt, sombre, pareil à l'enceinte d'une forteresse, barrant la plaine désertique. Menaçant, et attirant à la fois, car celui qui s'en approche est déjà pris dans le très fort courant qui le tire en avant. Mur de béton, muraille noire, vieille falaise couleur de rouille. Tandis que je dérive vers le mur, il me semble que je vois d'un double regard, l'un dirigé vers l'arrière, qui cherche à s'accrocher à quelque morceau de réalité, l'autre qui a déjà franchi la limite et court vers l'avant.

La peur de ne pas pouvoir passer le mur, de mourir sur ce brisant. Et en même temps, l'ivresse de ce moment, car je suis alors réellement au sommet du bonheur...

Puis soudain, il n'y a plus de mur. Il n'y a plus de frontière, même pas une ligne noire tracée sur une feuille de papier blanc. Plus rien : l'espace.

Quelques instants plus tard, je comprends que j'ai passé le mur, qu'il n'y a plus d'obstacle. J'entre, je m'éveille, j'ouvre les yeux sur le monde, ce monde que je n'avais donc jamais quitté.

Celui qui, par miracle d'équilibre ou de pensée, arrêté à l'instant de ce passage, debout sur ce mur noir, regarderait de chaque côté les espaces s'étendant sans fin, l'un vers le rêve, l'autre vers le jour, pareils à deux firmaments ; immobile, il verrait la vie tout entière.

Les visages sont beaux. Il n'y a rien de plus émouvant dans la personne humaine, rien de plus accompli. Un visage, n'importe lequel, surgi au hasard dans la foule, porté en haut du corps et s'avançant vers moi, un peu secoué par les mouvements de la marche, planant comme un cerf-volant, éclairé par la lumière. Je le regarde, et je ressens l'émotion de mon espèce. Je reconnais chaque détail très vite, parce que c'est ce que je connais le mieux de l'homme. Mais en même temps, je me sens troublé, trompé, parce que c'est l'image la plus mystérieuse, la plus difficile.

C'est une beauté que je ne peux comprendre toute. Ce qu'il y a de beau et de vaste dans la vie, la mer, le ciel, le soleil, les fleuves, le vol des oiseaux, les feuilles des arbres, les fleurs, tout cela est dans ce visage, et bien d'autres choses encore. Il y a d'autres visions, celles des monuments silencieux, églises sculptées, hautes tours dédaigneuses, temples, grands ponts qui enjambent les vallées, routes sans fin, jardins, champs d'herbes; je vois cela sur le même visage. Je n'imagine pas cela, mais cela y est, véridiquement, clair et lumineux.

Les visages sont lisibles. Tout y est inscrit, dans les plis et le relief. Visages comme des paysages, lisses, transparents, pays d'eau et de lacs, où brillent les yeux translucides; ou bien compacts, terres minérales, terres brûlées, aux yeux enfoncés dans les failles des paupières étroites. Visages cuits par le soleil, par le froid, par le vent. Visages ternes, gris, sans lumière, comme sortis de l'intérieur de la terre, visages souterrains. Visages nus. Visages illuminés, rayonnants. Visages effacés, ou cachés par les masques. Il n'y en pas d'indifférents. Ils sont le premier signe, le premier appel, avant toute parole et toute pensée.

Ce sont eux qui inventent la sculpture, car en eux tout est exprimé. En eux, il y a déjà tant d'histoire et de vie que je ne peux les regarder sans appréhension. Que vont-ils dire ? Que vont-ils me dire, qui va me troubler, me conquérir ? Mais je ne peux imaginer de vivre sans voir ces visages d'hommes, sans percevoir leur histoire. L'infinie variété de ces signes, s'assemblant, se complétant, construisant un monde, un pays, une âme ; chacun parlant pour soi, disant ainsi, par sa seule image, son aventure terrestre. Disant son histoire, son éducation, sa passion, son désir, son espérance, son habitude ; disant son passé aussi, celui de sa race et de sa culture, continuant ces signes venus du plus lointain du temps, vestiges ressurgis des expériences antérieures.

J'aime tant de beauté et de savoir, aussi simples, aussi lisibles, sur les visages des hommes. Je les regarde, un à un, au hasard, dans la foule, ou bien isolés dans les cachettes des chambres, dans les coques des autos, à la lumière du jour, éclairés par les reflets de la mer, solitaires, étrangers ; peints par la lumière électrique des cafés, des autobus, des bureaux, des ateliers. Visages d'hommes, de femmes, vieillis, usés ; visages triomphants, juvéniles ; visages lisses des enfants, des vieillards parfois.

Comme ils sont nombreux ! Jamais aucun livre, aucun tableau ne me parlera comme ces visages, ne me racontera d'histoires aussi belles, aussi simples. Jamais aucune écriture ne me donnera tant de vérité, d'émotion.

C'est en eux que se forment les passions. La haine, le désir, la joie, c'est d'abord sur les visages qu'on les rencontre. C'est sur eux qu'on apprend à lire les sentiments des hommes, à reconnaître les mouvements de l'âme, pour mieux se défendre, pour mieux savoir ce qui vous arrive. Sur eux, les drames, les passions, avant même de prendre le chemin du langage, se montrent et nous atteignent. Toujours nous regardons les visages, nous les interrogeons, nous essayons de lire en eux, avant d'entendre la voix ou de comprendre la situation. Nous les regardons, comme la partie la plus transparente du corps, la seule où soit perceptible tout de suite le feu interne de la vie ; le feu de l'esprit, le feu du regard, le feu du désir. Le reste du corps, les mains, les jambes, la poitrine, le ventre, cela n'a pas d'importance. Cela est pour soi, pas pour les autres. Cela ne parle pas, ne voit pas, ignore le regard et n'entend pas le langage. Le corps est opaque.

Mais les visages, on les connaît, on les reconnaît. Ils sont le centre même de l'univers humain, le signe distinctif et caractéristique de ce qui nous ressemble et n'est pas nous.

Sur le visage de l'homme naît la conscience, qui nous rapproche et nous sépare d'autrui. Ayant appris à lire sur les visages proches, nous apprenons à parler avec notre propre visage. C'est lui que nous apercevons sans cesse autour de nous : tous ces gens, tous ces passants, ces étrangers, ils ont nos yeux, notre nez, notre front, notre bouche, nos rides. N'est-ce pas surprenant? Dans les miroirs qui sont partout, nous nous regardons, nous regardons les autres.

Aucune science n'est plus précise, sans doute. Car il ne s'agit pas de connaître une série, ni d'interpréter au hasard. Il s'agit d'une connaissance qui porte sur des millions de signes. Chaque visage, tel un idéogramme, est entier, indissociable. Sur la structure élémentaire, chaque trait, en se modifiant, ou en se déplaçant de quelques millimètres, donne une parole nouvelle, un sens différent. Et pourtant chaque signe doit être reconnu, mis à sa place dans la mémoire, ordonné parmi les milliers de visages et d'expressions que nous avons retenus depuis le commencement de notre vie.

Étrange science vraiment, qui se confond avec la vie. Car cette connaissance n'est pas une érudition, ni même une perfection de la conscience. Ce que nous donnent les visages humains, ainsi, à chaque instant, est plus simple et plus réel qu'aucune autre connaissance. C'est quelque chose comme le désir immédiat de la communication, quelque chose qui ressemble à l'origine même du langage.

Toujours précédant la parole, avant même l'organisation de la vie collective, la science des visages nous fait hommes, habitants de cette terre, citoyens, sujets et objets des passions et des interdits humains. Cette science est l'expression de la plus haute curiosité, du désir d'autrui, de la nécessité du monde des hommes.

Visages, visages partout! Visages qu'on cherche, visages qu'on scrute, qu'on guette, visages qu'on regarde avec ses yeux, qu'on touche avec ses mains, pour rencontrer sans cesse la plus grande, et la plus banale des révélations : les yeux, la courbe des sourcils et des joues, la ligne du nez, l'ourlet des lèvres, la ligne verticale du front et des tempes, l'arrondi du menton et des pommettes, le dessin des oreilles aux lobes mous, le volume du crâne sous la végétation des cheveux.

Visages qui nous font voyager, qui nous font sortir de nous-mêmes, et nous invitent en d'autres maisons. Visages qui nous appellent, pour la curiosité incessante de la vie.

Nous sommes ivres de connaître ces pays proches. Nous savons que cette science est au-delà des possibilités de la raison et du langage. Tout va si vite, se forme, brille et disparaît avant même d'avoir atteint la zone de conscience.

L'instant qui précède le sourire, quand les yeux étrécis s'éclairent déjà, alors que les lèvres n'ont pas encore bougé. L'instant de la divination, et l'on sait, sans besoin de paroles, que l'autre a compris. Où était-ce? Sur le front, sur les sourcils, dans les prunelles des yeux, sur les lèvres? Cela s'est passé si vite.

L'assombrissement du visage, léger comme une risée sur l'eau d'un bassin, un changement de la couleur de la peau, peut-être, une contraction imperceptible des pupilles, un frémissement des lèvres. Léger et froid comme le passage d'un nuage.

Visages durs comme la pierre, hermétiques, lisses, silencieux, visages s'éloignant, fuyant, se cachant derrière un invisible masque.

Visages cruels, méchants, où tout parle de haine et de rapacité. Visages qui dévorent, qui tuent, visages qui expriment des passions qu'aucune parole, si terrible fût-elle, ne pourra jamais égaler en férocité. Rostres de bêtes sauvages plutôt, où luisent le reflet des crocs, la cruauté implacable des espèces carnassières.

Visages du mensonge, où tout semble double, bifide, torve.

Et ces mêmes visages, oui, les mêmes, qui tout à coup s'éclairent, se libèrent, comme si une eau intérieure les lavait, comme si le rire, le sourire, la paix, avaient le pouvoir de les rendre neufs et de les embellir. C'est cela le mystère, la beauté secrète de l'aventure des hommes. Chaque jour, à chaque instant, nous apercevons tout cela, nous montrons tout cela, dans le mouvement continu de la vie. Le reste, les passions, les voyages, les richesses, le savoir, cela peut nous occuper, nous préoccuper.

Mais c'est vague et lointain. Ce qui ne lasse pas, ce qui ne cesse pas, c'est ce désir de visages.

Je voudrais parler de cette connaissance comme du ciel. Car les visages des hommes sont semblables à l'air, au souffle, à la lumière. Ce qui apparaît sur eux, les trouble, les anime, c'est la force même de la vie, son esprit. C'est quelque chose de léger et de diffus, qui change tout le temps, comme change la surface du ciel. On regarde un visage, comme cela, est l'on est devant l'espace sans frontières. On voit de drôles de nuages qui passent sur les traits, de la brume, des corridors de vent qui voilent le front et les yeux, on voit des éclairs de lumière, sur la cornée de l'œil, dans les pupilles, dans les cheveux, sur l'ivoire des dents. Ce n'est pas la lumière du jour. C'est une lumière qui a sa source de l'autre côté du visage, à l'intérieur, une lueur chaude ou froide qui vibre en même temps que les pulsations des artères, selon les rythmes secrets du corps et des pensées.

Je cherche les visages où brille cette lumière, je les aime. Qu'importent la beauté des formes, la régularité de leur composition, la finesse de leur dessin? La véritable beauté du visage est dans la vie qu'on voit, qu'on sent, dans l'espace qui s'ouvre. Il y a des visages beaux et morts, ternes, arrêtés; visages comme des genoux, visages comme du plâtre. Mais la beauté de la chair, comme celle des feuilles ou des fruits, est dans l'harmonie avec ce qui l'entoure. Elle est un battement, une musique, un chant qu'on perçoit avec tout son être, et qui entre en vous comme une parole de magie. Elle est une beauté qui vient du centre, nourrie de terre et d'eau, traversée d'air et de lumière, et qui transforme les éléments. Ce qui est à l'intérieur du corps, ce qui anime, ce qui bouge et se dénoue, tout d'un coup monte et se fait jour dans le visage de l'homme : brille dans son regard, dans ses cheveux, sur sa peau, et c'est cette lumière qui construit les traits de sa face.

Visages semblables aux espaces du ciel et de la terre, semblables aux grands paysages. Visages des hommes de la mer, des hommes des fleuves; visages des femmes des plaines et des vallées; visages où tout change et glisse sans cesse, insaisissables comme les nuages; visages purs de la haute atmosphère, visages épais et lourds des montagnes et des orages. En eux je peux m'en aller, oublier la frontière de ma propre peau. Je peux trouver des pays inconnus, entendre des langues nouvelles, apprendre des secrets. Je peux m'en aller loin, et longtemps, ainsi, à travers tous ces univers qui passent.

Cette beauté n'a pas de fin. Ses secrets sont les mêmes que ceux de la terre, qu'on interroge et qui ne répond pas. La lumière des visages entre en moi et m'unit à la foule. C'est la lumière des astres, en vérité, aussi forte que la lumière du soleil. Elle fait qu'il n'y a plus de séparation entre les êtres vivants. Grâce à elle, il n'y a plus de différence entre la question et la réponse, entre ce qui est au-dedans et ce qui est au-dehors. Les visages sont la forme réelle de l'âme, le dessin mobile et parfait que trace le souffle de la vie.

Je voudrais parler d'un visage unique, d'un visage qui hante et qui possède. Qui rayonne et qui éclaire comme un astre, un visage de la beauté et de la vie sans fin. Un visage, un simple visage de femme, pur et sans mystère, l'ensemble parfait de toutes ces lignes que l'on connaît, et qui sont les mesures de l'espèce humaine. Je voudrais dire tout ce qu'il y a dans ce visage, chaque signe, chaque méplat, chaque ombre, chaque ride.

C'est un visage facile et net, modelé légèrement sur l'os et dans la chair, lisse, courbe, sans rien de brut ni de vague. Souvent immobile, comme s'il montrait l'instant qui précède le sommeil; paisible alors, doux, lointain, un peu séparé du reste du monde; astre au bord de l'horizon et que cache à demi l'épaisseur de l'air du soir. Quelquefois rapide et changeant, saturé d'une lumière électrique, mobile au milieu des reflets, frappé par tout ce qui court, tressaute et danse alentour; visage qui parle, visage inquiet, violent, où rôde la colère.

Il y a tant de choses dans ce visage qu'un seul instant de la vie suffirait à emplir des années, et que la mémoire ne pourrait suffire à le retrouver tout entier. Pourtant il est là, vivant, complètement visible, et ce qui vient de lui continue à grandir dans le monde.

C'est le visage le plus clair, et en même temps le plus secret du monde. Il est si proche qu'il semble au-dedans de vous, comme si la forme de ses joues, de son nez, de son front, de sa bouche, s'appliquait exactement sur votre visage et le recouvrait comme un masque intérieur. Cependant, au même instant, il est l'image la plus lointaine, la plus extérieure, celle qu'on rêve plutôt qu'on ne voit, intouchable, telle la face du soleil, une apparence, un mirage presque.

 Je le connais bien, je ne connais que lui. Je connais ce visage comme s'il était celui que j'ai vu d'abord en naissant. Et pourtant, ce que je vois et ce que je sais de lui s'échappe continuellement. C'est une eau qui s'écoule, un signal qui s'efface, une lueur qui disparaît. Le visage de cette femme retourne sans cesse en arrière, vers l'autre bout du monde, vers un temps auquel je n'appartiens pas. L'image douce et claire s'enfuit, à la manière de ces derniers wagons qui fuient, s'amenuisent, s'évanouissent.

 Mais je connais bien ce visage, je ne vois que lui. C'est le visage de la plus haute beauté, l'image la plus réelle que mes yeux puissent percevoir. Qu'y a-t-il en lui qui tout le temps se dénoue, se démantèle? Qu'y a-t-il qui s'interroge, se change, se renouvelle? Je voudrais arrêter ce visage, le fixer, le sculpter dans les blocs de granit au bord des routes, le faire apparaître sur le tronc des vieux oliviers, le mouler dans le sable des plages, le graver sur les tables des cafés et des bureaux de poste. Je voudrais le dessiner continuellement, tout entier, à chaque seconde, sur les feuilles d'un livre de cent mille pages.

 Pour le voir vraiment, pour savoir qui il est, il faudrait savoir n'ouvrir les yeux qu'une seule fois, ébloui par l'éclair de beauté, et garder toujours l'image gravée sur ses rétines.

 Mais le visage de cette femme est simple et pur, il ne demande pas cette folie. Comme une pierre n'est qu'une pierre, quelque part quand on passe sur un chemin, comme un oiseau qui traverse le ciel vite et disparaît, comme une goutte d'eau qui forme sa courbe parfaite, puis tombe, le visage de cette femme donne sa beauté, sa vie, et cela suffit.

 C'est un visage en quelque sorte éternel, qui ne doit pas vieillir, qui ne peut pas mourir. Il est apparu tel qu'il est, dans son inaltérable jeunesse, hors du temps et des actes. Il a réalisé sa chair, l'œuvre complète sans commencement ni fin, sans origine ni raison. Il est apparu simplement, pour moi qui passais, et je ne devais pas chercher qui il était, ni d'où il venait. Combien de jours, d'années, sont en lui?

 En le regardant, je voyais tous les âges, tous les visages,

ceux des bébés, ceux des enfants, ceux des femmes, et je suivais la route de la vie jusqu'aux visages qui approchent la mort. Tout cela est écrit sur ces traits, sur les joues, dans la ligne des sourcils et du nez, aux commissures des lèvres.

Elle est devant moi, elle me voit, elle m'éclaire de sa lumière. Les visages des autres femmes et des autres hommes se troublent et s'effacent, éblouis par l'intensité de cette lumière, occultés par ce pouvoir.

Il n'y a sans doute rien d'autre au monde qui puisse porter ce nom : beauté. Car ce qu'il y a d'émouvant et de grand, la mer, le ciel, les étoiles, les fleuves, tout cela est contenu dans ce visage et devient plus proche encore.

Disque solaire, masque de cuivre, hiératique, hautain; verticales du front, des tempes, hautes et pures, falaises, murailles; pommettes hautes, qui sont un pays de pierres et de vent, illuminé par le soleil; pays sauvages et solitaires, aux journées si longues, où le ciel est immense et bleu; solidité des mâchoires, calme du menton; rochers polis, pentes douces des collines de sable, ombre des vallées; arc parfait des sourcils noirs; pays fier et désertique, pays pour les serpents, les aigles, les chevaux sauvages; pays sans frontières où la solitude est belle; profil aigu du nez courbe, visage qui scrute l'espace; narines larges qui palpitent, nez pour la sécheresse, pour l'air brûlant, pour la poussière; douceur des lèvres fermées, au dessin qui sourit un peu; fragilité, délicatesse de la bouche, des oreilles, des joues, comme la couleur du sable, comme les jeunes arbres, comme la brume sur les plages; cheveux souples et légers, couleur de bois brûlé, couleur de cendres; au centre du visage, là où passe peut-être la force d'éternité, les yeux d'ambre, les yeux obliques qui donnent la lumière, les yeux qui semblent voir, à travers vous, ce pays lointain, quelque part au-delà des montagnes et de la mer, ce pays solitaire et hautain où règnent la lumière et la beauté.

Ce visage est comme cela, il a tout cela. Il n'a pas de fin, et l'on pourrait y vivre sa vie entière, pour apprendre tout ce qu'il dit. On y vivrait, appelé par les signes qui bouleversent le réel et révèlent l'inconnu, le nouveau. On traverserait sans cesse la limite des sens, et on irait à l'espace ouvert. On vivrait dans la lumière de cuivre et d'ambre, tantôt dure et violente, tantôt légère et pâle. On connaîtrait des soirs, des matins. On serait quelquefois à midi au zénith, ou à minuit au nadir.

Dans le visage de cette femme il y a toutes les heures; on regarderait dans la même direction qu'elle, un peu tourné de côté, vers l'horizon, et on verrait peut-être ce qu'il y a, au-delà des montagnes et de la mer, au-delà des mirages.

Visage d'enfant au regard baissé, image du Bodhisattva.

Le petit garçon inconnu aime bien faire ceci : le matin, quand le soleil est déjà haut dans le ciel sans nuages, il va dans la campagne et cherche un rocher. Il lui faut un grand rocher qui domine la vallée, qui émerge au-dessus des broussailles et des champs comme un îlot. Alors, quand il l'a trouvé, il monte au sommet du rocher et il s'installe. Il observe d'où vient le vent, il regarde autour de lui la vallée verte, les maisons couleur de boue du village, d'où montent les fumées grises, et, plus loin encore, la chaîne des montagnes de la Sierra Madre aux couleurs douces un peu bleues qui se confondent avec le ciel. Il aime surtout les oiseaux dans le ciel, et c'est eux qu'il regarde le plus. Comme le ciel est très grand, et les oiseaux très petits, c'est difficile de les voir. Il faut plisser les yeux et chercher tout ce qui bouge dans l'espace bleu éblouissant. Quelquefois, on croit avoir vu un oiseau, très haut, à six ou sept cents pieds d'altitude, un épervier, un aigle qui plane en cercle au-dessus de la terre. Mais on n'est pas sûr que ce soit un oiseau, parce qu'il disparaît de temps en temps, comme ces taches qui glissent devant les yeux quand on regarde la lumière.

Ensuite, quand le vent est juste comme il faut, le petit garçon inconnu lance un cerf-volant. C'est un cerf-volant qu'il a fabriqué lui-même, avec des bouts de roseau et du papier extra-fort. Le cerf-volant vole un peu, puis il pique vers les buissons, et le petit garçon inconnu doit le tirer par son fil de nylon, en faisant bien attention à ne pas le casser sur une branche. Parfois, il doit même descendre de son rocher, parce que le cerf-volant s'est embrouillé autour d'un massif d'épines.

Trois ou quatre fois, le petit garçon lance le cerf-volant qui tombe. Le cerf-volant ressemble à un animal blessé. Il cogne contre les rochers en tressautant.

Et soudain, dans le couloir étroit de la vallée, le vent souffle. Le petit garçon inconnu lance très haut le cerf-volant qui se met à planer dans l'air. Le cerf-volant tire sur la corde de nylon qui se dévide, et il monte, il s'élance vers le haut, penché comme une voile.

Il monte, il glisse dans le vent, attaché à son fil devenu invisible; il va si haut qu'on ne distingue même plus son armature de roseaux. On voit seulement sa forme légère, un losange ocre qui luit au soleil dans le ciel bleu, et sa longue queue ornée de papillotes qui serpente derrière lui. Il glisse à droite, à gauche, il dérive, il revient en avant comme ces barques amarrées dans le courant d'un fleuve. Il voyage sur les tourbillons, sur les nœuds du vent, il tangue, il plane, il glisse sur les invisibles vagues qu'il y a là-haut.

Le petit garçon inconnu est debout sur le grand rocher, comme sur une île au milieu des arbres; il lève les bras en l'air et il penche la tête en arrière. Ses yeux regardent sans ciller

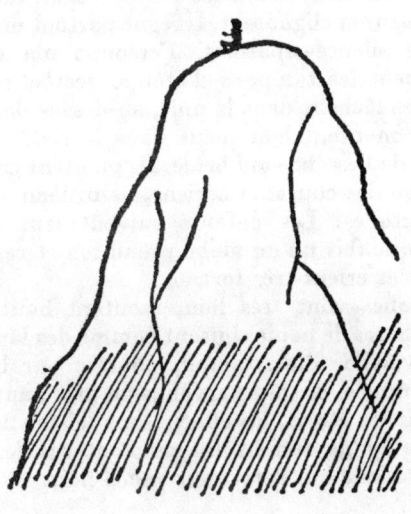

la tache ocre jaune qui plane dans le ciel bleu. Ses poignets sentent les secousses du vent qui tend la corde de nylon, tous les remous, les courants, les trous d'air. Ce sont de petites touches légères comme celles des poissons sur l'appât, ou bien des tractions puissantes qui font vibrer la corde, et il faut lâcher plusieurs mètres de fil pour ne pas le rompre. Par moments, il y a des vides dans le ciel, et le losange tombe, tête en bas. Le petit garçon doit tirer le fil très vite, et courir un peu sur le rocher, pour rétablir l'équilibre.

Il ne quitte pas son cerf-volant des yeux. Il ne voit que lui, sans relâcher son attention. C'est la chose la plus importante du monde. Le losange ocre tangue et glisse sur place, et luit au soleil jaune, aussi haut que les éperviers et les aigles.

Ou bien parfois, quand c'est la saison chaude et que l'air est sec et pur, les enfants vont dans la vallée, du côté d'Ixcatepec. Ils s'installent sur les rochers qui dominent les champs de canne à sucre et les arbres, et ils allument les tampons d'étoupe imprégnés d'essence dans la nacelle des globes de papier. Puis ils les lâchent dans l'air.

La nuit qui vient assombrit vite la vallée. Ce n'est pas une nuit noire, ni froide. C'est une nuit très douce et chaude, couleur de mer profonde, qui brille de son éclat sombre et uni sur toutes les vallées et toutes les collines. L'air est transparent, les insectes volent et clignotent. Il règne partout un grand calme, une sorte de silence apaisant. Personne n'a sommeil. Les enfants allument les tampons d'étoupe accrochés aux ballons de papier et les lâchent dans la nuit, au-dessus de la vallée. Les globes blancs montent lentement dans le ciel, éclairés par la flamme jaune de l'essence qui brûle. Ils montent en se balançant un peu à cause des courants aériens, ils brillent tous ensemble comme des étoiles. Les enfants suivent leur ascension du regard et chaque fois qu'un globe prend feu et retombe vers la terre, ils rient et crient très fort.

Certains globes vont très loin, montent haut dans le ciel noir. Leurs sphères de papier luisent comme des lanternes, d'une lumière qui vacille. Puis, quand, poussés par la chaleur de l'essence enflammée, ils sont parvenus au plus haut, tout à coup un souffle d'air les éteint, les efface, sans laisser de traces. Cela se fait si vite qu'ils restent un moment sur les rétines des enfants, point blanc qui dérive sur le ciel noir.

Dans la campagne, au milieu de la nuit, les enfants allument sans cesse les globes de papier et les lâchent devant eux. Quelquefois, un globe tombe dans l'herbe sèche, sur les prairies, et l'incendie brûle un peu.

Tout cela, ce sont les signes du petit garçon inconnu, les messages qu'il envoie, lui et ses amis, à travers le ciel nocturne. On ne sait pas ce que c'est. On ne comprend pas ce que ça veut dire. On ne connaît même pas ceux qui les envoient.

Quelquefois les globes de papier tombent sur les toits des maisons du village, et les feuilles de palmier brûlent. Mais personne ne dit rien, parce que ce sont les signes mystérieux et nécessaires que les enfants envoient dans le ciel nocturne.

Feux d'artifice! Lumières qui tracent dans la nuit, très vite, au bout de leur sillage de poudre, en faisant un bruit de papier qui se déchire. Lumières qui explosent silencieusement, en jetant d'autres fusées qui explosent à leur tour. Les nuages blancs, rouges, verts, violets glissent dans le vent au-dessus des terres. On sent l'odeur de la poudre, et on est un peu ivre, comme si la lumière explosait aussi au fond de nous, comme si on regardait un orage. Longues fusées lentes qui dressent un tronc tremblant dans le ciel, puis font pleuvoir de larges palmes vertes, de larges plumes orange. Rapides comètes qui vont haut, en sifflant, éclatent d'un coup. « Thunders » qu'on n'a pas vu venir et qui ponctuent le ciel avec des coups de canon qui résonnent jusque dans les montagnes. Flammes, nuages, touffes légères, plumeaux de lataniers géants, fougères arborescentes dont les feuilles couvrent nos têtes comme des parasols. On sent l'odeur de la poudre, on entend les coups du tonnerre, les crépitements, les déchirements de l'air, et on est un peu ivre, comme si on entendait des paroles, comme si on lisait des lettres magiques qui s'effacent aussitôt.

Feux d'artifice dans la nuit, feux follets, lumières dansantes, fugitives! Ils ne durent pas longtemps, ils ne dessinent rien qui dure. Ils secouent un peu le ciel, ils trouent un peu la nuit, ils effraient un peu et enivrent, parce qu'ils sont comme tout cela qui traverse le ciel : les étoiles, les insectes, les phares des autos, les lampes des villes, les feux de position des avions. Ils ne restent pas. Rien ne reste. Le petit garçon inconnu est debout sur la plage, au milieu de la foule qui regarde. Il voit les éclats, les arbres blancs, les dernières fleurs aux couleurs vénéneuses. Il les voit, il les aime. Ce sont ses signes à lui, les signes qu'il comprend sans avoir besoin de les traduire. Ce sont ses mots, ses idées, et cela monte haut dans le ciel noir et s'ouvre, et fait vaciller les formes des nuages qui dérivent dans le vent.

Cela ne veut rien dire vraiment, cela ne conte pas de longues histoires. Cela crie seulement, avec la rumeur qui monte de toute la foule, des soupirs, des points d'exclamation. Lui ne voudrait pas avoir besoin de dire autre chose. Il voudrait bien qu'il n'y ait rien d'autre à apprendre, rien d'autre à lire sur le noir du ciel. Il y aurait seulement, pour toutes les années de la vie, pour toutes les leçons de choses, pour tout ce qui existe, ici, dans le ciel et ailleurs, un message, écrit sur une grande feuille de papier blanc, puis roulé à l'intérieur d'une vieille bouteille de Schweppes, et jeté à la mer, pour celui ou celle qui saura le lire :

C'est bien, le bruit de l'eau, qui coule et glisse. Ça fait une petite musique qu'on n'oublie pas, qui monte et descend au fond de vous, qui vous traverse et vous fait bouger un peu, dans le genre d'une herbe au bord d'un ruisseau.

L'eau chante, l'eau murmure, l'eau dit des choses douces et tranquilles. C'est elle qui invente la musique des chansons, et les paroles aussi, pour elle toute seule, de sa voix monotone et tremblante. Ce n'est pas pour les autres qu'elle joue. C'est pour elle, rien que pour elle. Sa voix passe et ruisselle sur les galets, coule toujours du haut vers le bas, en suivant les cannelures, les rainures, les rigoles, descendant les niveaux par petites cascades. On entend sa voix, sa voix douce d'eau sur la pierre lisse, entre les berges de boue. Elle dit beaucoup de choses imperceptibles, des choses qui filent vite comme une chevelure transparente, des choses qui apaisent et rafraîchissent. L'eau parle d'elle-même. Elle parle de ses sources, de ses lacs, de ses pluies. Elle parle des nuages noirs qui montent au-dessus de la mer, dans l'air très chaud, puis qui crèvent et inondent les vallées vertes des hommes. On entend sa voix qui chuinte, et c'est comme si on savait voir autrement qu'avec les yeux.

Ou bien vous êtes dans la nuit, couché sur votre lit, dans votre chambre, et vous entendez le bruit de l'eau qui cascade doucement au-dehors. Vous ne savez pas où elle est. C'est une eau invisible qui coule tout le temps au-dehors, qui bondit au centre de la fontaine et ruisselle dans les vasques. Vous écoutez le bruit de cette eau qui fuit, et c'est comme si vous n'aviez plus besoin de vos yeux. Elle glisse et chante à voix basse, près de vous. Elle traverse votre chambre, elle coule à vos pieds, l'eau magique et transparente, légère, qui recommence toujours la même phrase. Des notes aiguës, des notes graves, un accent qui chante, comme cela, incessamment, dans la nuit. C'est une petite voix amie qui répète sans se lasser le même air, hésite un peu, se tait, puis reprend sa route, et vous êtes heureux parce que c'est pour elle qu'elle parle, pas pour vous. Vous n'êtes plus rien du tout, absent de la terre et du temps, absent, libre de pensées et de mots. Pour elle, car elle se suffit à elle-même et elle s'aime, car elle est elle, sa voix, son sort, son chant. Elle n'a pas de corps, pas de commencement ni de fin. Personne ne peut la voir dans la nuit. Elle coule à travers votre corps, l'enveloppe de son froid, le lave, le rend lisse et pur comme une pierre. Puis, sur vous, elle rebondit et fait vibrer sa chanson, et quelque chose en vous sait maintenant se taire. L'eau n'a pas de corps, pas de regard, elle a seulement les sortilèges.

Loin des mots, loin des lumières, l'eau sort des grottes de la terre et coule le long des rainures.

Eau des lavabos qui coule goutte à goutte, eau des bassins, eau des fontaines, eau des grands lavoirs. Chaque fois qu'on entend sa voix, on ferme les yeux parce qu'on n'a plus besoin de voir. L'eau ne regarde pas, sa parole glisse et use les choses les plus dures. Elle voit avec sa parole, par l'intérieur, et peut-être qu'elle sait réveiller l'eau qui est en vous. Elle glisse, elle s'en va, elle naît, elle fuit dans toutes les directions, elle vous porte dans son sommeil.

Le bruit de l'eau, les reflets de l'eau, vous vivez maintenant dans un monde inconnu. Écoutez les gouttes qui tombent, nettes et précises, chacune séparée de la suivante. Écoutez les milliers de gouttes qui s'unissent dans les rivières. Écoutez, ne voyez plus. Laissez le regard, et que l'eau traverse votre corps de part en part et vous mêle à son mouvement.

Alors fondent vos frontières anciennes, les peaux qui vous isolent de la vie réelle. Elles fondent, et vous êtes uni avec la parole qui marmonne pour elle seule son unique phrase. La nuit est toujours très grande. Mais vous n'êtes plus nulle part. Vous descendez, comme sur un radeau à la dérive, le long de toutes ces rivières, de tous ces tuyaux, peut-être jusqu'à la mer.

Eau de la pluie, quand vous entendez sa voix à l'abri des feuilles d'un grand arbre. Elle dit des choses très douces et longues, des choses que vous ne pouvez pas comprendre mais qui vous font du bien. Les yeux fermés, parce que vous n'avez pas besoin de voir, vous entendez l'eau qui tombe du ciel et qui mouille les rues, les toits, les feuilles de l'arbre. Elle dit quelque chose sur les toits en pente, dans les gouttières de zinc, sur les coques des autos. Que dit-elle? Que dites-vous? Les pneus font de drôles de bruits sur la chaussée humide. Les flaques résonnent. L'eau est légère, sa voix flotte comme une fumée. Il n'y a rien de fixe, rien de solide. Vous n'êtes plus nulle part, vous êtes dans les nuages, sur la terre, dans les feuilles des arbres. Toutes les autres voix se sont tues. Toutes les lumières se sont éteintes. La voix de l'eau glisse et passe, recommence, ne cesse jamais. Vous êtes seul, un brin d'herbe qui se courbe et se redresse et tout le temps se balance, un caillou blanc poli qui brille. Vous êtes loin, au milieu des soupirs, au milieu de la musique.

Vous ne regardez plus maintenant, l'eau a éteint toute lumière. Vous voyez seulement avec la chanson de l'eau qui lie les couleurs et fait trembler les sons. Vous êtes loin, vous glissez le long des pentes, sur les toits, vous emplissez les puits et les citernes. Il pleut longtemps sous les arbres. Vous chantez vous-même, avec le ciel, la terre, les cailloux, les gouttières. Vous chantez, vous parlez. Vous savez, sans avoir eu à l'apprendre, le langage de l'eau.

Visages éternels, immuables, transformés en pierre comme les masques mortuaires des anciens Mayas. Visages qui semblent porter les traces de tous les phénomènes terrestres, coups de vent, pluies, marées, incendies, famines. Visages qui sont l'achèvement de la vie, ce qu'il y a de plus exact, de plus lisible. Alors la science des visages n'est pas seulement une distraction, ou un plaisir; c'est la connaissance de toutes les lois, de tous les rythmes, de tous les enchaînements naturels.

Les visages des hommes sont beaux de la beauté même de la vie. J'y vois des mers, des fleuves, des falaises, des forêts, des champs, des cieux. Ils ont la beauté de tout cela, avec quelque chose de plus : la marque de la pression de l'espace et du temps.

Les plus beaux visages d'homme ou de femme, ceux qui émeuvent et emplissent de bonheur comme une très longue histoire, ce sont ceux qui parviennent à la véritable semblance, que seul un point de nature sépare de l'univers qui les a façonnés. Pareils aux demeures anciennes, aux monuments couleur de terre, pénétrés de lumière, durcis et polis, mais aussi vivants comme les tissus des plantes, ce sont les gangues pour les joyaux de la vie humaine.

J'aime les yeux où l'on voit le ciel et la mer, les lacs transparents, j'aime les cheveux où l'on aperçoit le passage du vent et les étincelles de soleil, j'aime les méplats et les rides où on reconnaît les troncs d'arbre et la terre brûlée.

La vieillesse de la race humaine, tous ces millions de jours, millions de nuits qui se sont succédé sur ces vallées et sur ces plaines — elle apparaît sur le visage de quelques-uns, comme si ceux qui habitaient ces lieux avaient mieux appris que les autres, mieux senti, mieux aimé. Si la beauté est miraculeuse, ce miracle ne cesse pas : rencontre d'un fleuve et d'une montagne, d'une semence et d'une terre, miracle du vent, de l'eau, de la lumière. Mais la beauté des visages est aussi une recherche; chacun la reconnaît pour lui-même. Elle se forme peu à peu, se précise, se solidifie selon le cours de la vie. Il n'y a pas de miroir qui donne cette beauté; elle n'existe que dans le regard de la lumière et des êtres qui l'entourent. C'est pour cela qu'elle est la forme la plus digne de la vie terrestre, la seule passion réelle. Elle est l'unique langage des hommes qui s'harmonise avec la nature.

Visage d'Abronsio Cauich, le vieil homme de Chancah; couleur de terre brûlée, semblable à la terre brûlée où il est né, où il mourra. L'homme est immobile, un peu dédaigneux, sans voir le mouvement des gens qui l'entourent, sans voir les camions qui passent en grondant sur la route. Inaccessible, lointain, habitant dans un autre temps. En lui, sur son visage, d'un seul coup je vois tout ce qui lui donne sa force : la solitude, la faim, le travail sur les champs de maïs, mais aussi l'orgueil du peuple insurgé, la vertu inébranlable des derniers villages indiens, le don du passé. Je vois cela, car ce visage est totalement visible. Il y a tant de silence et de paix, tant d'orgueil et d'espace dans ses traits, que le visage continue à briller même après qu'il a disparu.

Il ne demande rien, n'exige rien. Il est seul, pareil à un très vieux rocher, brûlé, durci, lavé, rendu pur par le contact continu avec le temps. Dans ses yeux aux paupières lourdes, il n'y a pas de mépris, ni de crainte. Il y a seulement cette connaissance immobile et solide comme une gemme. Son regard n'est pas trouble comme celui des vieillards. C'est le même regard que celui des jeunes hommes, mais avec quelque chose de plus grand, de lointain. Comme s'il voyait au-delà de ces maisons, de ces champs, comme s'il était resté vigilant malgré la défaite de son peuple. Il voit encore ce qui n'a pas changé, ce qui ne s'est pas éteint, ce qui est indestructible, ici, à Chan Santa Cruz.

Le visage d'Abronsio Cauich est sans doute immortel. Il reste, plein de la force et de la vie des monuments.

Visage de Pedro Olguin Tecli, l'ancien maître d'école de Tianguistengo. Très blanc et lisse, aux pommettes hautes, aux yeux étroits de Tibétain. L'écriture est sa seule science. Non pas l'écriture rapide et machinale de ceux qui savent lire et écrire, mais l'écriture magique de ceux qui l'ont apprise tard. Visage du maître régnant sur le village de Tianguistengo, au centre de l'histoire de la vallée de Toluca. Visage doux et paisible de vieux montagnard, où l'on voit le ciel pur de l'altitude, le vent, les nuages, les herbes couchées sur l'étendue du haut plateau. Il ne dit pas tout ce qu'il sait, il ne donne pas tout ce qu'il a; mais quand je vois son visage, vieilli comme la lave des sommets, je sens ce qu'il y a d'immortel ici aussi, ce qui continuera, au-delà de la mort, dans l'esprit du vent peut-être, dans la lumière pure ou dans les lagunes pleines de roseaux.

Visage de Pati, la petite fille aux yeux obliques couleur de métal noir, aux lourds cheveux brillants comme la soie. Visage couleur du cuivre rouge des mines de Tepoztlan, couleur de roche brûlée, mais lisse et neuf, le plus beau visage qu'on puisse jamais imaginer. Visage pur éclairé par un sourire, il parle de la vie libre, de l'espace, du temps sans limites. Le visage de Pati montre les rochers à pic au-dessus des champs de canne à sucre, les prairies où la brume du matin s'accroche aux cornes des zébus. Sur son visage, l'air et l'eau peuvent couler, le soleil peut faire sa lumière violente; mais rien ne blesse, rien ne laisse de traces sur le visage de la petite fille. Et pourtant, sur cette peau pareille à du métal, il y a tant de marques anciennes! Tranquille, sûre d'elle, elle porte sa beauté comme une somme de savoir, le poids de toute l'expérience de sa race ancienne. Comment est-ce possible? C'est un miracle qui a dessiné le contour parfait de ces yeux, le nez long et arqué, la bouche large, la forme triangulaire du visage. C'est la pensée de ce pays, l'image de ces montagnes rouges, de ces vallées, de ces coulées de lave. C'est l'image même des anciens dieux de cuivre qui ont régné sur cette terre.

La petite fille au regard opaque, mystérieux, me regarde sans rien dire. Elle rit parfois, sans raison apparente. J'essaie de comprendre ce qu'il y a derrière son visage, ce qui anime ses lèvres. J'essaie d'entendre la voix qui parle derrière son masque et raconte la vie ancienne, la vie légendaire.

Je voudrais bien pouvoir suivre sa lumière, jusqu'à l'origine, pour voir le feu pareil au soleil.

Plusieurs fois, j'ai dessiné son visage sur de grandes feuilles de papier. Je les lui ai données, et chaque fois, elle a regardé le dessin sur la feuille de papier en éclatant de rire. Puis elle les a déchirées.

Le soir, avant la tombée de la nuit, la petite fille Pati met la casquette rouge de son père et elle part ramasser du bois mort pour le feu.

Ce sont les visages que j'aime bien rencontrer. Ils vous apprennent des choses qu'aucun livre ne saura dire. Ils parlent comme cela, directement, avec le front, les cheveux, la ligne des joues, la bouche, le nez. Ils racontent quelques mystères. Je les regarde, je les vois apparaître, parfois, dessinés dans le ciel parmi les nuages, ou sur les pierres. Je reconnais la couleur des yeux dans l'eau, dans les herbes et les fleurs. Je vois la forme du visage, quand les nuages se séparent, quand l'ombre glisse sur le sol. La peau, chaque grain apparent, chaque ride, la peau impénétrable qui recouvre les os du visage et s'éclaire souvent de cette lumière étrange qui vient de l'intérieur : pulpe des fruits ouverts, ou sable chaud. Les rochers durs et couverts de mousse, les écueils près des rivages, les silex éclatés, tout me parle des visages. Ils sont partout. Je ne peux me perdre, car ils sont là. Visages des vivants et des morts dont les traits sont inscrits sur le relief de la terre, et qu'il faut reconnaître.

Le petit garçon inconnu est debout devant les tableaux. Ses jambes un peu molles ne le soutiennent pas bien, et il titube un peu. Tandis que les adultes très grands parlent et regardent les toiles accrochées au mur de contre-plaqué, le petit garçon mange des pastilles de toutes les couleurs. Sa main fouille dans le sac de matière plastique et rapporte de grosses poignées de pastilles qu'il enfourne dans sa bouche. Près du sol, à la hauteur des yeux obliques du petit garçon, il y a un tableau où est peint un visage de clown, de toutes les couleurs, comme les pastilles. Tout à coup, le petit garçon inconnu aperçoit le tableau et le clown. Il s'arrête de manger quelques secondes, puis, tout naturellement, il prend dans le sac une poignée de pastilles, il fait un pas en avant et il la tend au clown.

J'imagine que je vole. C'est le seul rêve que je voudrais vraiment réaliser. Marcher, aller avec ses deux pieds sur la terre, et voyager, aller sur des roues, comme cela, de ville en ville, de pays en pays, ce n'est pas mal. Mais voler! Les moyens de locomotion inventés par l'homme ne sont pas absolument satisfaisants. Lourdes machines qui peinent et travaillent, qu'il faut préparer, lubrifier, saouler d'essence. Qui font du bruit. On est prisonnier d'elles, on ne connaît pas l'ivresse de la liberté. Elles sont si lentes!...

Mais voler! Pas avec les hélicoptères ou les avions, pas avec les ballons, pas avec les fusées. Voler, aussi facilement qu'on marche. Suivre en ligne droite le chemin de son regard, dans l'air, à travers le vent. Perdre le poids qui vous attache à la terre et, du simple mouvement de ses bras, se détacher, grimper sur les paliers de l'air. Je serais mélangé au vent, dans ses plis, je serais mêlé au bleu du ciel et j'irais jusqu'au centre de ce vide réel, jusqu'aux nuages, jusqu'à la lumière. L'air m'envelopperait complètement comme une eau, me caresserait, me laverait. J'irais indéfiniment sur cette route devenue immense, sans rien qui m'arrête. Par-dessus la terre qui serait plate, aux champs ordonnés, aux villes lointaines. Je pourrais voir l'horizon parfait, courbé comme les bords d'une goutte. Je suivrais ma propre pensée, j'irais aussi vite que les images, mais il n'y aurait plus qu'un seul mot dans le langage, et mes yeux cesseraient de cligner. J'irais, j'irais vraiment, pour la première fois, sans but, sans fin. Ce serait comme une danse dans la musique ininterrompue de l'espace, une chanson que je chanterais non seulement avec ma bouche mais avec tout mon corps.

Loin au-dessus de la terre brumeuse, je serais sans doute libre, je n'aurais plus besoin de rien ni de personne. Je continuerais ma danse et mon chant, je serais là où je regarde, et il n'y aurait plus de « près » ni de « loin ».

Ceux qui volent ne cherchent plus. Ils sont déjà dans un autre monde, dans une autre vie. La terre, les eaux, les arbres ressemblent au sommeil. Ils sont cachés, puis montrés, ils attendent le passage des secondes, ils sont fidèles aux rythmes anciens. A eux, on ne peut pas dire : il faut laisser cela, et venir! Mais ceux qui volent! Ils n'entendent plus rien que le sifflement du vent dans leurs rémiges, et rien ne les arrête. Ils n'entendent que les mots froissés, les mots chuintants de l'air. Ils ne se reposent pas. Ils ne vont nulle part. Chaque fois que le ciel les prend et les porte, ils ne sont plus les mêmes. Ils ont perdu la mémoire. Leur voilure les tient au-dessus d'eux-mêmes, comme s'ils avaient laissé leur ombre sur la terre.

Ils voient, comme avec un œil circulaire, et ils ne doivent pas rapporter ce qu'ils ont vu. Voler, c'est voir, de tous ses sens ouverts. C'est être perdu dans l'immense bleu du regard, où il n'y a jamais de cible.

Ceux qui volent affleurent les cîmes des montagnes, ils glissent entre les boules des nuages. Comme eux je volerais, donc, et je ne connaîtrais plus les lois de la terre. Tout serait changé. Il n'y aurait plus de nom pour moi ni pour personne. Il n'y aurait plus de formes. Je serais celui qui voit et qu'on ne voit pas, juste un point noir perdu dans l'immense gris.

Ceux qui volent sont dans la vie sans fin. Ils étaient debout sur la terre, ou bien assis sur leurs branches d'arbre, comme cela, avec tous leurs cris, leurs claquements de bec, leurs frissons, ayant faim, ayant peur, dormant la tête sous l'aile. Mais quand l'envol s'est fait, ils sont entrés dans l'air et ils ont connu quelque chose de nouveau. Ils ont été libérés de leur poids, de leur forme. Ils sont montés haut dans le ciel, jusqu'au niveau où l'on voit sans être vu. Et là, ils planent, ils planent très longtemps, ivres d'espace et d'air, devenus invisibles, devenus couleur d'azur, ils planent indéfiniment au-dessus de la terre.

Quelquefois aussi, je vois entre deux nuages gris et blancs, très haut, si haut que l'œil la perçoit à peine, la trace légère d'un avion. Mince fil de buée qui progresse dans le ciel, et au bout du fil, un signe minuscule comme un moucheron d'or.

Je regarde l'avion qui avance à 40 000 pieds d'altitude, et j'imagine que je suis avec lui. Dans l'air raréfié de la stratosphère, à mille kilomètres à l'heure je vais droit devant moi. Tout est froid et silencieux, il n'y a que le bruit de froissement du vent et le déchirement des réacteurs brûlants qui rejettent la condensation. Le soleil clair étincelle sur les cristaux de givre, sur les ailes et la carlingue de métal blanc. Les rouleaux de nuages glissent, pareils à des vagues aux crêtes illuminées, creusant des sillons sombres.

Devant moi, autour de moi, au-dessus, le ciel est bleu, mais intensément bleu, d'un bleu qui est presque noir. Il n'y a plus de jour ou de nuit, il y a seulement le ciel, où brillent tour à tour le soleil, la lune et les étoiles. La terre, où est-elle? De l'autre côté des nuages, entr'aperçue parfois, dans une déchirure de vapeur, terre étrangère déjà, confuse, irréelle, pareille à un mirage.

Il n'y a plus ni haut ni bas; l'avion avance droit devant lui dans l'espace bleu, comme s'il n'allait nulle part, comme s'il ne devait plus jamais revenir à la terre, mais rester toujours sur sa route du ciel, tout seul au bout de sa traînée blanche.

Pour ceux qui sont sur la terre, dans l'ombre de la nuit qui arrive lentement et qui répand sa fumée, cet avion est un signe incompréhensible. La nuit dissout les maisons des villes, les arbres, le dos des collines. Mais l'avion continue à traverser interminablement le ciel, en plein soleil, pareil à un moucheron d'or. C'est le signe magique de ce qui se libère enfin, le signe qui vole, le signe que je continue à voir dans le ciel même après qu'il a disparu, et qui m'enseigne la vie de l'air.

Les oiseaux qui volent, on ne voit rien de plus beau.

Je les aime, je veux les voir, je les cherche au-dessus des toits, des arbres, près des pylônes électriques, là où ils aiment passer.

Il n'y a pas de vie qui les égale. Ils sont le mouvement à la perfection, rapide, fuyant, et en même temps si pur, si proche de l'état idéal d'immobilité.

Vol de l'hirondelle.
Vol par bonds des merles, des pies.
Vol puissant des oies sauvages.
Vol admirable des mouettes, des sternes, des albatros.
Vol serré des étourneaux.

Dans le ciel laiteux des pays chauds, le vautour tourne lentement au-dessus des villages. Il y a quelque chose de royal dans le vol du vautour. Très haut au-dessus de la terre, le vautour trace des cercles réguliers, comme attaché par un fil à un axe invisible; il tourne et tourne au-dessus des toits de zinc et des feuillages verts des palmiers. Il n'est qu'un point noir dans l'espace bleu, un point à peine visible, mais on sent son regard. L'œil du vautour balaie la terre, passant vite sur les êtres et les choses, et l'ombre du grand oiseau trace aussi ses cercles sur le sol. Parfois, il passe devant le soleil et fait cligner la lumière.

Sans fatigue, il tourne dans le ciel chaud, au-dessus des villages de bois et de zinc, au-dessus des routes de poussière blanche, au-dessus des champs de sisal.

Sur les places des villages brûlés de soleil, Hunucma, Motul, Buctzotz, sur les terrains vagues où meurt de soif l'herbe jaune, entre les vieux murs de pierre sèche, à Yaxcaba, Uman, Maxcanu, Ixil, Muna, au-dessus des villes en ruine, Acam Balam, Dzibilnocac, Tihosuco, l'ombre du vautour passe chaque jour, à chaque heure. Dans l'air chauffé, tout près de la voûte épaisse du ciel, l'oiseau royal trace ses cercles blancs. Lentement, il dessine une courbe, puis une autre, puis encore une autre, et chaque courbe coupe l'autre, comme les lentes ellipses des astres. C'est le mouvement de la beauté en vol, de la plus haute beauté animale. Le vautour est seul, au-dessus de la terre où rien ne semble vivre. Il vole et plane sans se lasser, sans désir de rejoindre la terre. Dans les champs, la tête levée, les hommes regardent l'oiseau qui tourne, et ils ressentent l'inquiétude au fond de leur cœur. Ils suivent du regard ces longues courbes parfaites qui s'étalent dans la profondeur du ciel, là où ils ne peuvent pas vivre. Ils regardent le point minuscule aux ailes étendues qui pivote autour de son axe mobile, et c'est un peu de l'ivresse lente du vol qui vient aussi en eux.

J'aime le vol des mouettes, serré, dense, autour du rocher couvert de guano, devant la haute falaise. Les oiseaux de mer ne sont pas solitaires. Ils se rassemblent sur les plages de galets, foule aux corps identiques, vêtus de gris et de blanc. Puis, tout d'un coup, à un signal mystérieux que je n'entends pas, les mouettes jaillissent comme les parcelles d'une explosion. Au-dessus de la mer, devant la falaise, elles tourbillonnent et elles dansent. Elles montent, se croisent, glissent sur les courants d'air, tournent dans les trombes. Leurs ailes puissantes battent l'air avec un bruit de moteur, un vrombissement continu qui domine le fracas de la mer et qui s'entend loin à l'intérieur des terres, dans la lande. Les cris fusent, centaines, milliers de glapissements qui résonnent contre la paroi rocheuse, qui claquent et grincent ensemble.

Quelle science du vol! Les corps pareils à des projectiles glissent, collés à l'air, étroits, oblongs, rapides! Ils sont si nombreux qu'on ne saurait les suivre du regard. Les corps fuient, se rejoignent, se séparent, se frôlent, et leur ballet éblouit comme des feux d'artifice.

Ils volent! Ils sont haut! Ils parcourent tous les chemins de l'air, nœuds vivants qui se font, se défont. Ils rendent visible l'épaisseur de l'air, et leurs cris sont les cris du vent, de la mer, de la lande. Il y a tant de force sauvage dans leur vol, tant de violence, ici, au-dessus du rocher sombre taché de guano, devant les vagues de l'océan. C'est comme un langage, comme un poème réel où chaque mot serait libéré.

On oublie le langage des terres, les paroles douces de l'herbe, le parfum des arbres. Les oiseaux de mer ne se reposent pas. Ils veulent être en mouvement, osciller, selon le rythme de la mer. Les corps serrés traversent la lumière, espèce de fumée qui obscurcit le ciel, trouée d'éclairs blancs.

La mer est leur pays; la mer, le ciel. Ils ne sont pas étrangers.

Les cris des mouettes enivrent, et le vrombissement de moteur de leurs ailes assourdit. Les mouettes tourbillonnent autour du rocher blanc, devant la falaise, car c'est l'endroit le plus vivant du monde. Peut-être ont-elles entendu l'appel qui vient du fond de la mer. Ou bien elles créent une tempête, comme cela, seulement avec leurs cris et le bruit grondant de leurs ailes. Sous elles, les vagues se creusent, l'écume apparaît, pareille aux plumes de leur ventre. L'eau s'ouvre et se ferme, et les cris semblent jaillir de ces bouches vers le ciel, échos des profondeurs.

L'ivresse et la violence règnent ici, mais aussi le savoir, le seul vrai savoir : celui qui unit les êtres animés à leur monde. Tout est possible alors : l'union magique de la mer, de la terre et du ciel.

Le seul savoir : voler. Être dans le sein de l'air, porté, lié, balancé dans le vent, confondu avec les mouvements du ciel, comme les nuages, comme les gouttes de pluie. Être au plus haut, puis, d'un coup, quand on le veut, tomber droit vers la mer, plonger à l'intérieur d'une vague et nager de toutes ses forces dans l'eau profonde, à travers les nuages de bulles.

Alors on cesse d'être un homme, de penser, d'agir et de parler comme un homme. On est une mouette, et on s'appelle d'un nom étrange qui racle la gorge, qui grince et ricane un peu, dans le genre de,

iiiiiaaarr!

par exemple. On appartient au peuple des mouettes, des sternes, des fous de Bassan. On n'habite plus dans les villes, dans les chambres étroites. On habite dans le ciel, sur la mer, en haut des falaises à pic. On habite dans les creux de rocher, là où siffle le vent, où glisse l'eau des embruns. C'est là qu'on dort la nuit, blotti contre les autres, sur le passage des tempêtes.

Quelquefois on se détache de la mer, et on vole lourdement au-dessus de la campagne; de temps en temps, on crie sur les toits, on crie son nom, et les oiseaux de terre ont peur. On crie seulement :

iiiiiaaarr!

On remonte les fleuves lents, jusqu'aux villes où il y a des ponts et des hangars.

Mais on ne doit pas s'éloigner de la mer. On doit sentir toujours l'odeur lourde de la mer, car c'est elle qui vous guide.

La faim est toujours présente, la faim qui ronge le ventre et fait crier. Les terres sont des déserts, et il faut revenir vers la mer. Il faut retrouver le vent, le grand vent qui enivre et nourrit. Nous n'aimons pas les arbres, ni les fleurs. Nous n'aimons pas les vallées, les prairies, les forêts, ni les routes, ni les rues. Ce que nous aimons, c'est l'horizon ouvert d'où souffle le vent, c'est le ciel où les nuages s'entrechoquent, les rochers noirs tachés de guano. C'est la mer, l'odeur de la mer, le bruit des vagues qui cognent contre la falaise.

Certains jours, les oiseaux sont assis sur les plages vides et ils attendent, presque sans bouger. Ils crient leurs plaintes douces devant la mer qui déferle. Ils sont rassemblés sur les galets, dans l'ombre du crépuscule. Par instants, ils s'envolent un peu, battant des ailes et criant, comme si tous allaient partir. Mais ils retombent un peu plus loin sur la plage et leurs cris s'éteignent. La nuit vient très lentement, et les mouettes s'endorment sur la plage.

Quand les mouettes veulent voyager, elles choisissent un bateau. Au-dessus des bassins du port, elles tournent et glapissent, tandis que les machines du bateau trépident. C'est un grand bateau gris et blanc comme elles, qui porte un nom de mer, un nom d'oiseau de mer, lui aussi :

INVICTA

Elles volent autour de la poupe du bateau, près des orifices des pompes. La mer bouillonne près des hélices, il y a de larges plaques lisses où frémissent des arcs-en-ciel, des grappes de bulles, de l'écume. Les mouettes plongent, reparaissent, font claquer leurs grandes ailes.

Quand le bateau commence à avancer, grondant fort et faisant tinter ses chaînes, les mouettes dansent devant son étrave en criant. Elles l'accompagnent au large, elles volent entre ses mâts, elles suivent son sillage. Elles guettent les jets de détritus que le bateau lâche derrière lui. Elles ont faim, mais elles le suivent un peu dans son aventure. Le bateau avance vers l'horizon, comme un animal de la mer. Quelquefois, les mouettes le suivent jusqu'à l'autre rive, jusqu'à l'autre port, de l'autre côté de la mer. Ou bien, soudain elles changent de cap et elles retournent vers la côte, toutes ensemble.

C'est leur vie que je voudrais vivre. Je voudrais apprendre leur science. Avoir un corps très long et blanc, aux plumes lisses, aux bras légers, et courir au-dessus de la mer, au-dessus des rocs aigus, à travers le ciel nuageux. Je voudrais parler leur langage, entendre les récits de leurs voyages. Savoir voler vite, pareil à une flèche sûre. Savoir scruter la mer à mille pieds de hauteur, savoir lire chaque ride, chaque tache, chaque tourbillon. Voyager vers l'ouest, vers le nord, le cou tendu, sans dévier, sans se fatiguer. Partir longtemps à travers les tempêtes, ou bien dans le ciel nu, quand le soleil étincelle sur les larges ailes effilées. Je voudrais apprendre à voler haut, puis à tomber comme un silex, fendre l'eau et plonger dans les profondeurs jusqu'au poisson. Je voudrais connaître le secret du vol immobile, tout mon corps étendu sur le vent, les bras grands écartés comme s'ils tendaient un arc d'un horizon à l'autre. Je planerais ainsi pendant des heures, des jours peut-être, immobile parfaitement au-dessus de l'infini de la mer, avec les vagues qui rouleraient lentement sous mon ventre. Je planerais, je respirerais, détaché de la terre et de la mer, et j'habiterais vraiment dans le vent. Je bougerais à peine les pointes de mes ailes, et l'éventail de ma queue, je regarderais l'horizon loin devant moi, étendu comme un immense oiseau. Ce serait ma science, ma science réelle, en équilibre et vivante au-dessus de la mer, immobile et solitaire, la science qui n'aurait besoin ni de pensée ni de parole, mais qui serait pure et belle comme le regard.

Et d'un seul coup, comme à un ordre inaudible, la mouette brise son vol, bascule et disparaît, emportée dans le vent comme un papier déchiré.

Une journée, une simple journée, à la surface de la terre :

Avis de tempête : néant.
Situation générale du temps : le 20 mai à 00 00 TU :
Régime de NW perturbé et orageux.
Prévision pour la journée du 20 mai.
Zones : Toutes.
Caractère général du temps : nuageux à très nuageux avec ondées orageuses.
Vent W à NW 10 à 20 nœuds avec rafales de 25 nœuds.
État de la mer : agitée à peu agitée.
Visibilité 4 à 8 milles.
Probabilités pour la nuit du 20 au 21 mai : sans grand changement.
Tendance générale ultérieure du temps : Temps perturbé suivi de mistral.
A 03 00 TU heures on observait :

	Cap Bear	*Pomegues*
temps	couvert	peu nuageux
vent	W-NW 19 nœuds	W-SW 10 nœuds
mer	peu agitée	belle
visibilité	14 m	13 m
pression	1 016 mlb.	1 013 mlb.

	Cap Ferrat	*Calvi*
temps	nuageux	nuageux
vent	E 6 nœuds	S-SW 22 nœuds
mer	belle	agitée
visibilité	13 m	5 m
pression	1 010 mlb	1 013 mlb.

Liberté, liberté terrestre. Celui qui la rencontre un jour, sans l'avoir cherchée, il ne peut pas l'oublier. Elle n'était pas cachée, mais il ne savait pas la voir. Il avait obscurci son regard et ses sens, prisonnier des fausses forteresses des villes. Il croyait que la liberté était inaccessible, un rêve, une idée de philosophe. Il s'était dit, une fois pour toutes, qu'elle était hors d'atteinte.

Mais c'était l'épaisseur qui s'était déposée par couches successives sur sa peau, sur ses rétines. Il s'était fait iguane, ou alligator, pour mieux résister aux coups; sa cuirasse l'empêchait de bouger.

La liberté était dans chaque mot, à chaque instant. Elle était autour de lui, la transparence, la grande fluidité des choses.

Il faut regarder, sans plus attendre. Il y a une liberté, une seule, qui n'est pas à inventer. Une liberté qui n'est pas à rêver, car elle échappe à tous les rêves, à toutes les paroles.

Le rire éclate, pousse avec ses ondes. Le monde est saccadé, il s'éparpille comme de petits papiers. Inventer quoi? La réalité est lucide, on voit l'être jusqu'au quatrième plan. Des actes, seulement des actes, s'enchaînant, mettant en mouvement leurs hélices.

Il n'y a rien d'absurde, rien de gratuit; le monde est donc continuellement, et sans ironie, risible. Il y a, dans tous les êtres et toutes les choses, des palpitations, des tressautements, des secousses.

Soleil. Gouttes. Poussières.
Chaleur, rocs blancs friables.

Feuilles vertes, frissons de l'herbe.
Oranges. Chats qui guettent.
Mouches.

On traverse les choses. C'est un voyage sans fin, qu'on fait avec les yeux, avec les mains, avec tout le corps. On est là, un moment, immobile, devant un arbre, devant une fleur, devant une pierre. On attend. Et tout d'un coup, sans l'avoir voulu, on est *de leur côté*.
 Ce n'est pas une science, ni un exercice imaginaire. Ce n'est pas une expérience. Ce serait plutôt l'oubli du savoir.
 La pensée glisse et se défait comme un nuage.

Liberté de l'espace, liberté si grande et parfaite, au-delà de tout ce que les mots peuvent dire. Sur la courbe de l'horizon terrestre, le ciel est très grand, très pur, plein de choses merveilleuses. Je vois tous ces dessins, je suis toutes ces lignes, mais je ne peux pas tout voir; il y en a trop! C'est du ciel, surtout du ciel que vient la liberté. En lui tout est clair, réalisé. En lui est le luxe, le véritable luxe qui éblouit, étourdit. Ce n'est pas du temps que je veux parler. Le ciel est tout entier fait du temps, il se crée et se détruit sans cesse, change de couleur, efface, grave ses signes. Mais c'est d'une autre vérité que je veux parler, qui est sa couleur sans mélange, sa profondeur. Je ne voudrais rien voir d'autre que le ciel, au-dessus des toits plats des immeubles, au-dessus des montagnes. Le ciel m'ouvre, il m'enlève, me soulève. Je vais le long de ses rouleaux, entre ses dunes bleues... J'avance sans frein, sans but. Je sens sa couleur pure, ce bleu illimité qui entre en moi par les yeux, qui se mêle à ce que je respire. C'est la liberté, quand il n'y a plus de frontières. C'est la liberté quand on sait sans avoir eu à apprendre, quand on va sans songer au retour.
 La terre est étendue, un peu arquée, et s'arrête au bord du ciel comme une grande plage.

Les pays de plaines sont les pays du ciel. Les hommes ne vivent pas sur la terre, mais dans le ciel qui est au-dessus d'eux. Comment pourraient-ils vivre ailleurs? Le ciel est si vaste, dans leurs pays de plaines, le ciel descend si bas, va si loin, et la terre est pareille à une île perdue au milieu de tout cet espace.

    Mais la plaine est aussi comme une mer d'herbes longues que parcourt le vent du ciel, qui les couche et les balaie sans cesse. Les herbes crissent sous le vent qui passe, et les nuages bas, serrés, en boule, vont vite vers l'horizon. Là, on peut attendre, immobile, sans besoin de voyager, en regardant toujours au-dessus de soi, comme si on volait à l'envers. Ce que les hommes des plaines regardent est si beau! C'est l'étendue sans repères, le bleu intense où le regard semble s'ouvrir indéfiniment. C'est le bleu que les hommes voudraient garder en eux, retenir dans leur corps. Ils le boivent du regard et de la bouche, ils l'appellent. Ce n'est pas l'infini, ce n'est pas effrayant comme la mer, ou comme la nuit. C'est le ciel libre offert en un seul morceau, le ciel qui vous prend et vous emporte.

    Il y a quelque chose d'éternel dans le bleu du ciel, la plus grande volonté, le plus grand désir. Mais ce n'est pas pour parler, oh non, ce n'est pas pour parler. C'est pour boire, pour danser, pour voler, pour courir. A la renverse sous le ciel les grandes plaines flottent à la dérive, au hasard, dans le bonheur d'un été sans fin. Les plaines ne cachent pas le ciel. Elles n'ont pas d'orgueil. Elles ne vivent que pour ce qui est au-dessus d'elles, pour le ciel qui crée le vent et la lumière.

    Le soleil a beaucoup de chemin à parcourir de l'est à l'ouest, au-dessus des pays de plaines. Les jours sont longs, longs comme des semaines ou des mois, tout chargés de lumière et de chaleur, éclairés depuis l'aube jusqu'au crépuscule. Sur la terre plate les ombres bougent lentement, les taches des grands nuages pareils à des sargasses. Autour des troncs d'arbre et des poteaux télégraphiques, les heures s'étirent interminablement. Ici, c'est un peu du temps du ciel qui s'écoule. C'est un peu du temps sans limite, du temps qui ne morcelle plus, qui ne défait plus, qui ne flétrit plus. Un peu du temps qui vole à travers l'espace, oiseau immortel.

    Les plaines sont les observatoires pour aimer le ciel, pour être bien avec lui. Tout près de lui, couché contre lui, à la renverse, avec les nuages qui font glisser leurs ombres légères sur la peau du visage.

    Il se passe tant de choses, dans le ciel! On voudrait rester longtemps sans bouger, sans parler, sans penser, comme cela, allongé sous le ciel, à écouter, à regarder, à sentir, toutes les aventures extraordinaires qui se font sans cesse. Cela suffirait. On n'aurait pas besoin d'autre chose. On n'aurait pas besoin d'une autre vie. On pourrait laisser les autres où ils sont, dans leur monde sous terre, à crier, à bouger, à écrire, à compter, à penser à leurs affaires d'hommes. Nous, on n'aurait que des affaires de nuages.

On regarderait le ciel du matin, vide et lavé, bleu pâle, le ciel perlé qui commence, qui s'ouvre. On verrait le ciel quand il est au plus haut, dur, net, brillant, le ciel violent que le soleil éclaire, quand les nuages font des volutes éclatantes, quand la chaleur résonne de toutes parts et qu'on entend comme une voix qui vibre au fond de soi-même et nous unit à l'air.

Le ciel change vite, il faut changer avec lui. Il faut être tantôt sombre, tantôt clair. Il y a de drôles de choses qui traversent, basculent, dans le genre de sourires, de clins d'œil, de grimaces. Il y a des moments très doux, très lents, des moments qui girent longuement sur eux-mêmes, qui s'éloignent, qui reviennent. Il y a des moments terribles, quand les nuages roulent les uns contre les autres, se rencontrent, quand le vent déchire et lacère, quand à l'autre bout de la terre se répandent les taches d'encre, les taches de sang.

Mais le ciel n'est jamais si terrible que lorsqu'il est nu, à midi, au-dessus de la montagne de granit. Bleu sombre, sans un nuage, sans un signe, il est si profond et si lointain, il y a en lui tant de puissance et de silence, que vous ne pouvez plus respirer, vous êtes à la renverse sans pouvoir bouger. Il pèse lourd, sur votre face, sur vos yeux, il vous serre fort, il vous regarde et vous perdez connaissance. Mais ce qu'il vous donne alors, comme une bouche ouverte qui ne crie pas, cela entre en vous et vous change absolument. C'est toute la lumière, toute la connaissance du monde. C'est la force de la beauté sans forme et sans couleur, la force qui fait exulter tous les sens à la fois. Le silence unique de l'espace est en vous, et vous êtes couché sur le passage de la pierre, près de la mort peut-être, les yeux ouverts, voyant l'existence. Alors le ciel est dangereux, et vous devez chercher un abri, un arbre, une grotte, vous titubez vers l'ombre, parce que l'homme se dessèche vite et devient semblable à un point noir en train de fondre dans l'espace.

Mais le soir! Dans les plaines, le ciel s'étend au-delà de l'horizon, descendant lentement comme un auvent. Les nuages légers sont suspendus dans l'air jaune, barres d'écume, franges grises, crêtes, vagues noires qui ne bougent plus. Les rayons de lumière traversent le ciel oblique, tracent des trombes, signalent des chutes de pluie. Maintenant il n'y a plus de terre. Le ciel s'éclaire lui-même. Il recule, lentement, il glisse au-dessus de l'horizon, il se déroule magnifiquement. Le soleil géant traverse ses eaux, frôle les cimes des herbes. Personne n'attend. Personne ne sait. La terre cesse d'être la terre, plate-forme où les hommes prisonniers regardent. C'est le ciel qui est la véritable demeure, le seul pays, l'endroit où l'on peut vivre. La terre obscure est vide, et dans le ciel maintenant on voit toute la vie : les lacs bleus, les lacs verts, rouges, mauves. Les collines d'or et d'argent, les déserts, les dunes de sable, les plaines de givre. Les rivières pures d'eau légère, les sources, les jardins suspendus, les villes aux mosquées blanches, les portiques, les palais d'agate et de marbre, les châteaux, les murailles.

Le ciel brille, brûle et fume, lentement, très lentement. Au-dessus de l'horizon noir, en pleine lumière, une étoile est allumée, si belle et d'un éclat fixe qu'on n'ose pas lui donner de nom. Entre les minces rouleaux des nuages, le ciel invente toutes les couleurs du monde, du bleu au rouge, du jaune au noir, et on avance avec lui, au hasard, on glisse dans toutes ses vibrations, comme si on lisait, comme si on écoutait la plus belle chanson. On ne sait pas où on va. A la nuit, peut-être? Ou bien à un autre matin, à un autre midi? On ne sait pas où on va.

Le ciel se retire, découvre ses plages, ses fonds, glisse, reprend ses lumières. Quand il ne reste presque plus rien, seulement une tache qui s'évapore, et que même les étoiles sont devenues invisibles, tandis que les hommes allument leurs lampes un peu partout, on sent un drôle de froid qui arrive, une solitude, un exil, et l'on est un peu perdu, l'on a un peu peur. Il n'y a plus de plaine, puisqu'il n'y a plus de ciel.

Les yeux ouverts, on attend. Puis lentement, les unes après les autres, les étoiles arrivent. Le ciel revient, s'éclaire, devient sombre, puis gris, puis la lumière est si forte et si grande que la plaine apparaît de nouveau.

Les insectes un instant arrêtés recommencent leur marche.

La vie revient, les sens vibrent à nouveau. C'est le chant nocturne, le chant qui vient du ciel.

Quelquefois la lune monte et éblouit. La lumière douce frémit, lutte contre le vent froid. Le ciel enveloppe à nouveau. Il ne pèse pas comme à midi, il n'est pas silencieux et dur. C'est un ciel de poussière et de cendre qui bouge à peine sur les murs irréels. Les rochers aiment l'eau qui passe sur eux, les arbres respirent doucement, sans qu'on les voie bouger.

On est là, au fond de sa cachette, et on regarde les signes et les merveilles.

Nous, on aime bien la fête Zum-zum. Elle vient au bon moment, après ces mois de sécheresse, quand la terre est toute ratatinée comme une peau de serpent et que les arbres fatigués laissent choir leurs branches. Il y a eu tellement de soleil et de poussière que les chemins crissent sous les pas, et que même les cailloux ont soif. Quand on sait que c'est le jour de l'eau, même si le ciel est bleu et vide, on sent une joie nouvelle dans le corps et dans les membres, on court tant qu'on peut dès que le soleil est levé, on crie et on chante. On crie toujours le même mot, sans bien comprendre, parce que c'est le mot de l'eau. On crie :

« Zum-zum! Zum-zum! Zum-zum! »

C'est la joie qui nous fait crier. On crie parce que c'est le jour où les premiers nuages pourront venir, après ces mois de poussière et de sécheresse, et tout le reste suivra, les éclairs, le vent froid, les gouttes larges comme des fruits. On crie :

« Zum-zum! Zum-zum! »

Dès le matin, les enfants courent dans les rues du village. Le ciel est clair, l'air est sec et pur. Il n'y a pas d'eau sur la terre ni dans les nuages, mais ça ne fait rien, on court et on crie parce que c'est la fête de l'eau. Aujourd'hui il faut parcourir les ruelles, entre les maisons silencieuses, et réveiller les gens qui dorment encore.

Les enfants courent en portant l'eau dans toutes sortes de récipients : des jarres, des seaux, des casseroles, des bouteilles en matière plastique, des calebasses. Les plus petits qui n'ont pas beaucoup de force portent l'eau dans de vieilles boîtes de conserve. Les enfants courent pieds nus et la poussière les enveloppe. La terre a soif, aujourd'hui plus encore, et l'eau qui se renverse des récipients, elle la boit tout de suite, avidement.

Au-dessus du village, les hautes montagnes sont couleur de cuivre, arides, sans eau. Les arbres gris pendent vers le sol, et c'est pour eux aussi qu'il y a la fête, parce que cela fait des mois qu'ils attendent et souffrent. Les enfants parcourent les ruelles en criant et en riant très fort, comme s'ils étaient ivres. Puis ils s'arrêtent et jettent leur eau sur les passants, et ils crient :
« Zum-zum ! »

Il y a une drôle de joie dans le corps et les membres, on crie et on chante, on frappe le sol poussiéreux pour réveiller les arbres, les pierres, les gens. L'eau jaillit des seaux et des casseroles et inonde la tête des hommes et des femmes qui ouvrent la porte de leur maison. Ils rient aussi, tandis que l'eau froide dégouline sur leur front, le long des joues, entre dans leur bouche par la commissure des lèvres, glisse le long de leur dos sous leur chemise et les fait frissonner.

« Zum-zum ! Zum-zum ! »

L'eau ne doit pas rester dans les bassins et les puits. Elle a envie de jaillir, aujourd'hui, de bondir dans l'air sec comme une vague qui déferle, et d'inonder le sol. Elle doit couler dans les rides, comme dans les fissures de la terre, elle doit mouiller les cheveux et les habits comme les herbes, elle doit laver la brûlure du soleil et la poussière.

Les enfants tournent dans le village, en criant les mots magiques, et les chiens courent aussi en aboyant. Les petits, qui n'ont pas beaucoup de force et qui ne savent pas bien courir, titubent en portant leurs vieilles boîtes de conserve; ils les renversent sur n'importe qui, sur les chiens, les poules, et même sur un canard qui agite sa queue pour remercier. La ronde des enfants arrive, passe, revient. Ils puisent de l'eau nouvelle pour leurs casseroles et leurs seaux. Ils sont trempés, salis de boue, de la tête aux pieds.

Tous ensemble, on crie, on chante, la rumeur grandit, résonne dans tout le village : « Zum-zum ! Zum-zum ! Zum-zum ! »

Ça, c'est un cri pour l'eau, pour qu'elle jaillisse et éclabousse, l'eau des sources et des fontaines, l'eau froide de la pluie qui doit tomber, l'eau boueuse des torrents, l'eau en flaques couleur de ciel sur les grands rochers plats. Peut-être que les champs de maïs et les plantations de canne à sucre entendent les cris des enfants et qu'ils frissonnent de plaisir et d'espoir.

Le soleil monte au-dessus du village couleur de terre, au-dessus des montagnes de cuivre. Le soleil chauffe les toits de zinc, éclaire avec violence la grande place bombée. L'eau qui gicle sur les visages n'est plus froide, maintenant. Elle inonde les faces ravinées des vieux hommes, leurs cous gercés. Les enfants ne sont plus seuls, à présent. Les femmes sortent des maisons avec de grands seaux qu'elles balancent un instant, et l'eau claire jaillit sur ceux qui passent.

« Zum-zum ! »

C'est ça qu'il faut crier, sans s'arrêter, tout le jour. Les garçons allument des pétards chinois sur la place, à l'abri des grands arbres. Puis ils partent en courant, poursuivis par les filles qui portent des casseroles pleines. Les voix aiguës des enfants parcourent les ruelles poussiéreuses, s'éloignent, reviennent. Elles appellent, et les pieds nus résonnent sur le sol. Même les chiens et les oiseaux crient, parce que c'est un jour où personne ne doit dormir. C'est un jour où il faut rester éveillé, électrique, pour danser, crier, chanter. L'eau cachée doit sortir de la terre, malgré elle, et jaillir, comme les jets magiques dans les jardins des palais.

La peau du visage a besoin de l'eau. Les lèvres la réclament, les joues brûlantes, les yeux même. Les vêtements doivent être collés au corps par l'eau froide qui lave et apaise. Les casseroles et les seaux qui se renversent font un bruit de pluie, et de longues rigoles brunes se forment au milieu des ruelles.

L'eau a dormi trop longtemps dans ses cachettes, au fond des trous noirs des puits. L'eau des nuages est assez restée dans les cieux étrangers, de l'autre côté des montagnes et de la mer. Il faut qu'elle vienne, maintenant. Sûrement elle entend les cris des enfants qui l'appellent, là où elle est, dans toutes ses cachettes. Les gouttes, les millions de gouttes claires et transparentes, illuminées comme des diamants, elles vont sauter dans l'air, au soleil, et se répandre. La terre, les murs de boue, les toits de palmes et de tôle ondulée l'attendent. Les bouches sèches crient, crient son nom, sans se lasser :

« Zum-zum ! Zum-zum ! »

Alors, elle doit venir.

L'eau qu'on jette rejaillit sur toute la terre. Les enfants le savent bien, et quand ils courent, ils la portent avec précaution pour ne pas la verser inutilement. Elle doit d'abord tomber sur la tête des hommes, puis couler le long de leur corps, le long de leurs jambes, jusqu'à la terre poussiéreuse. Tout le jour, on danse, on crie, en répétant le mot magique : « Zum-zum! »

Puis, quand le soir arrive, et que les grandes montagnes de cuivre, au-dessus du village, deviennent sombres, et qu'il ne reste pas un homme, pas une femme, pas un animal de sec, on rentre chez soi, fourbu, exténué. La nuit vient, et ce n'est pas une nuit comme les autres. C'est une nuit libérée, apaisée, un peu saoule. On entend dans ses oreilles un bizarre bourdonnement, un froissement de vent et de pluie invisible, un bruit de pas peut-être. C'est l'eau claire qui continue à couler des jarres, des seaux et des casseroles, l'eau fraîche qui chantonne quelque part, qui répond à son appel.

La beauté des peuples pauvres est invincible. On ne la perçoit pas tout de suite parce que ce que voient les yeux est souvent troublé par les idées, les images reçues. Pays de décombres, pays de poussière, de boue. Il y a comme un silence vengeur qui émane de tout, qui sort du visage des hommes et des femmes, des yeux des enfants. Dans le ciel vide, comme un signe de la fatalité, le vol circulaire des vautours, ou bien le sillage phosphorescent d'un avion qui ne voit rien. Que savent les hommes de cet endroit ?

Le silence de la faim et de la soif, l'abandon emplissent le ciel, recouvrent la vallée. C'est un silence qui accuse, qui juge. Les enfants ont ce même regard, pénétré de silence. Ils attendent quelque chose, quelqu'un ; ils attendent, peut-être, mais ils n'espèrent pas.

Pourtant la beauté sort sans cesse de leur peau, de leurs cheveux, de leurs yeux sombres. La beauté les éclaire et les ceint comme une auréole. Elle se répand autour d'eux, dans la vallée. C'est une beauté qui n'a pas besoin de beaucoup de paroles ; sans faire de signe, sans laisser de trace, elle se mélange à la lumière, aux couleurs du sable, aux maigres plantes.

Cela n'est pas difficile à voir, mais se retient, se tait comme un secret. Les hommes, les femmes, les enfants sont à l'image du pays qu'ils habitent. A l'image de leurs huttes de pierres, châteaux de boue séchée, abris de carton et de tôle.

L'humilité, le dénuement, mais jamais la tristesse. Seulement le silence, ce très long, infatigable silence des peuples qui attendent. Ils attendent, jour après jour, année après année, mais ce n'est pas le changement qu'ils espèrent. Autour d'eux, rien ne pourra changer. Les vieillards, les jeunes enfants savent quelque chose que les autres ont oublié. C'est ce mouvement qui va des choses vers eux, du ciel et de la terre vers leurs corps, et qui ne résoudra jamais la faim, ni le désir. C'est la même lumière qui luit sur leur peau, dans leurs yeux, et sur les pierres et les feuilles. Eux possèdent la lumière, ou plutôt ils la partagent, naturellement, sans retard. Au grand silence des montagnes, du désert, du ciel, ils répondent par leur silence, et c'est pourquoi peut grandir la beauté qui est la plénitude.

Peuples pauvres, qui n'accusent pas les riches. Ils n'ont pas de désir pour les palais de porphyre ou pour les fontaines des villes qui leur sont étrangères. Ils ne regardent pas cela. Ce n'est pas le luxe qu'ils attendent. Qu'en feraient-ils? Leur silence très grand est comme ces forêts, comme ces eaux qui recouvrent la plus grande part de la terre. C'est un réservoir de puissance calme, où les désirs vains ne sont pas possibles. Contre l'avidité des marchands, contre l'ignorance et la méchanceté des nantis, contre la stupidité guerrière des nations qui organisent les tueries et les famines, les peuples pauvres ont cet invincible pouvoir : le silence, la lumière.

Alors la terre n'est plus l'objet des passions. Elle est un lieu de passage, un simple terrain en friche pour les déchets et les ordures, où s'amoncellent les carcasses d'autos et les réfrigérateurs crevés. Que le vent balaie, que la pluie, le sable et le vent effacent, où rien de durable ne peut prendre racine. C'est cela, leur terre, dont personne ne veut.

Ils sont beaux, d'une beauté étrange et sans limites, les peuples nomades. Nations qui n'ont pas de maître, pas de monuments, pas de routes. Ils vont au hasard, envoyés par la faim, par la soif, et la terre qu'ils foulent est immense. Où vont-ils? Mais ils n'ont pas imaginé de fin à leur voyage, car rien ne doit les arrêter. Ils traversent, ils passent, et ce n'est pas la terre qui doit prendre la forme de leur visage, c'est eux qui savent ressembler aux pierres, aux dunes, aux arbres et au ciel qu'ils rencontrent.

Toujours, autour d'eux, tandis qu'ils avancent, le silence se répand, se mêle à l'espace. La beauté de leur regard, qui va loin, qui n'accommode pas, est la beauté de la lumière errante. Quand ils s'arrêtent, ils construisent des villes provisoires, des palais de boue, de paille, de carton goudronné; quand ils repartent, le vent souffle sur leurs villes et les disperse.

Ils connaissent l'eau, la terre, le ciel, les étoiles, les herbes du chemin. Leur savoir n'est pas écrit dans les livres, ni leur histoire. C'est marqué dans les plis de leur visage, dans les iris de leurs yeux, dans les cicatrices de leurs mains, sur la trame de leurs habits. C'est un savoir pour quelques-uns, un savoir qui ne s'exprime pas.

Sur les flancs des collines, dans les ravins sombres et poussiéreux, autour des villes, il y a ces demi-cercles de maisons qui s'agrandissent lentement. Ce sont des huttes faites avec des bouts de planche pourrie, des lattes de cageot, des briques cassées, des couvercles. Pour boucher les trous, les femmes ont cloué des rectangles de fer-blanc découpés dans des bidons d'huile. Elles ont collé des feuilles de papier goudronné sur les toits, ou bien des morceaux de tôle ondulée que tiennent de grosses pierres. La pluie a peint le fer-blanc de rouille, la poussière et la boue ont dessiné des rosaces grises et brunes.

Ce sont les villes où l'eau ne coule pas, où les fleurs et l'herbe n'ont pas le temps de pousser. Il n'y a pas de fenêtres, pas de cheminées. Les portes sont de grands couvercles de tôle qu'on ferme comme les tombeaux, en roulant une grosse pierre.

Quand il fait chaud, le soleil brûle le métal et le papier goudronné, fait craquer le bois des murs. Quand il fait froid, le gel entre dans les maisons par toutes les fissures, par la terre aussi, et c'est comme un brouillard mortel que respirent les enfants. La pluie descend parfois du haut des collines, en fleuve de boue, elle balaie les maisons, les emporte ; mais elles sont reconstruites le jour même. Le vent arrache les toits de papier et de tôle, noie les feux sous la poussière. Ce sont des villes pour la fièvre des rats et la maladie de Chaga, des villes insalubres et laides.

Pourtant, en elles vit la beauté, l'invincible beauté des peuples pauvres. La beauté naît du silence et du malheur, elle naît de l'abandon, de la soif, de la faim. C'est une beauté triomphale qui éclaire le visage des enfants, qui illumine leurs yeux sombres. C'est une beauté qui a la forme des femmes accroupies, les gestes lents de leurs mains, le mutisme de leur visage. Ce n'est pas une beauté que l'on possède, car ici il n'y a rien à posséder. Elle ne dit rien, n'exige rien, n'espère rien, puisqu'il n'y a pas à parler, ni à espérer. Mais elle sait la vérité elle-même, sa substance, son souffle. Apparue sur la terre au hasard, vivant et marchant dans ces ravins et ces collines, sans but, autour des villes des riches, la beauté aime ces peuples.

Et cette beauté aujourd'hui enserre les villes, appuie sur elles, pèse sur leur cœur. Son grand silence va jusqu'aux palais et aux monuments des égoïstes, et appuie, appuie sur leur cœur. Et c'est peut-être la seule beauté qu'ont su créer les hommes, malgré eux, la beauté des peuples nomades qui passe comme le vent et la pluie. La beauté pareille à la terre, au sable, au lit des rivières, la beauté du regard des enfants qui attendent. Elle est au-delà du temps, au-delà des communes jouissances terrestres, parce qu'il n'y a rien de visible. Peut-être qu'elle réside dans ce regard qui vient du néant et qui traverse la terre comme si elle n'était qu'une vitre, et qui va au-delà, vers d'autres étoiles.
Beauté des peuples pauvres, beauté de ceux qui ne possèdent pas. Ceux qui n'ont pas sont purs et clairs, et leur silence est plus fort que toute parole. Ceux qui n'ont pas sont comme le vent, comme l'eau, comme la lumière.
Ils passent, ils traversent, ils apparaissent et s'en vont facilement, sans jamais laisser de traces. Ils n'ont pas de monuments, pas de temples, pas de routes, ils ne construisent pas de ponts ni de tours. Ils sont semblables aux cailloux, aux ronces, aux ferrailles. Mais ils connaissent les gestes de l'élégance ancienne, ils savent dormir, manger, attendre, donner et recevoir.
Ceux qui n'ont pas savent voir ce qui est jeté sur la terre, leurs yeux sont exercés à trouver des richesses. Avec un peu de bois et de boue ils font des maisons, avec des herbes, des graines, des cailloux ils font des jouets, des bijoux, des mesures. Ce qu'ils savent de l'eau et du pain est semblable à une histoire très longue et envoûtante, qui donne sa musique de légende.
En cercles autour des villes modernes, ils sont là, le plus vieux peuple de la terre ; et leur pouvoir et leur beauté serrent la tête des riches, appuient sur leur cœur. Un jour, peut-être... Un jour, il n'y aura plus la faim, ni la soif, ni les maladies qui tuent les enfants. Un jour, il n'y aura plus ces langues étrangères, qui parlent chacune pour soi. Il n'y aura plus qu'un seul langage simple et léger qui passera sur les gens comme le bruit du vent, comme l'ombre et la lumière. Mais il viendra d'eux,

des peuples qui ne possèdent rien, qui n'ont gardé ni la terre ni le ciel — eux qui étaient dans le silence, qui naissaient et mouraient dans le silence.

Ils attendent. Ils n'espèrent pas. Ils ne veulent pas détruire, ils ne cherchent rien. Ils attendent, dans les zones, dans les vallées obscures, sur les flancs des collines de poussière, dans les terrains vagues au bord de la mer. Chaque jour, ils allument des feux à côté de leurs huttes, ils vont à la recherche de l'eau et de la nourriture, ils fabriquent leurs chaussures avec les pneus des camions, leurs chemises avec les sacs de farine. Les enfants jouent et crient, vont d'une colline à l'autre, leur visage hâlé est couvert de poussière. Quand la nuit vient, ils dorment, enroulés dans des couvertures militaires. Il y a le soleil, le froid, les insectes. Quelquefois, dans le ciel, très haut, à peine visible, passe un avion d'argent, inconnu. La terre n'a pas de frontières pour les pauvres. Les villes sont des mirages. Partout grandit le silence, l'invincible silence. Ils sont ceux qui vivent dans la beauté vraie et qui ne la possèdent pas.

Les enfants éclairent, ils sont la lumière. Les enfants sont semblables aux pauvres, aux nomades, et d'eux vient le même sentiment de force, de vérité, le même pouvoir, la beauté. Ils nous donnent tout cela et cela nous traverse. Les enfants sont magiques, les seuls êtres absolument magiques.

Quelle est cette lumière qui paraît tranquillement, qui rayonne, cette lumière de leurs yeux, de leur visage, de leur corps? Elle vient d'eux naturellement, elle brille sans faiblir. Quand on regarde leur visage et leur corps, c'est comme si l'air devenait plus pur, plus frais, plus transparent, comme s'il n'y jamais rien de sale, de dangereux, de mauvais. Les enfants regardent le monde moderne : les avions, les autos, les hauts immeubles qui ressemblent à des prisons, et leur regard les arrête, passe à travers eux. On voit alors d'autres choses apparaître, des choses neuves et belles, inimaginables, qui libèrent ce qui était caché. On voit mieux, et plus loin, grâce à leur regard l'espace est devenu encore plus grand.

Ils savent faire cela, les enfants, sans parole, sans idée. Dans leur corps, sur leur visage, la vie est présente tout entière.

C'est une vie peut-être indestructible, une vie comme au jour du commencement.

L'avenir, cela ne veut pas dire grand-chose. Pourtant, c'est quelque chose comme l'avenir qui éclaire les yeux des jeunes enfants. Couleur de ciel, couleur d'eau de source, couleur de jeune herbe. Leur chair est de la même couleur, qui n'a pas de nom, qui ne ressemble à rien de déjà vu, mais que l'on reconnaît. Couleur de la lumière quand le jour vient de se lever, quand se forme la rosée sur les feuilles et sur les toiles d'araignée.

Ils savent quelque chose de grand et de vrai, les enfants; quelque chose qu'on n'apprendra plus, comme si l'expérience nous éloignait de cette première illumination. Le regard qui vient d'eux vers nous nous transperce, nous rend légers. Aucune cuirasse ne peut empêcher ce regard d'arriver. Le langage, la culture, l'histoire, les habitudes, les habits et les masques de la convention sociale, et plus encore peut-être, les désirs, les possessions, le poids des biens et des fonctions; tout cela, et bien d'autres choses encore, le regard simple des enfants les renverse d'un seul coup, et va au-delà, directement, comme si cette lumière avait la force du vent et de la mer, le pouvoir de la vie.

Les enfants ne connaissent pas ces murailles. Ils n'ont pas d'édifices ni de forteresses. Ils ne possèdent que ce qu'ils sont, ce qu'ils entendent, ce qu'ils voient. Pierres, lourdes pierres qui pèsent sur nos poitrines, qui écrasent nos membres, qui détruisent nos visages! Les enfants viennent, leur regard brûle et brille comme le soleil, et nous libère.

Les enfants ont la beauté des dieux. Ils sont peut-être les seuls dieux réels, ceux par qui le monde humain a été créé. Leur pouvoir est magique, surnaturel, il ne ressemble pas à celui des adultes. C'est un pouvoir simple et total, qui éclaire leur regard, qui vit dans leur corps. Il leur est donné naturellement, comme une dignité sans égale, il est visible sur leur peau sans rides, sur leur visage lisse, sur leur front un peu bombé. Il est dans leurs cheveux légers et souples, dans leurs membres gracieux, dans la ligne douce de leurs traits aux cartilages encore frais. Il est dans l'intense lumière qui brille dans leurs pupilles très noires, sur leur sclérotique éblouissante. C'est un don qu'ils ont reçu d'ailleurs, quelque chose d'à la fois parfait et inachevé. La grâce, peut-être, comme on l'appelle, ou bien tout simple-

ment l'harmonie des enfants avec la vie, avec les rythmes, les lois, et les formes des éléments.
   Les enfants sont l'incarnation divine, peut-être, parce que leur pouvoir ne vient pas des hommes. C'est un pouvoir qui ne commande pas, qui ne proclame pas, qui ne juge pas. Ils règnent facilement, sans orgueil, ils règnent et ne possèdent pas d'empire. Mais leur beauté est plus vraie que toute parole, leur beauté est en action, elle n'a pas besoin d'ornement, ni de miroir.

   La beauté surnaturelle des jeunes enfants, un peuple l'a exprimée, comme s'il l'avait reconnue toute, par miracle : c'est le peuple des anciens Olmèques. D'où lui est venue cette intuition ? Alors que la plupart des peuples de la terre ont créé leurs dieux à l'image des adultes, des vieillards parfois, redoutables, masqués, grimaçants, guerriers de l'espace supra-terrestre, monstres gloutons des enfers; alors que la plupart des peuples ont trouvé leurs héros et leurs saints parmi les hommes d'action, les orateurs, les sages, c'est-à-dire, au fond, parmi les hommes qui ressemblent au monde adulte, et dont les vertus et les lois sont adultes; cultes de la force; de l'efficacité, de la raison; Dieu-père, Dieu vengeur, Dieu chef des armées et juge de la création; alors que tous ces dieux nous montrent leur force, géants debout sur les montagnes, régnant cruellement sur les déserts et les champs de bataille — le peuple des anciens Olmèques, le seul peut-être, nous donne l'image de ses dieux-bébés, les plus faibles, les plus menacés des êtres.
   Assis, leurs jambes molles repliées devant eux, leur buste en équilibre instable, leurs mains posées sur leurs genoux, ou bien les bras écartés, les dieux-bébés règnent sur le monde adulte par le seul pouvoir magique de leur beauté.
   Il n'y a rien de terrifiant en eux. Ce sont des dieux pour rire, pour caresser et aimer. Ils boivent, ils sourient, ils regardent autour d'eux avec leurs yeux obliques, ils essaient avec maladresse les gestes des hommes. Ce sont des dieux qui ne savent pas marcher, qui ne savent pas parler, qui sont sans défense; et pourtant ils commandent aux hommes et à l'univers, par le mystérieux pouvoir de leur beauté.
   Car les dieux-bébés sont beaux, d'une beauté un peu étrange, maladroite elle aussi. Leur visage oblong, au crâne malléable, chauve, se renverse en arrière; leurs yeux étroits de chat sont

plissés, leur nez est à peine visible entre leurs grosses joues.
Leur bouche est ouverte, grande ouverte, et ils rient! Ils rient
d'un rire inextinguible, ils rient de leur rire aigu, comme cela,
en regardant les hommes, en les écoutant. Et leur rire traverse
tous les obstacles, renverse les malheurs, les mots et les signes,
leur rire fuse et résonne à la surface du monde, leur rire purifie,
nettoie, transforme tout ce que l'âge avait usé, leur rire absolu
se communique aux hommes, comme s'il n'y avait rien de plus
comique que la création terrestre.

Visages lisses, aux formes aérodynamiques, à peine modelées
dans la chair, visages les plus neufs et en même temps les plus
anciens de la race humaine. Pourquoi sont-ils là? Que vont-ils
nous dire, ces enfants sans parole, sans gestes, sans histoire,
ces enfants sans âge? Mais les dieux-bébés portent sur leur
visage indéterminé toute la puissance du hasard et tout le
savoir de la vie.

C'est peut-être parce que le peuple des Olmèques fut l'un des
plus anciens peuples de la terre que leurs dieux furent les plus
jeunes. Ce que nous apercevons dans leur image, c'est le
moment même de la naissance de la culture et de la religion,
l'instant privilégié qui précède l'âge du savoir et du pouvoir.

Les bébés sont nus, sans défense, sans déguisements; ils
sont ce qu'il y a de plus vrai et de plus animal dans l'homme,
et en même temps, si loin de la sauvagerie du monde. Préservés
des dangers de la vie, préservés des autres, ils sont hors du
temps et de l'espace, comme venus d'une planète étrangère,
ils sont vraiment l'image des dieux possibles!

Assis sur leur corps mou, en équilibre juste quelques secondes,
puis ils retombent vers le sol, roulent, ou bien rampent à la
manière des chenilles. Le monde habituel aux hommes n'accroche pas leur regard. Leurs yeux sont souvent vagues, ils regardent au loin, embués de fatigue par trop de lumière. Parfois
ils fixent quelque chose qu'eux seuls sont capables de voir,
quelque signe minuscule que nos yeux n'auraient pas remarqué.
Ou bien ils louchent, regardant vers l'intérieur de la tête.

Hors du langage, exclus des échanges, les bébés ne sont pas
soumis aux mêmes lois, aux mêmes rythmes. La pesanteur, le
plaisir, le mal, le désir, la faim, le sommeil, l'ennui, la colère,

tout cela agit sur eux autrement, car les bébés sont réellement autres. Pourquoi nous écouteraient-ils? Pourquoi nous regarderaient-ils? Ils sont les dieux, les vrais dieux qui ont créé les hommes et leur monde, et règnent au-dehors.

Leur corps souple n'a pas les mêmes gestes, ne bouge pas de la même façon. Les bébés mettent leur pied dans la bouche, sans effort, comme nous mettons notre main. Ils se tournent, se plient, se lovent sur eux-mêmes, sans faire attention à leurs os ni à leurs tendons. Ils voient tout de suite les plus petites fissures, ils glissent leurs doigts dans les plus petits trous. Leur regard errant est exercé pour des choses que nous avons peine à imaginer, un rayon de soleil, un reflet, une poussière comme étoile. Parfois, leurs mains se serrent sur un objet, une pierre, un crayon, un bouton, si étroitement, avec tant de force que rien ne peut les faire lâcher prise. Puis soudain ils lâchent ce qu'ils tiennent, sans raison, et ils cherchent autre chose.

Ils ne savent pas seulement ce que les yeux voient, ce que les oreilles entendent. Ils savent aussi ce que touche leur peau, ce que goûte leur langue. Ils savent les caresses des mains, le frottement de la toile, le glissement de l'air et de l'eau, la chaleur, la lumière. Leur peau vibre, se colore, se contracte, tantôt humide et molle, tantôt sèche. Leur bouche a besoin sans cesse d'objets nouveaux, pour goûter, lécher, appliquer les ventouses de leurs lèvres. Alors leur désir et leur expérience sont étranges aussi, car ils sont hors du monde des adultes. Les hommes les regardent, mais eux ne les regardent pas. Ils sont dans un autre monde où la connaissance est totale et immédiate, comme une eau qu'on boit, comme une odeur qu'on respire. C'est une connaissance organique, faim, soif, chaleur, douleur, et l'esprit n'est pas différent du corps.

Les bébés changent de visage, d'humeur, de couleur, comme le ciel ou l'eau, sans que l'on sache pourquoi. La colère, la joie, la curiosité, l'ennui se lisent sur leur visage, mais leur sens profond nous échappe, comme d'une autre espèce animale. Ils pleurent, ils grimacent, ils sourient. Mais leur visage reste impénétrable, comme éclairé par une lumière d'ailleurs. Les dieux-bébés gardent leur mystère.

Qui parle, qui bouge, derrière les visages lisses d'enfants? Est-ce un dieu, un homme? Il y a tellement de clarté, de vie offerte, sans défiance. Il y a tant d'ancienne science, dans ces visages marqués par une vieillesse immuable, une vieillesse étrangère à l'expérience humaine. Les bébés sont peut-être le seul lien existant entre la divinité et la créature, entre l'immortel et le mortel. Plus tout à fait l'un, mais pas encore tout à fait l'autre, à l'entrée du monde, à l'entrée du temps, l'enfant qui ne parle pas semble hésiter. Son visage mobile semble demander : est-ce que je dois vraiment venir ? Est-ce que je vais vraiment me mêler à toute cette histoire ?

Les adultes se penchent sur lui, l'appellent, lui font des signes. Le dieu-bébé les regarde un moment, comme s'il les voyait en transparence, comme s'ils étaient seulement un reflet, une ombre de plus, parmi tous les éclairs et toutes les nuées qui flottent devant lui.

Il parle un peu, dans son langage compliqué qui n'imite pas celui des adultes. Il parle pour lui, il joue avec tous les langages du monde, ceux des animaux et ceux des hommes. Il crie parfois, sans pleurer. Personne ne le comprend, car il ne veut parler à personne. Parfois il réclame, il ordonne, et ses créatures aussitôt lui obéissent, quoique de travers. Dans les rues des villes, il roule dans son char à grandes roues, indifférent et royal. Car c'est lui qui possède réellement le monde et ses images, de la terre jusqu'au ciel, par le seul pouvoir magique de sa beauté.

Il règne continuellement, sans compromis, dans sa nudité. Il règne en silence au centre de sa propre lumière, et tout autour de lui se trouble et frissonne au passage de cette beauté de la naissance.

Ou bien quelquefois soudain, comme s'il entendait encore la voix divine des anciens Olmèques, il rejette sa tête chauve en arrière, il gonfle sa poitrine, il plisse ses yeux de chat jusqu'à ce qu'ils ne soient plus que deux fentes noires, et sa bouche grande ouverte se met à rire, à rire !... D'un rire long et sans bruit, d'un rire clair qui envoie ses ondes à travers la terre, d'un rire auquel rien ni personne ne résiste. Il rit, pour lui-même, pour le monde, pour tous les hommes, le dieu-bébé sans parole et sans pensée ; et autour de lui les choses graves, le savoir, les paroles et les idées vaines des adultes s'effacent. Il rit, parce qu'il n'y a pas d'homme, pas de monde, pas de mort ni d'éternité, pas de conscience ni de transcendance ; il n'y a pas même de dieux ; il n'y a que les bébés.

Parfois on arrive dans un pays où l'on vit dans le ciel. Taos, Oraibi, Walpi, Moenkopi, Hotevilla, Kayenta, villages de boue ocre illuminés par la couleur immense du ciel bleu, villages qu'on traverse presque sans les voir, car ils ne semblent faits que pour mieux voir le ciel. Villages où l'on est tout à coup, sans comprendre bien, au sommet de notre terre, là où cessent le chaos des roches et la poussière et où commence l'éternité bleue.

Acoma surtout, Acoma, *City of the sky*, comme disent les prospectus. Ville lunaire et froide sous le déploiement de l'air. Rues vides où souffle le vent, parois lisses des maisons, comme déjà façonnées par l'esprit du ciel, architecture éolienne où l'eau est absente.

Comment les hommes qui vivent dans un tel lieu pourraient-ils être semblables aux autres? Chaque instant, chaque minute de leur vie, ils sont pour le ciel, pour cette force qui comble tout, qui rend tout surnaturel.

Peuples d'Acoma, de Walpi, d'Oraibi, peuples lointains déjà, séparés des autres hommes, peuples célestes. La puissance du ciel qui les entoure les rend étrangers à tout ce qui existe sur la terre, en dessous d'eux. Ils vivent perchés sur leurs falaises, oiseaux plutôt qu'hommes, si proches du bleu du ciel qu'ils n'ont même plus besoin de le voir. Leurs maisons aux murs épais, aux fenêtres étroites ne regardent rien, ne cherchent pas à s'élever. Elles sont des refuges ultimes, les toutes dernières aires d'habitation humaine, déjà au-delà de la frontière qui sépare le réel de l'imaginaire.

Qu'importent les nécessités stratégiques, économiques ou religieuses qui ont attiré ces hommes aux plus hauts points de la terre? Comme sur une proue de pierre, ils guettent, ils explorent, ils vivent dans la lumière. Plus lointains que tous les autres peuples de la terre, et leurs villes sont semblables à celles qui tremblent dans les mirages infinis, au-dessus du désert.

C'est le ciel qu'il faudrait habiter, réellement, comme ces hommes, pour oser être libre. Alors on pourrait oublier les liens anciens avec la terre lourde et lente des vallées, on pourrait construire une société nouvelle, où les lois, les paroles, les rites seraient seulement de l'air, de l'air.

On quitterait les séjours où la pensée s'enferme, se regarde, se dévore elle-même. Il n'y aurait plus de frontières, plus de désirs inassouvis; voisins du ciel, comme cela, sans forfanterie, voisins nourris, abreuvés, enivrés d'azur, attendant le moment de l'envol.

Comme on apprendrait, comme on reconnaîtrait de choses! Comme on inventerait! On resterait assis longtemps, sur une pierre lisse, entre les murs de terre séchée, à l'abri du vent, sans entendre de bruit, sans voir de mouvement, ni de visage. On ne regarderait rien vraiment, mais on serait assis, et le ciel vous entourerait, serait là de toutes parts, sans qu'on ait besoin de lever la tête.

Le ciel qui ne bouge jamais, qui ne se trouble jamais, le ciel tout à fait vide et pourtant si tendu, si plein que rien ne pourrait y trouver une place.

On ne le regarderait pas, et pourtant ce serait comme si chaque cellule de la peau, chaque nerf, chaque muscle était en train de le voir, comme si on le touchait avec le corps tout entier.

On ne penserait pas à lui, on ne dirait même pas son nom, jamais, à personne, et pourtant il serait à l'intérieur de votre tête, dans chaque pensée, dans chaque image, et son nom résonnerait dans chaque mot.

Il serait ce qui est en tout, ce qui parle en tout.

On aurait cette couleur bleue dans le regard, sur le visage, sur la peau des mains, dans le ventre et la poitrine, il serait à la fois ce qu'on mange, ce qu'on boit, ce qu'on respire.

On ne le connaîtrait pas : comment connaître le ciel, quand on est avec lui, en lui, quand on marche sur sa route comme une planète? Non, on ne le connaîtrait pas. Mais le ciel mettrait en nous sa connaissance, et on sentirait son espace. On sentirait un savoir qui distendrait les limites de notre vie, qui irait plus loin que nous, qui nous conduirait ailleurs.

On sentirait qu'on est partout, ailleurs, autour, rapide comme le vent et invisible comme l'air. Le ciel serait aussi sur nos visages et sur nos vêtements, dans nos mains, dans notre cœur en train de battre.

On resterait assis, sans bouger, un peu stupéfaits, on attendrait sans attendre. Le vent agiterait les herbes, soufflerait sur les fumées, ferait son bruit à peine perceptible sur les murs de terre sèche. Quelquefois des formes passeraient dans les ruelles, des femmes courbées enveloppées dans des châles, des enfants, des hommes; glisseraient sans bruit, comme des ombres. Le soleil suivrait son arc de cercle, à gauche, au-dessus, à droite. En bas, sur les routes droites, les camionnettes feraient leur bruit de moteur, faible, puis rauque, puis faible à nouveau, vers Gallup, Albuquerque. Très haut au-dessus de la terre, un avion à réaction traverserait lentement un coin du ciel en laissant une trace blanche.

Mais on verrait cela à peine, on entendrait cela comme une rumeur. Parce que cela ne serait rien du tout, cela n'aurait pas d'importance. Mais on resterait assis sur cette pierre, sans chercher à voir, sans vouloir comprendre, et le ciel seulement pénétrerait tout le temps par chaque pore, emplirait le corps, purifierait chaque repli, chaque organe, et nous serions sur la voie de la *transparence*.

Alors on deviendrait environ grand comme lui, bleu comme lui, on n'aurait pas d'autre corps, pas d'autre âme.

On vivrait comme le ciel, tout saturé de lumière, étendu au-dessus de la terre poussiéreuse, frissonnant parfois des lents passages des nuages, des oiseaux, des avions.

Mais en même temps on serait un homme, simplement un homme, habitant le village aux rues étroites. On pourrait être assis devant une table recouverte d'une toile cirée à fleurs, dans une cuisine étroite. On écouterait le poste de radio qui diffuserait de la musique un peu nasillarde, on entendrait les chiens aboyer, les enfants crier. On couperait des bûchettes pour le feu, on sculpterait de petites statuettes de bois où on collerait des bouts de carton et des plumes de poulet. On aurait un nom facile à retenir, comme les autres hommes, un nom du genre de Harry, ou Billy, ou Jimmy.

Quelquefois, sans qu'on sache pourquoi, le ciel vous appellerait, vous tirerait au-dehors. On arrêterait son travail et on irait s'asseoir sur la même pierre lisse, dans la lumière blanche du soleil. Et le ciel reviendrait en vous, vous emplirait, vous rendrait léger comme un gaz. Comme on apprendrait, comme on connaîtrait de choses ! Comme on imaginerait !

Le ciel immense, pâle au bord de l'horizon, sombre comme la nuit au zénith, le ciel au bleu intense est plus dur que la terre, plus fort que l'existence. Les hommes qui vivent près du ciel, les hommes bleus du désert, les bergers du Darfour, les hommes pareils aux aigles d'Acoma, de Walpi, d'Oraibi, de Zia, les hommes dont l'âme est sans limites ; leur langage est le vent et la lumière, leur vérité est ce que voient leurs yeux. Dans leurs villes très hautes ils sont solitaires, parce que le ciel les sépare des autres hommes. Leur savoir est total et soudain, il emplit toute la vie, sans raison. Les hommes qui vivent près du ciel sont chaque jour dans l'illumination. Ils vivent dans la véritable éternité qui est étendue autour de la terre. Il faut aller jusqu'à eux, monter les marches de leurs escaliers, escalader leurs échelles, jusqu'à ces places au sommet des montagnes tronquées, là où il n'y a pas d'eau, pas d'herbe, pas d'ombre. Il faut aller jusqu'aux lieux continuellement exposés, sans abri, sans protection. Alors le ciel vide nous étreint, nous recouvre tout à fait, le vent, le soleil, la sécheresse, et nous pouvons nous dilater et nous ouvrir comme les pierres, nous pouvons habiter au centre de l'air. L'absolu bleu est en nous, nous ne connaissons plus d'autre couleur, d'autre désir. Le ciel silencieux nous possède, et nous commençons à connaître le vertige de la liberté.

J'aime le pain. La création du pain est tout à fait extraordinaire, l'un des actes les plus importants imaginés par l'être humain. Construire des maisons, des ponts, des routes, faire voler des avions ou rouler des locomotives, concevoir des systèmes de calcul, écrire, peindre, photographier, tout cela n'est pas mal. Fabriquer du fer, inventer la technique de la cire perdue, l'imprimerie, la télégraphie sans fil et le phonographe, même la machine à coudre, tout cela est remarquable, et suppose un pouvoir de déduction et d'invention tout à fait admirable. On a du mal à imaginer la somme d'expériences, de ratages aussi, et l'espèce d'obstination qui ont permis l'élaboration de ces chefs-d'œuvre techniques.

Mais le pain ! Là, c'est la magie. Ce n'est plus vraiment l'expérience, parce que cette création remonte si loin dans le temps, semble tellement liée à la vie humaine qu'on n'imagine pas son origine. Créer le pain, cela a été comme créer le feu, la cuisson des aliments, le sel, les vêtements. Cela a été comme inventer les cycles de l'agriculture, l'apprivoisement du maïs, du blé, du riz, de la banane, du thé, de l'igname, de l'arachide. Toutes ces plantes et tous ces arbres à ce point liées à l'histoire de l'homme que leur variété sauvage a parfois disparu.

La magie de la création du pain, c'est d'abord la farine : grains broyés jusqu'à produire cette poussière légère, résultat d'un long travail qui ne peut pas encore servir. Travail des meules de pierre qui préfigure le travail des dents, qui broie, réduit en poudre, prépare la bouillie première, l'aliment des nourrissons. Cette poudre, ensuite, cette poussière indigeste, il faut la mêler à de l'eau pour lui donner l'apparence d'un ciment. Mise en tas sur la planche, et modelée en forme de cratère, la poudre de blé ressemble plutôt à un matériau de construction. C'est alors qu'intervient à nouveau la magie, la plus ancienne des magies. Les mains des femmes commencent leur travail pour transformer cette bouillie en pâte.

Les mains larges, souples, les mains aux doigts forts et aux paumes dures prennent la farine, la mélangent à l'eau, la pressent, la frappent, l'étalent. Les mains semblent les instruments réels de cette magie, et chaque geste qu'elles font transforme la pâte. Les doigts fouillent dans la masse et font pénétrer l'humidité, puis compriment, font jaillir l'excédent d'eau. La face des mains, arrondie, lisse, saisit la pâte en boule, la réunit, la rend plus dense. Les phalanges des doigts, le poing l'étalent, la brisent, l'aèrent. Puis les mains la reprennent, la referment, et chaque molécule de la pâte est ainsi mise à jour, puis renvoyée vers l'intérieur, pénétrée par l'air et par l'eau.

Il y a la musique aussi : les mains empoignent la pâte lourde, la cognent sur le plateau de la table, la froissent, la déchirent. Les phalanges frappent la masse, les paumes tapotent, aplatissent, giflent. C'est une musique des mains, comme celle des sculpteurs de pierre ou celle des maçons, une musique concrète et rythmée, et quand on l'entend, avec le bruit de la respiration, c'est comme si on entendait la plus ancienne des musiques, celle née sur terre en même temps que les tribus d'hommes.

La magie, elle est ici aussi, dans cette invention tout à fait miraculeuse : le levain. Comment l'idée est-elle venue, un jour, de mêler à cette pâte crue, lourde, à cette masse qui ressemble davantage à un ciment qu'à un aliment, l'ingrédient qui la gonflera, l'aérera, la rendra digeste ? Est-ce accident, hasard ? Quelqu'un, un jour, a mêlé à la pâte fraîche un peu de pâte de la veille qui avait fermenté pendant la nuit, par distraction, par souci d'économie ? L'ingrédient est magique, car sa dose suffit à transformer toute la pâte, et crée ce résultat extraordinaire : le *pain*.

Mais il est naturel aussi, je veux dire normal, puisque l'acidité du ferment est bien celle de la digestion. Le levain est le prolongement de la salive, et prépare le phénomène de l'assimilation. C'est le même miracle, quoique plus subtil, que celui utilisé encore dans la préparation de certaines boissons primitives, où la salive recrachée dans le récipient permettra la fermentation du maïs et l'alcool.

C'est dans l'enchaînement de ces actes, venus jusqu'à nous, répétés génération après génération comme un rite, qu'est la magie. Le pain formé sur la planche, large boule de pâte enfarinée, couverte d'un linge humide, attend la cuisson en prenant sa forme. Il n'y a peut-être pas de création humaine plus vraie, plus complète. Le travail des mains sur la pâte est pareil à celui du démiurge qui façonna le corps des hommes, et le levain est pareil au ferment même de la vie.

Puis les mains façonnent le four de glaise sur son armature de brindilles. Les mains allument le feu sur le charbon de bois imbibé de kérosène. L'ultime magie va avoir lieu, quand le pain cuit lentement sur sa plaque de tôle dans l'air brûlant du four. La peau se durcit sur la boule de pâte, la belle couleur dorée apparaît. La mie se forme, traversée de bulles immobiles. L'odeur très douce, l'odeur qui rassasie et rend heureux se répand dans l'air, mêlée à la fumée du charbon.

Puis, quand le pain est cuit, les mêmes mains fortes aux paumes dures rompent le pain en morceaux égaux sur la table.

Certains êtres semblent près de Dieu. Des hommes, des femmes qui expriment par leur visage et par tout leur corps cette proximité, comme s'ils n'appartenaient pas vraiment au monde humain, mais qu'ils étaient déjà d'un autre monde. Comme s'ils savaient quelque chose de plus, comme s'ils avaient vécu quelque chose de plus.

Ils sont rares. Ce visage apaisé, heureux d'un bonheur inconnu, ces mains fortes, cette stature, cette façon de regarder, de parler, de marcher, tout surprend quand on le rencontre pour la première fois. Les hommes ne s'attendent pas à trouver cela chez d'autres hommes. La société leur enseigne tellement la ressemblance, la médiocrité, la faillibilité d'autrui. La société, c'est-à-dire l'argent, les jouissances, les passions et les paroles inutiles, la possession.

Et tout à coup on trouve dans la foule un homme, un seul homme. Il semble plus homme que les autres hommes, et on s'aperçoit qu'on avait ignoré la vraie nature humaine. Un homme aux yeux pleins d'une grande clarté, à l'expression simple et douce, et en même temps nimbé d'une telle grandeur dans chacun de ses gestes que l'on ne peut s'empêcher d'être troublé, inquiet presque. On le regarde, on doute de lui. On pense : ce n'est pas vrai, il va changer de visage, il va se révéler, sûrement, il va montrer sa nature de tous les jours, se dépouiller de sa noblesse. Mais lui vous regarde en retour, si profondément qu'il va au-delà de vos pensées, jusqu'à votre cœur, là où vibre votre propre clarté. Il vous regarde, ne vous juge pas, parce que le monde auquel il appartient est plus grand, plus durable que les appréciations des hommes. Il reste un peu loin, à l'écart, son sourire est doux, sa voix est calme quand il vous parle.

Il n'est pas étranger. Ce sont les autres hommes qui semblent étrangers maintenant, comme s'ils étaient restés en arrière, comme s'ils n'avaient pu développer complètement leur forme. Cet homme vit au milieu de nous, mais sans nous voir presque, comme ferait un prince. Qu'y a-t-il en lui qui l'éloigne, qui l'isole au centre des villes, au milieu de la foule des rues? Il est pauvre, sans gloire, sans pouvoir. Peut-être est-ce l'absence de toute possession, le dénuement volontaire qui donnent à ses gestes et à son regard cette influence très grande qui pèse sur les autres hommes.

Son visage est beau, grave, mais pas solennel. C'est un visage comme on en voit tous les jours. Mais c'est un visage qui ne change pas. On le regarde, et on sait qu'il sera pareil ce soir, demain, dans un an. On sait qu'on pourra le trouver quand on aura besoin de lui, comme ces paysages et ces maisons très anciennes que rien ne doit détruire.

Quelque chose vit dans le visage de cet homme. Quelqu'un y habite. Il est la personne même, l'invincible présence de la personne. Ses yeux clairs regardent le monde avec calme, avec mesure, car il connaît un sentiment qui est au-delà de l'indifférence. De ses yeux vient une force ancienne, une force qu'on connaît sans pouvoir la nommer. C'est une ardeur qui ne consume pas, un feu sans violence, comme si ses flammes étaient perdurables comme la lumière du soleil. Et cette force tranquille sort de son visage et de son corps, rayonne, s'agrandit. Il y a tellement de force dans sa silhouette mince qu'il suffit d'être debout à côté de lui pour être transformé. Il y a tellement de personne en lui qu'on le reconnaîtrait même au milieu d'une foule, même après cinquante ans de vie. Il viendrait jusqu'à vous, il vous regarderait un bref instant avec ses yeux clairs, il sourirait un peu, et ce serait comme si vous retrouviez un être cher après des mois de séparation. Car rien de ce qui sépare les hommes, richesses, passions, envie, ambition, malheur, rien de tout cela n'existe vraiment pour lui. Il a vécu en continuité, en union avec son Dieu, et pour cela il est resté auprès de vous.

Quels sont ces hommes, ces femmes qui semblent n'avoir jamais d'autre besoin, d'autre désir que cette vie au voisinage de leur Dieu? Ils sont les plus extraordinaires des êtres. Les soldats, les paysans, les pêcheurs, les savants, les musiciens semblent quelquefois étranges, car leurs gestes créent autour d'eux un mystère. Mais lui, cet homme qui n'a rien fait, qui n'a rien voulu, comme si la naissance l'avait fait autre; comme s'il avait reçu, sans raison, un don que les autres hommes n'ont pas. Il est né près de son Dieu, et n'a pu vivre dans la société des hommes. Seul, sans ami, sans femme, sans attache, il est comme un visiteur sur la terre, pour une durée sans importance. Il vit d'aumônes, dans des maisons qui ne sont pas les siennes, dans une ville et un peuple étrangers, dans un siècle par hasard. Homme de son Dieu, vivant dans son marabout blanc à la porte des villes pauvres, ou bien ermite dans une chambre sombre. Il n'est d'aucun clergé, d'aucune religion vraiment. Il est seul et de lui-même, faible, mortel, mais sa force est semblable à la vie qui ne peut pas finir.

Quand on le rencontre, un jour, au milieu de la foule, passant, un peu lointain, quand il vous regarde tranquillement et sourit, dit quelques mots sans importance puis s'en va, vous sentez une émotion que vous ne comprenez pas bien, et l'étonnement entre en vous et vous rend vide, parce que vous savez que vous avez enfin rencontré la personne humaine. C'est la paix, l'espérance et la paix, et quelque chose en vous veut se former, s'embellir, devenir nouveau.

La simplicité est belle, elle est la vertu de la beauté. Elle est un pouvoir qui ne s'acquiert pas, mais qui est donné aux hommes, naturellement, comme la beauté terrestre.

La beauté de la lumière, de la mer, des arbres n'a pas besoin de l'intelligence, ni de la connaissance. Il suffit d'ouvrir les yeux, d'être là, d'entendre, de sentir. La beauté du monde animal est hors des lois et du langage. Elle est immédiatement en rapport avec le monde, sans passé, sans avenir.

La beauté des enfants est ainsi. Elle est simple, elle ne connaît que ce qu'elle voit et ce qu'elle aime, et le monde est lisse et sans secret, parce qu'il n'y a rien entre les enfants et la vie.

Comme elle est haïssable, la fausse complication cérébrale du monde des adultes; ce brouillage permanent du monde par les perturbations du savoir, de la conscience, de l'analyse.

Toutes ces idées qui s'embrouillent, ces faux « fantasmes », ces fausses « obsessions », complaisances, mensonge verbal qui épaissit le réel, le cache, le fait disparaître. Tout cela qui sépare, dissocie, qui rend stérile.

La beauté est ailleurs. Elle est là, simplement, offerte aux sens, libre et sans limites comme le ciel, transparente aussi.

J'aime la lumineuse et pure beauté, celle qui fait voir un monde toujours neuf. Les enfants la portent en eux, dans leurs yeux, sur leur visage, ils la donnent par leur vie, par leurs gestes, leurs paroles. Il y a quelque chose d'inlassable dans leur regard, quelque chose qui ressemble à l'air du matin, après le sommeil. C'est la qualité, la *vertu*.

Pour voir cela, il n'est pas nécessaire d'être en ascèse, ni en religion. Pour voir cette clarté, il suffit de regarder. Mais il faut que le regard se libère de ses habitudes, et que l'esprit s'ouvre vraiment, sans rien qui retienne ou protège.

Il faut être là. Il faut quitter le monde établi, le monde compliqué et sérieux des adultes.

On arrive tout doucement, sans s'en rendre compte, dans le monde où les choses et les êtres sont neufs. On voit des visages, on entend des paroles, on sent la chaleur, le froid, et ce sont de petites aventures sans importance qui emplissent la vie. On est bien, on a mal, on rit, on a peur, ou faim, on attend quelques surprises. Les choses bondissent, rebondissent. Les choses vous jouent des tours. Il y a des couleurs comiques, des bleus, des verts ! Il y a des formes douces, polies comme par l'eau, usées, ridées comme de vieilles pommes. Il y a des signes qui ressemblent au renard, au chat, à la grenouille. Il y a des dieux-sauterelles, des dieux-coccinelles, des dieux-hannetons. Les lumières des phares, les lampes, les reflets des vitres et les miroirs apparaissent quelques secondes, puis s'éteignent. Il y a des mots qui parlent à l'intérieur, qui font rêver, qui bruissent comme des oiseaux, comme des insectes.

Le monde neuf est bien étrange. Il s'est ouvert tout à coup, il montre ses graines, il jette ses nuages de pollen. Alors ce n'est pas la paix ; on est sans cesse sollicité, il n'y a pas un instant d'indifférence ou d'ennui.

Les villes des hommes cessent d'être difficiles ; elles sont des inventaires, des foires, des greniers. Les gens bougent, parlent, mangent, marchent, tous ensemble. Personne ne tient en place.

Il faut regarder au-dehors. Au-dedans, il n'y a rien. Il faut regarder, du haut des immeubles et des tours, ou bien en marchant dans la foule des rues. Il faut écouter les paroles des hommes, même quand elles ne veulent rien dire. On entend quelques mots, on les répète, comme cela, pour le plaisir :

« Caravane » « Agathe »
« Camion »
« Méditerranée »

On est bien, on est heureux, ou on a mal, on est nerveux, comme si quelque chose allait venir, mais quoi? Tout change si vite, le ciel de couleur et les gens de sentiments, et les paroles se font et se défont comme des nœuds coulants.

Quelquefois on entend une musique, quelque part, une voix de jeune femme qui chantonne en marchant, et tout autour d'elle se délie et s'allège.

Le monde est plein de mystères et de secrets, mais ce ne sont pas ceux de l'intelligence. Ce sont des mystères réels qu'on voit et qu'on sent, qu'on touche avec ses mains. Les secrets de l'âme, les profondeurs de l'intellect, ça n'est pas grand-chose. De petits troubles, de petites bulles. Mais les secrets d'un caillou, d'un haricot, d'un escargot, d'une libellule! Dès qu'on regarde ce qui se passe au-dehors, comme font les enfants, on est bien étonné!

On ne se pose guère de questions. On n'a pas le temps. On dit des « Oh! » et des « Ah! » sans y penser, les sourcils levés et les yeux ronds, parce qu'il n'y a vraiment pas moyen de dire autre chose. Il y a des ressorts partout qui font jaillir les êtres et les choses, des étincelles, des cris, des interjections. Tout est bien secret, enfermé dans sa coque, tout se dérobe, clignote, saute, comme les criquets quand on marche dans l'herbe.

On voudrait bien tout voir. Savoir, c'est une autre affaire, mais voir! Et tout entendre, aussi. Mais les secrets ne sont pas très grands. Ce sont même le plus souvent des secrets de rien du tout, des secrets pour rire; ce sont des secrets un peu mécaniques, comme les tic-tac des pendules ou le bruit de la pluie sur les gouttières. Ce sont des secrets comme le vol des mouches et des samares, comme le goût des groseilles et des citrons verts, comme l'odeur des champignons. Des secrets, des surprises.

Ce n'est plus le règne de la parole, ni de l'esprit. Qu'est-ce que l'esprit viendrait faire ici ? Ce sont les mains, la langue, le nez, les yeux, et le cœur qui bat tantôt vite, tantôt doucement, les poumons qui respirent, la peau qui a froid, ou qui transpire un peu, les cheveux qui vibrent.

On reconnaît les secrets des pierres froides, des pierres rêches, des pierres savonneuses. On reconnaît le secret d'une orange, puis celui, légèrement différent, d'une autre orange. On boit de l'eau à la fontaine, et on sait un secret très frais et pur qui glisse doucement à l'intérieur du corps. On devine la pluie qui arrive, le vent qui va souffler de la mer. Quand les oiseaux crient en volant dans le ciel, ou quand les branches des arbres craquent et gémissent, on sait ce que cela veut dire. Une miette de pain, une boulette de papier, un bout de tissu, une capsule de fer-blanc, tout à coup ils brillent comme de l'or, et vous les regardez comme si c'étaient les trésors du monde. Vous vous arrêtez, juste une seconde, puis le secret s'efface et se transporte ailleurs.

Il y a des taches de tous les côtés, des traces, des signes. Ils disent des histoires, ils interrogent, ils poussent leurs cris brefs, mais ce n'est pas le langage des hommes. Les secrets sont vivants, chacun agit et parle pour lui. Ils disent des mots qui ne sont d'aucune langue, puis ils s'oublient, parce que les secrets sont secrets et qu'ils deviennent muets quand on cherche à les prendre.

Comme ils sont beaux, d'une beauté unique et vraie, les esprits simples ! Des hommes, des femmes qui sont ce qu'ils sont, sans retard, sans masque. Il y a en eux la force de l'enfance, la vie continuelle et directe.

Ce qu'ils regardent est clair, et beau, de cette clarté et de cette beauté qui émane des choses quotidiennes. Ils voient, ils entendent, ils sentent et ils ne jugent pas. Cette beauté est unie à leur être par la voie des éléments, par l'eau, la terre, la lumière, l'air. La clarté et l'évidence sont leur puissance, qu'ils ont reçue à la naissance, par miracle, et qu'ils ont gardée au fond d'eux-mêmes. Ils ont la confiance.

Ce qu'ils voient, ce qu'ils touchent se libère. C'est comme s'il y avait partout cette force, et qu'ils savaient seuls la révéler. La simplicité n'est pas un pouvoir sur les autres. C'est la vie, la possibilité de percevoir totalement, sans prendre garde aux interdits et aux contraintes que les hommes habituellement créent autour d'eux. Homme, femme entièrement libre, entièrement sûr de soi-même, quand serons-nous ainsi?

Quand oubliera-t-on enfin ces siècles de savoir, de paroles, d'idées?

Parfois, au hasard, on rencontre ceux qui sont simples. On voit leur lumière, on sent la pureté de leur souffle, la netteté de leur regard. Alors c'est comme si quelque chose cédait enfin dans ce réseau infini de protections et d'interdictions qui nous entoure, comme si une brèche s'ouvrait enfin dans ce mur compact qui nous isole.

Ce que disent les simples est si facile à comprendre. Il y a une telle beauté, une telle magie dans leur aisance. Ils vont droit devant eux, sans hésiter, sans chercher, sans regarder en arrière, et on voit bien tout à coup que le doute n'existait pas. Les dessins compliqués de l'intelligence voulaient avoir l'air profond, authentique. Les morcellements de l'analyse, les allers-retours de la conscience qui juge, puis se juge jugeant, tout cela était une convention pour satisfaire à la vanité des hommes, à leur savoir cumulateur.

La vie est avec les simples. Elle n'hésite pas, elle n'est pas un jeu de miroir, ni un labyrinthe. La vie est vite, claire, précise, elle a les gestes des oiseaux et des insectes prédateurs,

la forme des pierres, le désir de croissance des arbres et des plantes, l'étendue des météores. La vie est avec les simples, car ils lui sont semblables. Leurs paroles, leurs pensées, leur regard et leurs actes sont immédiatement adéquats, et ne laissent pas trace de leur passage. Les simples portent en eux, dans leur corps et sur leur visage, comme un signe naturel, la grande et belle clarté qui ne ment jamais.

Ils sont beaux, les cargos qui entrent et qui sortent des ports. Ils sont longs et minces comme les îles qu'on voit de loin, avec une proue effilée qui remonte un peu et un grand château à l'arrière. Ils ont des tours et des tourelles, des mâts, des cheminées hautes. Ils sont beaux, et ils font rêver comme aucun autre navire, quand on les voit glisser près de l'horizon, s'en aller lentement vers le large.

De tous les moyens de transport, ce sont les plus élégants, les plus sympathiques. Les avions, les trains, les autocars au front d'auroch, les camions surtout, les camions géants avec leur radiateur et leurs chromes, on aime bien les voir. Ils sont puissants et ils vont loin, ils font penser à des animaux de mythe. Mais les cargos! Même les rouillés, les presque abandonnés, les transporteurs de charbon ou de ciment, les pétroliers, les porte-containers. Même les plus moches, les plus minables : ils ont quelque chose que les avions, les autocars et les semi-remorques n'ont pas. Quand ils bougent dans l'eau calme du port, escortés par la barque noire du pilote, puis quand ils passent devant le phare en faisant juste « Toooot! », comme ça, pour saluer, et ils s'éloignent vers le large, écartant leur sillage — on sent une sorte de contentement sans raison, comme s'ils faisaient une action très belle et noble, comme s'ils ouvraient une route sur laquelle on naviguerait aussi, peut-être, un jour.

Pourtant, ils sont lents! Pourtant ils n'ont pas des formes poétiques, leur étrave n'est pas superbe comme celle des voiliers blancs, leurs mâts ne s'élancent pas vers le ciel. Non, ce sont seulement des cargos, de gros cargos lents et lourds, tachés de rouille et d'huile, qui s'enfoncent un peu de l'arrière comme des bêtes trop chargées. Ils gîtent; ils roulent, et les vagues de la haute mer les rendent maladroits. Leurs mâts sont petits, hérissés de bras qui ressemblent à des antennes. Tous leurs défauts, on les connaît bien. Mais cela ne fait rien. Ils sont beaux tout de même, d'une beauté qui n'est pas aristocratique et qui fait sourire un peu.

Les cargos sont pareils aux baleines. Quand ils s'éloignent, quand ils arrivent, les hommes et les oiseaux de mer sont en alerte. Sur les quais poussiéreux arrivent et repartent des cohortes de camions-citernes, de grues, de monte-charges, de wagons. Il y a des bruits de moteur, des sifflements, des chuintements de frein, des cliquetis de chaînes. Les portefaix s'affairent autour des ballots de marchandise, les douaniers galonnés regardent sans rien faire.

Quand ils sont à quai, les cargos semblent encore plus grands. Leurs coques font des murs de fer hauts comme des immeubles, couverts de milliers de boulons. Leurs coques sont belles, couvertes de cette peinture marine épaisse comme une peau, blanc taché de jaune, gris foncé, rouge, verte, bleu sombre, orange. On voit les traces des coups, les réparations, les taches de cambouis, les halos de rouille autour des boulons, les hublots au verre presque opaque. On voit surtout les noms qu'ils portent, écrits en grosses lettres noires ou blanches, sur la poupe. Les noms des cargos sont peut-être les plus beaux noms du monde, parce qu'ils ont une grâce naturelle, sans forfanterie. Noms de femmes, de villes, de pays, écrits en lettres allongées sur la proue de ces géants, ils font rêver aussi, comme si le son de leurs syllabes suffisait à ouvrir ces routes qui vont d'une terre à l'autre, au long de ces grandes journées à travers la mer.

DIXIE
ANGELA
VARNA
HEROIC JUNIOR
ANGELIKI H.
SEA FALKE
DUGGA TUNIS
GIRAGLIA

CAP FENO
SANTA MANZA
VALINCO II
TABARKA

Le matin, en hiver, le port est noyé dans la brume. On voit les silhouettes étranges des grues, les formes des navires, et tout semble arrêté, dans une attente qui ne peut pas finir. Comme ils semblent lointains, les grands cargos attachés aux quais par leurs amarres. Leurs câbles tirent sur les bollards et les pneus de camion accrochés à leurs flancs grincent à chaque poussée du flux. Les cargos ont l'air de géants endormis, et on peut marcher devant eux sans voir personne, comme le long de rues désertes. On sent les odeurs puissantes, l'huile, le vin, le liège, le bois frais, ou l'âcre poussière de ciment. Sur les quais, les containers sont posés, devant les coques larges. Les containers ressemblent aux cargos, ils sont faits du même métal, peints des mêmes couleurs : bleu, rouge, orange, gris. Ils portent des lettres et des chiffres peints au pochoir, et la rouille tache aussi leurs angles.

Les mouettes volent autour des cargos. Ce sont les bateaux qu'elles préfèrent, peut-être parce que ce sont ceux où il y a le moins d'hommes. Elles tournent longtemps autour des mâts de charge, des cheminées, elles volent au-dessus des hautes étraves. Elles attendent que les cargos s'en aillent. Elles passent au-dessus d'eux, sans crainte, comme si c'étaient des îles, ou des animaux de fer.

Le soir, les cargos sont éteints, sauf quelques lampes jaunes qui brillent, à l'avant et à l'arrière. Autour d'eux, l'eau du port est lourde et noire, sans reflets. Les cargos bourdonnent sourdement, le bruit de leurs générateurs électriques résonne dans la nuit comme des moteurs de motocyclette. Il n'y a personne sur les ponts des navires, ou bien peut-être un matelot grec immobile, penché sur le bastingage, et qui fume en regardant la ligne des réverbères allumés.

Les hommes des cargos ne sont pas comme les autres. Ils sont silencieux et un peu lointains, eux aussi, à force de vivre sur les grands cargos. Ils ne ressemblent pas aux marins, ni aux pêcheurs. Ils ont des visages un peu rouges, des visages lourds sur lesquels les gens des terres ne savent pas lire. Ils ont des vêtements qui servent, des tricots tachés, des vestes larges, des chemises en toile épaisse et solide.

Ils regardent la terre et les quais avec des yeux qui semblent gris, comme si tout cela les ennuyait. Ils regardent devant eux le vide, du haut de leurs châteaux de fer, ils attendent le jour et l'heure où les cales seront pleines, les containers arrimés sur le pont, le jour et l'heure où le bâtiment pourra s'éloigner lentement des grandes plates-formes souillées des docks.

Un soir, avant le coucher du soleil, le cargo quitte le port presque sans bruit, il glisse le long des jetées, il gagne l'ouverture du port. Puis il s'en va sur la mer couleur de platine, il va si lentement, comme suspendu entre le ciel et l'eau, longue silhouette noire aux mâts dressés. Il s'en va vers l'horizon, il devient irréel. Les vagues arrondies passent le long de sa coque, sans qu'il dévie sa route. Sur la mer couleur de platine, sa longue silhouette noire glisse, et le sillage qui s'écarte derrière elle dure longtemps, continue à se répandre jusqu'au rivage, et fait clapoter les creux des brisants bien après que le navire a disparu.

Le petit garçon inconnu guette les orages. Il sait bien quand ils vont venir. Il sent cela à l'intérieur de son corps, bien avant que les nuages noirs soient gonflés au-dessus de la mer. D'abord, il y a le silence : un silence qui pèse lourd, et on entend les mouches bourdonner contre les vitres, dans les chambres, et les oiseaux énervés qui piaillent dans les arbres. Mais tous les autres bruits sont comme arrêtés. L'air ne les porte peut-être plus.

Ensuite, le vent se met à souffler, et le petit garçon inconnu sent de drôles de vibrations dans ses nerfs. L'orage grandit en lui comme dans le ciel, et la pluie qui tombe maintenant à grosses gouttes ne suffit pas à le satisfaire. Dans la nuit, les zébrures de la pluie ressemblent à des cordes, et le petit garçon inconnu écoute le bruit qu'elles font en résonnant sur les toits, sur les terrasses, sur la chaussée noire et sur les larges feuilles des palmiers. La nuit est très noire, sous le couvert des nuages. Mais le petit garçon inconnu sait qu'il ne pourra pas dormir tant que l'orage ne sera pas terminé. Il ouvre les volets et il colle son front à la vitre froide, pour regarder au-dehors, pour être sûr de tout voir.

Les éclairs. Cela tremble en lui, cela vibre et grelotte comme un nerf sous la peau, dans les masses des nuages qui roulent invisiblement. C'est comme si le ciel et la terre allaient faire quelque chose, dire quelque chose, rompre la nuit et crever la muraille de pluie.

Il attend, immobile, le front sur la vitre. Ses yeux voient tout, même sur les côtés, même la peau de ses joues peut voir.

Les éclairs éclatent soudain. Ce ne sont d'abord que des lueurs troubles qui illuminent l'horizon, font jaillir les silhouettes maigres des arbres, les toits des maisons. Mais le ciel déjà est apparu, les tourbillons figés des nuages, les déchirures, les filaments. Les grandes lumières blanches éclairent le ciel pendant une fraction de seconde, puis s'éteignent, comme cela, sans faire de bruit, tandis que la pluie tombe avec des forces redoublées.

Mais quand la pluie cesse, le petit garçon inconnu sait que le spectacle va vraiment commencer. Il regarde intensément le ciel, à gauche, à droite. D'où va jaillir la lumière? Il la sent en lui, qui ramasse sa force, qui frémit et bourdonne, toutes les particules électriques qui oscillent et se déplacent dans l'air, au-dessus des collines, ou sur la mer, sur la crête des vagues; qui font vibrer les câbles des pylônes et les mâts des navires.

Crac! D'un seul coup l'éclair bondit au-dessus d'une maison, montre son signe immobile, sa fissure blanche dans le ciel gris. La lumière est aveuglante et rapide, on a tout juste le temps de voir les murs, les rues, quelques arbres, les toits des voitures, puis tout se referme.

Tout à fait à gauche, un autre éclair. Il est divisé en six branches, dont deux sont plus larges, et il joint un nuage énorme aux collines. Tout se referme.

Les yeux grands ouverts dans le noir, le petit garçon inconnu attend le bruit. Le tonnerre arrive au bout de douze secondes, pas en une seule fois, mais peu à peu comme une vague qui déferle. Les roulements de tambour et de caisse se développent, heurtent les parois des vallées lointaines, s'étouffent, reviennent. C'est un bruit qui ébranle les murs et les vitres, comme si on déménageait des meubles, ou comme si on roulait de gros morceaux de roche.

Le petit garçon inconnu écoute le bruit qui grandit, qui l'emplit tout entier, remue au fond de son corps, dans son ventre, et cela résonne dans sa tête comme une voix grondante, une voix qui fait peur et apaise au même moment.

Maintenant les feux se multiplient. Ils traversent le ciel dans toute sa longueur, grandes failles qui éclatent, qui brisent les nuages. Il y a des étincelles brèves, des lettres de néon, des déflagrations de fusée, mais leur bruit est si violent que le petit garçon ne peut s'empêcher de faire un pas en arrière. Il y a de longs éclairs minces qui partagent le ciel en deux avec le bruit terrible d'une feuille qu'on déchire. Impossible de savoir ce qui va se passer. Il faut seulement attendre, espérer, regarder.

Le ciel ne s'éteint presque plus. Il est secoué tout le temps par les lumières, il vacille, il s'embrase à l'est, à l'ouest, au zénith. Les éclairs se poursuivent d'un nuage à l'autre comme des furets, ils vident et rechargent sans cesse l'espace. Le grondement sourd roule au fond de la terre et de la mer. On n'entend plus la pluie, ni le vent, ni les bruits des hommes. C'est comme un chant à mi-voix qui résonne alentour, qui sort de toutes les ouvertures de la terre. Puis, par instants, par-dessus le chant, une grand explosion, une déchirure, un fracas de montagne qui se brise. Les bruits électriques sont comme les lumières, ils font voir des choses belles et violentes, des cascades de feu, des étoiles, des lueurs qui restent gravées sur les rétines.

Le cœur du petit garçon inconnu bat très vite, et à haute voix, pour se rassurer, il compte, chaque fois qu'un éclair s'allume :

« Un, deux, trois, quatre, cinq, six, sept... »

Le vacarme couvre sa voix, et une autre flamme blanche apparaît sur les nuages.

« Un, deux, trois, quatre... »

Les nappes pâles s'étalent, ouvrent leurs membranes, et la lumière vacille de l'autre côté des nuages, clignote comme une mauvaise lampe. Sur la terre, les arbres, les bornes, les réverbères sursautent, semblent avancer d'un bond, puis reculent.

Le petit garçon inconnu a peur, peut-être, mais il reste devant la fenêtre, le front sur la vitre froide. Il regarde les lumières saccadées, il écoute la voix qui grogne, et les grands bruits des choses qui tombent et se brisent. C'est là qu'il voudrait être, maintenant, au centre du ciel. Il voudrait bondir au milieu des éclairs, tourner sur lui-même, s'élancer dans les nuages épais, chevaucher les zébrures blanches. Il voudrait les voir voler autour de lui, les étincelles éblouissantes comme l'écume, les longues traînées, les signes qui sortent de leurs cachettes. Il voudrait être avec eux, comme avec des oiseaux ou des poissons, pour les suivre d'un seul bond jusqu'au fond du ciel. Il écouterait le murmure d'eau que fait l'électricité quand elle se gonfle dans les sphères des nuages, et la voix sourde qui lui répond dans les poteaux de fer. Il sentirait l'odeur de la poudre, peut-être, l'odeur âcre et enivrante de la brûlure.

Le petit garçon inconnu reste immobile devant la fenêtre, il regarde la nuit éclairée. Son cœur bat vite, il respire fort, et ses yeux dilatés voient le ciel entier. Peut-être qu'il attend, peut-être qu'il est prêt. L'éclair peut venir, maintenant, d'un bond de jaguar du fond du ciel jusqu'à sa fenêtre, faire voler en éclats les carreaux des vitres, et l'emporter à toute vitesse sur sa route en zigzag qui traverse le ciel noir en laissant seulement le bruit du tonnerre.

Aimez-vous les oranges ? Les fruits donnent toujours le sentiment de la beauté, de la perfection, et beaucoup d'autres émotions qu'on ne pourrait pas dire. Mais l'orange est le seul fruit extraordinaire. Sa forme, sa couleur, l'épaisseur de sa peau, le vert sombre et brillant des feuilles qui l'entourent, l'odeur de son écorce, le toucher huileux qui la recouvre, tout cela vous met en alerte, comme s'il allait se passer quelque chose. Vous êtes à Oxkutzcab, assis sur la grand-place au soleil, et autour de vous les camions vident des montagnes d'oranges. L'odeur puissante flotte sur la ville, l'odeur comme celle de la mer, et la couleur violente est partout.

Il se passe vraiment quelque chose, ici. Vous avez acheté une orange à l'étal, parmi les milliers et les milliers d'autres oranges identiques. Vous vous êtes assis sur les marches d'un escalier, devant la grand-place, et vous regardez autour de vous. Les camions viennent des quatre coins du territoire, apportant leur cargaison d'oranges. Debout sur la plate-forme arrière, les hommes jettent les fruits dans des paniers, en comptant à voix haute. D'autres portent de gros sacs de jute sur leur épaule, et parfois un fruit roule à terre. Les hommes, les femmes, les enfants, tout le monde mange des oranges.

Vous sortez votre couteau, vous ouvrez la lame. Il va vraiment se passer quelque chose. La lame mord dans la peau de l'orange, fait gicler un peu d'essence, une fine vapeur acide, fraîche sur la peau des doigts et brûlante aux yeux.

On n'ouvre pas une orange sans un certain cérémonial. Pourtant ce n'est pas un acte compliqué comme pour la pêche, ou pour la mangue. Ce n'est pas un long travail comme pour l'ananas, ni un effort comme pour la noisette. Il faut un bon couteau et puis aussi, peut-être, un endroit un peu éloigné de la foule, sur une grand-place éclairée de soleil, comme à Oxkutzcab.

Il faut en tout cas un lieu où l'on puisse sentir le parfum de l'orange, et que ce parfum tandis qu'on pèle le fruit soit dissous très vite dans l'air et se mêle au vent, à la lumière, à l'odeur des plantes et des arbres.

Alors l'orange vous emmène plus loin, là où vous ne pouvez pas imaginer d'arriver sans elle. Le couteau avance autour de l'orange, enlève le long copeau doré. Vous ne regardez plus rien d'autre qu'elle, à présent, vous ne pensez pas, vous ne dites rien, parce que la forme du fruit qui se découvre, son odeur et son goût qui emplit déjà votre bouche, sont inévitables, et ne vous quittent plus. L'orange est extraordinaire, et pas moyen d'être indifférent tandis qu'elle défait sa peau sous la lame claire du couteau.

Vous allez sans hâte. Il faut que le couteau glisse autour du fruit, ôtant seulement la mince pellicule dorée, tachée de vert pâle, laissant intacte la membrane blanche et cotonneuse qui protège la chair. Le copeau doit partir du sommet de l'orange et dérouler sa spire sans interruption jusqu'à l'autre pôle. Bien sûr, vous pouvez enlever la peau de l'orange par petites écailles, puis séparer les quartiers et les manger un à un. Vous pouvez même exprimer le jus dans un verre, et le boire avec un chalumeau.

Mais je vous parle d'une orange qui serait orange jusqu'à la fin, qui emplirait votre vie tout à fait pendant le temps que vous vous occupez d'elle. Je vous parle d'une orange que vous avez regardée longuement, choisie sur le tas parmi tant d'autres, que vous avez tenue dans vos mains assez longtemps pour en connaître la forme, le poids, la qualité.

Est-ce encore bien une orange ? La couleur intense est entrée en vous par les yeux, et la fraîcheur de sa peau grumeleuse s'est répandue sur votre propre peau. Vos pensées ont complètement disparu à ce moment-là. Vous ne voyez plus la grand-place, ni les camions chargés de fruits, vous n'entendez plus les clameurs des hommes ni les cris des enfants.

Mais vos mains ont commencé à agir, presque seules, appuyant la lame du couteau sur laquelle sont gravés deux mots,

ELINOX   Rostfrei

incisant la peau de l'orange un peu en biais, au sommet, près du nombril, et soulevant le copeau qui va dépouiller le fruit jusqu'en bas.

    Le mince ruban d'écorce tombe par terre, à vos pieds, et la poussière aussitôt le macule. Mais vous ne le regardez pas longtemps. Maintenant, le fruit est une boule peluchuse et blanche où les bourrelets des quartiers se dessinent à peine. Avec hâte, vous coupez l'orange en deux, et quelques gouttes du précieux liquide tombent dans la poussière. Le soleil brille très fort au centre du ciel sec, la lumière dure et blanche vibre de tous côtés. L'orange ouverte brille aussi, avec violence, avec ardeur, et c'est elle que vous regardez. Le regard boit déjà le jus acide et frais au puissant parfum, qui perle sur la chair striée des hémisphères. C'est comme si, par ce spectacle, toute soif et tout désir étaient assouvis sur terre, et vos incisives mordent dans ce bol naturel, vos lèvres plongent dans cette eau, et le jus emplit votre bouche, coule dans votre gorge, se répand dans tout votre corps.

    C'est une boisson qui enivre d'un seul coup, comme l'eau pour celui qui meurt de soif, comme la pluie, comme la mer. C'est une boisson de lumière qui coule dans votre gorge, froide, légère, dilatant son arôme pareil à une brume, milliers de parcelles répercutant, difractant la clarté solaire, millions de reflets, d'étincelles.

    Le goût violent de l'orange, goût absolu peut-être, car il semble que rien d'autre ne puisse s'exalter avec tant de force, se répand en vous de proche en proche, gagnant chaque coin, faisant vibrer chaque nerf. Le goût est la sensation capable de recouvrir toutes les autres. L'une après l'autre, vous mordez, vous sucez chaque moitié d'orange, vous léchez les filaments de chair jusqu'à ce que les coupes soient vides. Tout, autour de vous, résonne maintenant, l'acidité, le sel, le sucre, l'essence, dans la lumière éblouissante, dans le vent froid, et la terre se hérisse et votre peau est parcourue de frissons.

    Où êtes-vous? L'odeur et le goût de l'orange sont en vous, dans votre bouche, votre gorge, mais c'est vous qui êtes en réalité dans le fruit, et le monde entier baigne dans la couleur violente et belle. La soif, et une sensation plus grande et plus durable que la soif sont comblées. Quelque chose qui vient du fruit traverse votre gorge et semble vous unir à l'espace.

L'orange est le feu, et aussi ce qui éteint le feu ; la lumière et l'ombre ; la chaleur qui enveloppe votre peau et fait pleurer vos yeux, et aussi l'eau fraîche et transparente des sources, les *aïn* du désert. Votre corps tremble un peu, le monde frissonne, il y a des bruits stridents et des murmures graves, il y a un tohu-bohu, une explosion de sons, de lumières, d'odeurs, de mouvements et d'ondes, parce que, en mordant dans la chair de l'orange, vous avez libéré les contraires.

Le fruit s'est agrandi, est devenu comme un astre, et vous, vous glissez dans l'espace, vers le disque de couleur qui est plus vaste que votre regard. Vous glissez, vous fondez en lui, loin de la terre aride et déserte, loin des hommes, vous êtes lié au centre du fruit par les durs rayons de l'acide.

Jusqu'où irez-vous? Vous n'avez jamais été plus libre, plus fort. La lumière de l'orange jaillit par vos pores, éclaire votre peau, brille dans vos yeux. La lumière vous porte encore longtemps à travers ces pays où l'on ne connaît pas la soif et où chaque désir est assouvi, la lumière de l'orange que la lame de votre couteau a fait jaillir.

Vous allez loin dans l'espace, dans ces pays innommés, qu'aucune parole ne pourra dire. Puis, quand vous êtes revenu, après quelques minutes, mais que signifient les minutes? Il y a au fond de vous, dans votre bouche, dans votre gorge, une très grande paix, un très grand calme, qui ressemble au crépuscule. La lumière s'éteint lentement, se dissout dans la salive, la lumière décline sans faiblir. Vous êtes seul, assis sur la marche de l'escalier, devant la grand-place éclairée par le soleil et balayée par le vent, vous entendez le silence terrestre. Sur les plates-formes des camions poussiéreux, les hommes jettent les oranges dans les paniers, et comptent à haute voix, sans se lasser. Les chiens maigres errent, le nez sur des pistes qui ne conduisent à rien.

Alors, vous posez les deux moitiés d'orange dans la poussière, au bas de l'escalier, vous ramassez la spirale d'écorce déjà sèche, vous repliez la lame de votre couteau, et vous partez ailleurs.

Ce qui étonne dans la vie, ce n'est pas son origine, ni sa finalité, c'est qu'elle puisse revêtir toutes ces formes, toutes ces couleurs, qu'elle puisse montrer autant de signes distinctifs. Pourquoi ces parures, ces pelages, ces taches, ces nervures, ces odeurs, ces saveurs? Chaque être porte en lui, plus réel que le mystère de sa naissance, le secret de son apparence. C'est ce secret qui l'inscrit dans une espèce, une catégorie, une race. C'est un secret qui doit revenir, génération après génération, se refaire de la même manière, comme si les seules raisons de l'existence étaient dans cette appartenance à un type.
Chaque être, du plus petit au plus grand, minéral, végétal, animal, possède une forme, une forme qu'il n'a pas choisie mais qu'il cherche à accomplir de toutes ses forces, de toute sa volonté. C'est cette forme, et aucune autre, qu'il doit mener à bien, pour que puisse se construire l'essentielle taxonomie — l'impossible, l'inimaginable étant exclu d'emblée.
Je vois cela, je vis dans ce monde, et je ne ressens pas le dépit de cette trop parfaite organisation, tant la variété de ces apparences dépasse tout ce que l'esprit humain pourrait imaginer. A quoi bon rêver à des chimères, à des mondes nouveaux? La vie terrestre est plus surprenante que n'importe quel rêve; elle montre, à chaque instant, plus d'incroyable, plus d'inouï. La vie terrestre n'est pas faite de trois ou quatre secrets, comme les œuvres des hommes; elle est tout entière une énigme, réelle, visuelle, tangible, et pourtant hors de portée de l'intelligence et de l'analyse.
Des formes! Des couleurs! Des odeurs! Des sons! Milliers d'espèces, chez les insectes, les mollusques, les poissons, les

oiseaux, les reptiles! Chacune vivant dans son milieu, dans sa saison, selon ses lois et ses instincts, à sa place parmi les autres et jouant son rôle dans cette géniale machination.

C'est cela le secret. Ce n'est pas une question qu'on pose, ni une pensée qu'on a. Ce n'est pas un sujet de conversation ni un thème de livre. C'est la surprise qui m'arrête d'un coup, un jour, sur un grand rocher blanc au bord de la mer : je vois un seul petit coquillage collé contre la paroi de pierre que mouille la mer.

Il n'a rien d'extraordinaire, pourtant, ce petit coquillage. Non, c'est simplement un de ces petits escargots de mer, assez commun, qu'on appelle un troque; de ceux qu'on ne cherche pas pour faire un repas ou un collier.

Qui est-il? Il ne voit personne, personne ne le voit. Mais tout à coup, tandis que je le prends et le regarde, il devient l'être le plus beau et le plus précieux que je puisse rencontrer, le dieu de ce rocher blanc, régnant dans sa royale solitude sur ce morceau de rivage, entre la lumière du soleil et la profondeur de la mer.

Il a formé sa coquille admirable, volute parfaite enroulée sur elle-même; jour après jour, pour personne d'autre que pour lui-même, sans autre souci de beauté que celle de la vie : résistance aux impacts, aux coups des vagues, aux mandibules des prédateurs. La mer doit glisser sur sa coque comme sur un morceau du rocher, et les bernard-l'ermite doivent se lasser devant cette armure. Tout cela, on le sait, ce n'est pas une surprise. Alors quoi? Qu'est-ce qui étonne devant ce coquillage? Qu'est-ce qu'il y a de merveilleux et de troublant qui semble venir de ce petit animal sans importance? C'est peut-être ce sentiment étrange et familier en même temps d'une parfaite réussite, d'une harmonie incomparable, comme si l'invention même de la vie sur terre était inscrite dans le colimaçon de cette coquille, dans le mouvement de cette spirale; l'invention d'une forme et d'une pensée dont l'ancienneté et le pouvoir ne semblent plus à la mesure de l'animal lui-même. Je veux dire, c'est comme si je voyais dans toute sa précision le mouvement de la vie, son tourbillon, son enchaînement magique de circonstances et de hasards, son but même, tout cela devenu réel, ayant laissé ici, sur cette roche blanche, près de la mer, son signe originel, pareil à une graine.

Dans ma main ouverte, la petite coquille vivante roule un peu, comme une pierre. L'humidité de la mer brille sur l'opercule sombre, et la lumière du soleil se réverbère sur la coque calcaire. Je vois les taches qui ornent les tours, la corolle très blanche, l'ouverture ovale du labre, la marque de l'ombilic. Plus j'approche mon visage de la coquille, plus les détails apparaissent; signes fins, marques, cicatrices, et le coquillage devient pareil à un monument de pierre, à une tour si haute et si belle que même les architectes d'Our n'auraient pu en rêver de pareille.

Près de l'apex, la spirale est si serrée, si étroite que je ne peux en apercevoir la fin. C'est peut-être ce mouvement qui m'emporte, qui me conduit au cœur du secret. Quelqu'un, un jour, est né, s'est développé, autour de soi-même, selon un ordre immuable venu d'un passé incalculable; puis s'est arrêté, ayant accompli son travail, pour vivre sur ce rocher à demi-immergé, au milieu des vagues et du sel. Quelqu'un, un jour, a recommencé l'aventure que des millions, des milliards d'êtres avaient vécue avant lui, pour atteindre cette simple perfection, cette dureté. Quelqu'un a créé la beauté sans faille, la beauté lisse et pure comme les pierres usées par l'eau et par le vent, et cette beauté est sans témoin — car pour l'animal qui vit dans cette coquille, je ne suis rien d'autre qu'un cataclysme qui l'arrache à sa pierre et le tient un moment, suspendu à l'envers à une hauteur vertigineuse. Comment puis-je espérer comprendre le pouvoir et la durée de cette beauté, moi qui ne suis qu'un homme mesurant le monde à l'aune de ma conscience individuelle?

Je scrute chaque détail de la coquille minuscule, et je sens une sorte de vertige. Mais ce n'est pas l'imaginaire qui me trouble ainsi. C'est, au contraire, le vertige de l'exactitude, cette concentration qui m'attire tout entier vers un seul point et m'y force comme par le goulot d'un entonnoir. La mer, la terre, le ciel sont immenses, peuplés d'êtres et de choses. Les rochers blancs du rivage sont immenses, chacun d'eux est un monde. Mais je ne vois plus tout cela, je ne sens plus tout cela. Je ne vois plus que ce point ténu, au centre de cette spirale en hélice, qui est peut-être le lieu de naissance universel. Et je regarde cette forme avec une attention presque douloureuse, je cherche à l'inscrire au fond de moi-même, comme si elle avait plus de vérité, plus de sens que dix mille ans, dix mille mots.

Il y a tant de coquilles semblables, sur les pierres, dans le sable des plages. Elles sont la monnaie des enfants, des Indiens, des savants, des poètes, mêlée à des pierres noires, à des tessons de verre, à des pièces de cuivre prises par d'anciens naufrages. Elles sont ce qui va vers le sable des plages, ce qui se brise et devient une poudre blanche sur les rivages de la mer. Chaque coquille possède le même secret d'évidence, le même symbole. Murex, couvert d'épines, ouarque « bouche de sang », buccin, natice nébuleuse, turbo couleur de corail, scalaire, rissoïne, bigorneau, porcelaine puce, chacune montrant sa forme, parfaite, vivante, solitaire. Coquilles doubles, coquilles creuses, coupes nacrées, avec ses taches, ses signes, ses nervures.

Cœur de bœuf, palourde, donace verte, mactre aux rayons de lumière, mye des sables, couteau magnifique, nacre couverte d'écailles, huître laide, ormeau percé de trous, à la nacre irisée; ou encore, la plus belle de toutes peut-être, la coquille Saint-Jacques, ornée de plis réguliers, celle qui semble un signe et un symbole par sa seule architecture, celle qui peut donner l'eau nouvelle comme la place de la cathédrale de Sienne, ou le pétrole comme sur les grands panneaux, le long des autoroutes.

Chacune est un habit, une forme et un être, et le secret est montré à la lumière du jour, pour ceux qui ont des yeux. Où va-t-il? Vers quel bout du temps, jusqu'à quelle extrémité de la vie terrestre, ainsi, créé, abandonné, rejeté par la mer sur le désert des plages, inlassablement, selon un ordre qui ne cesse pas de s'exercer.

Je les cherche, je les aime, les coquilles minuscules, car ce sont les signes réels de la vie, sa seule trace, sa route infinie où défilent continuellement les mêmes images.

Je vois une fleur. Dans le gris de l'air, sur le vert sombre des feuilles d'herbe, dans la poussière du chemin, elle est grande ouverte et fait sa tache rouge. Elle est belle et simple, immobile au bord du chemin, et je ne vois qu'elle. Elle m'attire et je marche vers elle, parce que je sens son pouvoir, sa force continue qui se répand autour d'elle pour qu'on la regarde. Je marche vers elle, je ne vois qu'elle, comme si toute la beauté était réalisée en elle, avec beaucoup de grâce et d'orgueil. Peut-être alors n'y a-t-il pas d'autre beauté sur terre?

C'est la couleur d'abord, la couleur à l'état pur, sans mélange, la couleur précieuse et qui n'appartient qu'à elle. La fleur est rouge comme une flamme, mais sans bouger, sans se consumer, rouge et intense, et brille comme une lumière. Sa couleur est immobile, alors que tout autour d'elle ondoie et se mélange. La fleur rouge est seule, au bout de sa courte tige, dominant les feuilles d'herbe. C'est à cause de sa solitude que je vais vers elle, que je marche silencieusement. Son pouvoir provient de cette vertu solitaire, car la fleur s'est séparée de son règne végétal pour montrer au monde une volonté étrangère, une apparence étrangère. Il y a quelque chose qui jaillit, nouveau, qui s'affine, un signe, peut-être, un souffle, ou bien une âme. Pour qui? La fleur rouge ne parle pas aux hommes, elle ne les invite pas, ni les oiseaux, ni les herbes. Elle ne fait son signe à rien de connu, à personne. Les insectes viennent butiner dans son calice. Mais voient-ils sa beauté? C'est difficilement imaginable. La fleur rouge pourrait être grise comme la poussière, ou simplement verte, ses pétales n'étant plus qu'une variante de ses feuilles, rien dans l'ordre du monde ne serait changé — du moins, en apparence.

Je marche vers elle, attiré par sa beauté, parce que la fleur rouge me lie à elle par un lien de mystère, comme si la vie sur terre n'était que pour cette interrogation, et pour cette réponse. A tout ce que je demande, la fleur rouge peut répondre. Mais elle ne répond pas avec des paroles, ni en me permettant de comprendre la raison de mon trouble; non, elle est immobile sur sa tige, dans le buisson au bord du chemin de poussière, isolée, tremblant un peu dans le vent, ses larges pétales gonflés de lumière rouge, légère; et je l'approche lentement, comme si elle était un oiseau sur le point de s'envoler.

Je viens vers elle lentement, et tandis que je m'approche, je sens ce qu'elle seule sur la terre peut m'offrir : le *génie*. C'est une illumination très douce, la perception par le moyen du regard de la beauté et de l'harmonie totales. Puis le regard s'ouvre, devient immense, sans méfiance, sans retenue, et le rayonnement de la fleur éclaire chaque parcelle de mon corps, vit en moi, m'emplit de jouissance. Je vois la fleur, je la vois non seulement avec mes yeux mais avec tout mon corps, je la vois tout entière parce que je suis alors, moi aussi, enfin tout entier.

Je puis vivre en elle. Même quand je serai loin d'ici, ailleurs, sur d'autres chemins, même quand je serai dans un pays où il n'y a pas de fleurs sauvages, elle sera encore avec moi, comme si je portais sa tache éclatante au fond de mes rétines. Quelque chose s'est montré, a libéré sa beauté, quelque chose dans le monde terne et en moi-même, et le réel est infini...

Fleur, elle n'est pas imaginaire. Je la vois, je marche vers elle, je respire son odeur, je touche ses doux pétales. Je la prends, je peux l'emporter, la mettre sur une table, debout dans un verre d'eau. De tous les secrets du monde, c'est elle qui garde le plus pur. Son secret est sa forme, son intensité, sa solitude. Mais c'est le secret magique de l'apparence, que je ne peux espérer comprendre. Je ne peux que le voir, le porter en moi, le garder, pour qu'il me libère de ma propre conscience.

Fleur, sa beauté est celle des lignes parfaites, de la couleur pure. Elle est la limite du réel, car au-delà, il n'y a plus que la lumière sans support, l'air, les flammes, et les étoiles.

Tandis que je suis près d'elle, et qu'elle rayonne au fond de moi, je sais ce qui se libère. C'est l'ancienne idée de la finalité, l'ancienne suite obsessive des causes et des effets. C'est le poids et la gêne du savoir utile. La fleur rouge est debout sur sa tige, un peu au-dessus du monde poussiéreux. Que veut-elle? Que veut-elle dire? Mais elle est elle, suffisante et libre, elle orne le monde. Sa beauté se répand autour d'elle, facilement, donne son bonheur profond comme un vertige. La couleur est pure et puissante, immobile au milieu des mouvements ivres des animaux.

Fleur de la tulipe rouge, aux six pétales alternés, fleur vivante qui s'ouvre le jour, se ferme la nuit. Au centre de sa corolle, je vois cette large tache brune bordée d'un liseré jaune, son étoile. Je vois ses longs pistils pareils à des antennes, son étamine en hélice, le nœud tendre de son ovule. Je vois tout cela, je suis dans un autre monde où la vie est visible tout entière, belle tout entière.

Fleur de l'orchidée, comme un animal arrêté. Fleur du narcisse, fleur de la jonquille, de l'azalée, de la capucine. Fleur ensorcelée de l'hibiscus. Fleur du lotus, couleur d'eau, couleur de lune, fleur violente du bougainvillée, fleur discrète du muguet. Fleur écœurante de l'arôme, fleur fragile du coquelicot. Fleur de mai éblouissante, fleur inquiétante de la digitale, fleur simple de la marguerite.

Fleur minuscule et aiguë du myosotis, fleur dramatique de la pensée, fleur cachée de la violette des champs. Fleur comique de la gueule-de-loup. Fleur enflée du rosier, fleur géante de l'agave, ou monstrueuse du bananier. Fleur vénéneuse du datura.

Fleurs, fleurs sauvages, fleurs des hommes, des femmes, taches rouges dans leurs chevelures noires, petites flammes tremblantes dans les prairies où courent les enfants. Fleurs qu'on respire, qu'on regarde, qu'on mange, fleurs qui naissent, s'ouvrent et meurent, en une seule journée, dans les vallées vertes. Je vais vers elles toutes, je marche au milieu d'elles, et elles me libèrent par leur lumière de beauté. Elles me libèrent sans paroles, sans pensées, parce qu'elles sont toutes les formes et toutes les couleurs de la vie, les vraies réponses à la lumière du soleil.

Fleurs, immobiles et vivantes, il y a en elles toutes les possibilités de forme et de couleur, toutes les textures, tous les parfums. Il y a en elles toutes les passions, tous les sentiments, tous les désirs.

Fleurs, comme des oiseaux, comme des papillons, comme des étoiles. Elles brillent dans la lumière d'été, et leur savoir est infini, leur beauté sans mesure. Elles ornent le monde du jour, chacune, éclatante dans son vêtement, pour l'ivresse de ceux qui passent. Je vais vers elles, je suis leur chemin, leur unique chemin, et je suis pris par le tourbillon de leurs hélices charnelles. Je ne suis plus très loin du secret. Je ne suis plus séparé. Je ne porte plus en moi de questions, plus rien ne me retarde. Où vais-je aller, comme cela, sur la route des fleurs ? Ce n'est plus moi qui demande rien, car j'ai déjà reçu le monde trop grand pour mon regard et mes sens. Ce sont elles qui m'interrogent, à l'intérieur de moi-même, et leur question sans fin m'attire jusqu'à la terre, jusqu'à la source sans cesse naissante de l'être. Forme, couleur, goût, odeur, toucher, ce sont donc les idées de la vie. Les fleurs m'attirent dans leur monde, dans le règne miraculeux des apparences.

Si je devais collectionner quelque chose, ce seraient les légumes. J'aime les voir sur les étals des marchés, en vrac, ou bien rangés et calibrés dans des cagettes de bois blanc. Ah, ils ne sont pas sérieux ! Ils ne prétendent pas à de grandes choses, ils font bien rire parfois, avec leurs couleurs bizarres, leurs formes excentriques, leurs feuilles grignotées par les limaces, leur air tranquille et un peu « soupière » !

Les fenouils, par exemple : je ne peux m'empêcher de les trouver comiques. Ils ont des sortes de pattes raides avec de grosses cuisses en gigot, de toutes petites têtes, et avec ça un vert très tendre et de petites stries qui leur donnent l'air de baigneurs. Pas moyen de prendre les fenouils au sérieux.

Les oignons non plus d'ailleurs. Les oignons perdent toujours leurs peaux jusque par terre. Ces grands-pères qui muent continuellement n'incitent pas à la tristesse, contrairement à ce qu'en disent les ménagères. Leurs voisins les poireaux auraient pu avoir davantage de dignité, malgré leur allure dégingandée, mais leurs longues feuilles molles et leurs barbiches de ficelle ! Non, décidément, ce sont aussi des clowns.

Ils sont tous comme cela. Ils ont tous quelque chose d'inénarrable, mais tout de même sympathique. Il n'y a pas de légume aristocratique. Ils ont tous quelque chose de la terre, quelque chose de simple et de gai, et de la bonne humeur. Rien à voir avec les fleurs ou les fruits. Ils ne sont pas là pour décorer, ni pour le luxe.

Pourtant, ils ne sont pas tous maladroits. Les carottes bien rouges sont parfaites. Les navets inventent quelquefois un violet clair qui est admirable, les radis sont très raffinés, les betteraves sont mystérieuses, et les choux-fleurs ont une blancheur de neige ou de nacre.

Mais ce ne sont que des légumes pour la soupe, et leur destin modeste les empêche de régner. On ne s'y attarde pas. Dommage.

C'est dans les marchés qu'on voit les plus belles feuilles. Les couleurs fraîches semblent encore rassasiées de l'eau des pluies, elles montrent la brillance du soleil, la tiédeur de la terre, l'odeur profonde autour des racines. Il y a des verts très intenses, chez les blettes et chez les laitues. Il y a ces feuilles bien lisses, aux nervures apparentes, ces tiges solides, ces bourgeons, toute cette vie, toute cette sève. Les tomates ont une peau tendue, couleur de brique. Les melons et les citrouilles ont des formes qui sont des miracles d'équilibre. Peaux tachetées, parcourues de veinules jaunes, peaux marbrées des pastèques, et quand leur chair apparaît, on voit la lumière la traverser comme une caverne de gypse rose. Ce ne sont pas des couleurs et des formes pour les yeux seulement, mais pour la bouche, mêlées d'odeurs qui vous font tressaillir. Vous ressentez le désir.

La courge est très belle, peau qui réverbère la lumière du soleil, et sa section montre une chair fine et serrée, chargée de lumière aussi. La chayote est étrange, elle garde son eau à l'intérieur de sa coque hérissée de dards mous. L'artichaut est à la fois une fleur et une herbe, aux pétales violacés. Le concombre à la peau vernie, la courgette à la peau mate et tendre, l'aubergine peinte, l'okra huileux, la pomme de terre sale, les haricots en lunule; je les regarde, je les prends, et quelque chose de leur simplicité vient en moi, me rend familier. J'aime leur odeur nette et précise, odeur de terre des champignons frais, odeur de thym, de romarin, de basilic, de coriandre. Devant les tas de piments, rouges, verts, noirs, je sens toute la puissance de la lumière et de la terre. Le blé, le riz, les haricots rouges coulent entre mes doigts, légers comme un liquide, et lourds comme une monnaie.

Mais ceux qui m'émeuvent vraiment, ce sont les épis de maïs. Comme tous les autres légumes, ils sont drôles et sans fausse dignité, avec leurs grandes feuilles jaunies qui les ceignent comme un habit, et leurs fins cheveux châtains. Mais si on les dévêt, en faisant craquer les feuilles entre ses mains, l'épi se montre, et c'est sans doute le plus beau des fruits que l'homme a inventés. Les grains serrés en pyramides, les grains presque ronds et lisses, luisants, jaunes, réguliers, durs, logés dans leurs alvéoles, je les regarde et je les touche, et soudain j'ai le sentiment d'une présence divine. C'est un dieu que je ne connais pas, que je ne pourrai jamais voir, mais qui me regarde à travers les feuilles de la plante et les graines de l'épi; un dieu jeune et paisible dont la parole est douce comme le miel, dont le regard est apaisant comme le pain, il règne sur toute la terre, dans les champs en terrasses accrochés aux flancs des montagnes, dans la lumière jaune du soleil, dans la sécheresse de l'air. Il me regarde, et sa richesse et sa plénitude viennent en moi, Ce n'est pas une richesse qu'on possède mais une richesse vivante que donne le jeune dieu; elle vient de toute la terre et de toute la lumière, issue du plus loin du temps.

Cela vient en moi, du maïs tout entier, de ses longues feuilles en fer de lance, de ses hautes tiges, de chacun de ses grains qui cède sous mes dents et répand son sucre dans ma bouche. Douceur, force, lumière du jeune dieu du maïs, comme cela, pour les hommes qui l'approchent.

Sur les marchés, en plein air, ou bien dans les grandes salles blanches des supermarchés, je vais voir tous les légumes, et leur beauté neuve me fait du bien. Ils sont sympathiques, et pas très sérieux, ils sont un peu bizarres quelquefois, ils ont de drôles de protubérances et des couleurs qu'on n'aurait pas cru possibles. Ils sont là pour être vendus, bouillis, et mangés, rien de plus — Rien de plus?

La lumière brille dans les yeux des enfants. C'est elle que je veux voir, surtout, c'est elle que je veux trouver. Les visages ne sont pas libres. Autour d'eux, il y a toutes ces barrières, tous ces écrans : fausses sciences, fausses idées, faux désirs. Mais parfois, sans qu'on sache comment c'est possible, la lumière passe, traverse. Elle brille de son éclat très pur, lumière du soleil, l'unique vérité.

Beaucoup d'enfants et certains hommes ont ce pouvoir naturel. Quand je les vois, et que je m'approche d'eux, c'est comme si je ressentais ce rayonnement, cette chaleur, et tout en moi vibre étrangement, car tout en moi avait besoin de cette lumière. La société et ses rites, la psychologie des individus, l'histoire des hommes célèbres, quelle importance? J'imagine que cela peut s'oublier, et s'oublier aussi le langage, les codes, les signes. Mais cette lumière : elle conduit ma vie, elle la charge, l'oriente, lui donne sa signification. Voir cette lumière sur un visage, recevoir cette onde qui vient des yeux, au hasard, dans une foule, c'est cela qui est bien.

Quelle est cette lumière, quelle est cette force? Pour dire ce qu'elle est, il faudrait un autre moyen que le langage ; il faudrait la pensée immédiate, la perception agrandie, le vertige. Ce n'est pas une force physique, ni morale ; ce n'est pas une volonté, ni une idée intelligente. C'est tout cela à la fois, sans doute, et beaucoup plus encore. C'est un regard peut-être, un regard absolu comme le bleu du ciel, qui va droit en moi et voit ce qu'il y a d'élémentaire, d'illimité. C'est un regard qui cesse d'interroger ou de comprendre, un regard qui est comme l'odeur des fleurs ou le chant des criquets, comme la densité du métal, comme le poids de la pierre, comme la vitesse du vent.

Pour dire ce qu'est cette force, cette lumière, il y a ce mot démodé : la *vertu*. J'éprouve de la difficulté à prendre ce mot, parce qu'il est chargé d'un sens ancien qui le déforme. Vertu religieuse, vertu morale, vertu des filles à marier, cela semble insuffisant. Mais c'est d'une autre vertu qu'il faut parler, une vertu naturelle, qui serait une qualité et un don, et n'aurait rien à voir avec les conventions humaines.

Vertu, comme les vertus élémentaires des choses, comme les vertus d'un gaz, ou d'un liquide, comme les vertus d'un corps en mouvement dans l'espace, ou d'une molécule soumise à l'oxydation. Vertu, comme les vertus dormitives de la fleur du pavot, ou les vertus d'une graine. Ce serait davantage une propriété, un pouvoir, qu'une volonté consciente, et cela ouvre le domaine inconnu.

Quelquefois, dans une rue, ou bien sur une plage, sur une route, je vois briller cette lumière intense, cette incandescence. Je ne comprends pas d'où vient cette onde, mais tout de suite elle fait naître en moi sa réponse, comme un frisson de fièvre. C'est un courant intense qui me trouble, qui me sépare du temps et de l'espace, et je vois ce qu'il y a de plus grand, de plus beau que l'apparence. La vie, ce battement dérisoire, tout à coup s'étend jusqu'aux confins de la matérialité, résonne jusqu'aux profondeurs extrêmes du temps, n'abolissant pas le mouvement ni la durée, mais les exaltant à la mesure de l'univers sans limites.

Une seule étincelle du regard suffit à tout embraser, à tout illuminer. D'où vient ce pouvoir, cette flamme? De quel embrasement fabuleux, de quel éclair, de quelle explosion primordiale? Je ne peux le savoir, je n'ai même pas le temps de l'imaginer, car cette lumière est trop forte pour moi, elle anéantit en une fraction de seconde tout ce que j'ai appris et transformé en mots depuis ma naissance. La lumière qui sort des visages parfois me rompt, m'éparpille. Je ne puis être moi-même. Je ne puis plus n'être qu'un.

Cette lumière me brise et me comble, et pourtant il y a quelque chose d'inquiet, de continuellement en mouvement dans le regard de ceux qui possèdent ce pouvoir. Ils sont sans assurance, *unquiet and restless*. Ils cherchent autour d'eux ce qu'il y a à voir, et leurs yeux brillent de cette lueur fébrile, insatisfaite. En même temps, c'est comme si cette continuelle recherche donnait à leur regard une puissance et une sûreté que les autres hommes ne peuvent acquérir.

Les enfants ont ce regard souvent, parce que le monde justement pour eux n'est pas achevé, parce que leur force physique et morale n'est pas à la mesure de ce qu'ils voient, de ce qu'ils pressentent. Cette lumière éclaire les secrets pour eux seuls.

Ceux qui ont faim et soif, les pauvres, ceux qui désirent et attendent, ont souvent ce regard aussi, parce que le monde ne leur est pas donné et qu'ils doivent chercher ce qui les apaisera. Mais surtout ceux qui aiment. Qui aiment quoi, ou qui? Ils aiment, voilà tout, et leur regard alors brûle de ce pouvoir, brûle plus fort que le désir, brûle sans faiblir, sans voir ce qui est possible, ou réalisable, ou raisonnable. Hommes, femmes, enfants, pareils à des feux, pareils à des étoiles. Ils ne possèdent pas la lumière qui est dans leur regard, ils ne possèdent pas ce qu'ils voient, ce qu'ils aiment : c'est la beauté.

Aimer, brûler. Sans limite, sans mesure, être celui qui est hors du temps, hors des lois des hommes, hors du cadastre. Brûler d'une simple flamme claire aux rayons qui vont toucher l'infini réel, brûler de sa vie. Espérer, peut-être. Mais être hors de soi-même, avoir franchi sa propre frontière, pour entrer dans l'inconnu, dans la beauté nouvelle.

Je cherche ceux dont le regard brûle ainsi, leur lumière m'attire comme une clarté réelle. Leur regard contient la force même de la vie, à la fois spectacle et acte. Les mesures temporelles n'existent plus guère. Il n'y a plus de passé, plus d'imaginaire. C'est comme si tout était inachevé, et en même temps évident, tangible, pareil au destin écrit dans les livres. Ceux dont le regard brûle ainsi sont déjà au-delà du monde, car leur regard éclaire jusqu'à la fin de toute durée.

En moi, ils voient plus qu'un homme, plus qu'un visage; ils voient celui que j'ai été, celui que je serai, et dans leur lumière c'est le reflet de ma propre clarté qui m'éblouit. Ils savent qui je suis, eux, comme si je ne pouvais plus rien celer, rien garder. Ma propre image brille devant moi, non pas mirage, non pas double comme le miroir de la conscience peut le faire; car ce n'est pas une image satisfaisante, et je ne peux comprendre ce qu'elle me montre, cela est trop loin, trop vaste; le regard qui me brûle me libère de ma pesanteur, me fait vivre dans un règne que je ne connaissais pas. Je vois seulement le chemin que je dois suivre, le chemin que je ne pourrai pas quitter. La lumière est très grande, je sais que je ne pourrai pas la recevoir toute. Mais je sais aussi que je peux entrer dans une vie sans obstacle, je sais que je peux entrer dans la vie totale.

La vertu brûle le regard.

Je cherche celui, celle dont le regard me révélera à moi-même. D'où viennent-ils? Qui sont-ils? Je ne les connais pas, mais quand je les rencontre, je les reconnais tout de suite, car ils sont ceux que j'attendais. Il y a tant de regards ternes, avides, arrêtés, il y a tant de visages brouillés, corrompus, engraissés, qui montrent ce qu'il y a d'inutile et d'imbécile dans l'espèce humaine! Yeux morts, yeux gelés, yeux vides, visages marqués par la vie nulle. Il y a tant d'hommes, de femmes, partout, que l'on voit comme l'employé derrière son guichet, que l'on oublie aussitôt. Mais un jour, le regard de quelqu'un, au hasard, allume la minuscule étincelle, fait naître la lumière.

La vertu dont je parle n'est pas intelligente, parce que l'intelligence est une activité éphémère, qui ne sort pas de ses limites, qui ne voit pas l'inconnu. C'est d'une autre force qu'il s'agit, une vibration, une musique claire, immédiatement perceptible. Je vois cette femme, elle me voit, sans qu'aucune parole ait été prononcée, et il n'y a plus de secret; tout ce qu'elle est, tout ce que je suis sont là, exposés, libérés, devenus simples.

La vertu est dans son regard qui rend tout exact et fort. Quelle est cette acuité, qui n'a besoin d'aucune science? Est-ce la force d'une conscience extérieure, une conscience instinctive, qui va droit au but, sans prendre garde au brouillage du monde? Est-ce une qualité, un don, à l'égal d'un regard divin? Je ne peux le comprendre bien, et pourtant c'est ainsi: la vertu est simple, sans détour, sans mélange. Elle ne s'apprend pas, elle est l'expression pure qui découle de la vie, telle quelle, à l'instant de la naissance.

Celui, celle qui brûlent ont cette puissance simple. Il y a en eux quelque chose de fondamental, comme un principe, qui fait d'eux les plus véridiques des êtres.

Il y a bien d'autres choses : l'absence de compromission, l'intransigeance (parfois jusqu'à la cruauté), le goût de la justice, le désintéressement, la droiture et la haine du mensonge — le génie des situations matérielles. Tout cela découle de cette simplicité originelle.

Cet homme, cette femme ont seuls pouvoir d'aller jusqu'à la réalité même, jusqu'à la vie. Cette vertu qu'ils portent en eux et qui brille dans leur regard est entièrement dirigée vers le monde, vers les choses de la matière. Ce n'est pas une vertu qui transcende, bien qu'il y ait du mysticisme en elle. Ce n'est pas de l'héroïsme, ni de la sainteté. C'est une vertu pour tous les jours, adaptée à la vie, aux problèmes communs.

Je reconnais ceux et celles qui ont cette vertu à la discrétion de leur regard, à leur élégance naturelle. Ils marchent au milieu des autres, si semblables aux autres qu'on ne saurait les distinguer d'abord. Pourtant, ils éclairent autour d'eux, ils donnent la paix. Leur pouvoir n'est pas fait pour combattre. C'est une force qui agit comme la conscience, à distance.

Dans la rue, je vois tout à coup devant moi ce regard intense, presque dur, plein de volonté et de jugement, et je sens tout son savoir, toute sa connaissance.

Le pouvoir de cette vertu est peut-être dans un certain détachement. Non pas un détachement religieux ou philosophique, ni même cette lucidité tant vantée des occidentaux, mais un éloignement de soi-même, ce départ naturel qui fait rêveurs les yeux des enfants et des vieilles gens. Comme si, par instants, la force de cette vertu se reprenait, se dirigeait vers une autre vie, un autre univers; comme si ces hommes, ces femmes dont le regard a brûlé avec tant d'ardeur, soudain distraits, quittaient l'étroit domaine du présent et retournaient à l'immensité.

Il y a la présence de la divinité dans la vertu; c'est sans doute la seule occasion où on puisse la voir chez l'homme. Cette passion, cette attention à la limite de la douleur, ce génie de la matière — puis cet éloignement, cette indifférence, cela semble vertu divine plus qu'humaine. Et cette vertu est surhumaine parfois, ou pour mieux dire étrangère à l'homme, et ceux qui la portent ont tant de beauté et de perfection qu'on ne peut plus les comprendre. Ils suivent leur voie, à l'écart du chemin habituel des hommes. On ne peut être avec eux jusqu'au bout. On peut seulement les rejoindre, parfois, au hasard, lorsqu'ils nous appellent, et sentir l'ivresse de leur lumière.

La simplicité élémentaire ne s'invente pas. Elle ne se feint pas. Le pouvoir de cette vertu, aucune morale, aucune doctrine ne l'enseigne. Mais une femme, un enfant, simples passants, voisins, alors qu'on était perdu dans la futile complication de la société urbaine et de ses usages, un jour vous regardent tout droit, et la belle lumière calme va jusqu'au fond de vous, ouvre vos yeux, libère le monde.

Nous voyons la beauté réelle, la beauté qui était de toutes parts. Nous entendons à nouveau la parole terrestre, nous percevons ses ordres. Nous sommes à nouveau dans l'intelligence, dans la mémoire, et notre regard sait parcourir le temps jusqu'à l'extrémité. La vertu vient en nous, nous emplit, nous illumine, parce que nous étions faits pour la recevoir, et n'attendions qu'elle.

Puis cela s'en va, peut-être, à l'instant où le regard de cet enfant, de cette femme se détourne. Eux s'éloignent, ils emportent leur lumière, ils la portent ailleurs.

Mais je veux la revoir, je veux vivre à nouveau dans cette clairvoyance. Alors, partout où je vais, je cherche les yeux dont le regard brûle, lumière errante.

Il y a la chaleur aussi, cette très grande chaleur. Elle est douce et profonde, elle passe sur ma peau et entre à l'intérieur de ma chair, pour calmer, pour dénouer. Je ne sais pas bien d'où elle vient. Elle est pareille à un baume qui imprègne les tissus, qui apaise les nerfs, qui cherche l'origine des maux et les guérit.

Dans cette chaleur il y a aussi la vertu. Elle est donnée à une femme, naturellement, comme un pouvoir secret qu'elle ne comprend pas bien elle-même. C'est la vertu de ses mains larges et fortes, peut-être, la force de ses paumes usées, de ses doigts qui savent pétrir et serrer, qui savent modeler la forme de la vie.

Il n'y a pas de vertu sans cette chaleur, car elle est le principe même de la vie. Chaleur, lumière, vérité, n'est-ce pas la même chose? Il ne s'agit pas d'idées abstraites, ni de thèmes philosophiques. Il y a cette volonté, issue du monde, nourrie du monde, qui se matérialise dans les mains d'une femme.

Elle qui brûle de ce feu continuel, elle qui est construite autour de ce feu, elle sait donner chaleur et lumière. La clarté du jour, la beauté est dans son regard qui va au fond de moi et me réunit à elle; la chaleur est dans ses mains, sur son visage et sur son corps, comme un halo, et tous ceux qui s'en approchent entrent dans cette zone d'ondes comme dans une atmosphère.

Le rayonnement est tout à la fois : intelligence, beauté, paix, vérité. Car la chaleur de cette femme dégèle l'esprit, le rend soluble, malléable, lui fait connaître cette joie ductile sans laquelle il ne peut y avoir d'intelligence au monde. Lui fait connaître la seule beauté, pareille à celle de l'été, ciel libre, air et eau à la température du corps, quand tout est translucide et léger. Cette chaleur est la vérité puisque les paroles sont enfin libérées de leurs entraves, des douleurs, des habitudes. Moment exceptionnel et pourtant infini, lorsque l'on sait ce que l'on voit sans avoir besoin d'apprendre ou de juger. Et la paix est enfin possible : la seule paix, lorsque la beauté, l'intelligence et la vérité sont réunies et vibrent d'un même mouvement, dans la lumière.

Tout cela est un miracle. La vertu n'est pas volontaire. Elle est donnée au moment de la naissance à quelques-uns qui sont au milieu des hommes comme des demi-dieux, comme des fées.

D'où viennent-ils? Qui les a choisis? Leur regard neuf est plein de lumière, et pourtant le feu qui est en eux semble brûler depuis toujours. Leurs mains, leurs gestes, leurs visages sont ceux des enfants, comme s'ils ignoraient leur pouvoir; ou plutôt, comme s'ils n'y prêtaient pas garde, gênés même parfois à cause de cet excédent de chaleur, de ce trop de vie. Et pourtant, ce feu nouveau qui rayonne à travers leur peau, qui les entoure d'une auréole bienfaisante, ce feu que l'enveloppe de leur corps cache à peine, comme un nuage devant le soleil, n'est-ce pas le même, inextinguible, qui brûle sur la terre depuis l'origine de la vie?

Il y a dans la beauté quelque chose qui ne change pas, qui ne cède pas. Je vois ce visage où brille la lumière, et je sais qu'il a toujours été ainsi, qu'il restera toujours ainsi. Cette force a toujours été en lui, comme s'il l'avait reçue du plus lointain passé, bien avant le jour de la naissance.

C'est une volonté qui se transmet, de proche en proche, qui

doit se faire jour. Que dit-elle? Je ne puis la comprendre, moi qui ne suis qu'un témoin de la vertu. Mais je sais qu'elle est ce qu'il y a de plus pur, de plus précieux dans la lignée humaine. C'est la force de la vérité, le regard aigu et précis qui va au travers de tous les écrans, de toutes les barrières. C'est le pouvoir de cette lumière, la chaleur de cette flamme. Il y a des hommes et des femmes, comme des astres. L'on va vers eux, pour apprendre, pour VOIR.

Sans comprendre, on va vers la beauté, attiré par ce qu'il y a d'intransigeant, de droit. On apprend la valeur du langage, la valeur des mots et des actes. La beauté éclaire, elle montre la route à suivre : cessent les mensonges, les approximations, les doutes.

Peut-être que tout cela était en nous, qu'il suffisait de le voir. Peut-être que nous connaissions tout cela, que nous avions aussi reçu ce pouvoir, cette flamme. Ceux qui ont gardé la vertu sont peut-être ceux qui n'ont pas changé de visage, lorsqu'ils ont quitté l'enfance.

En eux, la lumière est restée, le regard clair. Tout ce qu'ils voient est simple, parce qu'ils n'ont pas rompu le contact avec la vie. La cohabitation dans l'univers médiocre des adultes multiplie les pièges, les dégradations. Il y a eu, sans cesse, l'épreuve du mensonge, de la jouissance, de la possession. Il y a eu l'argent, la vanité, les passions cupides, et plus grave encore, la facilité, la paresse de la conscience à quoi succombent la plupart des hommes. Mais leur regard est resté neuf malgré tout cela, leur lumière a continué de briller. Ceux qui ont gardé la vertu sont douloureux, blessés, fatigués aussi de cette continuelle vigilance.

La vertu qu'ils ont gardée malgré les troubles de la société humaine est difficile. Cette clarté use et consume. Ils l'ont voulu ainsi. Peut-être que cette vertu n'est donnée qu'à ceux qui en connaissent les conséquences, et qui décident de la préserver, quel que soit le prix. La vertu n'est pas seulement une foi, elle est aussi une connaissance de soi-même.

C'est une science qui n'est appliquée à rien d'autre qu'au monde, qui ne conçoit rien d'autre que la vie. Une science, je veux dire davantage qu'une conscience, parce que cette connaissance existe avant toute analyse, avant toute expérience.

Je vois ces yeux, ce regard profond, ce visage apaisé, je sens le rayonnement de cette chaleur et de cette lumière, autour du front, des cheveux, sur la paume des mains, comme une onde guérissante. Je *vois* cette science, je ne puis dire ce qu'elle enseigne, mais je la vois. C'est comme si cette femme était en possession d'un secret, et que je découvrais tout à coup, grâce à son regard, un secret identique au fond de moi, sans le comprendre. Quand deux êtres se rencontrent, dont l'un sait quelque chose et l'autre l'ignore, le regard est un instant de naissance, un appel. Qu'est-ce qui va suivre? Rien, peut-être, si l'orgueil trouble déjà le regard de l'ignorant; ou bien alors le secret, en un éclair du regard, se livre. Ceux qui possèdent cette vertu, cette lumière, ils ont le pouvoir d'une science qui va au-delà de toutes les apparences.

Mais la simplicité du secret est parfois insoutenable. Les hommes ne veulent pas savoir, ils ne peuvent pas supporter une telle clarté. Ce qu'ils préfèrent, c'est l'accumulation des biens et des jouissances, qui les enivre et leur fait oublier la mort.

J'aime ceux qui portent cette vertu, parce qu'il y a de la pauvreté dans leur savoir. C'est un secret de dénuement, d'humilité, un savoir désert et solitaire comme la lumière des pays sans hommes, où ne règnent que le ciel, la mer et la pierre. Il y a un très grand silence au fond d'eux-mêmes, un silence d'espace, un silence d'éloignement. Ils se taisent. Ils gardent en eux leur connaissance, ils la retiennent. Ils ne l'exhibent pas, comme s'ils redoutaient de troubler ce qui les entoure, comme s'ils se défiaient du bruit des paroles.

Ils attendent. Ils regardent. Les enfants, les vieillards ont souvent ce goût du silence. C'est par leur regard qu'ils parlent, c'est par leur regard qu'ils apprennent. Ils observent, sur leurs gardes, parce que la vie est d'abord visible. Ils attendent, parce que les mots sont comme les œuvres, il faut d'abord qu'ils se préparent.

La vertu dont je parle est une force, la pure force créatrice de l'homme, qu'aucune prouesse ne mesure. L'attention continue éclaire le regard d'une jeune fille, fait briller ses yeux noirs d'un éclat que je ne peux pas oublier. Regard profond des enfants aussi, qui observent la comédie des adultes. Regard des prisonniers, des exilés, de ceux qui souffrent dans les salles perdues des hôpitaux. Regard qui va plus loin que l'artifice des villes, qui va au-delà des décors futiles des théâtres avilis. Regard neuf qui éclaire, qui traverse les nuages troubles de ces civilisations de pacotille et de faux luxe. Regard affamé, chargé d'une telle souffrance et d'un tel désir de voir le réel, que je ne peux m'empêcher de le suivre, de me joindre à lui. Où va-t-il? Que regarde-t-il ainsi?

Il n'y a que le monde, dur et tangible. Regard qui rend pâle toute idée, qui dissout les fantasmes et les narcissismes. Regard de ceux qui ont soif et faim de réel, et non d'images hypnotiques.

Ceux qui ont ce regard où vient la force de la vertu, m'obligent à ne plus être tout à fait moi-même. Ceux-là sont eux-mêmes, ils le sont simplement, sans orgueil. Être soi-même, alors, c'est éclairer le monde de ses yeux, répandre sur lui la chaleur de ses mains. Je ne dois plus me contenter de mon propre monde. Je ne dois plus me faire d'illusions sur mes limites. Je dois regarder seulement, du point où je suis, le monde qui est devant moi, qui s'ouvre.

J'aime la dignité de ceux qui brûlent d'un tel secret. Ils ne demandent rien aux autres hommes, ils ne cherchent pas à les convaincre. Peut-être les ont-ils déjà jugés? Ils sont les vrais maîtres de la terre, de la mer.

Leur savoir est en eux, tout entier. Dans leur visage, dans leurs mains, dans leur corps. Ils ont l'élégance des gestes anciens, pour manger, pour se vêtir, pour s'asseoir, pour marcher. Le silence qui est en eux commande à leur corps, le rend léger, dansant. Le silence commande à leurs mains, les rend souples, précises, car c'est l'habileté manuelle qui exprime le mieux cette vertu. Tisser, tresser, nouer, façonner, gestes essentiels qui existent avant même le langage. Ce sont des gestes qui mesurent, qui pèsent, qui choisissent, des gestes longs qui savent soigner, caresser ou étreindre.

La vertu, l'élégance sont simples, et c'est sans doute pour cela qu'on ne les trouve plus guère que chez les peuples pauvres, dans les civilisations visuelles. Mais ce pouvoir et cette clarté sont exemplaires, et quelques hommes, quelques femmes suffisent à transformer tout un district, toute une ville. Un jour, on les aperçoit, au milieu d'une foule, au hasard, isolés et princiers, et tout ce qui nous aveuglait et nous leurrait s'efface.

On rencontre un regard, comme cela, tout à coup, par miracle, et on reçoit le choc de cette science ancienne. On voit l'éclair de cette lumière, on sent sur sa peau la chaleur qui dénoue les fibres, qui lénifie. Cela ne peut être qu'un instant, un sourire, ou bien la lueur dans le regard d'une jeune femme qui bientôt s'éloigne. Mais nous reconnaissons tout de suite ce qui se dit alors, cela revient dans notre mémoire comme un chant oublié. Nous reconnaissons cette grâce, cette beauté.

La vertu n'est pas passagère. Elle va d'un bout à l'autre du temps, tendue et vibrante comme le jour, illuminant le réel. Nous ne sommes plus isolés, nous ne sommes plus égarés. Il faut se souvenir, il faut apprendre à nouveau, et se taire. Il faut être à chaque instant passionnément attentifs. Au fond de nous-mêmes, et partout dans le monde, la vertu attend ses messages. Elle veut naître, enfin, elle veut brûler sur la terre tout entière.

Je pense au miel comme à une personne. Je veux dire une personne vivante, avec son corps et son visage, son caractère, son langage, sa pensée. Il y a autant de personnes que de variétés de miel. Il y a ceux qui sont grands et maigres, violents, nerveux, avec des visages sombres et une peau noircie par le soleil, miels sauvages, un peu âpres, agressifs, produit des mouches à miel qui butinent les fleurs rares des pays de déserts. Il y a ceux qui sont doux, très doux, ensommeillés, nonchalants, des personnes sans grand caractère en somme. Il y a des miels comme les habitants des marais, là où croissent les palétuviers et les lourdes fleurs malsaines. Il y a des miels comme les montagnards, qui vivent dans le vent à proximité des glaces, habitants des hauts plateaux où le ciel est transparent, où les fleurs sont petites et blanches et sentent fort. Il y a les miels des prairies, personnes saines et sanguines, larges de corps, lentes d'esprit, et les miels des abords des villes, qui sentent le caoutchouc et le gas-oil. Je les vois toutes devant moi, ces personnes étranges, tandis que je goûte le miel. Je les vois, vêtues de leurs feuilles vertes ou de leurs épines, avec leur visage de plante et de fleur. Leurs voix sont toutes différentes, leur danse n'appartient qu'à chacune d'elles. Les personnes jaillissent de la brume, hors du liquide couleur d'ambre, et elles se tiennent debout devant moi sur la table, et elles me considèrent. Elles me regardent, de l'autre côté de la réalité, et je sens le pouvoir de leur vie glisser en moi, tandis que je bois le miel. Qui sont-elles? Sont-elles seulement dans mon imagination? Devant mes yeux, sur la table, il n'y a qu'un pot de verre un peu étroit au sommet, plein d'un liquide doré. Il y a une petite cuiller d'argent où brillent les cristaux minuscules de sucre et de pollen. Mais pourquoi croirais-je seulement à ce que mes yeux peuvent voir ? Ma langue voit aussi, et le palais de ma bouche, et ma gorge. C'est à eux que les personnes qui vivent dans le miel se montrent, c'est à eux qu'elles parlent, c'est pour eux seulement qu'elles marchent et qu'elles dansent.

Il y a ainsi des personnes inconnues, un peu partout, qui se montrent quand je mange leur substance. Je ne sais pas qui elles sont. Des dieux ? Des génies ? Des esprits qui accompagnent les hommes ? Ou bien l'âme des plantes, des fleurs, des fruits ? Qu'importe leur nom ! Elles surgissent, elles se montrent devant moi, et debout sur la table, tranquillement, elles me considèrent !

Je ne les rencontre pas seulement grâce au miel. Il y a d'autres personnes que je sais reconnaître. Il y a les personnes du thé, personnes vertes, ou noires, hommes âcres, guerriers, ou femmes qui sentent l'encens et la bergamote; ils naissent dans la fumée transparente au-dessus du bol plein du breuvage bouillant.

Il y a les personnes du sel, les grands génies maigres et aigus, dont les membres semblent prêts à se rompre et qui parlent en faisant le bruit du verre. Il y a les personnes du pain, les personnes des fruits acides, des fruits rouges. Il y a les personnes très vertes des feuilles de menthe et de coriandre, les personnes petites et flamboyantes, des animaux presque, qui vivent dans les piments rouges et dans les grains de poivre. Il y a les personnes magiques du tabac, les génies très lents et lourds qui étalent leur corps dans l'air, sous le plafond des chambres; leur regard indécis va et vient, conduit au sommeil. Il y a les personnes du lait aigre, celles du ferment et de l'alcool; chacune avec son visage, sa voix, son corps, qui m'entraîne dans un monde différent. Il y a les personnes des racines, les hommes terreux, sans pigment, sans yeux. Il y a les personnes des amertumes, celles qui vivent dans l'écorce des oranges, dans la graine du cacaoyer ou dans la feuille de la belladone.

Elles sont là, ces personnes, chacune à sa place dans le monde, avec leur visage du jour ou de la nuit, avec leurs parures de feuilles, d'épines ou d'écorce. Nul ne peut les voir avec ses yeux, nul ne peut entendre leur voix avec ses oreilles. Et pourtant, elles sont là, elles m'entourent, elles m'attendent. Quelquefois, tandis que je mange d'elles, tandis que je goûte et sens d'elles, soudain elles se lèvent au-dessus de leur substance comme une ombre, elles se mettent debout devant moi, géants, nains, soldats, princes, fées, âmes, et longuement, sans rien exiger de moi, doucement, elles me considèrent.

J'aime la beauté claire et simple des civilisations manuelles. Je voudrais les appeler plutôt civilisations visuelles, parce qu'elles savent voir avec leurs mains. Elles font des objets qui parlent aux sens, des objets qu'on a envie de toucher, qu'on peut lire avec ses doigts; simples ustensiles de cuisine modelés dans la terre, cruches, urnes, marmites, arrondies et polies par la paume des mains pour que d'autres paumes les prennent et les soulèvent; bois taillés au canif et usés comme la peau, cœurs de l'ébène, de l'acajou, du nazareño, lisses et durs comme la pierre; cuivres martelés, brillants comme le feu, pierres polies, pierres taillées, haches d'onyx et de silex, bijoux de graines et de plumes, monnaies lourdes de bronze et d'or.

La beauté des objets est immédiate, elle semble sortir directement de la terre, de la mer et du feu. Il n'y a rien en eux qui isole ou exile, car les civilisations visuelles sont faites pour le plaisir des biens naturels. Elles savent voir depuis le commencement des temps, elles enseignent à voir, je veux dire à exulter dans le regard, sans rien demander à l'intelligence.

La civilisation moderne est aveugle, semblable à ces cafés où les gens se heurtent aux tables et aux chaises sans les voir. Tout lui est difficile, étranger, et ce qu'elle aperçoit est déformé par ses lunettes, lorgnettes, écrans perlés, qui grandissent trop, qui captent trop. Elle veut comprendre, elle cherche les structures, les sens cachés. Mais le bonheur lui échappe, le vrai bonheur, magique et prompt comme une danse, le bonheur de la lumière, de la mer, du ciel. La matière est la seule intelligence de l'homme, sa seule vérité, sa technique.

Les peuples visuels ont gardé ce pouvoir qui enchaîne les actes aux choses et crée le monde humain. Villes semblables à la terre et aux roches, monuments qui épousent le vent, le soleil, la pluie. Villes rouges sur la terre ocre, devant les montagnes de cuivre; villes de boue près des grands fleuves, villes de palmes et d'herbe dans les clairières des forêts. Demeures comme des terriers, comme des termitières, demeures pour les hommes et pour les femmes, et non pas pour les autos et les avions. Demeures arrondies, où la lumière glisse doucement, où l'ombre est fraîche. Portes basses, fenêtres ovales, grandes salles blanchies à la chaux. Longues murailles de terre et de paille mêlées, où la lumière allume des étincelles, chaque soir. Demeures où le luxe est à la mesure des besoins, où le silence et le bruit, l'ombre et la lumière, la chaleur et le froid de la nuit sont les mêmes que dans le monde alentour.

Les civilisations visuelles connaissent cette danse, cette gaieté. Tout y est vrai, proportionné, équilibré. On n'y trouve pas de couleurs extraordinaires, mais chacun connaît la rouille, la poussière, la fermentation nécessaires. On n'y invente pas de formes nouvelles. A quoi bon? Les anciennes sphères, les anciennes trames suffisent. Les mains ont fabriqué ce que les yeux peuvent voir, et les mains, en touchant les objets, reconnaissent les formes qu'elles aiment.

Il y a encore des hommes aujourd'hui pour croire à la nouveauté, la seule nouveauté : celle qui est dans le regard d'un enfant, tandis qu'il découvre l'infinie variété des richesses quotidiennes. L'homme doit peu à son cerveau, moins encore à son langage. Mais ses mains sont libres, ses mains ont besoin du contact avec les choses de la terre. Ses mains sont tendues, pour la nourriture, la chaleur, l'amour. Ses mains veulent voir et lire, dessiner le contour du monde, trouver « prise ». Ses mains, celles des très jeunes enfants, ont besoin de se refermer sur quelque chose, de tenir une poignée de quelque chose.

Elles seules savent depuis toujours la caresse de la perfection. Le regard, pour comprendre, doit suivre le mouvement de ces mains.

Aujourd'hui encore, sans hâte, mais avec la grâce naturelle des premiers dieux et des premières déesses, les civilisations visuelles créent leur monde saisissable. C'est un monde de paix et de beauté, où chacun sait quelque chose du pain ou de la vannerie, de la menuiserie ou du tissage, de la sculpture ou de la céramique, pour faire la vie quotidienne.

Pourquoi avons-nous oublié ? Pourquoi sommes-nous séparés ?
Notre civilisation de papier-monnaie et de fausses idées nous
angoisse comme une nuit vide. Nous avons faim, nous avons
froid, et nous sommes bien seuls. Mais nos mains veulent voir
encore. Elles veulent encore sentir la douceur, la chaleur, elles
veulent étreindre et tâter. Nos mains veulent agir, enfin, elles
veulent créer. Et notre regard cherche les signes de l'ancien
bonheur, pour vibrer et bondir dans la lumière.

Chaque fois que je pense à l'archéologie, à l'histoire, ou à
quelque science humaine, je sens comme un frisson. Comment
un homme de ce temps, de ce monde, peut-il comprendre un
autre peuple, une autre civilisation ? Je sens le dégoût devant
cette curiosité, le scandale de cette profanation. Ces mondes
disparus, ensevelis, comment imaginer qu'on pourra en exhumer
autre chose que des bribes, des débris, comment oser prétendre
les connaître, les aimer ? Les peuples anciens ont disparu, se
sont évanouis, et avec eux tout leur savoir, leurs dieux et leurs
héros, leur façon de voir et d'agir, leurs arts et leur langage.
Ils ont disparu, et leur effacement a quelque chose de sacré,
d'inviolable, car ce n'est pas d'un catalogue de rites ou d'objets
qu'il s'agissait, mais d'hommes, vivant dans leur dignité et
leur beauté.

Leur monde n'était pas un musée, ni une attraction touristique. Hermétique, car ils l'avaient voulu ainsi, leur domaine était offert aux dieux seuls, aux forces surnaturelles qui leur accordaient la vie et la nourriture sur cette terre. Leurs rois et leurs prêtres étaient de vrais rois et de vrais prêtres, obéis et vénérés par des milliers d'hommes. Leurs idoles n'étaient pas des curiosités, ni des œuvres d'art, ni des sujets d'étude. Pour elles le sang coulait, l'encens brûlait dans les coupes, et les hommes concevaient les plus grands espoirs, les plus belles prières. Tout cela fut, non pas pour une génération, mais pour des siècles de fidélité, de vénération, de vie et de mort. Cela s'est consumé sur les terres anciennes, en Iran, en Mésopotamie, en Égypte, en Grèce, en Chine, en Afrique, en Amérique. Cela a brûlé de toute sa force, de toute sa lumière, a façonné la terre et les fleuves, a vibré dans le ciel, dans les nuages, jusqu'aux astres. Lentes explosions humaines qui ont irradié le monde, puis se sont éteintes. Aujourd'hui, ces civilisations se sont évanouies pour toujours, ne laissant de leurs brasiers que ces quelques ruines, quelques cendres, quelques ossements. Ne laissant que ces légendes extravagantes qui sont l'ultime hommage des hommes envers ceux qui les ont précédés.

N'est-il pas risible, dérisoire et impudent de prétendre reconstruire ces mondes, aujourd'hui, à partir de ces déchets? Notre civilisation moderne, que peut-elle comprendre à tout cela? Elle qui ose piller les tombes et profaner les lieux saints, elle qui n'a d'autre dieu que son propre savoir, dieu de vanité et de suffisance; elle qui n'a d'autre foi que celle en sa propre technique, elle qui ne connaît d'autre art que celui de l'intelligence et de l'agression. Comment pourrait-elle imaginer la vérité de ces hommes d'autrefois? Son goût de la profanation, son impudeur la jugent, et son savoir est faussé dès le premier instant, faussé par l'énorme distance qui la sépare des mondes disparus.

Ces secrets qu'elle prétend dévoiler restent intacts, à jamais. Ces empires morts ne sont pas de sa compétence. La beauté, l'harmonie, la grandeur des civilisations disparues sont en dehors de notre monde, pour toujours. La vie n'est pas dans l'intelligence, ni dans le savoir. Un enfant, un seul enfant d'une famille de pauvres, aux environs de Louksor, de Tikal, d'Our ou d'Angkor en savait davantage, et comprenait mieux les secrets du monde dont il était l'ignorant témoin, que tous les savants et compliqués ouvrages de notre temps.

J'aime la gaieté simple de l'enfance. Ceux que la vie étonne, que la vie surprend, et qui s'amusent du monde, ceux-là aussi ont la vertu. Ils ne sont pas sérieux. Les grandes choses, les beaux discours, les événements historiques, ça ne les intéresse pas. Même, quelquefois, ils les regardent du coin de l'œil, ils les écoutent du coin de l'oreille, l'air un peu étonné, et ces grandes choses et ces belles phrases retombent à plat, un peu dépitées, sans plus oser être solennelles. Ceux qui ont cette gaieté n'ont pas mauvais esprit. Mais c'est simplement que les grandes choses ne sont pas toujours celles qu'on croit, et que la beauté et la vérité n'ont pas besoin d'être sérieuses.

Ce sont des choses rapides et gaies, des choses qui brillent, qui bougent, qui bondissent et frétillent, qui font du bruit et des gestes. Ceux qui sont très près de la vie ont les yeux qui brillent aussi. Ils regardent, ils sont prêts à rire. La lumière est en eux, la lumière danse comme une petite flamme, les chatouille, les amuse. Il y a un rire qui s'agite, qui grelotte partout, qui se répand comme le vent à travers les herbes. C'est un rire immédiat, sans pensée, sans jugement, un rire qui libère, qui rend complices.

Les hommes ont inventé le sérieux. Mais ailleurs, alentour! Les graines germent, et c'est assez drôle, les fleurs s'ouvrent et bâillent, les nuages courent les uns derrière les autres, la pluie tombe en faisant son bruit de billes, le vent souffle, s'essouffle, les fruits tombent comme des pierres, les oiseaux sifflent deux ou trois fausses notes, les chiens cherchent les réverbères et les roues des autos, les gens commèrent, les horloges sonnent, les coqs se réveillent en sursaut à minuit et chantent. Même les feuilles d'automne descendent en planant comme des oiseaux mous, et ratent leur aterrissage. Oui, tout cela est assez drôle.

Les enfants ont ce manque de sérieux naturel, ce pouvoir de gaieté. Ils sont en dehors de l'univers adulte où l'on parle trop, où l'on cherche trop de raisons. Ils sont hors d'atteinte de l'ennui, parce que le monde bouge et vibre sans cesse pour eux. C'est leur vertu aussi qu'il faut trouver, maintenant, pour être libre. La vérité terrestre n'est pas raisonnable; ce n'est pas un calcul, ni une logique. C'est être là, être aux aguets, aux écoutes, sans cesse prêt pour toutes les merveilles.

Les enfants cherchent ce qui les amuse, dans la terre, sur les rochers, dans l'eau des mares, sur les feuilles d'herbe, ce qui les amuse ou les inquiète, ce qui peut bondir, se transformer, faire un signe dans l'air. Cet éveil est la seule intelligence, qui jouit du monde tout de suite, sans rien garder pour plus tard. Ils sont acteurs et complices de ce qui se passe, mais jamais prévoyants. Les choses font des clins d'œil, jettent de petits éclairs, de petites étincelles. Les choses brillent, puis s'effacent, surgissent, puis s'en vont, sans jamais laisser de traces.

Les hommes ont inventé l'ennui, ils ont créé l'horreur, la

guerre, le mensonge. Mais le langage peut distraire les enfants, car les mots ont gardé, malgré tant de science et d'usage, la lumière tressautante des premiers jours.

Les mots volent, se carambolent, font des remous, des dessins, les mots sautillent et dansent, loin des discours tragiques et des paroles stupides des adultes. Les mots jouent. Les idées jouent, les apparences se faussent et se détraquent. Alors on est loin des poids et des fatigues, des concepts, des fantasmes rassis. On est loin de la lenteur, loin du sommeil, loin de la conscience vaine. On est à des milliers de kilomètres des villes douloureuses, à des milliers d'années. On est tout près d'un caillou, tout près d'un scarabée, d'une limace. On est tout petit, à nouveau, si petit qu'aucune pensée ne pourrait rester très longtemps, qu'aucune phrase très longue ne pourrait se faire. On a juste une étincelle de toute la lumière, juste une poussière de toute la matière. Mais c'est bien.

Alors, on est un peu perdu dans le grand monde, mais cela ne fait rien. On ne sait pas bien qui on est, où on va. Mais on sent les vibrations, partout, dans la terre, dans l'eau, dans les airs, et on regarde, on écoute, on rit de temps en temps, on joue — une toute petite parcelle de ce grand jeu, de ce grand regard, de ce rire sans fin de l'univers.

Ce qu'il y a de plus émouvant dans le visage de l'homme :
le sourire. Le visage s'ouvre tout à coup, comme si un vent
emportait son poids, effaçait sa douleur, sa mémoire, le visage
se fend et s'écarte lentement, et quelque chose brille. Quelque
chose se montre, éclaire les yeux plissés, bouge sur le dessin
des lèvres, sur les joues, sur le front, fait un peu reculer les
oreilles. Quelque chose apparaît, une pensée, un regard, une
lumière, quelque chose qui parle, qui fait un signe.

J'aime le sourire sur le visage des enfants, des femmes. Il
n'y a pas d'expression plus belle. Il n'y a rien de plus vrai sur
le visage humain, rien de plus doux, de plus harmonieux dans
la personne humaine. Le sourire vient du plus profond de
l'être, du monde du sommeil peut-être, et monte, traverse le
corps lentement à la manière d'un frisson de plaisir, jusqu'à
l'orée de la bouche. Frisson de bonheur, frisson de lumière et
de paix ; ce qu'il montre, c'est l'état d'innocence, l'acceptation
du monde et de ses limites, comme une clarté mêlée au jour,
âme et monde unis, inséparables, indissociables ; enfin, l'être
vrai de l'homme, l'être tel qu'au commencement de la vie,
aux premiers jours, quand nulle peur, nulle complicité ne vient
troubler la transparence de l'âme. Le sourire est cet instant
de solitude extrême, de solitude admirable. Il est le moment
du retour, le miracle peut-être. Pour rien ni pour personne,
dirigé vers le monde immense, le sourire est l'ornement de la
vie. C'est-à-dire que sa beauté n'a d'autre raison que cette
illumination du monde, cet éclaircissement.

Sur le visage des petits enfants, le sourire apparaît soudain,
s'ouvre comme une fleur blanche. Les yeux sont fendus à
l'extrême, le nez est aplati, la bouche relevée et les oreilles

renvoyées en arrière. La fontanelle bouge un peu, palpite. Toute la peau semble briller davantage, comme si la vie n'était jamais aussi forte qu'en cet instant. Celui qui regarde un tel sourire ne peut s'empêcher de sourire à son tour; cette clarté vient en vous, se communique à vos entrailles, vous chauffe, distend les muscles de votre visage, souffle comme une haleine douce sur votre bouche. C'est le premier langage vraiment, la première parole. Non une requête, ni une question, ni un cri, mais une parole : le passage au-dehors de cette force et de cette clarté qui sont à l'intérieur du corps, le nécessaire passage de cette très grande douceur, de cette très grande puissance. Comme si plus rien ne devait être caché, ni corrompu, comme s'il ne pouvait plus y avoir de violence. Le sourire des petits enfants ouvre leur visage, ouvre tous les visages du monde.

Il n'y a plus de mystère alors, plus de doutes. La vie est simple et immédiate, pure, sans retard, sans calcul. Elle est comme l'étoile de lumière d'une seule fleur, comme la goutte de miel d'une abeille, comme le vent chargé de pollen, comme le bruit d'une seule goutte d'eau. C'est ici la seule parole humaine, la beauté qui n'appartient qu'à cette espèce. Ce qui se dit, ce qui se fait ensuite, ce qui se crée ensuite, ce ne sont que des approximations à côté du sourire des petits enfants.

J'aime le sourire qui efface, qui libère. A l'instant où le visage frémit, puis s'épanouit, je sens comme un appel d'air, comme un bâillement au fond de moi. Le sourire est l'oubli, le merveilleux oubli. La vie au plus profond de l'être, la vie qui semble issue du sommeil et des rêves, ou de cet état d'apesanteur qui précède la naissance — tout à coup bâille, se libère de ses liens, annule ses habitudes. Tout devient non pas indifférent, mais léger, sans conséquence, et c'est la vraie signification de la vie qui occupe le visage, les yeux, les poumons : la transparence de l'air, la clarté, la douceur terrestres.

Sourire léger des petits enfants, comme une parole inachevée, disant l'état pur et neuf de leur vie, la lumière vierge, la mer et la terre sans mémoire. Sourire des femmes et des hommes adultes, qui passe sur leur visage comme une eau, qui s'étend devant leur bouche comme un souffle.

Sourire des dieux, sourire des dieux-bébés des anciens Olmèques aux yeux étroits de chat. Sourire des dieux de pierre des Khmers, vers les quatre orients. Certains de ces sourires ne se sont pas effacés tout à fait. Ils éclairent encore, sculptés sur les masques de lave et moulés dans le plâtre, sur les statues de bronze. Dieux étranges aux yeux de fourmi, au long visage irréel, où est inscrit ce sourire indestructible. Visage hautain et félin du grand Akhenaton dont le sourire semble au commencement et à la fin de toute la puissance humaine. Sourire des sphinx, sourire des fées, sourire du chat de Cheshire qui flotte longtemps après que l'animal a disparu.

Chaque fois qu'un petit enfant sourit, c'est ce même secret qui se dévoile, cette même lumière qui brille un instant. Tout notre savoir et toutes nos richesses ne valent rien en comparaison de ce sourire. Comme le jour, il éblouit et donne ses bienfaits, il délaie aussitôt toute l'ombre, toute la confusion qui nous entourent. Le sourire de cet enfant fait taire toutes les paroles, car il ne doit plus y avoir qu'une seule parole, un seul langage, celui qui vient de la profondeur du sommeil et traverse tout le corps, lentement, comme un frisson, jusqu'à la surface du visage. Qui peut dire ce que contient ce frisson, cette vague? Mais le sourire n'est pas pour la connaissance. Il est une onde qui nous gagne et nous prend, qui s'élargit et vit dans notre corps, il est un souffle qui se mêle à notre souffle et respire avec nous.

Quelque chose s'écarte en nous, nous sépare de notre monde, nous détache. Quelque chose brille, d'une blancheur inextinguible, comme une fleur.

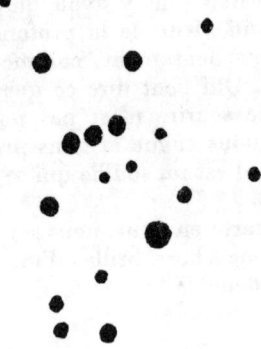

Le petit garçon inconnu aime beaucoup la nuit. Il attend qu'elle vienne, comme cela, à la fin de chaque jour, et qu'elle recouvre tout de son ombre. Quand elle vient, c'est comme une personne très douce qui grandit sur la terre et dans le ciel, qui déploie les ondes de sa chevelure et les voiles de sa robe et qui enveloppe les maisons des hommes.

Le petit garçon inconnu est immobile et il regarde le ciel, pour voir la nuit apparaître. Mais il ne la voit jamais vraiment. Quand elle est arrivée, tout est bleu-noir, sombre, profond, mais on ne sait pas comment elle est venue. Simplement, d'un coup, elle est là, et on est en elle.

Le petit garçon inconnu regarde le ciel au-dessus des arbres.

Les étoiles s'allument, une à une. La lune parfois monte au-dessus de l'horizon, son croissant pareil à une tartane flotte lentement vers Vénus, vers Jupiter. Les étoiles allument des feux dans la nuit bleue.

C'est le moment du crépuscule du soir, alors vient la liberté, non pas celle qu'espèrent les hommes, mais la douceur, la très grande douceur. Elle sort à la fois du ciel et de la terre, et commence le silence de l'air, de l'eau, des maisons, même des villes brumeuses, comme si chaque immeuble de ciment sortait la tête pour respirer. Et pendant ce temps-là, devant le petit garçon inconnu, la terre bascule lentement du côté de la nuit.

Le petit garçon inconnu est assis, comme au bord de la planète, il regarde l'espace. La nuit, l'espace est libre, enfin, les yeux n'ont plus peur de voir. Les points minuscules sortent de l'ombre, palpitent, étoiles rouges, étoiles bleues, planètes à l'éclat fixe, dessins jamais achevés des constellations.

Le ciel vibre doucement, au-dessus du petit garçon inconnu, et la terre s'éteint. Les collines, les maisons, les arbres, les routes disparaissent. Le ciel s'éclaire.

Le ciel grandit. Il entre par les yeux grands ouverts, il baigne son corps. Le ciel noir n'a pas de frontières, et la lumière légère des étoiles apaise son âme comme une caresse.

C'est comme cela que le petit garçon inconnu aime rester, pendant des heures, sans bouger, quand toute la terre est effacée par la nuit. Allongé sur le dos dans l'herbe du jardin, ou bien seul sur la plage, il regarde le peuple des étoiles.

A chaque instant de nouvelles apparaissent, encore, encore, comme des gouttes sur les toiles d'araignée. Étoiles majeures qui battent avec violence, blanches, bleues, rouges. Poussière d'étoiles, phosphorescences, amas, pollen, figés comme des bulles dans la glace, et leur lueur franchit avec peine l'épaisseur de l'air noir.

Le petit garçon inconnu les regarde. Il les écoute aussi, car elles font de drôles de bruits, comme cela, en chantant dans la nuit, comme les insectes. Il entend leurs voix qui viennent du plus loin de l'espace, qui traversent le ciel, puis s'en vont ailleurs. Les étoiles restent immobiles dans la nuit au-dessus de lui, et il suit les dessins sans fin comme des routes.

Il ne connaît pas leur nom, il ne sait rien d'elles, comme elles ne savent rien de lui, mais il les aime. Elles sont peut-être ce qu'il aime le plus au monde, ce qui a le plus d'importance. Le jour, quand le ciel brille et que la lumière du soleil couvre la terre de sa taie aveuglante, les étoiles sont invisibles. Mais il attend chaque soir avec impatience, pour pouvoir se coucher sur le dos par terre et ouvrir bien grands les yeux, et chercher, fouiller du regard la pénombre grise qui descend, écarter les derniers nuages humides du jour, pour que le ciel nu comme une pierre, le ciel glacé, intense, montre enfin tous ses joyaux, les milliers de soleils allumés au fond de l'espace et vivant de leur vie sans limites.

Ce sont les étoiles qu'il veut voir, et la lumière cendrée entre en lui, douce et fraîche, la lumière pâle comme celle des fleurs nocturnes, qui emplit son corps de lents frissons.

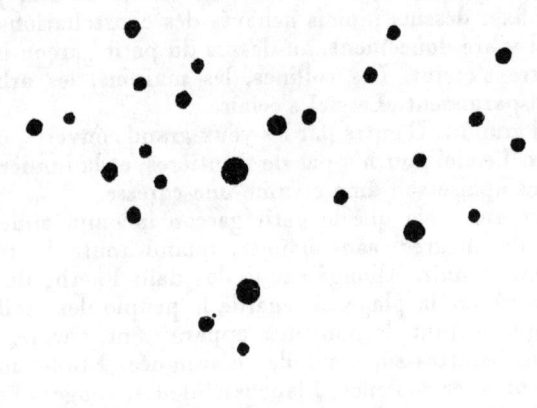

C'est bon de dormir. La nuit, quand tout est arrêté, là, dans les rues de la ville, quand les bruits sont retombés et qu'il ne reste que la lumière froide des lampadaires, et quelquefois la lune ronde au-dessus de la mer, je sens le sommeil venir de toutes parts, comme une brume, comme un gaz. Il monte des coins noirs, il emplit les cours et les escaliers, il rôde dans les rues vides, sur les toits des immeubles, il règne dans le ciel obscur.

Le sommeil est pareil à une personne aussi, parce qu'il regarde et interroge, et son regard vous fait perdre l'équilibre, vous pousse hors de la terre. On tombe, comme si on avait oublié les lois qui vous attachent, on bascule et on tombe, devant les quantités de fenêtres vides.

Son regard vient de l'espace sidéral, mais d'où? Regard sans yeux, lumière noire, qui se mêle à l'ombre de la nuit et vous efface. Le regard appuie sur une certaine zone, au fond de vous, du côté du plexus solaire peut-être, ou bien sur le thymus. Appuie, sans faire mal, anéantissant au contraire toute douleur, élargissant une tache d'anesthésie. Le regard voit aussi dans votre cerveau, et lentement, progressivement, tout devient bois, pierre, eau, nuage. Tout se referme, rentre en sa coquille, se love, s'oublie.

Votre corps bascule, roule en boule, se confond avec quelque carapace de bousier, au bord du chemin. La vie ne se retire pas, non, elle cesse seulement de voir, de sentir, de comprendre; elle retourne à l'état premier du monde. Alors le monde, débarrassé de vous, pour quelques heures, peut enfin bouger, bondir, faire ses gestes. Peut faire ses excentricités, ses mutations, ses métamorphoses.

J'aime le temps du sommeil; temps très long, ou très court, on ne saurait dire, mais temps inconnu, nouveau. Quand on en sort, quand on revient à la surface, à la lumière, c'est alors qu'on mesure l'extraordinaire aventure du sommeil. Extraordinaire, et cependant naturelle, car rien ne semble impossible alors! On arrive, venant d'un autre monde, d'un autre règne, et pendant quelques minutes encore, plus rien de ce qui fait la réalité diurne ne semble important.

On dort, et on est devenu ainsi, facilement, neuf.

La mémoire titube un peu, alourdie, comme rendue maladroite par cette nouvelle naissance. Elle trébuche au milieu des souvenirs qui sont autour de vous, pas plus grands que des mottes de terre et des taupinières.

Quelquefois, sur les visages, on voit la beauté de l'âme. C'est une grâce naturelle, très ancienne, une grâce et une connaissance qui ressemblent à un instinct, sans recherche, sans pensée, immédiatement au cœur du monde.

D'où vient cette beauté? De quel enseignement oublié, de quelle expérience? Mais l'histoire du monde n'est pas celle des institutions humaines, et cette beauté vient du ciel, de l'eau, des nuages, du vent, des arbres, de la mer, sans emprunter les mots de la parole humaine.

Les visages sont nés du ciel, ils portent quelquefois cette grâce. Ils portent la beauté de la nuit, de la lumière, des musiques de l'air et des mouvements du vent. Ils portent toutes ces traces, tous ces reflets.

Parfois, sur un visage, comme cela, je vois cette volonté ancienne, au-delà des mots. C'est pareil à un désir, mais plus impérieux, plus violent encore, car cela porte l'intensité de la vie. Cette beauté de l'âme (profondeur magique et en même temps lumière à la surface de la chair) est l'expression de la vertu. Non pas une volonté de l'esprit, ni une intelligence; mais une force presque physique, qui ne cède pas, qui ne se lasse pas. C'est comme si, au commencement même de leur existence, ces êtres avaient reçu une très grande lumière qui les avait emplis tout entiers et n'avait plus cessé de vibrer en eux.

Ou bien parfois, sur ces visages, il y a le souvenir d'une douleur, d'une colère ancienne. Révolte contre l'injustice humaine, contre le mal, contre l'impureté de la société, révolte contre la lâcheté, contre la vénalité. C'est un poids dans le regard, un reflet sombre, une expression grave dans le dessin des lèvres, dans la ligne des sourcils. Les enfants portent souvent les

signes de cette ancienne blessure. Ils regardent le monde
adulte, sans le juger, mais sans le craindre, parce qu'ils ont cette
connaissance instinctive du mal.

   Mais la révolte est un sentiment destructeur, avilissant. Ceux
qui s'y installent rejoignent les autres menteurs, car ils se
complaisent à faire durer cette colère morte. Agressifs contre
tout ce qu'ils voient, contre tout ce qu'ils approchent, ils ont
transformé sans s'en rendre compte leur colère ancienne en
méchanceté et en aigreur.

   Les visages où l'âme est belle, tendus vers autre chose, dési-
rant autre chose. Ce qu'ils veulent n'est pas de ce monde, peut-
être, ou bien est rapide et impalpable comme la lumière. C'est
l'abstinence qui les rend ainsi, car il y a plus de force à ne pas
vouloir qu'à vouloir. Je reconnais la beauté de ceux et celles
qui refusent; la continence, le contrôle de soi-même font leur
visage pareil à la pierre, et leur regard est plein de cette lumière
libérée.

   Ils refusent la facilité des systèmes, les jugements, la facilité
de l'amoralisme, l'argent. Ils refusent, non par orgueil, mais
par nécessité, parce que la vie est pure et sans compromis.
Solitaires donc, car ceux qui refusent ne sont pas aimés. Leur
visage effraie les autres hommes, leur regard les trouble et les
gêne, comme ce regard trop sombre des jeunes enfants. Comment peut-on ne pas aimer l'argent, la gloire, les plaisirs, l'intelligence, le pouvoir? Comment peut-on être autrement?

   Mais eux ne cèdent pas. Ils ne veulent pas. Ils ne le disent
pas, ils n'expliquent rien, ne proclament rien. Simplement,
leurs visages sont beaux, et ils regardent le monde silencieusement, sans mépris, sans crainte, avec la transparence et la
lumière de ce qui est vrai, de ce qui ne se trompe jamais.

Elles sont drôles et émouvantes, les choses, les choses légères, petites, fragiles! Partout sont les tableaux très fins, ornés de mouches, d'abeilles, de feuilles minuscules, de baies délicates. La vie tremble, parfois on la croirait prête à s'éteindre, comme une flamme de bougie qui vacille. Les choses sont si légères! Elles sont si petites, la bourrasque peut les emporter à jamais, les balayer jusqu'à la mer, jusqu'au néant!
 Les mouches, par exemple : quoi de plus fin, de plus joli que ces pattes, ces ailes longues et translucides, si délicatement innervées? Ah, il faudrait parler beaucoup des mouches, de tout ce qu'elles ont de remarquable, de leur forme si minutieuse et précise, de leur vie si rapide, si éphémère, de leurs habitudes si subtiles. Il faudrait regarder longuement leur vol, dans les cuisines sombres de la campagne, sous les lourdes solives. Mouches marchant sur les vitres, avant l'hiver, mouches à demi aveugles se cognant contre les abat-jour, mouches ivres, mouches guerrières, mouches amoureuses!
 Mais rien n'égalerait le dessin très fin de leurs pattes et de leurs ailes transparentes, ni la légèreté acrobatique de leur vol. Elles sont déjà dans la légende, signes décoratifs sur les vases et les flacons, signes peints sur les murs clairs.
 Tous les dessins légers et rapides de cette vie drôle, coups du cœur accélérés, pouls battant, respiration haletante.
 Minutes, secondes, centièmes, millièmes de secondes, du temps réel, poussières, poudre, pollen, fractions de matière dansant dans les rayons de la lumière. La vie n'est pas tragique, n'est pas solennelle; elle est aussi dans ces signes minuscules.

pattes de mouche, ailes d'abeille ou de papillon, coccinelles, pucerons, semences, moisissures qui tombent des arbres, lichen, rouille.

La vie est dans les gouttes, sphères énormes pour les jeunes moucherons verts.

Elle est dans les fils de l'araignée qui luisent à la lumière de l'aube.

Dans les traces des fourmis sur la terre poudreuse, dans l'exode difficile des chenilles noires et jaunes, du haut d'un chêne jusqu'à un autre chêne.

Elle est dans une seule fleur minuscule et bleue, en forme d'étoile à cinq branches, sur le talus du chemin.

Ce sont ces choses qui parlent, qui agissent, qui écrivent leur histoire. Le sérieux, la grandeur, l'extase ne sont pas leur affaire. Mais il y a une sorte de joie frémissante qui sort de toutes ces cachettes, une fièvre, une hâte.

Il y a partout, en l'air, sur terre, en mer et même au-dessous, une danse qui ne cesse pas, une musique qui n'interrompt pas ses appels.

Les mouches lissent leurs ailes, puis frottent leurs pattes, leurs têtes, et s'élancent. Les fourmis courent, zigzaguent sur les grands déserts glissants des tables de formica et dans les jungles des pots de fleurs. Les moustiques zébrés grincent au-dessus des flaques d'eau sale, dans la bouche des puits. Les fleurs qui n'ont pas de nom ouvrent leurs calices maigres entre les herbes, au bord des parkings, le long des routes. Les hannetons, les carabes, les bousiers avancent, sans voir où ils vont.

Que disent-ils ? Que font-ils ? Mais ils ne sont là pour personne, bien entendu, et leurs traces dans la poussière n'ont pas d'importance, et le vent et la pluie les effacent.

Ce sont ces choses que je cherche, maintenant, celles dont la beauté est fugace et fragile. Elles qui courent et se cachent, ou bien que le vent balaie, que la mer avale, elles qui volent un peu en cahotant dans un rai de soleil, puis basculent.

Ou bien les chats, sauvages, qui vivent dans les ruisseaux. Ils traversent les jardins sans faire de bruit, ils guettent, ils rampent sous les châssis des autos arrêtées, ils boivent l'eau des petites flaques, là où les tuyaux des conduites ont crevé.

Ils traversent les rues, vite, en trois bonds, et la nuit leurs yeux dilatés brillent comme des miroirs verts dans les faisceaux des phares des voitures assassines.

Ce sont eux, elles que je cherche, maintenant, pour apprendre leur langage fugitif, pour connaître la beauté, qui n'est pas éternelle du tout, mais qui se montre le temps d'une étincelle.

0 h 07		Alpheratz
0 08		Caph
0 12		Algenib
0 25		Ankaa
0 39		Schedir
0 42		Deneb Kaitos
0 55		Tsih
1 08		Mirach
1 37		Achernar
2 06		Hamal
2 07		Polaris
3 01		Menkar
3 07		Algol
3 23		Mirfak
4 34		Aldebaran
5 13		Rigel
5 15		Chèvre
5 24		Bellatrix
5 25		El Nath
5 35		Alnitam
5 39		Alnitak
5 54		Bételgeuse
5 58		Menkalinan
6 22		Mirzam
6 23		Canopus
6 36		Alhena
6 44		Sirius

6	58	Adhara
7	07	Wezen
7	33	Castor
7	38	Procyon
7	44	Pollux
8	03	ξ Poupe
8	09	γ Voiles
8	22	Aviar
8	44	δ Voiles
9	07	Sulhaïl
9	13	Miaplacidus
9	16	ι Carène
9	26	Alphard
10	07	Régulus
11	00	Merak
11	02	Dubhe
11	13	Zosma
11	48	Denebola
11	53	Phecda
12	15	Gienah
12	25	Acrux
12	30	Gacrux
12	40	γ Centaure
12	46	Mimosa
12	53	Alioth
13	23	Mizar
13	24	L'épi
13	47	Alkaïd
14	02	Algena
14	05	Menkent
14	15	Arcturus
14	38	Rigil Kent
14	51	Kochab
15	34	La Perle
16	28	Antarès
16	46	Atria
16	49	ε Scorpion
17	32	Schaula
17	34	Ras Alhague
17	56	Etamin

18	23	ε Sagittaire
18	36	Véga
18	54	Nunki
19	50	Altaïr
20	21	γ Cygne
20	24	Peacock
20	41	Deneb
21	18	Alderamin
21	43	Enif
22	07	Alnaïr
22	41	β Grue
22	56	Fomalhaut
22	03	Scheat
23	04	Markab

Alors, maintenant, l'espace peut enfin entrer, on a toutes ses portes ouvertes pour qu'il vienne. C'est la nuit qui a recouvert la terre, la nuit douce et belle de l'été, peuplée d'étoiles et d'insectes.

Pour la première fois peut-être, on sent la paix, la grande paix.

L'espace peut venir, le ciel noir, le vent, la lumière des étoiles, les odeurs de la nuit, les chants des grillons, tout cela peut entrer.

On est ouvert pour lui, comme une vieille maison sans vitres ni portes en haut d'une colline de pierres, que la nuit traverse.

Alors, c'est bien, on est à l'intérieur de la vieille maison et en même temps on est au-dehors, dans la montagne, dans le ciel, dans la nuit si grande, dans le vent.

On est une sorte de chouette qui entre et sort par les fenêtres béantes. On crie un peu, on vole lourdement au-dessus de la colline, ou bien on reste perché sur une poutre rongée par les termites, en respirant très fort.

On habite dans la vieille maison ruinée, mais on vit aussi au-dehors, dans la colline sauvage, au milieu des buissons d'épines et des rocailles. Dans le ciel illimité, on va et on vient comme l'eau dans les grottes marines, emplissant et vidant les chambres abandonnées.

On est un peu chauve-souris aussi, tressautante dans l'air noir, qui traverse la vieille maison en un clin d'œil, jetant des cris aigus et happant les moustiques.

La maison n'est à personne, elle est seulement au monde, à la nuit, en haut de la colline de pierres. La nuit entre en elle, la nuit aux remous froids, et le vent aussi, qui chasse le vide.

On est la maison tout entière, les vieux murs desséchés de pierres rouillées, les fissures du mortier, les taches de plâtre et de chaux, les gonds couverts de lichen, les lourdes poutres noires mangées par les vers et les termites. On est le toit écroulé aux tuiles brunes, la harpe inégale qui saille comme des os, les creux entre les pierres où vivent les salamandres, les claveaux au-dessus des trous des fenêtres, la porte béante comme une bouche noire ; on est la colline elle-même, alentour, le pays de pierres et de ronces où marchent les scorpions.

La nuit est là, maintenant, elle baigne cette terre, elle traverse le corps ouvert de la vieille maison. L'espace vient, du fond du ciel obscur, il entre facilement à l'intérieur de la vieille maison qui n'appartient plus à personne. La maison n'est plus aux hommes, ni aux bêtes, elle est à la nuit, seulement.

On est ainsi, maintenant, comme par miracle, solitaire en haut de cette colline, à la fois l'habitant, et la vieille maison elle-même, à la fois les murs qui protègent et aussi ce qui la traverse et circule en elle. N'est-ce pas étrange ?

Peut-être qu'il n'y a pas d'autre maison au monde que celle-là, en haut de la colline de pierres. Peut-être qu'il n'y a pas d'autre demeure que celle que la nuit enfin traverse, celle où vit la chouette effraie et que parcourent les ombres des chauves-souris, celle que le monde entier maintenant visite, dans le vent, la nuit, l'odeur âcre des genêts ?

L'espace entier entre, arrive. L'espace libre et froid, l'espace sombre, sans frontières, sans regard, sans histoire. Il entre en moi et me traverse, et je n'ai plus de murs, plus de cachettes. Je suis vu tout entier, jusqu'au plus profond de mon être, je suis exposé et connu, je suis sous le vent froid qui gonfle l'espace. Tout ce que je croyais mien, tout cela, pensées, paroles, idées, habitudes. Et tout le reste : mon nom, mon âge, mon apparence, ma destinée, mes biens et mes souvenirs ; tout cela est balayé, emporté.

La nuit entre en mon corps et grandit, la nuit passe et repasse par mes pores, par mes yeux, car je suis devenu transparent. Au travers de moi, on voit les étoiles dans le ciel, les amas d'étoiles, la voie lactée, les Pléiades, Orion, le navire Argo, la nébuleuse d'Andromède, le nuage de la Tête de Cheval. La lumière de l'infini me traverse comme une vague qui bat un rivage. C'est mon seul savoir maintenant, ma certitude. Être immobile, comme la vieille maison au sommet de la colline de pierres, et recevoir la nuit, sans cesse la recevoir.

La vieille maison, en haut de la colline, abandonnée et solitaire, reçoit l'espace qui la traverse. Elle n'est jamais vide. L'air sans cesse la parcourt, entre par la bouche noire de la porte, sort par les fenêtres, par les interstices des pierres sèches, par les fentes du toit. C'est parce qu'elle est ainsi ouverte que la vieille maison n'est pas vide. Elle est vivante, la plus vivante de toutes les maisons du monde. Sa solitude est belle, comme cela, belle au contact de la nuit, belle de tout l'espace constellé.

La nuit est douce et froide, nuit de fin d'hiver, nuit d'automne. C'est elle, ma maison, ma vraie demeure. Chaque fois que je pense à elle, sur sa colline de pierres stériles, seule au milieu de la nuit, c'est comme si je pensais à une autre partie de moi-même. Maison qui n'existe pas peut-être, maison inconnue, ou seulement dans un rêve : maison où l'on peut être à la fois chez soi et chez les autres, où l'on peut être à l'abri et en même temps exposé au monde entier.

Ce n'est pas une maison pour ceux qui aiment les maisons des hommes, chalets, villas, châteaux. Ce n'est pas une maison pour mettre des meubles, des tableaux, des appareils ménagers et de l'argenterie. Ce n'est même pas vraiment une maison pour vivre, car rien ne doit rester en elle, ni homme, ni bête, ni chose. Rien ne doit y être caché.

C'est une maison pour ceux qui entrent et qui sortent, pour ceux qui passent. Les bivouaqueurs, les chemineaux, les errants, tous ceux que poussent le vent, la pluie, le sommeil, la faim. Ils n'apportent rien avec eux, seulement leur odeur, un peu d'herbe, un peu de poussière. Ils traversent ses murs, ils laissent l'empreinte vague de leurs pas sur son sol de terre, la forme de leur corps auprès de son âtre.

Les ronces et les lianes y croissent sans dommage, à la fois au-dedans et au-dehors comme si pour elles il ne pouvait y avoir de maisons, mais seulement des tas de pierres.

C'est une maison pour les oiseaux de nuit, pour les insectes, pour les araignées et les scolopendres. Mais le vent qui la traverse la grandit à l'extrême, lui donne la taille de l'univers. L'espace peut entrer, peut venir. Mon corps est en haut de cette colline nue, solitaire, et chaque fois que je respire la nuit gonfle en moi. Je suis là, dans ma maison, et au même instant je suis alentour, dans le ciel noir, sur la ligne des montagnes lointaines, dans les vallées où coulent les fleuves, sur les rivages de la mer. Je suis chez moi, chaque pierre est mienne, chaque creux est mon secret, chaque fossile mon trésor. Et pourtant, l'espace me lance au-dehors, je plane dans la nuit sous le peuple d'étoiles.

C'est ma maison, ainsi, libre et béante au vent et au regard de l'espace, ma maison sans limites et sans mémoire, comme une barque détachée au sommet de sa vague de pierre.

Alors, c'est bien, la nuit traverse, la nuit emmène, on ne sait pas où, à l'aventure. On est à l'intérieur, puis à l'extérieur, sans comprendre; on est soi, et on est aussi le ciel et la montagne, la mer. La nuit est grande, l'espace est vivant. Suis-je la maison où je m'abrite du monde, ou suis-je la maison qui contient le monde? L'espace est semblable à la mer, à la houle qui couvre et découvre les rocs et les algues.

Ma maison est libre, elle n'a pas de vitres ni de porte. Le vent qui souffle sur la terre, le vent des collines de pierres, le vent froid de la nuit peut passer à travers la vieille maison sans peine. La lumière trouble des étoiles ou la lueur bleue de la lune peuvent entrer. La chouette effraie marche sur les poutres du plancher effondré, les orvets se glissent dans leurs terriers, au pied des murs.

C'est la maison de tout le monde, voilà, la maison des choses. Alors je veux apprendre à être comme elle, pour toujours, afin que le vent, l'espace, et les petits animaux de la nuit puissent traverser mon corps, et que mon esprit ne soit plus qu'un souffle du vent, allant, passant, comme la respiration froide de la nuit. En haut de la colline de pierres, la vieille maison qui n'est à personne laisse venir l'air noir à travers ses chambres vides.

Je voudrais faire seulement ceci : de la musique avec les mots. Je voudrais partir pour un pays où il n'y aurait pas de bruit, pas de douleur, rien qui trouble ou qui détruise, un pays sans guerres, sans haine, plein de silence, plein de la lumière éblouissante du soleil. Là, je ferais seulement de la musique avec mes mots, pour embellir mon langage et lui permettre de rejoindre les autres langages du vent, des insectes, des oiseaux, de l'eau qui coule, du feu qui crisse, des rochers et des cailloux de la mer.

Je serais assis sur une pierre, non loin de la mer, au soleil, et j'écouterais la musique sortir des mots, vibrer dans les verbes, les adjectifs, les noms, la musique qui construit ses phrases et fait chanter les paroles.

Ce ne serait pas difficile alors, ce serait simple et tranquille. La musique viendrait sans retard; elle apparaîtrait à l'intérieur de chaque mot, élevant le son et le modulant comme le cri d'un merle, la musique naîtrait d'elle-même, comme cela, au soleil, sur cette pierre blanche devant la mer.

J'écrirais sur les rochers plats, j'écrirais sur la terre, dans le sable rouge avec une brindille, ou sur les murs de ciment des vieux blockhaus. Ou bien même, quelquefois j'ouvrirais la lame d'un canif et je graverais les mots les plus beaux sur les grandes feuilles d'aloès qui sont face à la mer et au soleil.

La musique viendrait tout de suite alors, je n'aurais pas à la chercher. Tout serait si beau, ici, il y aurait tellement de lumière dans le ciel, sur les roches et dans la mer que la musique vibrerait sans cesse comme un moteur. J'entendrais ses mots au fond de moi, comme un chant d'enfance qui revient soudain, et alors j'aurais vraiment besoin de parler.

Parler, écrire, à quoi bon, si ce n'est pour faire de la musique? Car la musique est prête dans le langage. Il suffit de l'entendre. Il faut la dire aussi, libérer le langage de ce qui l'entrave, de ce qui le trouble. Il faut être libre soi-même, ne rien vouloir d'autre, ne rien attendre d'autre. Alors la musique qui est au fond de tous les mots jaillit, elle rejoint l'autre musique du monde, et le bonheur extraordinaire est dans cette rencontre.

Sans hâte, sans appréhension, je voudrais pouvoir faire de la musique avec mes mots. Là, sur un rocher plat, au soleil, non loin de la mer. Je voudrais qu'il n'y ait pas d'autre langage au monde que cette musique, que nulle autre voix se fasse entendre.

Pourquoi les malédictions, les insultes, les blasphèmes, les cris? Pourquoi parler d'angoisse, de peur, de laideur? Il y a tant de beauté ici, à chaque instant, dans le ciel, sur les rochers, dans l'herbe, à la surface de la mer. Il y a tant de musique dans le vent et les arbres, dans le vent et les câbles, il y a tant de chants pour les criquets et pour les rossignols, il y a tant d'harmonie, même sous la terre, même au cœur des pierres! Tant de paroles qui glissent, qui chantent, qui envoient les frissons sur la peau des êtres vivants! Il y a tant de magique beauté! Je voudrais pouvoir dire tout cela, seulement avec quelques mots, en répétant la même phrase, en l'écrivant sur des feuilles de papier que je déchirerais en mille morceaux et que j'éparpillerais dans l'air.

La musique, la vraie musique, n'a pas besoin qu'on l'écoute. On l'entend dans les mots qui viennent aux lèvres, elle est la respiration des enfants. Elle vient de tout cela, de la mer, de la lumière, des pierres, et les mots brillent comme des éclats de verre.

Musique de lumières, musique d'odeurs, de sensations, d'images! Les idées chantent, les idées vibrent, aiguës parfois comme le son strident du soleil, douces comme la voix de la mer sur les bancs de sable, graves et pleines d'échos comme le tonnerre, lourdes comme les eaux souterraines, murmurantes comme le vent sur les parois lisses des gratte-ciels. Les paroles veulent être libres, elles veulent retourner à la grande lumière qui éblouit. Je sens au fond de moi cette musique, je voudrais tant savoir la rendre libre! Elle hésite au bord de ma bouche, parce que je ne sais pas encore lui donner le passage.

Je voudrais être quelque part, n'importe où, comme si j'étais assis sur une grande pierre blanche, au soleil, non loin de la mer, dans l'état de totale connaissance, sans autre besoin, sans autre désir que cette musique. Le langage est le seul chant de l'homme, et sa musique est l'expérience parfaite. Je voudrais laisser passer ces mots, ces phrases. Ils jailliraient, libres, tous, ils inventeraient leur harmonie, ils donneraient leur parole au sens magique, une parole, enfin, une incantation, une poésie, qui sait ? telles que le timbre de la voix, le son, la mélodie auraient autant d'importance que leur signification et raviraient en même temps l'esprit et le corps, les uniraient en un seul bonheur. Une parole telle qu'elle saurait donner les choses tout entières, et non seulement leur symbole. Apportant les arbres, les fleurs, les rivières, les montagnes, les plages, les îles, les villes tout entières, et construisant des forteresses d'images qui vibreraient dans l'air comme des mirages.

Je n'écouterais personne. Je n'attendrais personne. Je ne bougerais pas, je ne chercherais rien. Je serais sur cette large pierre blanche, quelque part, au soleil, sur la pente des collines désertiques, non loin de la mer très bleue, devant le ciel, et je laisserais ma musique écrire ses phrases, tantôt vite avec une sorte de fièvre, tantôt lentement comme dans le sommeil. Toutes ses phrases, tous ses mots aux syllabes qui chuintent et roucoulent, qui craquent, aux voyelles qui résonnent comme les sons de la flûte, je les laisserais glisser autour de moi, tourner autour de mon corps. Je laisserais l'ivresse se répandre, l'ivresse de la musique belle et claire, la musique dans la lumière, la musique dans l'eau, et cela ferait un petit nuage chaud autour de mes lèvres.

Les sauterelles feraient aussi leur musique, et les grillons, et les oiseaux qui traversent vite le ciel, d'une colline à l'autre. Les pierres brûlées craqueraient, les buissons grinceraient, même le vent et les nuages feraient leur musique. Alors je n'aurais plus un seul langage, comme ceux qui ne sont que des hommes, mais j'entendrais toutes sortes de paroles chanter, et ce serait comme si je les chantais aussi.

Je n'écouterais personne, je n'attendrais personne. Je ne bougerais pas, je ne chercherais pas. Mais je serais assis sur la large pierre blanche, au soleil, non loin de la mer, et la musique des mots jouerait partout, sans fin, en moi et sur le monde, jusqu'à l'ivresse.

Je veux écrire pour la beauté du regard, pour la pureté du langage. Je veux écrire pour essayer de rejoindre le vieil horizon, si net, pareil à un fil, et le ciel clair au-dessus de la mer. Je veux écrire pour être près des nuages blancs dans le ciel sombre, près de la lumière serrée du soleil, près des cimes des montagnes, là où seuls vont les éperviers. Je veux essayer d'être immédiatement là où mon regard se termine, là où il s'agrandit et reçoit sa joie. Je veux écrire pour être du côté des animaux et des enfants, du côté de ceux qui voient le monde tel qu'il est, qui connaissent toute sa beauté. Pour essayer de trouver une parcelle de cette vertu qui ne m'a pas été donnée à la naissance, mais qu'un visage de femme, ou d'enfant, au hasard de la foule un jour m'a montrée, comme le reflet d'une lueur étrangère aussi belle que le jour. Je veux écrire pour que cette clarté dure encore quelques instants, pour que le monde réel, vivace reste encore quelques secondes dans la musique des mots, pour que je puisse le revoir encore maintenant, moi qui n'ai d'autre pouvoir que celui de la mémoire.

Je veux écrire pour qu'il n'y ait pas autre chose : pour qu'il n'y ait pas la laideur, la vilenie, la vulgarité, pour que les mots ne soient plus les esclaves de l'argent, pour qu'ils ne salissent plus les murs et le papier, pour que tout soit comme avant, sans affront, pareil au temps où il n'y avait pas encore de mots sur terre.

Je veux écrire pour une autre parole, qui ne maudisse pas, qui n'exècre pas, qui ne vicie pas, qui ne propage pas de maladie. Quand le monde, à l'aube, est tendu, transparent et pur comme une gemme, air clair, mer bleue, rochers étincelants, ciel immense, horizon où les vagues sont visibles; quand le monde, à midi, est parcouru de terrible victorieuse lumière, et que les arbres sont incendiés, et que l'asphalte mou reçoit les marques des pneus des voitures; quand le monde glisse dans le crépuscule du soir, lentement, s'apaise parmi ombres et fumées; quand le monde est dans la nuit, noire, froide et dense, et que rutilent les milliers d'étoiles, quelquefois une seule lune... Comment alors peut-on désirer autre chose, comment peut-on dire autre chose? Pourquoi l'homme a-t-il trahi le monde?

Je veux écrire pour une aventure libre, sans histoire, sans issue, une aventure de terre, d'eau et d'air, où il n'y aurait à jamais que les animaux, les plantes et les enfants. Je veux écrire pour une vie nouvelle.

Sur le rocher blanc, pas très loin de la mer, au soleil, j'assemblerais les mots comme des cailloux ou des coquilles. Ce ne seraient pas des mots pour garder, ni pour vénérer, mais simplement pour jouer, pour les lancer dans l'air. Les mots, eux, me guideraient vers leur domaine, où rien n'a de sens, où rien n'existe hors du hasard. Ils me guideraient le long de leurs chemins faciles, leurs chemins d'aventures.
La musique, je l'entendrais enfin, et ce ne serait plus une grave musique à la voix qui fait peur. Ce ne seraient plus les cris des géants des villes d'hommes, ni les soldats, ni les haut-parleurs qui commandent aux foules, ni les bruits déchirants des klaxons et des sirènes de guerre.
Ce serait seulement une petite musique de pipeau, à peine rythmée du bout des doigts de la main gauche sur une calebasse renversée dans un seau d'eau; une musique claire et naïve qui monterait haut dans le ciel et chanterait sa chanson. Je la jouerais, sans me lasser, avec les mots de mon langage, pour personne vraiment, pour ceux qui passeraient par là et l'entendraient, pour les criquets cachés et pour les mouettes qui planent dans le ciel.
Mais ce serait une musique qui contiendrait tous les désirs, tous les espoirs, toutes les souffrances aussi, une musique qui chercherait tous les endroits secrets de la terre, comme les trous des serpents et les terriers des lièvres, et qui entrerait pour chercher ce qu'il y a. Ce serait une musique pour les aveugles peut-être, parce que les mots leur porteraient la lumière, et qu'ils verraient les couleurs et les signes écrits sur l'envers des feuilles d'arbre.
La musique ne laisse pas de traces. Que lui importe le temps passé, le futur? Je serais sur le large rocher blanc, au soleil, non loin de la mer, comme sur une barque à la dérive, et les mots fuiraient sans cesse autour de moi, disparaîtraient vers l'horizon, retourneraient à l'intérieur des choses qu'ils nomment. Alors je pourrais parler tout haut, pour eux, pour les

nuages, pour les rochers de calcite, pour les peuples de bernicles, pour les peuples de sauterelles et pour les mouches, pour les petites plantes piquantes, pour le thym, pour l'herbe jaune entre les cailloux, je pourrais parler à tout le monde.

Je pourrais leur parler parce que mon langage ne serait plus seulement celui des hommes et de leurs livres, mais s'adresserait à n'importe qui sur la terre, et n'importe qui pourrait le comprendre et l'entendre, un drôle de sifflement dans l'air, un vague bruit d'eau qui cascade sur des tas de cailloux.

Je n'aurais pas besoin de dire autre chose. Je pourrais seulement dire les craquements des pierres et des buissons, les murmures du vent dans les ronces, les bourdonnements des abeilles sauvages, des guêpes carnivores, les cris d'angoisse des oiseaux de mer, les appels des cigales, le froissement léger des pattes de musaraigne, ou le chant étrange des cèdres. Je n'aurais pas d'autre musique, pas d'autre savoir. Ce que je dirais, sur cette pierre blanche, devant la mer et le ciel, ce serait comme une prière adressée aux dieux multiples et cachés. Aux araignées, peut-être, aux termites, ou aux lourds scarabées. Aux grands araucarias qui dominent la terre comme des feux d'artifice, ou bien aux anciens oliviers maîtres des sortilèges. Aux collines sèches, en tout cas, aux vieilles montagnes de pierre usée, qui sont comme des palais ocre devant le ciel bleu. Et à la mer, toujours, comme à une déesse...

Ma musique irait à eux, et moi j'irais avec elle comme un cerf-volant dans le vent, en dansant. Je resterais assis sur ma pierre blanche, pas loin de la mer; mais ma musique libre m'emporterait quand même jusqu'à tous ces corps très blancs qui brillent dans le ciel, plus loin encore, jusqu'à tous ces soleils. M'emporterait jusqu'aux astres lointains qui tournent autour de la terre. Je pourrais voir les règnes inconnus; ce qu'il y a dans la pierre, dans l'arbre, dans la fourmi. J'irais jusque dans le sel, au centre de l'océan, ou bien jusqu'aux poussières d'eau dans les grands nuages gris.

Je crois que je pourrais connaître tout cela, et davantage encore, grâce à ma musique, car les mots libérés peuvent vous conduire plus loin que le regard. J'irais même jusqu'aux zones où il n'y a jamais de mots, et la musique résonnerait dans la pureté de ces pays vierges.

Je serais libre enfin, je serais seul. La musique viendrait en moi, sans contrainte, comme l'eau de la source emplit un creux de roche, et jaillit à la lumière.

Je ne serais plus que l'instrument de sa voix, et la musique pourrait déborder sur le monde. Puis, quand ce serait assez, je me tairais, tout simplement. Le silence magique reviendrait autour de moi, le grand silence qui rend tout si beau, si durable. Je resterais encore un peu sur le rocher blanc, non loin de la mer, à regarder, à respirer. Et quand je m'en irais, il ne resterait que la pierre blanche étendue à la lumière du soleil, non loin de la mer très bleue, la pierre immobile qui scintille le jour et luit doucement la nuit, où marchent les insectes et roulent les grains de poussière.

Il n'y aurait pas une trace, pas un souvenir de ma musique et de mes mots, sauf peut-être des initiales gravées quelque part et l'empreinte de mes pieds dans la terre rouge.

La musique n'existerait plus, elle se serait tue. Elle disparaîtrait facilement dans le silence, comme le cri strident des criquets, comme le chant des engoulevents, et c'est pour cela que tout le monde pourrait l'aimer.

Car les paroles, et la musique, en ce temps-là, seraient vraiment libres, et ne survivraient pas à elles-mêmes; leur bruit serait leur seule vérité, dans la chaleur et la lumière du soleil, sur cette pierre blanche, non loin de la mer.

    Puis la nuit est revenue, encore une fois, et tout a disparu dans l'ombre douce. Les villes ont allumé leurs constellations intelligentes, dans les vallées, le long des baies, au pied des monts. La nuit, le regard des hommes s'éteint, la lumière rentre dans les choses, au fond des cachettes, comme les escargots et les guêpes. Le vent lui-même cesse de souffler, et l'air noir est immobile, en attente, tandis que les lampes tremblent à peine derrière le feuillage des arbres.
    La nuit, la conscience des hommes s'éteint, en même temps que leur regard. Ils ne voient plus la vie, ils ne cherchent plus leur image dans les miroirs. Mais ils sont abandonnés, ils errent, un peu fantômes, un peu clochards, sans savoir où les mènent leurs pas.
    La lumière est absente, la grande et terrible lumière du jour. Mais elle continue de vibrer au cœur des choses, comme une douleur, elle continue de faire tressauter les paupières. La lumière est à l'intérieur, elle brûle et palpite au centre du sommeil. C'est pour cela peut-être qu'il y a tant d'étoiles au ciel, tant de lampes dans les creux de vallées où vivent les hommes. La lumière ne cesse pas, elle ne veut pas cesser. Elle traverse l'espace, phares braqués, éclairs mobiles, elle tournoie et tue les papillons.
    Sur elle, maintenant il voyage, le petit garçon inconnu. Il s'est tourné vers le ciel, et très facilement il est parti le long des filins de la lumière jusqu'au centre de l'espace. Ou bien il reste debout dans sa chambre, parce qu'il ne dort pas, et il regarde, le front appuyé contre la vitre froide. Que regarde-t-il? Un morceau de rue, luisant à la lumière mouillée d'un réverbère,

la silhouette des maisons, et, par-dessus les toits, le ciel noir, gris et rose, où vacillent les reflets de la ville.

Il regarde, comme cela, sans bouger, presque sans respirer, et ses pupilles sont dilatées à l'extrême. Il n'attend pas, il ne guette personne, il n'y a pas de comète dans le ciel. Mais son regard traverse toute l'épaisseur de la nuit, parcourt les rues de la ville, jusqu'à l'autre bout de l'horizon.

C'est pour cela que les gens frissonnent, maintenant. Ils ont senti passer sur eux l'étrange regard d'enfant, qui les observe et les éclaire. Ils ne savent pas très bien ce que c'est. C'est un frisson qui vient de l'inconnu, comme un souffle, comme l'air froid de la nuit. Ils regardent du côté de Vénus, ou de Bételgeuse, ils suivent les feux alternés d'un avion. Mais le regard d'enfant les libère et les soulage d'eux-mêmes. Alors ils peuvent dormir, ils peuvent oublier le monde.

C'est le pouvoir ultime de la beauté, le plus grand savoir. Dans leur sommeil, les hommes et les femmes ne se possèdent plus, ne sont plus personne. Tout est effacé. Ils perdent leur nom, ils perdent leur forme, et tous leurs biens s'en vont en fumée.

C'est cela que veut le petit garçon inconnu. Il regarde, comme cela, le front appuyé contre la vitre froide de sa fenêtre, et il veille. Tous les liens sont dénoués, les lassos, les amarres. On glisse sur la pente douce, vers le fond brumeux des choses, vers la mer cotonneuse. On glisse, on s'éloigne, et le regard étrange de l'enfant vous emporte plus loin encore, jusqu'à un autre monde peut-être.

Le centre de la matière est proche sans doute, et la source de la lumière bat tout près. C'est l'instant où tout peut apparaître, dans la beauté sans fin de la vie magique, de la vie libre. Le jour, la nuit, le regard du petit garçon inconnu ne cesse pas de s'exercer, et la musique qui naît au fond de vous ne cesse pas de le dire : cela va venir, il n'est pas possible que cela ne vienne pas. Tout doit changer. Il y a si longtemps que cela doit venir.

Très lentement le sourire se dessine sur les lèvres du petit garçon inconnu, au fond de la nuit, derrière la vitre froide. Le sourire luit sur la ville, et au même moment, la lune blanche monte dans le ciel, à peine visible dans son premier et mince croissant.

*Reproduit et achevé d'imprimer
par l'Imprimerie Floch
à Mayenne, le 29 septembre 1983.
Dépôt légal : septembre 1983.
1ᵉʳ dépôt légal : mars 1978.
Numéro d'imprimeur : 21246.*
ISBN 2-07-029822-1 / Imprimé en France.